大 学 问

始 于 问 而 终 于 明

The Shape of Water

乡 下 人

沈从文与近代中国
1902 - 1947

孙德鹏 著

GUANGXI NORMAL UNIVERSITY PRESS
广西师范大学出版社
· 桂林 ·

2019 年重庆市教育委员会人文社会科学研究基地项目"进化主义与中国法的近代化"（编号：19JD015）

乡下人：沈从文与近代中国（1902-1947）
XIANGXIAREN:SHENCONGWEN YU JINDAIZHONGGUO (1902-1947）

图书在版编目（CIP）数据

乡下人：沈从文与近代中国：1902-1947 / 孙德鹏
著. --桂林：广西师范大学出版社，2021.5
  ISBN 978-7-5598-3709-7

  Ⅰ．①乡… Ⅱ．①孙… Ⅲ．①沈从文（1902-1988）—
文学研究 Ⅳ．①I206.6

  中国版本图书馆 CIP 数据核字（2021）第 065215 号

广西师范大学出版社出版发行

（广西桂林市五里店路 9 号　邮政编码：541004）
（网址：http://www.bbtpress.com）
出版人：黄轩庄
全国新华书店经销
广西广大印务有限责任公司印刷
（桂林市临桂区秧塘工业园西城大道北侧广西师范大学出版社
集团有限公司创意产业园内　邮政编码：541199）
开本：880 mm ×1 240 mm　1/32
印张：15.875　字数：320 千
2021 年 5 月第 1 版　　2021 年 5 月第 1 次印刷
定价：88.00 元

如发现印装质量问题，影响阅读，请与出版社发行部门联系调换。

目　录

序　乡下人印象

　　乘着桃源划子那样的小舟,由常德转走沅水,舟中仅竹简、绢笔、玉剑及手编的楚国宪法。两千年前,逐臣屈原和他的新法就这样消逝了。沈从文说,沿江可见娱神歌呼与火光,岸上是《长河》中的红色橘林,于是有《橘颂》传世。湘西,自古以来就是中国的一道橘红伤疤。

　　沈从文在长达千里的沅水上生活了一辈子,20 岁以前生活在边城的土地上,之后是生活在对这片土地的印象里。

　　这本书中的“乡下人”是一个感通人物与人性的媒介性概念,没有任何蔑视意味。它标识出一种地域性(湘西)的身份(苗民),可以理解为与不断变化的“城里人”相对应的概念。沈从文常说,自己为乡下人身份而感动,他们老实淳朴,待人热忱而少机心,比大都市中人更可信赖。南朝诗人谢庄《怀园引》诗曰:“登楚都,入楚关,楚地萧瑟楚山寒。岁去冰未已,春来雁不还。”这寒意是南渡之人的怀乡之情(nostalgia),也是一种心灵温度。楚地苦寒,火麻草、虎耳草、断肠草有毒，"条条蛇都咬人"。湘西山高水急，林密雾多，浸润游侠精神与传奇志怪气氛。湘西亦多味，"有桃花处必有人家，有人家处必可沽酒"。人人洁身守法，像苗人水手的"原人性情"，"老实、忠厚、纯朴、戆直"。木竹环伺的乡里村寨，山歌喂养的灵魂，黄泥的墙，乌黑的瓦，轮回的水车，便是沈从文的乡下人世界。

沈从文在作品中与家乡父老秉烛夜谈，在水边，在船上或在炉火的微光里有人生可悯、人世可亲的字句，想象力也燃烧起来。他的寂寞像是在给什么东西下跪，落在纸上时是与人世共苦乐的挺拔样子。与乡下人共苦乐，是沈从文做小说的一份诚意。

记忆，往往寄居在智力之外的某个地方，要经过细节的唤醒才好识别。在荷马的世界里，"忘记"是生命中最负面的动词，奥德修斯的意义，是在过去与未来之间保存记忆。金介甫（Jeffrey C. Kinkley）教授为沈从文传记取的英文名字是"The Odyssey of Shen Congwen"，在方便英语读者理解的同时，意在渲染沈从文的"史诗"性。奥德赛，意指旅程，而奥德修斯无论曾经代表什么，他首先是个敏感而痛苦的人。沈从文与奥德修斯都历经漫长的山水险途，他们的得救方式是借助旅程，通过让他人揭开自己身上的秘密来重拾记忆。

沈从文的湘西叙事不是历史的忧郁碎屑，而是一种"液体性"的智慧，是理解中国的一种方法。他所写的故事，多数是水边的故事。他最满意的故事，也是水边的故事，像《边城》《长河》《小砦》《三三》《黑夜》，或者是船上的故事，如《丈夫》《船上岸上》《湘西》《湘行散记》。水之于人，总是意指着某种原初的状态。诗人克洛代尔说，人内心所渴望的一切都能还原为水的形象。作为一种通用的介质,水,是寂寞,是自由,有时,深暗的水(黄泉)还带来死亡的教诲。沈从文或许是那个时代亲历可怕现场最多的作家,他讲述了许多有关爱、激情和死亡的故事,却几乎与宗教无涉,这是一种厉害之至的写法。

死亡将生命一劈为二。死亡既是命运,也是一份厚礼,它的绝对性让人肃穆起来。死是人类共有的处境,死的痛楚传递着共通的情感。任何人之死都是完全的死,而任何人就是"大家"。讲故事的人,是"一个让其生命之灯芯由他的故事的柔和的烛光徐徐燃尽的人"。他分享故事,读者获得温暖。本雅明认为,这份温暖是双向的。对叙事者而言,死亡是他叙说世间万物的许可,同时,借助这个不可辩驳的自然流程,叙事者传递着生命之火的温暖。另一方面,对读者来说,死,犹如一团燃尽的火。在死亡的微暗之火中,人们遇见的不是别人,正是颤抖的自我:

小说富于意义,并不是因为它时常稍带教诲,向我们描绘了某人的命运,而是因为此人的命运借助烈焰而燃尽,给予我们从自身命运中无法获得的温暖。吸引读者去读小说的是这么一个愿望:以读到的某人的死来暖和自己寒颤的生命。①

中国思想的紧要处是"易",而活泼处在"禅"。变易的底色是警惕性,经籍中的思想者往往生于忧患境遇,于是由知警而开悟。禅语禅意是经验性的,多植根于烟火民间,如流行的口头禅或俗

① [德]汉娜·阿伦特编:《启迪:本雅明文选》,张旭东、王斑译,北京:生活·读书·新知三联书店,2008 年,第 111 页。

语。两种思想在沈从文作品中铺陈出独特的中国近代性,一方面是由落后而求变,他说,"我想读好书救救国家";另一方面是敏感于一切反常的新旧经验,他说,"进步正消灭掉过去一切"。这本书以"乡下人"为名有一语双关之意:一是沈从文向来自称乡下人;二是他的湘西叙事多取自乡下人经验。《三三》《山鬼》《厨子》《小砦》《黔小景》《巧秀与冬生》《七个野人与最后一个迎春节》等作品实现了文学对历史的叙事性补充(narrative supplement)。这些故事与唐传奇的"亲历—制作"方式相近,有档案(archive)价值,可以当作"史料"来解读,其中隐藏着双重的"真实":自我真实性与湘西的地方真实性,如金介甫教授所言,"从一个湘西人的观点来审察全部中国现代史,就等于从边疆看中国,从沈从文的眼光看中国"。

水是中国文化的基准和原型,先秦诸子思想无不因循"水之道",道、德、治、法等观念都来自对水这种物质的观审、想象与沉思。沈从文在沅水、酉水边凝视、遐想,用"水上人的言语"连通了一条理解近代中国的"湘西"端口。他说"这个地方的过去,正是中国三十年来的缩影"①。在沈从文的作品中,我们看到文学与律法,历史与故事在水边"聚义",纳的投名状却是乡评与记忆——溪边的三三,桂枝的草药,伍娘的灶台,凝视火焰的樵夫,疯癫的山鬼,躲进丛林的猎人,半夜里为儿子哭泣的母亲,当然,还有生命最后一晚仍舍不得点桐油灯的"颠东"孤老。

沈从文笔下"无呆相"。《景德传灯录》有一则禅宗公案:庞蕴居士初见马祖,开口便问:"不与万法为侣者是什么人?"马祖向前

---

① 沈从文:《沅水上游的几个县份》,载张兆和主编《沈从文全集第 11 卷·散文》,太原:北岳文艺出版社,2002 年,第 384 页。

踏一步,说:"待汝一口吸尽西江水,即向汝道。"思想的机锋不宜说破,人要自悟,要访师拜师,要"行脚",在刀山剑树中或迷,或悟,如此才亲切明白。所谓公案,是不愿对"大问题"表态的意思,敲在头上的棒喝故事大多与"公"无关,而是描摹不同问答状态的个案,即"私案"。以此推之,沈从文的小说是每个与山水为伴之人的生生死死,这些"私案"扩散开来,便是湘西的大小"公案"了。在 70 余本"语带机锋"的著作中,沈从文时而转身,时而分身,几乎跨越了所有年龄,所有身份,所有性别。他是伍娘,桂枝,三三,宋妈,王嫂;他是樵夫贵生,侦察兵熊喜;他是老实人自宽,他也是山大王刘云亭;他是他的母亲,妻子,孩子;他是转过身谦卑面对云麓大哥、四处寻找九妹的那个人;他是他生活的时代,也是他出生的那个国度。

五四一代人步入中年晚年时,沈从文还是个"小伙子"。鲁迅1936 年去世,沈从文时年 34 周岁。他在写给胡适的信中说,应该把《新青年》时代的"憨气"恢复起来。五四一代人,包括他自己在内,已经固化为一个特殊阶层,变得迟钝了。倘若多有两个乡下人,"文坛"会热闹一点。五年后,他在《"五四"二十年》中写道,纪念五四要从"工具"的检视入手。五四精神的特点是天真和勇敢,如今看来,唯有乡下人能"庄严慎重"地审视时代了。

乡下人之于沈从文,不是叙事技巧或声口,而是锐利的"官能"。直心与憨气为作品注入临渊观水的凝视力量:一是角色落差。比如《长河》中写"父母官"逻辑像一种寄生物,不停地寻找宿主,几经翻新之后便成了"登了报,不怕告"的新式样。来到乡下人面前的不是"德先生""赛先生",而是"从文明地区闯到乡下人中间的新吸血鬼"，是"五老爷""阎王"这样的角色。二是身份落差。狩猎性暴力在湘西盛行，乡下人被降格为动物身份，而手握权柄者却以法政之名升格。他们的人性为身份覆盖，成为推动程序运转的"部件"，因而从法律后果甚至道德后果中脱身。三是心理落差。当时最富于"秩序性"的理论莫过于"物竞天择，适者生存"的进化说，新旧秩序的较力在制造苦难的同时，也撕扯着乡下人的心灵。沈从文从浸润"旧俗"的湘西来到都市，转过头来看那里的生活，不能不感到痛苦。《新与旧》《菜园》《丈夫》《贵生》《菌子》《小砦》里表现了这种痛苦。他说，我想写雷雨后的《边城》，接着写翠翠如何离开她的家……

　　人类学家认为书籍的诞生与"火"有关。家园、故事、技艺等观念源于安全感，"炊烟"的升起，意味着人们开始熟练而安全地享用篝火。火能照明，取暖，还可以烹制熟食。文字是人类对居家感的确证，石刻岩画中多以水火或围猎场面为意象。一个被称为"家园"的地方，不仅是一幢漂亮楼宇，还意指着某种心灵状态。那是一个用火把"生的食物"变成"熟的食物"的地方，是孩子们可以在炉火边遐想的地方。用火点燃柴草，炉火就温暖家庭。围绕篝火与灶台展开的，是记忆和经验，是生火、拨火的技艺，它培养人的耐心、胆量和幻想的能力。巴什拉说，"我宁可旷一节哲学课，也不愿错过早晨起来生火"[1]，他在《火的精神分析》中写道，拨火是一件耐心、大胆和幸福的事情。

　　童年、炉火、柴草，散发着永恒的家园感，这是一种从人类童年

---

[1] ［法］加斯东·巴什拉：《火的精神分析》，杜小真、顾嘉琛译，长沙：岳麓书社，2005年，第 15 页。

时代闯进来的情感。淡泊是自然的品格,也是乡下人的品格,像他们的灶台和炉火。如今,人类记忆已经塞满了商业价值,沈从文的小说带我们重返连绵的森林,跳动的篝火,从设计感十足的"豢养"状态中摆脱出来。

沈从文对物象、表面和神韵的关注,总是超过对整体秩序或价值的关注。阅读沈从文的快乐,不是去挖掘他头脑中的伟大想法,而是在细节中,在猎人或樵夫的呼吸中,我们得以重返森林。水与火意指不同的时间结构,水让人产生挽留时间的欲望,而火让人产生变化的欲望,加快时间的欲望。沈从文是寂寞的水,也是引人遐想的炉火。他笔下的水,是可以在不同思想状态间飞跃穿梭的液体,明亮、透光、易逝。火也常常出现在他的作品中,像某种记忆"存储设备",用来存放永恒之物,如灰烬、恐惧、死亡,当然,还有光与热的持续影响,它洁净一切,像火山灰呈现出的那种状态。他说,只有尽它燃烧,才会有转机,看大处,中国是有前途的。

契诃夫的《在峡谷里》写乡下姑娘"丽帕"受尽凌辱又失去孩子,她问邻居:"一个小孩子,没犯过什么罪,为什么也要受苦呢?"众人无话可说,默默坐了一个小时。一位老人开口道:"我们不能每件事情都知道:怎么样啦,为什么啦,上帝不让鸟儿生四个翅膀,只让它生两个,因为有两个翅膀也就能飞了;所以人呢,上帝也不让他知道每件事情,只让他知道一半或者两三成。"接下来,老人讲了一个故事:我走遍了俄罗斯,什么都见识过。我到过黑龙江和阿尔泰山,我在西伯利亚住过,后来我想念俄罗斯母亲,就走着回来了。我记得有一回坐渡船,我啊,要多瘦有多瘦,穿得破破烂烂,光着脚,冻得发僵,啃着一块面包皮。渡船上有一位老爷瞧着我,眼睛里含着泪水。"唉"，他说，"你的面包是黑的，你的日子是黑的"！

　　湘西人常说，"治不好的病，就是命运了"。人与人在苦难中得和解，得安慰，这或许是最接近信仰的一种人类关系。作家用故事持守"人境"，他总是会想到别人——"顿觉眼前生意满，须知世上苦人多"。沈从文，就是这样的蔼然仁者。

2021 年春于兰卡斯特

第一章　引言

　　1923 年 9 月,沈从文离开湘西,19 天后,在北京西河沿一家小客栈住下。秋夜微凉,枕着仅有的 7 元 6 角钱,这位刚脱下军装的 21 岁青年只想去做件大事。用什么样的方式来证明"生命的意义和生命的可能"?他说,若承认那个染病的现实,并好好适应它,"我即可慢慢升科长,改县长,作厅长。但我已因为厌恶而离开了"。他说:"我想来读点书,半工半读,读好书救救国家。"

　　沈从文的一番言语"震慑"了京城的亲人,那是他的姐夫田真逸,"熟人中又常写作田真一",①毕业于北京大学的贵公子。站在面前的"古怪乡下人"语带机锋,浑身是胆,对都市却一无所知,这位富于阅历的长辈也不客气,回敬了一顿对他的信仰的当头棒喝:

　　好,好,你来得好。人家带了弓箭药弩入山中猎取虎豹,你倒

---

① 吴世勇编著:《沈从文年谱(1902—1988)》,天津:天津人民出版社,2006 年,第 17 页。

赤手空拳带了一脑子不切实际幻想入北京城作这分买卖。

你这个古怪乡下人，胆气真好！凭你这点胆气，就有资格来北京城住下，学习一切经验一切了。

可是我得告你，既为信仰而来，千万不要把信仰失去！因为除了它，你什么也没有！①

1924 年初，沈从文来到北京大学、燕京大学旁听并开始创作小说。"已经读了一点书，于是有了理想"，他回忆道。的确，那是一个开不得玩笑的年代，"物竞天择，适者生存"，严复这样说。"德先生""赛先生""劳工神圣"，五四人这样说。军阀们也举起"文治宪法""联省自治"的旗帜，整个世界仿佛变成了赛马场，唱着各种"鞭策齐重"的调子，几十年后，波澜还在。

沈从文的位置在哪里？这个问题不好回答。地方性，乡土性，边疆性，先锋性，等等，各自形成一套复杂的理论场，可不管怎么说都像是马后炮、醒酒汤。索性跳出三界外来看，佛家讲，"将心比心，便是佛心"，"菩萨直心是道场"，沈从文小说的好，若是非要说出个式样来，或许是禅意杂民气，有心，又不失烟火味道。

直心

文学的真实性令人不安，所以不合时宜。从"乡下人"的角度来观看人世，画之以成风景，沈从文就是站在这个至高点上来"一

---

① 沈从文：《从现实学习》，载《沈从文文集第十卷·散文、诗》，广州：花城出版社，1984 年，第 300—301 页。

览众山小"的。他始终远离"进步"的时代吼声,以存"旧俗"的姿态与乡下人共苦乐。换言之,沈从文的底色是"世俗性""自然性"。凭着对真实的贪恋,沈从文绘制出另一种永恒,那是一种比思想和思想家更持久的东西。我们能在他的小说中看到快乐,这快乐来自他身上独有的野性的坦然。写作,激发了野性,沈从文曾经这么说过。

沈从文的作品更像是与家乡父老的秉烛夜谈,没有教训人的口吻,更没有教训人的意思。进化的时代空气就不同了,"物竞天择,适者生存"这几个字本身就带着教训人的意思。"弱者当为强肉,愚者当为智役",言外之意是,不信此语者,就得被淘汰,就得灭亡,谁都没办法,那是天的意思。二十世纪初,中国社会中形成了先进与落后,城里人与乡下人,当然,还有觉悟者与愚昧者的不同队列。在《长河》《小砦》《贵生》等作品中,我们能看到进化观念怎样在乡下人的生活中完成了"可耻的退化"。

湘西不接受这一套文明人的说辞。湘西这两个字,首先意味着自然的属性,具体而言,是一种温和的海洋性。推而广之,沈从文所理解的达尔文,是自然属性的,而不是社会属性的达尔文。沈从文这个名字与湘西联系在一起,便是一颗感知自然力量并对其进行深刻思考的心灵的力量。

在别的诗句文章中,从没有人像他那样描述自己的故乡。他笔下的主人公们奔跑着去和山林河川幽会,在属于自己的神话中起舞。他们的生活从不参考某种哲学、某种理论或某种知识体系。如果他们累了,停下来了,不是因为受到了限制,而是来自真正的生命的终结,归根结底,那是他们自己的选择。有时候,沈从文只是一遍又一遍地呼唤着湘西的名字，不知疲倦，兴味盎然，像笛声如泣如诉。湘西，是沈从文与生俱来的疾患，这些疾患和他的文学是等值的，是某种灵魂的全部历史，我的意思是，它们同样是不可磨灭之物。

如果那个时代有所谓自然法则，沈从文无疑是最佳阐释者。这一法则不是以强凌弱、适者生存的残酷规律，而是以"恶法非法"之名声讨不义之人的"直心道场"。《维摩诘经》云："菩萨直心是道场，无谄曲众生来生其国。"直心是什么？就是平常心，就是常情，在那个激烈而促迫的时代里，时时有常情，处处不忘常情的，唯有沈从文。这份常情，意味着一种人的原初状态，与乡下人的生活和语言相关。用沈从文的话来讲，那是"原人的性情"，像苗人水手的样子："老实、忠厚、纯朴、戆直性情。"[1]在大多数情况下，沈从文是用"乡下人"这个词来表达多数人的意思，或者用来表达"人"这个概念原本该有的样子，总之，他们身上还保存着那种没有被败坏的状态。

那时的湖南，进化不仅是一种外来思想，一种语境，更是一场战争。以沈从文为之着迷的沅水、酉水一带为例，在那些远离都市的山乡、水乡，"乡下人"这个词，几乎指代了世上一半的人，另一半如何称呼，则取决于城市中人的口吻。

---

[1] 沈从文：《常德的船》，载《沈从文文集第九卷·散文》，广州：花城出版社，1984年，第 346 页。

退却

北伐前夕,中国农村的形势是爆炸性的。军阀统治的结果是农民的赤贫化,从 1918 年到 1927 年,无地佃农的数量占到农民的一半以上,如在福建是 65%,在广东是 66%,在湖南是惊人的 80%。农民的沉重负担主要来自三个方面:一是滥发不能兑成硬币的纸币造成的通货膨胀;二是因内战而增加的军事劳役;最后,也是最为严重的负担,是苛捐杂税。

据陈志让先生的研究,中国北方各省普遍预交了一至两年的税,华中各省预交了四或五年。湖南在 1924 年已征收到了 1930 年的税;福建在 1926 年征收到了 1933 年的税;最令人震惊的是四川的军阀,他们在 1926 年就征收到了 1957 年的税。[①] 大量失业农民的存在使军阀与土匪很容易招收到新兵,而新兵的数量越多,内战和混乱也就愈发频繁,愈加严重。在民国初年的军阀时期,往往是"一种状况成为另一种状况的原因",种种乱象互为因果,恶性循环。进化主义及其"优胜劣汰"之说可以解释农民的贫弱,对于如何解决中国的农村问题却无能为力。

一个没有记忆的人是无法写作的,当然,也不会想到用写作的方式来影响未来。一部《从文自传》,只有一个主题:记忆。时间无法摧毁的,唯有记忆,它会越来越绵长,比时间还绵长。在沈从文绵长的记忆里,我们能看到一个时代的样子。时髦口号,旧俗新

---

① [加]陈志让:《毛泽东与中国革命》,北京:中央文献出版社,1993 年,第 114—115 页。

法,还有那些进步的法则意味着什么呢？没有人想过乡下人会如何回答这些问题。

在沈从文看来,乡下人经历的,就是中国经历的;乡下人失去的,也就是中国失去的。他把乡下人和所有的"我们"联结起来,他说"这地方到今日,已因为变成另外一种军事中心,一切皆用一种迅速的姿势,在改变,在进步,同时,这种进步,也就正消灭到过去一切"①。带着这样的困惑,沈从文从城市里退回来,退到乡下人中去。

在沈从文生活的时代,似乎很少有人真正懂得乡下人的重要性和潜力。人们普遍认为在那些乡下人中做事是没有出息的,前途渺茫。当然,熟悉中国历史的人都知道,有一个叫毛泽东的青年在1924年底回到湖南,从所有重要的工作中"退却"了。在城市中,他没有得到知识分子的尊重,于是回乡"养病",一直待到1925年夏天,专心研究中国革命的农民问题,在乡下人中间度过了一段惊奇的、积极的生活。②

对于中国由进化主义转向马克思主义的原因,陈志让先生是这样描述的:

中国"民主共和"的十年(1911—1921),引起了三次全国性的内战和多次地方性战争,造成了一千多个军阀,带来两次帝制复辟,欠下了巨额的内债和外债,但既没有带来政治稳定,也没有带来经济稳定,更不要说进步了。事实似乎已经表明,"伟大的西方

① 沈从文:《从文自传》,长沙:湖南美术出版社,2006年,第7页。
② [加]陈志让:《毛泽东与中国革命》,北京:中央文献出版社,1993年,第108—109页。

制度"在解决中国的问题时完全无效,包括国民党在内的各个政府全都软弱无力。1914 年到 1918 年的大屠杀只是有助于证明西方文明的缺陷,巴黎和会,更令中国人失望之极。此外,三十万白俄涌入哈尔滨、天津和上海这样的城市,其中许多人赤贫如洗,这进一步使欧洲人优越的神话破产。这种动荡不定而且还在继续变化的形势在中国人身上造成的反应分为三种:有些人重新埋头于他们所谓的"国粹";有些人不相信西方知识无用,继续加以鼓吹倡导;另一些人则从俄国的十月革命中看到了一线光明。①

五四前后,"进步"这个词与欧洲关联起来,仍然意指某种方向,不过越来越像一个冰冷的梦境。在绝望之人眼中,一切都是冰冷的,中国本身的绝望强化了欧洲的冰冷。与此同时,中国的知识人发现,俄国的布尔什维克不仅是俄国人,更是播种希望的"革命者"。

道士

人们总是自觉或不自觉地介入历史,拥抱时代,当然,也会有少数人选择疏离,身上少有时代性。比如小说家,当整个世界在他的笔下延伸的时候,再时髦的东西也会显得偏狭。小说家是可以用文字来呈现历史的,他们是人类思绪的敏感捕捉者。他们笔下的那些貌似"离题"的思绪,往往关乎"现代人"的尊严,具有历史性

---

① ［加］陈志让:《毛泽东与中国革命》,北京:中央文献出版社,1993 年,第 83 页。

的意义。

从经验的意义上讲，所有的人类思绪都是有关联的，类似科幻作品或穿越叙事所生成的意义场。一本书，一个故事，本就不必为逻辑所困，此时此事的逻辑也许会成为另一世的话柄，甚至笑柄。小说家写下五分钟的人世场景与思绪，或许在思想与学术的逻辑之外，但从经验的层面来看，却有着一种永恒的，非时间性的意义。

1947 年冬，在上海的小菜场里与穿着补丁长衫的人群擦身而过后，张爱玲写下《中国的日夜》一文。在街上，她遇到一个灰扑扑的道士，没名没姓。他被封存在历史中，困在都市里，倚着寸寸斜阳，走在大战之后的上海街头：

> 有个道士沿街化缘，穿一件黄黄的黑布道袍，头项心梳的一个灰扑扑的小髻，很像摩登女人的两个小鬓叠在一起。黄脸上的细眼睛与头发同时一把拉了上去，也是一个苦命女人的脸相。看不出他有多大年纪，但是因为营养不足，身材又高又瘦，永远是十七八抽长条子的模样。他斜斜挥着一个竹筒，"托——托——"敲着，也是一种钟摆，可是计算的另一种时间，仿佛荒山古庙里的一寸寸斜阳。时间与空间一样，也有它的值钱地段，也有大片的荒芜。不要说"寸金难买"了，多少人想为一口苦饭卖掉一生的光阴还没人要。（连来生也肯卖——那是子孙后裔的前途。）
>
> 这道士现在带着他们一钱不值的过剩的时间，来到这座高速度的大城市里。周围许多缤纷的广告牌、店铺、汽车喇叭的嘟嘟响；他是古时候传奇故事里那个做黄粱梦的人，不过他单只睡了一觉起来了，并没有做那么个梦——更有一种惘然。

那道士走到一个五金店门前倒身下拜。当然人家没有钱给他,他也目中无人似的,茫茫的磕了个头就算了。自爬起来,"托——托——"敲着,过渡到隔壁烟纸店门首,复又"跪倒在地埃尘",歪垂着一颗头,动作是黑色的淤流,像一朵黑菊花徐徐开了。看着他,好像这世界的尘埃真是越积越深了,非但灰了心,无论什么东西都是一捏就粉粉碎,成了灰。①

读这段文字时,我们心底会有一种很古很旧的东西涌上来,好像我们每个人都同这道士并立在黄昏里,永远走不出那条街道。道士同那时代的许多乡下人一样,出自同一个家谱。他们面前的寸寸斜阳,是连成为"剩余价值"的资格都没有的。在这个道士面前,一切时兴的现代性理论都显得多余。就如同我们熟知的骆驼祥子、闰土、阿Q,哪里是哀戚的"国民性"理论可以拯救的。道士没有留下名姓,《中国的日夜》似乎也没有成为人所共知的历史篇章,但他的真实性是确定无疑的,历史上曾经存在过这么一个"跪倒在地埃尘"的道士。

道士的身世经历,他的未来,他眼见的大千世界,足以写出几部小说。他生活在营养不足的饥饿状态里,可是并没有选择为兵为匪的道路。他宁愿跪拜化缘,也不去劫掠这个世界。难怪张爱玲说他是黑色淤流里的一朵黑菊花,那一刻,她与道士都只不过是需要买菜吃饭的世间小儿女,既不是低在尘埃里的苦人,也没有城里人、乡下人的界限。这五分钟,也是都市文明与乡野自然的一次

① 张爱玲:《中国的日夜》,载《倾城之恋》,北京:北京十月文艺出版社,2006年,第449—450页。

默默和解,架设桥梁的,是一位与人交浅而言深的都市作家。

张爱玲是最先适应都市生活的现代作家,她是偏爱都市文明的。她喜欢写那些为新旧观念困扰的都市青年,他们在都市中经营着自己的悲喜人生,也慢慢地适应了布满路灯、明暗交替的市井气氛。他们知道城市从哪里开始,在哪里结束,我的意思是,他们对城市"习以为常"了,对处处可见的威胁也习以为常了。张爱玲知道这一切是如何发生的,而且总能敏锐地觉察到人物内心的边界。她发现这些边缘地带布满尘埃,通过写作,她凝视着这些尘埃。她的作品本身就是一种不可侵犯的孤独凝视,或者说,孤独是她的一种思维方式。都市,是文明的孤岛,像她笔下的人物那样,有时,张爱玲也想走出城市,有时,她也想成为一个乡下人,种桑,养蚕。

虎耳草

沈从文的小说中弥漫着一种"丛林感",他领受的孤独是另外一种颜色,混合着"燃烧的感情"与"狂妄的想象",像湘西的虎耳草,苦辛,微寒,有小毒。他说:"我感觉异常孤独。乡下人实在太少了。倘若多有两个乡下人,我们这个'文坛'会热闹一点吧。……自愿做乡下人的实在太少了。"①

一个"乡下人"跑到城市中以创作为职业,那境遇真如同张爱玲笔下那位沿街化缘的道士,有一种黑色幽默的调子。事实上,沈

---

① 沈从文:《〈从文小说习作选〉代序》,载《沈从文文集第十一卷·文论》,广州:花城出版社,1984 年,第 46 页。

从文与张爱玲从未见过面,在晚年写给友人的信中,沈从文说:"你问的张爱玲,我和家中人均未认识。"①

沈从文不喜欢那种张灯结彩的气氛,路灯、街灯,琳琅满目的店铺总令他眩晕。对时髦的"都市生活",他似乎有一种格格不入的"轻蔑"。在这位小说家眼中,都市文明才是落后的,那里充斥着不诚实的人,还有对身心有害的空气。

他过不惯都市生活,常常在作品中赞美村姑、渔家女、老伯娘那样的女性,对猎人、水手、樵夫等充满男性力量的形象也带着几分迷恋。他总是对那些不迷信规则,拒绝"进化"的人感兴趣:山大王、弁目、土匪、逃兵、疯子、妓女、殉情者、私奔者……激情、死亡与罪行游荡在他的小说、游记、自传和访谈里,在这些废墟中,他要建立人性的神庙。面对这些废墟,他在断裂、毁坏中看到了新生。像司汤达在《意大利遗事》中所做的那样,为了重建人性尊严,沈从文以"乡下人"为针为线,把时代的大力量压扁撕碎的一切又缝补了起来。

在沈从文的世界里,乡下人是一种语言,一种法则,原始、粗野、质朴,无法琢磨,始终处于一种戒备状态。透过乡下人的眼目,我们看到了人们对于城市、进化、创伤、混乱、死亡、重生的最初印象。《边城》是沈从文不幸之中的万幸,之后,他把所有幸与不幸捏得粉碎,洒在《长河》中,洒在《小砦》中。

与此同时,我们发现摆在面前的那些故事蒙着一层云雾,似楚地夜雨后的白雾,薄薄的,浅浅的,新鲜到令人生疑。于是,我们成

---

① 沈从文:《复王毅汉暨致香港〈大拇指〉编辑部》,载张兆和主编《沈从文全集第26卷·书信集》,太原:北岳文艺出版社,2002年,第91页。

了沈从文笔下的"落洞"女子,眼前的"大树、洞穴、岩石,无处无神。狐、虎、蛇、龟,无物不怪"①。我们下沉在洞底,沉默、倾诉,并不渴望绳索、法术与药物。

"乡下人"又是一个难以捕捉的词,一个与沈从文的过去有着密切关系的词,一个远比"乡巴佬"(Redneck)意义更丰富的词。

沈从文总是宣称自己是一个乡下人,这几乎成了他的口头禅,成为他的"原体验",为什么会这样?这个词与他的作品是什么关系?乡下人的人生经验究竟意味着什么?为什么乡下人和他们的土地伤痕累累?这个词所遇到的普遍的社会性的蔑视如何刺激着沈从文的创作?在进步与落后对峙的进化语境中,沈从文凭借着什么越过间隔在城市与乡村之间的深深沟壑?为什么一位在城市中当了教授的作家非要横下心来做乡下人?

每一本打开的书都是漫漫长夜,每一个疑问都包裹着薄雾,对应着由写作而生成的"别处"。那是一个与日常言语世界不同的地方,我说不出它的名字,只好唐突地写下来,记在下面。

---

① 沈从文:《凤凰》,载《沈从文文集第九卷·散文》,广州:花城出版社,1984年,第405页。

第二章　风行地上

进化,曾经是一个时代的尺度。

进化,是游离于伟大与残酷之间,人类与自然界之间的一个词。

我们可以把"evolution"比作一张贝格尔号军舰的船票,载着仁慈的达尔文(Charles Robert Darwin)远离人类,驶向野蛮。五年之后,他不仅远离人类,还远离了上帝,却不改其仁慈品性。他不惜开罪整个欧洲,也要呈现竞争的残酷性。他宁愿为动物发声,也不愿包庇造物主的沉默。我们甚至可以这样来形容达尔文先生的性情:他奉献给动物的仁慈超过对于人类的仁慈。

在1860年12月19日写给恩格斯的信中,马克思兴奋地说:"尽管该书(《物种起源》)写得有点儿英国式的粗糙,但它包含了支持我们的观点的自然历史基础。"他为之感动的是,达尔文发现了阶级斗争的自然科学依据。① 1873 年 6 月，马克思把德文版《资本论》第一卷寄赠给达尔文，在内扉上写下这样一句话：查理士·达尔文惠存，诚挚的敬仰者卡尔·马克思。10 月 1 日，达尔文才给马克思回信，他以"great work"称赞《资本论》一书："敬爱的先生：蒙您赐赠巨著《资本论》，为此不胜感荷！获此宝书，衷心希望能不负盛情，并将加倍细心研究此深刻而重大的政治经济问题。尽管我们的学术志趣不同，但我深信，我们两人均赤诚期望于普及知识，并使之为人类幸福不断增长而效劳。"②在信的结尾处，年长九岁的达尔文以非常谦卑的措辞与马克思话别："敬爱的先生，再会！"

事实上，这两位引领时代风潮的巨人从未谋面，达尔文也没有认真研读《资本论》，而是在随后的日子里与动植物为伴，10 月 4 日发表《空中的蜘蛛》一文，10 月 20 日开始修改《食虫动物》的书稿，11 月 24 日整日专心观察"含羞草的叶子受触碰而运动的情形"。③他完全沉浸在科学家的角色里，对"政治经济"问题毫无兴趣，简直可以说是人类的远房亲戚，对自己的影响力浑然不觉。

人们提及达尔文和他的《物种起源》时，会生出敬重，如同五四一代年轻人对哥白尼、华盛顿、林肯的敬重。这份敬重来自"生存斗争"一词，人们把它同"天行健，君子以自强不息"等量齐观，自然而然地喜爱上西洋的科学与文学。对于这份敬重，陈衡哲在《西洋史》中有一番解说：

① ［美］浦嘉珉：《中国与达尔文》，钟永强译，南京：江苏人民出版社，2008 年，第 12 页。
② 周邦立编著：《达尔文年谱》，北京：科学出版社，1982 年，第 420—421 页。
③ 周邦立编著：《达尔文年谱》，北京：科学出版社，1982 年，第 422—423 页。

十九世纪的中年，地质学及生物学，又从物理学及化学之外，为科学开辟了一个新疆土。那个根据着演化（Evolution）原理的来儿（Lyell）名著《地质学原理》（*Principles of Geology*），及达尔文（Darwin）的《物种由来》（*Origin of Species*），尤为这个新科学成立的大功臣。演化学说虽非始创于达尔文，但他实是能使演化说确立的一个人。这个学说的影响，是不仅以科学界为限的，在一方面，他既打破了上帝造人的传说，对于宗教及人生观发生了一个巨大的革命，使宗教界终不得不去曲解或改释他们的《圣经》，以求合于这个新学说；在他方面，他的物竞天择的原理，又不啻去为那已经充满着竞争空气的人类社会作一个担保，加一种努力的决心，终使忧时之士如克鲁泡特金（Kropotkin）者，不得不另创一协助（Cooperation）学说来补救这个学说的流弊。这个演化学说力量的伟大，及影响的深远，也就可以想见了。①

物竞天择的原理，为人类社会注入了"竞争空气"，也演化出一个百家争鸣的时代。五四前后，中国不仅有共和派和君主立宪派，而且还有无政府主义者、马克思主义者、列宁主义者、共产主义者、实用主义者、浪漫主义者、柏拉图主义者、克鲁泡特金崇拜者、易卜生崇拜者、杜威崇拜者、罗素崇拜者、基督徒、康德信徒、黑格尔信徒、柏格森信徒，甚至还有尼采信徒。②

① 陈衡哲：《西洋史》，沈阳：辽宁教育出版社，1998年，第287页。
② ［美］浦嘉珉：《中国与达尔文》，钟永强译，南京：江苏人民出版社，2008年，第153页。

　　"适者生存"说见于胡适之名已是人所共知的历史叙事，事实上，对于进化主义，对于严复《天演论》的影响，鲁迅早在1898年前后，就写下了刻骨铭心的记述：

　　看新书的风气便流行起来，我也知道了中国有一部书叫《天演论》。星期日跑到城南去买了来，白纸石印的一厚本，价五百文正。翻开一看，是写得很好的字，开首便道："赫胥黎独处一室之中，在英伦之南，背山而面野，槛外诸境，历历如在机下。乃悬想二千年前，当罗马大将恺撒未到时，此间有何景物？计惟有天造草昧……"哦，原来世界上竟还有一个赫胥黎坐在书房里那么想，而且想得那么新鲜？一口气读下去，"物竞""天择"也出来了，苏格拉第、柏拉图也出来了，斯多葛也出来了。（鲁迅：《朝花夕拾·锁记》）

　　鲁迅当时17岁，是南京一所西式学堂的学生。一夜之间，一本《天演论》让他遇见了整个新世界，如鄂谟（荷马）、罕木勒特（哈姆雷特）、汗德（康德）、休蒙（休谟）、狭斯丕尔（莎士比亚）、德黎（泰勒斯）、希克罗（海克尔）、约伯、亚历山大大帝、朴伯（蒲伯）、什匿克宗（cynics，犬儒学派）、图德（都铎）、青明子（chimpanzees，黑猩猩）、生学（生物学）、名学（逻辑学）、涅菩刺斯（星云）及涅伏（神经）等。①

　　然而，世间太精绝的物事，皆令人生疑。以沈从文为例，他的作品处处蕴藏着对于进化、进步的忧虑。在《从文自传》中，他这样

①　［美］浦嘉珉：《中国与达尔文》，钟永强译，南京：江苏人民出版社，2008年，第153页。

描写湘西的改变:"一切皆用一种迅速的姿势在改变,在进步,同时这种进步,也就正消灭到过去一切。"①从他独特的乡下人视角来看,进化意味着一种横暴,"地方新的进步只是要他们纳捐",他们竟无力制止,"年高有德的长辈,眼见到好风俗为大都会文明侵入毁灭,也是无可奈何"。② 与《边城》的爱憎与哀乐相对应的,正是这个民族受进化、进步观念驱使的独特时空场域。

在遥远的欧洲,进步也是以枉顾道德为代价的,1914 年到 1918 年的大屠杀及之后的巴黎和会都令人类文明蒙羞。"进化""进步""工业革命",这些词无论如何定义,都伴随着因古老信仰而挥之不去的罪恶感。寡廉鲜耻,是资本扩张引发的病毒效应。病毒在显微镜下无处藏身,同样,在最具道德感的中国人眼中,欧洲的文明与野蛮被等量齐观地放大,昭昭可见。

俗话说,恶犬多不吠,百灵无人食。达尔文,这位执着的植物学家、考古学者、探险家残忍地否认了上帝创世说,为最适者(the fittest)、智者、强者、极端个人主义者,当然,还有帝国主义者找到了"自强"本能、天演法则。整个基督教世界为此事沸腾起来,而在十九世纪末的中国,没人宣称达尔文学说的"野蛮"性。国人的惊讶与转变发生在五四时期,最初急于投向达尔文的中国,在二十年之后才开始谴责他的学说,并把他与"帝国主义群盗"的野蛮联系起来。

"利己杀人,寡廉鲜耻","天演淘汰,为野蛮物质进化","达尔

---

① 沈从文:《从文自传》,长沙:湖南美术出版社,2006 年,第 37—40 页。
② 沈从文:《七个野人与最后一个迎春节》,载《沈从文文集第八卷·小说》,广州:花城出版社,1983 年,第 316 页。

文之主张，谓世界仅有强权而无公理"，率先站出来终结达尔文学说的，正是早年曾经鼓吹竞争、天择的那一代年轻人。

为什么会发生这样的转变？达尔文到底是谁？为什么会出现鲁迅那样的思想者？为什么会孕育出沈从文那样的小说家？这一切都与进化之风有关，而在沈从文的作品中，隐藏着远比思想演化更为生动具体的细节。

任何文本都覆盖着"历史"的碎屑，像科学界无法捕捉的粒子，能穿透时空，产生某种共振效应。在承认这种"穿越性"意义的前提下，我们也会理解为什么说对文本的阅读是一个无止境的过程。

今天的读者，在阅读沈从文作品的时候，在了解他人生经历的时候，也会捕捉到痛痒相关的经验。小到"碎屑"般的旧事，如他从最初的不会使用标点到努力成为一个作家，大到他如何以一颗戆直的心来看待人性，如何理解他眼前的世界。简而言之，围绕着沈从文的一切，既是可以无限延展的文本的世界，也是一段与我们每个人痛痒相关的历史。黄永玉先生把他回忆"从文表叔"的文字题为《忧郁的碎屑》，实在是痛痒相关的妙语。沈从文说："我一生的经验与信念，就是从不相信权力，只寻求智慧。"①他为什么要这样讲呢？答案或许就隐藏在文本中，隐藏在那些有温度、有质感的故事里。

---

① 沈从文：《致凌宇》，载张兆和主编《沈从文全集第 25 卷・书信集》，太原：北岳文艺出版社，2002 年，第 451 页。

战舰

　　工业革命的实质是技术革命。人的创造力和实用智慧激发了对人类历史与命运的进步信念：人类能够自己"创造"一个完美世界。当然，展示西方技术的巨大舞台是战争。

　　鸦片战争纯粹是一场力量的展示，从那时起，中国发现一个不可思议的事实，即蛮夷的力量不仅强大，而且不断进化，日趋强大。无论在审美的角度多么恶俗，蒸汽轮船都被当作一项伟大的技术进步。电报、火车、舰船、枪炮及治疗枪伤的药物越来越先进，而这些新事物几乎都在中国人的经验之外。①

　　"天翻地覆时，十字架屹立"（Stat crux dum volvitur orbis）②，这一拉丁箴言表达了中古时代信仰高于一切的虔诚信念。若与救赎无关，世界的变与不变，在十字架前无足轻重。不过，到了1830年代，雨果笔下蔓延开来的是人类对"进步"的迷狂，世界历史不再是人类寻求自我救赎的历史，而是人类创造和改进战舰的历史：

　　如果有人要见识见识战船的庞大究竟达何程度，他只须走进布雷斯特或土伦的那种有顶的六层船坞。建造中的战船，不妨说，

---

① ［美］浦嘉珉，《中国与达尔文》，钟永强译，南京：江苏人民出版社，2008年，第27页。
② 拉丁文"Stat crux dum volvitur orbis"，语出《悲惨世界》之纯贞嬷嬷："世界在十字架前算不得什么。查尔特勒修院第七院长玛尔丹曾替他的修会订下的箴言：'天翻地覆时，十字架屹立。'"查尔特勒修院（Ordo Cartusiensis）由科隆的圣布鲁诺（St Bruno）于1084年建立于法国阿尔卑斯山查尔特勒山谷。参见［法］雨果：《悲惨世界》，李丹、方于译，北京：人民文学出版社，2003年，第二部第八卷。

好像是罩在玻璃罩里似的。那条巨梁是一根挂帆的横杠，那根倒在地上长到望不见末梢的柱子，是一根大桅杆。从它那深入坞底的根算起，直达那伸在云中的尖端，它有六十脱阿斯长，底的直径也有三尺。英国的大桅杆，从水面算起，就有二百十七英尺高。我们前一辈的海船用铁缆，我们今天的海船用铁链。从一艘有一百门炮的战船来说，单是它的链子堆起来就有四尺高，二十尺长，八尺宽。并且造那样一条船，需要多少木料呢？三千立方公尺。那是整个森林在水上浮动。①

　　战舰是一株撼动人类良心的毒树，民众为之欢呼，酣睡在它的阴影之下。十字架曾是人类良心的一份信证，如今人类迷了路，战舰并不搭救——它看护的是另一份伟大。它是人类创造的新物种，是"骇人的机器"，如雨果所说，"一条战船在港内出现，就有一种说不出的吸引群众的力量。那是因为那东西确是伟大，群众所喜爱的也正是伟大的东西"。凭借它的威力，种族之间有了进步与落后、文明与野蛮的区别。

　　民众也为十字架的倾倒叹息，他们追问究竟是谁谋杀了人类良心？一个只在教堂外散步的男子成为凶手，他的进化之说，他的《物种起源》《人类的由来》，预言了一个种族之间残酷斗争的时代。

　　世界的变与不变在十字架前无足轻重，而达尔文在显微镜前进行一番观察后对此提出质疑。毫无疑问，达尔文开创了一个认知世界历史的新方法，他宣称修道院教养不足以解释这个世界，人

----

① ［法］雨果：《悲惨世界》，李丹、方于译，北京：人民文学出版社，2003年，第370页。

类必须斗争,必须有所区别。

达尔文打破了基督教的创世语境,他挑战"每一物种均被独立创造"的学说,代之以物种的自然选择说。在这一过程中,有些物种会在阳光下存续下来,而有些物种则必须走向毁灭。

魔鬼牧师

1856 年,达尔文开始写作一本"物种巨著"。事实上,早在 1837 年 7 月,他就开始记载有关物种起源的第一本笔记,二十年来,他想来想去却未曾动笔。在致赫胥黎(Thomas Henry Huxley)的信中,达尔文这样写道:"只有魔鬼牧师才能写出这样的一部作品,其中充满了粗制滥造、浪费、差错、低俗和可怕的冷酷,这就是大自然的情况!"① 不过,在《物种起源》的结尾处,达尔文仍以造物主之名称赞进取的法则:

因为自然选择只是根据并且为了每一生物的利益而工作,所以一切肉体的和精神的禀赋都有向着完善化前进的倾向。……从自然界的战争里,从饥饿和死亡里,我们便能体会到最可赞美的目的,即高级动物的产生,直接随之而至。认为生命及其若干能力原来是由"造物主"注入到少数类型或一个类型中去的,而且认为在这个行星按照引力的既定法则继续运行的时候,最美丽的和最奇异的类型从如此简单的始端,过去,曾经而且现今还在进化着;这

---

① [英]兰德尔·凯恩斯(Keynes, R.):《安妮的盒子:达尔文、他的女儿和进化论》,陈蓉霞译,上海:东方出版中心,2009 年,第 253 页。

种观点是极其壮丽的。①

1818 年,9 岁的达尔文进入凯斯牧师主持的"日校"。凯斯是正街上唯一一座教堂的牧师,达尔文的父亲、姐姐及夫人小时候都经常去这座礼拜堂。据达尔文回忆,他的博物家之梦正是在此养成：

当我在那所日校的时候,我对博物学、特别是对采集的嗜好大大地发展了。我试着为植物定名,并且采集各种各样的东西,如贝类,印记,书信上的印章,钱币和矿物。可以引导一个人成为分类的自然科学家、美术品的收藏家或守财奴的这种收集欲,在我很是强烈,而这种欲望显然是生来就有的,我的姐妹兄弟没有一个人曾经有过这种嗜好。②

达尔文在欧洲也常常陷于强大教会势力的限制。据其子F. 达尔文回忆,《达尔文自传》中有关宗教信仰的态度太过尖锐,以至于笃信宗教的家人不同意出版他的回忆录。为此,达尔文一家人差点对簿公堂。③

以上便是包裹着达尔文及其家人的"宗教"气氛,凝重、庄严,

---

① [英]达尔文：《物种起源》,周建人、叶笃庄、方宗熙译,北京：商务印书馆,1995 年,第 556—557 页。
② [英]F. 达尔文编：《达尔文生平》,叶笃庄、叶晓译,沈阳：辽宁教育出版社,1998 年,第 7 页。
③ [英]F. 达尔文编：《达尔文生平》,叶笃庄、叶晓译,沈阳：辽宁教育出版社,1998 年,第 5 页。

像空气一般不可或缺。当 10 岁的长女安妮停止呼吸后,达尔文对这份充满大爱的空气也彻底厌倦了。他的安妮"几乎从不犯错,也从未受过任何处罚……双眼明亮有神;面带微笑;步伐轻盈稳重;身体挺直,脑袋总是稍稍后仰,好像要以她的乐观来对抗整个世界"。①

人们相信,安妮之死彻底改变了达尔文,自此以后,他投身于对某种令人悲观的生命法则的钻研中,与上帝的仁慈渐行渐远。他不再与家人一起去教堂礼拜,只是陪他们走到门口。然后,要么与治安官聊天,要么沿着教堂边上的小路散步。

作为科学家的达尔文未必豁达,他知道科学也仅是一种必要的恶。而作为一个"慈孝"的人,他的为人、为文、为学都饱含健康的人类德性,理性、知性倒在其次。如果非要为这个判断附上证明,我想用达尔文妻子的一番话来做"呈堂证供":

> 他(达尔文)是我从来没有见到过的一个坦白无私的人;每一个字都表明出他的真实的思想来。……他具有特殊的情感,对他的父亲和姐妹们有非常细致的要求,并且是十分温和的人,而且还具有一些细小的品性;这些品性特别是加上了一个人的快乐;这并不是一种苛求的品性,而是一种对于动物的仁慈的品性。②

① [英]兰德尔·凯恩斯(Keynes, R.):《安妮的盒子:达尔文、他的女儿和进化论》,陈蓉霞译,上海:东方出版中心,2009 年,第 222—223 页。
② [英]查理士·达尔文:《查理士·达尔文和在贝格尔舰上的旅行》,周邦立译,北京:科学出版社,1958 年,第 10 页。

23

在进化的神秘物种说形成之前，图尔高、康德、孔多塞、圣西门、穆勒（密尔）、托克维尔已经为欧美树立起人类进步及不断趋向完善的热切信念。然而，真正"证明"了进化，也向大多数人证明了进步信念的，当然是非达尔文莫属。

当达尔文选择出版他的著作之时，他十分清楚自己正在与世界上一半以上的人为敌。如果竞争状态是自然界的真理，适者便成为人间的主宰，达尔文几乎是另外创造了一个社会秩序，这个秩序对生前死后之事没有安排。适者生存下来，不幸的淘汰者死去，逝者的意义仅仅存在于某种"遗传学"的解释。

从达尔文的角度来看，我们可以对人类社会的历史构成做如下解释：生物遗传与文化遗传遵循类似的法则，即生物层（Biosphere）的事实决定人类心智层（Noosphere）的活动，人之善恶取决于遗传，而不是什么原罪。

今日之短，曾是昔日之长。今天的乌托邦，将是明天的肉与骨。达尔文代表着一整套革命性的逻辑。这个逻辑的起点是"死亡"，是人类对于死亡的全新态度：死亡，然而不忘永生。

作为生命奇迹的探索者，自然界的探险家，达尔文的冒险经历并不像革命者那般传奇，而与间谍类似：他观察、谛听、寻找、分析，而为了促成某项神圣事业，可以肆无忌惮、为所欲为，从独树一帜的资料中穿越，归来时，历史已因他而安排得平衡、妥帖。

他的兴趣总在危险事物的边缘，于是，他成了迷信的无神论者，被死神纠缠的牧师，心神不宁的教士，在揭开荒凉山庄的秘密之后，纵马消逝于平原。

"达尔文者"

人人都有家谱可寻,要么隐藏在血液中,要么显现在颜面、姿态、表情中。在《中国与达尔文》这部跨越文化与时空的历史著作中,浦嘉珉(James Reeve Pusey)教授把人们聚拢在一堆篝火旁,一起探究"达尔文的珊瑚":造礁珊瑚是一种只能在浅水里生长的动物,人们始终感到困惑的问题是,为什么珊瑚礁从很深的海底向上生长?

达尔文提出的假设是,在造山运动中,地壳的广大区域会上升或者下沉,在这样的相互作用下,堡礁和环礁就有了相互转化的机会。达尔文推论的依据是他对南美洲地质变化情形的观察研究,而后用纯粹演绎的方法来解释珊瑚不可能完成的任务。事实上,在得出这个结论的时候,达尔文身处南美洲的西岸,从未见过太平洋里的珊瑚礁和珊瑚岛。[①]

珊瑚礁理论是一个奇巧的历史隐喻,像包裹着达尔文的一团迷雾,直到今天仍令人着迷。与达尔文在西方世界的遭遇相类似,从未踏足中国的达尔文先生和他的进化论足足影响了几代中国人。

在中国迎接马克思主义学说之前的几十年里,进化思想全面影响着中国人的思维方式,诸如严复、康有为、梁启超等人都从达尔文那里获取写作的灵感,从维新派、共和派、无政府主义者到革

---

① [英]查理士·达尔文:《查理士·达尔文和在贝格尔舰上的旅行》,周邦立译,北京:科学出版社,1958年,第256页。

命派,再到后来的马克思主义者都或多或少地聆听过达尔文的教诲。

《中国与达尔文》有一种强烈的探险倾向,浦嘉珉教授竭力探寻的思想图谱是达尔文学说的同盟者与仇敌。这本书就是这样的冒险旅程,旅程令人惊惧,却有千人千面的新鲜感,书中的一些人物甚至有谋杀人类良心的嫌疑。对"进化"这一跨越时代与文化的思想分歧,人们各执一词,不自觉地结成派系。

一部成功的侦探小说,就是要把故事中的人物写得模棱两可。他们的所作所为既像是犯罪,又远离现场,貌似与罪行无关。他们素未谋面,却可能早已熟悉彼此的成败优劣。从这个角度来看,浦嘉珉教授堪称是一位出色的侦探,带着他的读者们时而游历天国,时而与"乡巴佬"攀谈起来,时而又钻进书斋,对每本书,对每个作者都盘问一番。

尽管达尔文在欧洲被斥为宗教异端,但他的学说观念仍然浸润着"天国"理想,那是一种古老的信念,人们相信上帝的意志作用于人间如同作用于天堂。犹太民族的奋斗历程(up from Eden)是一场攀升伊甸园的艰苦努力,而进化论是人类寻求建立人间天堂的世俗化回应。

康有为的儒教进步观(三世进化说)来自孔子,而其"大同"蓝图则借鉴了李提摩太(Timothy Richard)所译之《回顾》《佐治刍言》等书。此外,还有两部译作书籍曾影响那个时代的中国知识人。一部是赖尔(Charles Lyell)的《地学浅释》,另一部是麦肯齐(Robert Mackenzie)的《泰西新史揽要》。

《地学浅释》一书于1871年由华蘅芳与玛高温(Daniel Jerome

Macgowan，1814—1893）合作译出，原书是英国地质学家赖尔的《地质学纲要》（*Elements of Geology*），由江南制造局翻译馆印制。此书译介了一个考古学和新史学立场给中国知识界，以化石的发现为标志，人类的进化史被汇聚到达尔文的学说体系中。[1]

　　以这两部译作为基础，李提摩太想倡导一种温和的进步信念，即文明社会的进步，并非弱肉强食的丛林法则。理想的竞争样态是一种英国模式，即以自由贸易、法律、民主、私有财产和资本主义为基础的竞争，以此为榜样，人类能走向平等，避免恃强凌弱的悲剧。

　　《佐治刍言》一书英文名为"Homely Words to Aid Governance"，源自钱伯斯兄弟编撰的《钱伯斯教育课程》（*Chambers Educational Course*）。中译本由傅兰雅（John Frye）、应祖锡翻译，成为19世纪末流行的政治读物。爱丁堡的钱伯斯兄弟并不想创造一个乌托邦学说，只是对英国已经获得的进步表达"适度的满足"，更确切地说，他们相信文明的发展乃是上帝的意志。浦嘉珉教授相信康有为对《佐治刍言》的偏爱，不过，他更加确信的是，康有为大同蓝图与钱伯斯兄弟之间的异质性：

　　　钱伯斯兄弟的"刍言"不可能是"大同"蓝图，因此，他们无法限制康有为宣称自己的独创性。……钱伯斯兄弟欢迎自愿联合并期待国际法之下逐渐在全世界生活必需品的自然分散中找到更加坚实的证据，以证明一个伟大世界的存在，这个世界通过自由贸易有

―――――――――――

[1] 叶笃庄：《达尔文著作在中国的翻译与出版》，载《上海科技翻译》1991年第3期。

目的地使人类得以友善地相互依存，康有为则从中发现"大同"的途径与必要性。①

《佐治刍言》并未激发康有为生出英国式的信念，它只是坚定了康有为的中国式信念。现在看来，这一顺理成章的解释或许可以说服普通的中国读者，却无法令人叹服，真正令人叹服的是浦嘉珉教授追随康有为的脚步，发现了在中国历史、经书、理念乃至信仰表象之内所包裹的"务实（世俗）"性格：

> 昔者先王未有宫室，冬则尽营窟，夏则居橧巢。未有火化，食草木之实，鸟兽之肉，饮其血，茹其毛。未有麻丝，衣其羽皮。后圣有作，然后修火之利。范金，合土，以为台榭、宫室、牖户；以炮，以燔，以亨，以炙，以为醴酪。治其麻丝，以为布帛。以养生送死，以事鬼神上帝。皆从其朔。（《礼记·礼运》）

浦嘉珉教授特别强调这一文本的重要性，因为书中没有造物主和伊甸园，没有希腊罗马式的众神，甚至连普罗米修斯这样的盗火之神都没有，有的只是野蛮人、晚期智人，以及"于人类进化的非神话化（unmythologized）的古老记载"。浦嘉珉教授的言外之意是，就西方文明而言，人类有神性的起源，并没有一个"兽性的前

---

① ［美］浦嘉珉：《中国与达尔文》，钟永强译，南京：江苏人民出版社，2008 年，第 26 页。

科"，而中国代代相传的记忆中，"毫不羞愧地承认自己的祖先是野蛮人"。①

如同《礼运》对"大同"世界的描绘，那是历史上确实存在过的"黄金时代"，是理想社会的典范。它曾经实现过，未来还会以更好的式样得以翻新，那是一个"男有分，女有归"的儒家式理想：

昔者仲尼与于蜡宾，事毕，出游于观之上，喟然而叹。仲尼之叹，盖叹鲁也。言偃在侧曰："君子何叹？"孔子曰："大道之行也，与三代之英，丘未之逮也，而有志焉。大道之行也，天下为公，选贤与能，讲信修睦。故人不独亲其亲，不独子其子，使老有所终，壮有所用，幼有所长，矜、寡、孤、独、废疾者皆有所养，男有分，女有归。货恶其弃于地也，不必藏于己；力恶其不出于身也，不必为己。是故谋闭而不兴，盗窃乱贼而不作，故外户而不闭，是谓大同。"（《礼运》）

《礼运》的目标有着现实的鼓舞作用，它可以凝聚"有志一同者"迈向美好的未来。这样的民意只会鼓舞人，不会令人惊惧。于是，孔子被康有为塑造成为正道，为大同世界而"托古改制"的变法圣人。围绕这一主题，《孔子改制考》《新学伪经考》《春秋董氏学》在19世纪末的最后十年里应运而生。

孔子与康有为的大同梦有一个共同的气质，即从起始、形成、

---

① ［美］浦嘉珉：《中国与达尔文》，钟永强译，南京：江苏人民出版社，2008年，第40—41页。

演化到最终的归指是彻头彻尾的人间梦、世俗梦,完全不同于中世纪欧洲的天国梦、乌托邦。大同理想的主旨是关注现世的福祉,其"现实态"特质是,既在历史中蓄养心志,又不忘民生民意。

其实,现代人早就知道这些常识,从衣食住行处着手的世俗性格早在新石器时期就形成了。彼时之人以清简的造型为美,而清简的目的在于"好用",在于方便"万民以济",这一点,很像《易经》之卦爻,如《系辞》所载：

> 伏羲氏作结绳而为网罟,以佃以渔,盖取诸离。
> 神农氏作,斫木为耜,揉木为耒,耒耨之利,以教天下,盖取诸益。
> 黄帝、尧、舜垂衣裳而天下治,刳木为舟,剡木为楫,舟楫之利以济不通,服牛乘马,引重致远,以利天下。
> 断木为杵,掘地为臼,臼杵之利,万民以济,弦木为弧,剡木为矢,弧矢之利,以咸天下。
> 上古穴居而野处,后世圣人易之以宫室,上栋下宇、以待风雨。

世间极致美好的事物往往是会令人起疑心的,一如上面这些文字,年轻时读来,会从知识的层面怀疑"圣人"的穿凿附会。现在想来,从绳、网、耜、耒、杵、臼等器物,到弓矢、舟船等工具,再到屋宇、宫室等建筑,都是文明的造型,人们来到这些实用的造型面前,都会觉得亲切可喜。这说明人是慢慢懂得了畏惧天地,懂得在自然面前保持警惕,他们所依赖的,或许是如"穴居"这样的避险经验。

实用的、清俭的美德，似天圆、地方、乾坤、阴阳的质朴，或许可以印证人类度过类似大洪水的劫难后，重生的志气与决心。人们回到故土时，满心满眼的是美得令人生畏的天地清旷，故说"日月丽于天，江河丽于地"。

祖国、故土意味着什么？直观地讲，那是一张张似母亲的熟悉面孔。我们不必细究那形象的组织、纹理，而自知其美，而曰"丽"，是不觉其中有安排，是天幸与偶然。网罟、舟车、宫室、耒耜、衣裳等的造型，似人类文明之母体子宫，是唯一级的。从这个角度来看，今天的技术科学也要从古人的造型中学习，才能生出更具有原始性的创制能力，如果缺乏情意志气，创造的能力恐怕大不如古之先民。摩天大厦一定比古人的石室石窟更美吗？恐怕未必如此。在文明的造型方面，进化主义的解释可能会失效。

中国思想里并不缺少对自然的观察与模仿，事实上，中国思想的底色就是在自然中孕育而成的。人们都知道，法先王不若法自然。这一思想与其说源自圣王，不如说是发自民间。

民之自在自为，大抵是一种生存智慧，比如，因食物所需而观火，观水，继之因味道、美食而升至礼仪法度，顺天总不如应人来得实在，来得容易。"治大国若烹小鲜"，在谈论吃食的同时，仍不忘国族的得救，于是，就有了这句著名的匡世奇语。士大夫逃亡避乱，形成独特的灾异说，这是一种态度，其实是从消极的角度来"畏天"（自然）。我的理解是，庶民充饥寻味，而从积极的角度来看，取火烧陶，遂成一派人间烟火气。帝王封禅，祭天地祖先，庶民是站在更真切的"生"之角度，来面对自然与传统。

儒家曾与中国共患难，我们习惯于在经验层面上去想象救苦又救难的圣王,而无法在历史中发现与基督教的"原罪—救赎"叙事相似的神话与传说。简而言之,在康有为所处的时代,上帝与救世主不曾介入中国历史,而现时态的西方入侵更无法质验"天意律令"(Providentian Laws)的善良公义。浦嘉珉教授对照了麦肯齐的英文原文和《泰西新史揽要》的汉译,他发现诸如"进步""专制""自由""颠覆"之类的词并未出现在中国读者面前,也未涉及专制乃进步之敌的革命性逻辑。译书中的核心观点仍然是以"百姓之苦"来讨伐"帝王权势"之羁绊,主张变新法,去权势,顺天而动。①

再来看麦肯齐在《泰西新史揽要》原书中乐观而清晰的表述:

十九世纪见证了史无前例的飞速进步,因为它见证了那些阻碍进步的条条框框的颠覆……专制对上天赋予人类的力量横加一手;自由捍卫这些自然领域和实践。十九世纪……所目睹的一切是:激情高昂的改革家可以试图……清除由强者的自私与无知在人类进步途中所设置的种种人为障碍。人类的福祉取得进展,它们已经从任意妄为的王公们的胡乱摆布中被解救出来,现已交由至高无上的天意律令的仁善法则进行支配。②

对中国人而言,苦是常态,是五味之一。

欧陆文化中并无以苦为味之说,罪与罚、救赎之言也只是极端的情状。那么,麦肯齐的问题自然而然地被中国译者译成某种苦味。两种文明之所以能够接洽,是因为落脚在一种重建文明的志

---

① [美]浦嘉珉:《中国与达尔文》,钟永强译,南京:江苏人民出版社,2008 年,第 46 页。
② [美]浦嘉珉:《中国与达尔文》,钟永强译,南京:江苏人民出版社,2008 年,第 45 页。

愿:欧陆文明在进步、进化语境中渴望摆脱宿命神的束缚,而中国向来不讲宿命之神,诸经乃至汉以后的佛经便只信"因果之苦",而不接受"宿命之苦"。

推而广之,佛教(佛学)一直是东亚文化圈共同的精神基础,人们说业,说苦厄,也相信智度禅定可以化度苦与业。东亚原其苦,欧陆原其罪,在十九世纪相遇时,两相情愿地受了达尔文的化度。

李提摩太、麦肯齐向中国读者传递了"革命性的修辞",其实毋宁说是某种激发,或者以旁证的方式,为变革与革命引入了一个未曾与闻的欧陆经验。

中国历史上,由新政而变法,行的路皆是栈道,是动乎险中的小路,这条小路的源头在《易经》。变革变易的革命话语导源于《易经》,而后成就了儒家革命的精神源流。

占卜不足以窥《易经》之大,亦如无常、无明不足以窥佛经之大。中国在儒法之外,还有个佛法的劝诫化育,但没有赎罪说的震怖。释迦并非神,而是有作为的人,他似中国上古传说中的王者,与民同苦,与民同乐,又以佛法垂世,之后演化为禅宗的思想。

康有为的《大同书》决意为人类树立公理,其实是以儒佛来为救世之心明志,本意倒不在浦嘉珉教授所说的救世主情结,甚至亦不是什么圣人情结,更异质于西来的传教士。康有为在《自编年谱》中是这样解释自己"经营天下"的心愿的:

> 其来现也,专为救众生而已,故不居天堂而故入地狱,不投净土而故来浊世,不为帝王而故为士人,不肯自洁,不肯独乐,不愿自尊,而以与众生亲。为易于援救,故日日以救世为心,刻刻以救世

为事,舍身命而为之。①

再来看浦嘉珉教授所说的康有为的传教士气质：

康有为的传教精神的最重要之处在于,他不是力图拯救人们的灵魂,而是拯救他们的社会。当他宣称自己将"务致诸生于极乐世界"的时候,他使用佛教的名称来指代完全超载于人类虚幻世界之上的天堂；但他已经开始对自己的抱负作出了同样微妙的改动,在他之前,许许多多欧洲基督徒或背叛基督徒的人们也作出了同样的微妙改动。他的天堂将是人间天堂。它将是给所有人带来福乐的名副其实的伟大社会,它是"大同",是"大一统"(the Great Unity),是"同一世界"(One World)。因此,正如19世纪的西方乌托邦常常是世俗化的基督教幻景那样,康有为的极乐世界也是一个世俗化的佛教幻景。世界的获救是此在世界的获救。它拯救以肉身形式存在的人类。②

康有为把苦之根源归因于"九界"：国界、级界、种界、形界、家界、业界、类界、乱界、苦界。大同的梦想也就是去除九界的障碍,这已远远超出进步观念、进化之视野,而转入"以无所住而生其心"的大乘佛学。

浦嘉珉教授不理解康有为以儒佛持论的逻辑,也无法懂得中国人的生于忧患。康有为的好,在于他的"人"是可以比忧患更大,

---

① 康有为:《康南海自编年谱》,北京:中华书局,1992年,第13页。

② [美]浦嘉珉:《中国与达尔文》,钟永强译,南京:江苏人民出版社,2008年,第19页。

似《周礼》中走出来的贞信大人。当然,康有为的迷失也在于此,他的忠君和以儒佛立论过于凝滞,故止于救世之宏大,而少有民间的亲情与喜气,终究还是脱不掉儒生的仁与不忍(止于慈孝)。

甲午败战最深刻的影响是笼罩在国人心头的惊恐,人们在一瞬间就明白了,原来轰轰烈烈的自强政策就这样破产了。割台湾于日本向全世界暴露了"中国人之易欺也"。在探究西方奥秘的众多著述中,严复的言辞最为彻底激烈。他认为西方强大的秘诀不在制度,而在于心智,其中起关键作用的是"进步"观念的流行。他说,"中西事理,其最不同而断不可合者,莫大于中之人好古而忽今,西之人力今以胜古","中国委天数,而西人恃人力"。于是,他干脆把"圣人"从进化语境中剃除出去:

夫世之变也,莫知其所由然,强而名之曰运会。运会既成,虽圣人无所为力,盖圣人亦运会中之一物。既为其中之一物,谓能取运会而转移之,无是理也。彼圣人者,特知运会之所由趋,而逆睹其流极。唯知其所由趋,故后天而奉天时;唯逆睹其流极,故先天而天不违。于是裁成辅相,而置天下于至安。后之人从而观其成功,遂若圣人真能转移运会也者,而不知圣人之初无有事也。(《论世变之亟》)

在《天演论》"忧患"篇中,严复向国人描绘了一幅残忍的竞争图景。当今世界欧洲已成主导,"物竞炎炎,天演为炉,天择为治",圣人已无力回天。他说:"夫转移世运,非圣人之所能为也,圣人亦世运中之一物也。世运至而后圣人生,世运铸圣人,非圣人铸世运也,使圣人而能为世运,则无所谓世运者矣。"

在《辟韩》一文中,严复进一步质疑圣人,以进化的生物史为导引,直指圣人之祸。正是圣人牢笼天下,使民智民力日衰,阻碍中国之进步。对此,浦嘉珉教授看得透彻,正是严复为达尔文在中国历史中的登场搭建起了一座政治性的舞台。这个舞台上的主角是激情,而非逻辑;结局既是人类的前景,也包含着潜在的厄运。①

达尔文的学说在严复笔下找到了中国式的皈依,如天道无知,惟佑强者;兼弱攻昧;物单则弱,兼则强;自强不息等等。那么,欧陆五十年来所信奉的达尔文主义到底是何面目呢？在《原强》一文中,严复用理学气息浓厚的一段文字将达尔文与"泰西政教之斐变"关联起来:

> 达尔文者,英国讲动植之学者也。承其家学,少之时,周历寰瀛。凡殊品诡质之草木禽鱼,裒〔衷〕集甚富。穷精眇虑,垂数十年而著一书,名曰《物类宗衍》。自其书出,欧美二洲几于无人不读,而泰西之学术政教,为之一斐变焉。论者谓达氏之学,其彰人耳目,改易思理,甚于奈端氏之天算格致,殆非溢美之言也。其为书证阐明确,厘然有当于人心。大旨谓:物类之繁,始于一本。其日纷日异,大抵牵天系地与凡所处事势之殊,遂至阔绝相悬,几于不可复一。然此皆后天之事,因夫自然,而驯致若此者也。书所称述,独二篇为尤著,西洋缀闻之士,皆能言之。其一篇曰《争自存》,其一篇曰《遗宜种》。所谓争自存者,谓民物之于世也,樊然并生,

---

① ［美］浦嘉珉:《中国与达尔文》,钟永强译,南京:江苏人民出版社,2008 年,第 55 页。

同享天地自然之利。与接为构,民民物物,各争有以自存。其始也,种与种争,及其成群成国,则群与群争,国与国争。而弱者当为强肉,愚者当为智役焉。迨夫有以自存而克遗种也,必强忍魁桀,趫捷巧慧,与一时之天时地利洎一切事势之最相宜者也。且其争之事,不必爪牙用而杀伐行也。习于安者,使之处劳,狃于山者,使之居泽,不再传而其种尽矣。争存之事,如是而已。是故每有太古最繁之种,风气渐革,越数百年,或千余年,消磨歇绝,至于靡有孑遗,如卵学家所见之古禽古兽是已。此微禽兽为然,草木亦犹是也;微动植二物为然,而人民亦犹是也。人民者,固动物之一类也。达尔文氏总有生之物,而标其宗旨,论其大凡。

在严复译介达尔文进化说的过程中,有个非常明显的文化分野,那就是宗教问题。严复敏锐地发现,进化说的第一要义在于民众推翻一切"教宗"的反抗性、世俗性,他说:"用天演之说,则竺乾、天方、犹太诸教宗,所谓神的创造之说皆不行。"

那么,中国的情况又如何呢?严复指斥古代的贤圣帝王的学说,他认为古之刑典及教化之言,其本质是"一宰无神",而其目的不外乎"畏天坊民"。所谓的圣王之说,皆虚妄钳民之说。

中国最流行的佛教、佛学又如何呢?严复认为佛经所描述的轮回说、因果说,是"为天讼直",有接于人事物理、日用常行的妙处。涅槃说所言之空寂,方是释迦不可思议的"不二法门"。由此,严复为进化语境提供了一个东方式的证成视角——物竞之法也如幻如灭,而他所瞩目的是"兼仁"的外用与"自性自度"的内省:

质而言之,要不外塞物竞之流,绝自营之私,而明通公溥,物我一体而已。自营未尝不争,争则物竞兴,而轮回无以自免矣。婆罗门之道为我,而佛反之以兼爱,此佛道径涂,与旧教虽同,其坚苦卓厉而用意又迥不相侔者也。此其一人作则而万类成风,越三千岁而长存,通九重译而弥远,自生民神道设教以来,其流传广远,莫如佛者,有由然矣。恒河沙界,惟我独尊,则不知造物之有宰;本性圆融,周遍法界,则不信人身之有魂;超度四流,大患永灭,则长生久视之蕲,不仅大愚,且为罪业。祷颂无所用也,祭祀非所歆也,舍自性自度而外,无它术焉。无所服从,无所争竞,无所求助于道外众生,寂旷虚廖,冥然独往。(严复:《天演论·佛法》)

在充满乐观精神的《新民说》中,梁启超把希望寄托于"民德"。在他看来,中国必须发明一种新道德,否则"四万万人且相率而为禽兽也"。这种新道德无法从泰西学说中得来,必须由国人自己进化出来。新道德的成立,一半来自天然,一半决于人事,遵循着天演之大例:优胜劣败,固无可逃。在天演法则中最为重要的标准是能否"利群","有益于群者为善,无益于群者为恶"。[1]

自然界适者生存,社会里以貌取人。这句话在十九世纪是毒物,不,十九世纪本身就是一种毒物。1904年,为批驳英国进化论者颉德(Benjamin Kidd)对死亡的冷漠态度,梁启超完成了他一生中难得的冷静之文,名为《余之生死观》。颉德的观点是,现在活着的个体对尚未出生的各代成员之利益漠不关心。

---

[1] 梁启超:《论公德》,载《饮冰室合集(影印本)·第六册》,北京:中华书局,1989年,第12页。

梁启超用佛家业报轮回的观点解释人的生死，"凡造一业，必食其报""因果相续，为我一身及同类将来生活一切基础"，这种业的延续，永不磨灭，家、国、种族、社会都是业的延续。① 如其文《中国之武士道》中所希望的，贪生畏死者，是不明了人亦有"生而不死之理"。随后，在《祈战死》《中国魂安在乎》等文章中，梁启超再三强调要重塑不惧死的"新国魂"：

冬腊之间，日本兵营士卒，休憩瓜代之时，余偶信步游上野。满街红白之标帜相接……余于就中见二三标，乃送入营者，题曰"祈战死"三字。余见之矍然肃然，流连而不能去。日本国俗与中国国俗有大相异者一端，曰尚武与右文是也。中国历代诗歌皆言从军苦，日本之诗歌无不言从军乐。吾尝见甲午、乙未间，日本报章所载赠人从军诗，皆祝其勿生还者也。②

时过境迁，今人已然知晓一味尚武之祸，但在当时，进化之风正凝聚成引人赴死的毒药。

作为一个不尚武的"无魂之国"，这个塑造国魂的任务还要交由"新民"来完成，因为"小我之乐，必与大我之乐相缘"。③ 相应的，《新民说》完成了一个乐观的承诺，靠着新道德（民智、民力、民

---

① 梁启超：《余之生死观》，载《梁启超全集·第二册》，北京：北京出版社，1999 年，第 1369—1371 页。

② 梁启超：《祈战死》，《梁启超全集·第一册》，北京：北京出版社，1999 年，第 356—357 页。

③ 梁启超：《余之生死观》，《梁启超全集·第二册》，北京：北京出版社，1999 年，第 1374 页。

德),中国可以有资格参与竞争了。不过,达尔文预料不到另一个道德承诺被梁启超创立并传播开来。这种力争成为强者的新道德,似宗教般令人狂热。在此意义上,梁启超打开另一扇盗取达尔文圣火的大门,中国人的生存与死亡因此与"不朽"发生关联并获得意义。

达尔文发动了一场对动物界(自然界)的大审判,斯宾塞(Herbert Spence)充当了陪审员的角色,而赫胥黎则把人类也推上了被告席,一同接受审判。在这场诉讼中,浦嘉珉教授找到了另一位西方世界的重要证人:克鲁泡特金。这位更加纯粹的社会达尔文主义者以《互助论》为反对意见,全面修正了达尔文的准则。他粉饰了自然界的进化过程,公然宣称"自然界的道理是——适者从不互相争斗",大自然是一位优秀的老师,"和平与互助物种内部的遍例"。

克鲁泡特金认为合群动物才是自然界的多数,这些幸福而不事斗争的食草动物足以充任人类的导师:

跟食草动物比起来,肉食动物的数目是多么微不足道啊!因此,认为在动物界里除了用血淋淋的牙齿吞食牺牲的狮子和鬣狗以外,便没有什么可谈的了,这种看法是多么错误啊!如果可以那样想的话,那我们同样可以把整个人类生活想象成不过是一场接连不断的战争屠杀。(克鲁泡特金:《互助论》)

强硬的法家与强硬的社会达尔文主义者的对立面是荀子、孟子、孔子、赫胥黎、克鲁泡特金这样的道德家,而争吵的原罪就隐藏在"进化"一词引发的道德困惑:人类的善是自然的,还是人为的?

荀子的立场是人为习得,他说:"凡性者,天之就也;不可学,不可事;礼义者,圣人之所生也,人之所学而能,所事而成者也。"(《荀子·性恶》)对于人的学习能力,荀子有一份乐观。

在《中国与达尔文》一书中,浦嘉珉教授提醒他的中国读者,要理解达尔文的影响,一定不能忽略站在他身旁的斯宾塞。事实上,斗争的伟大性归功于达尔文,而它的残酷性则来自斯宾塞。

达尔文坦诚地向人们宣称,是斯宾塞定义了一种剧烈的"残酷",而他并不能确切说明的是:在伟大的生存斗争中,一个物种为什么战胜了另一个物种。① 在达尔文心目中,斯宾塞这个人时而高超,时而渺小,就如同一棵结着毒果实的参天大树,只可远观。

斯宾塞的谈吐有趣,但达尔文并不特别喜欢他,他讨厌斯宾塞的自负模样。不过,他也承认斯宾塞的卓越天才,甚至认为他将来或许会与笛卡尔、莱布尼茨那样的大人物齐名。尽管如此,他仍然坚信自己的判断,他说斯宾塞的基本概念"没有任何严格科学的用途",不过"从哲学观点来看,这些概念可能是很有价值的"。②

《物种起源》是一本科学探索著作,同时也是一部思考生命本质和死亡真相的哲学著作。达尔文以"自然选择"及"生存斗争"来解释生命、死亡与毁灭:"当我们想到此种斗争的时候,我们可以用如下的坚强信念引以自慰,即自然界的战争不是无间断的,恐惧是

---

① 〔英〕达尔文:《物种起源》,周建人、叶笃庄、方宗熙译,北京:商务印书馆,1995 年,第 91 页。

② 〔英〕F. 达尔文编:《达尔文生平》,叶笃庄、叶晓译,沈阳:辽宁教育出版社,1998年,第 68 页。

感觉不到的,死亡一般是迅速的,而强壮的、健康的和幸运的则可生存并繁殖下去。"①是什么样的毁灭让达尔文写下这样的文字呢?是"斯宾塞先生所常用的措辞'最适者生存'",因为"每一物种在生命的某一时期,依靠斗争才能生活",否则便是大量的毁灭,尤其是那些老者、幼者、弱者。

浦嘉珉教授在《中国与达尔文》中最令人印象深刻的解读,是为《新民说》的出现提供了一个西方图谱,为我们理解梁启超找到一把达尔文式的神奇钥匙:梁启超相信"遗传"一词可以解释一种"社会化"的现象,即人的本性源于其祖先,也遗传给后代。

举例而言,乡巴佬会把自己的狭隘和忧郁遗传下去,诗人的儿子无论如何反抗,都会分享父亲的那份敏感。如同《人类的由来与性选择》一书所宣称的观点,在许多世代中被遵从的习性很可能有遗传的倾向。于是,人们完全有可能通过有意的行为来改善子孙后代的道德本性。

严复、康有为、梁启超都要面对一个赫胥黎所揭示的"达尔文困境":自然界不是美德的学校。这是《进化论与伦理学》要强调的"重大悖论",也是赫胥黎为进化的代价而悲伤的关键所在。他觉察到伦理进程与宇宙进程的原则相抵触,人类法律与自然法则相对立。适者极有可能是不道德的,天择之法会造成一场无法预料的"法律危机"。

---

① [英]达尔文:《物种起源》,周建人、叶笃庄、方宗熙译,北京:商务印书馆,1995年,第93页。

盟而不荐

　　1908 年 7 月 4 日,创刊于巴黎的无政府主义刊物《新世纪》①刊发了一篇署名为"初来欧洲者"的文章。这位中国作者以其非凡经历呈现欧洲的极端两面性,他们依法度而无道德,令人惊惧不安:

　　鄙人此次在巴黎观公娼,乃恍然于欧人上进之道。今试先言其状。数十女子作一椭圆形,围立于一客间之中(其客间为长方形),全身裸,惟腰缠一布,白色,如纱之薄。客入,即群掀布,以手按之股际,欹立对客酣笑。若仅观其上截,则黄发蓬蓬然,睫毛绝浓,张口而哆,齿绝白,其态一如吾等昔年在乡间所观洋皂纸盒上所粘之图画。此时客得随意指点其一,入而实行。时则吾等三人,拟观后即投钱而出,而该院持不可,谓如不实行,院章有演春宫娱客之法。遂从其后请,与二妓相将入房,房陈设颇精,大钢丝床置于一隅,无幔,其侧即置大照镜,床脚有白铜洗盆。余则睡椅一圆几一而已。此真极古今之奇观,为梦想欧洲文明者所不及料。吾等咸兀兀不自安,几欲倒行而出,以谓人类不应不识有羞耻事以至

_____

① 《新世纪》是中国近代最早的无政府主义刊物之一(周刊),1907 年 6 月 22 日在巴黎创刊,1910 年 5 月 2 日停刊,共出版 121 期。创办人为李石曾、张静江,主要编辑人为吴稚晖、褚民谊。该刊的主要宗旨是鼓吹无政府主义,反对宗教主义、家族主义、私有主义、祖国主义、军备主义等"五大主义",以建立"无政府共产主义"为目标。

于此，三日为之不怡。后证以在欧之所见所闻，乃大悟。以此种事者，猝见惊奇，细审之为常道。盖淫卖者，以无廉耻为业者也，夫其物应为其业所无，则必其业之敌，既为其业之敌，则必摧灭之以迄于尽，而后其业始昌。如吾所述，宁非其摧灭廉耻而昌其业之所有事。凡欧人之思想，务充类至尽，而执业又绝专，以绝专之业，而加以充类至尽之思，则卖淫而不至于如前所记者，又将何出。吾观欧人之为业，其专其尽，无不如此卖淫者之所为，故其学问上之发明，日月有所见。吾东方人之敝荼，正坐不专不尽之弊。故观巴黎之公娼，而深叹支那人种之宜劣败也。

历史总是那么具有反讽意味，在中国寻求理解西方的历史文本中，竟然还有这样一篇叫作《观娼有感》的奇文。在这位"初来欧洲者"看来，欧洲强大的证明不仅仅是丑陋的蒸汽机和它驱动的战舰，还有美丽的法国女性。她们进化出迷人的身体，更进化出一种上进之道，一种"充类至尽"的专绝精神，正是这样的进化令欧洲优胜，同时令"中华民族"劣败。为上述判断作证的不仅仅是中国战败的历史，还有中国人在唯利是图的欧洲商业精神中体认到的极端不道德。

在中国人的文字中，"观"是一个含义丰富的词，区别于"看""见""视"等观看行为。许慎的《说文解字》说："观者，谛视也。"《孟子》曰："观水有术，必观其澜。"《榖梁传》曰："常事曰视，非常曰观。"而最能体现"观"字独特意义的是解释出自《易经》。《易经·观卦》的卦辞曰："观，盥而不荐，有孚颙若。""盥"的本意是王者祭祀神明之礼，即以郁金香与黑黍制成的酒（鬯）浇灌在地上，以迎天地人之鬼神降临。荐是盥之后的祭礼，即在奏乐祭酒之后向神明献上祭品简略仪式（笾豆之事）。所谓"盥而不荐"，意思是盥礼隆重庄严，而荐礼简略，观盥就足以观法其德而明教化。

《易经》象辞曰："风行地上，观；先王以省方观民设教。"彖辞曰："大观在上，顺而巽，中正以观天下；观，盥而不荐，有孚颙若：下观而化也；观天之神道，而四时不忒，圣人以神道设教，而天下服矣。"所谓大观者，善观者，足以王天下，容民畜众，智、信、仁、勇、严五德兼备。因此，观的本质不是"观看"这一物理行为，而是指涉历史，具有深刻文化意义的"学习"行为。

自称观者的人，往往有一颗警醒的心。"观"的重要性在于人与被观看对象的一体化，也就是说，观者之心性与被观者之状态对接并融通，如同连通计算机端口传输数据。在观的过程中，观的对象通常都是对人有重大意义的事物，如水，如祭礼，如民生疾苦，观者要么创立能教而化之的典范，要么为之熏陶感化而知进退。观者，苦人也，他总是会想到别人的境况，把自己的心放逐到众人之中，方得省悟。观者与被观者共同筑起一种熟悉的"人境"，顾盼有情，痛痒相关，亲切如诗，"万物静观皆自得，四时佳兴与人同"，"顿觉眼前生意满，须知世上苦人多"。观者，就是这样的蔼然仁者。

从繁体字"觀"的结构意象来看，也总是带着点苦味。《穀梁传》承续《春秋》之大义，"传信不传疑"。观者对天下非常之事，亦能不惑不疑，坚其信心，而不是动辄以疑惑示人。常识告诉我们，大凡坚贞之言，其底色往往是有着几分勉为其难的意思，如《易经》所言之"动乎险中"，"致命遂志"，"泣血涟如"。观者的大彻大悟，往往是对时代，对境遇的勉力为之。既然如此，观者强大的生命意志力又从何而来呢？

中国人常说，念念不忘，必有回响。此句本是禅修之语，本意是要说明悟道必有个过程，而本心要直，要方，要大。譬如《易经》中的卦象，无论是吉是凶，最终的变数更易皆要仰赖人的意志力，归根到底，人是最重要的一个"变量"。《易经》并不迷信天意、天命，不同的卦象皆有与之相因应的德性。用现代的语言来讲，《易经》毋宁说是古人的经验之谈，是古人的大数据统计。《易经》所说的天下文明、品物流形，其始基是经验的，历史的。

人大抵是个历史性的存在，心性、意志、气息，触目可观，如汪曾祺笔下"栖栖惶惶，忙忙碌碌"的过客，"带着一生的历史，半个月的哀乐，在街上走"。（《钓人的孩子》）执笔的观者也是人类的一分子，不过明志淡泊，于沽名钓誉或逐利之心较远，所以苦得心明眼亮。

从日常的角度来看，观的过程有点像烹调方式中的"蒸"。上升的一切终将汇合，有热气升腾起来，却不散开，而是锁在味道里。由食材到美食，是个质变的飞跃，恰如历史上那些讲论成圣成佛的譬喻。佛家讲立地成佛，仿佛是刹那间而成就，又好似昙花一现。我们不得不说，"天上地下，唯我独尊"的人，是世所罕有的。他们好像在历史之外，而我们这些芸芸众生，是情愿自己做自己的受难者，另有一部属于自己的受难史。

中国历史上不乏大成大毁之事，善观而得心赋者，如永嘉之乱、侯景之乱后，有颜之推的《观我生赋》，为文明的新生确立根基。兵荒马乱固然可怕，更可怕的是"溥天之下，斯文尽丧"，是"尧舜不能荣其素朴，桀纣无以污其清尘"。魏晋以来，人们崇尚经典，热衷于注解圣贤之书,如屋上架屋,床上叠床,视之为痛痒相关的宝贵经验。痛痒相关之感从何而来?颜之推在丧乱之中发现了人得以自存的秘诀,那是一种文化的优越性:"自荒乱以来,诸见俘虏,虽百世小人,知读《论语》《孝经》者,尚为人师;虽千载冠冕,不晓书记者,莫不耕田养马。"(《颜氏家训》)

人们因言辞而相信,因信服而决定有所行动,换言之,决定人们生活方式的是文化的同一性:"同言而信,信其所亲;同命而行,行其所服。"文化如同一根脐带,在接续生命的同时,还要判定生命的品质与尊严。当然,一切母体之外的判定者都被视为威胁,亦如虫豸般理应被拒之门外,野而蛮者,自然应该保持适度的偏远。

《易经》里有一句很厉害的话:"感而遂通天下之故。"意思是在人生的山山水水中跋涉后,总能于似懂非懂之中明白些什么。所谓"感通",就是仿佛如此,仿佛不如此,似雷雨之后,天地似无所见,似无所闻,却赦宥了人间的一切罪过。《观娟有感》的作者有着"看破红尘"般的喜悦。他所经历的事情正在腐蚀他,嘲笑他的识见与理想,所幸他仰赖的不是肉眼,而是"心眼"。在疑惑难堪之余,有一种东西从他的心里升起来,由知警而至妙悟。

在中国历史上,不乏有疑而悟的经验,如《庄子》里的非君非臣非礼乐,弃功名利禄乃至天下如弃敝屣。又如唐代李商隐的《有感》:"非关宋玉有微辞,却是襄王梦觉迟。一自高唐赋成后,楚天云雨尽堪疑。"诗人把自省反省的本领扩展到历史中,成也达于信,毁亦达于信,使人明理豁达。

强者未必都是道义上的输家,有时候获胜本身就是一种"美德"。战胜他人的最大战利品,就是收获美德,不过毕竟可疑。

资本必然会吞噬人的灵魂，使仁者不仁，恩者无恩，染上都市竞争求生的狂热病。《观娼有感》中的那些巴黎公娼，就是一群身患此症的丧魂之人。她们的工作是"依法"执业的特殊职业，恰恰是她们职业的特殊性，才刺激了中国观察者的敏感神经。于是，这位"初来欧洲者"把"公娼"的无廉耻心放大成为弥漫于整个欧洲的专业精神，视之为西方进步的秘诀。不过这位游于海外的无名作者起笔便写下这样的话："鄙人此次在巴黎观公娼，乃恍然于欧人上进之道。"

在汉语中，"恍然"一词最惯常的用法是"恍然大悟"，表示在大大的疑惑之中，突然明白了。大悟之后，可能还会反客为主，对人连连发问。这是一个极其复杂，甚至有点离奇的思维过程，其间有不知而悟，有疑而悟，大疑大悟。如果真要勉为其难找到个例证来说明，能担此大任者非庄子莫属。

在《庄子》里，学生啮缺向老师王倪求教，而王倪"四问四不知，啮缺因跃而大喜，行以告蒲衣子"。蒲衣子是传说中的大贤之人，他又喝问啮缺：现在你知道伏羲自有其大德贞信了吧？在庄子笔下，这一番智斗就如同一场流动的思维的盛宴：

啮缺问乎王倪曰："子知物之所同是乎？"曰："吾恶乎知之！""子知子之所不知邪？"曰："吾恶乎知之！""然则物无知邪？"曰："吾恶乎知之！虽然，尝试言之：庸诅知吾所谓知之非不知邪？庸诅知吾所谓不知之非知邪？且吾尝试问乎女：民湿寝则腰疾偏死，鳅然乎哉？木处则惴栗恂惧，猨猴然乎哉？三者孰知正处？民食刍豢，麋鹿食荐，蝍蛆甘带，鸱鸦耆鼠，四者孰知正味？猨猵狙以为雌,麋与鹿交,鳅与鱼游。毛嫱丽姬,人之所美也;鱼见之深入,鸟见之高飞,麋鹿见之决骤,四者孰知天下之正色哉?自我观之,仁义之端,是非之涂,樊然淆乱,吾恶能知其辩!"啮缺曰:"子不利害,则至人固不知利害乎?"王倪曰:"至人神矣!大泽焚而不能热,河汉沍而不能寒,疾雷破山、飘风振海而不能惊。若然者,乘云气,骑日月,而游乎四海之外,死生无变于己,而况利害之端乎!"(《庄子·齐物论》)

《庄子》向来懂得在故事中适可而止。啮缺与王倪的对话也只是提醒读者知识与经验有限性,时间与空间会带来改变,观看的角度也会影响观看者的判断。盟与荐的古礼,伏羲的大德传说,《齐物论》的寓言,《观我生赋》的大信,所有这些历史经验,在"游乎四海之外"的欧洲经验面前,遭遇了前所未有的挑战。艺术与音乐能够超越经验的国界,甚至能激发出听者与观者不曾有过的记忆,思想与学说就显得可怜得多,像啮缺的处境一样,他不停地被喝问,似乎永恒地困守在"利害之端"的逻辑中。

在进化主义盛行于中国的时代,几乎所有人都"恍然于欧人上进之道",而中国知识界首先要面对的问题是:如何译介达尔文其人其说?

乡愿

在严复的《天演论》等作品流行开来之前,传教士已经把达尔文的名字译介到汉语圈,却并未激起1895年"适者生存说"促成的

"奇愤"。诸如李提摩太、林乐知、丁韪良等人，只是为进化论提供了进入中国的道路准备。直到《物种起源》出版之后的 44 年，"适者生存"（the survival of the fittest）之说才因败战而蔓延开来，严复于是成为中国介绍达尔文的第一人。

事实上，"弱者屈服于强者"（优胜劣败）的翻译源于日本，由梁启超介绍到中国。虽有百万之兵，却为至弱之国，为"保国、保种、保教"，中国知识界开始传召达尔文这位西方证人。变法的核心是变心态、变态度，正是达尔文使清廷意识到中国之劣败不在武备（舰船），而是意味着截然不同的东西。

严复自认的两位欧洲老师，一位是达尔文，一位是拿破仑。他们都曾与狼对视，习得一些狼性。他们一定也听闻过雨果笔下的著名传说：西班牙阿斯图里亚斯（Asturias）地方的农民都深信在每一胎小狼里必定有一只狗，可是那只狗一定被母狼害死，否则，它长大以后会吃掉其余的小狼。① 严复试图把狼性化作"物竞天择，适者生存"的天演之风，而后又试图割断它。事实上，这股欧风从海上飘来，没人能割断。严复这位割风者与他笔下的一切都生出了隔阂，我的意思是，他没有办法在语词之间建立简单的对等关系，达尔文必须是另外一个人的样子。

难道严复为了他的国家情愿徒劳地做个信使，不问是非吗？严复没有叫嚷道："无论对错，这是我的祖国（My country right or wrong）。"他似乎并未料到他的国家正一步步迈向深渊，也不愿为了富强而失去道义。严复与达尔文的相似处在于，他们二人其实

---

① ［法］雨果：《悲惨世界》，李丹、方于译，北京：人民文学出版社，2003 年，第 177 页。

都不是冷酷无情的社会达尔文主义者,更不想去证明什么"强权即公理"。如果拿破仑是对的,那么,任何招摇撞骗的奸商也是对的,这种似讽刺小品一般的理论不是达尔文的本意,也无法说服严复。能够说服严复的或许是达尔文 1860 年 12 月 2 日写给赫胥黎的信,那是一封能激励年轻人的信:

　　我能够很清楚地看到,如果我的理论终于被普遍地接受了,那么接受的人们一定是那些成长起来的并且代替年老工作者的青年人;到那时青年人们会发现,根据进化的概念比根据创造的概念能够更好地搜集事实和寻出新的研究方向。①

　　达尔文想让每个人希望他所能希望的、信仰他所能信仰的,甚至,哪怕是一只狗也有权利去推敲牛顿的思想。他所能做的只是在人类智力的限度之内去维护科学的利益,哪怕触及"创造"的问题。对此,达尔文是这样解释的:

　　我不能使我自己相信,一个慈悲的、全能的上帝会有计划地创造了姬蜂科(Ichneumonidae),目的是专为使它住在活毛虫体内吸取食料;我也不能使我自己相信,猫应当玩弄鼠。②

---

① [英]F. 达尔文编:《达尔文生平》,叶笃庄、叶晓译,沈阳:辽宁教育出版社,1998 年,第 325 页。
② [英]F. 达尔文编:《达尔文生平》,叶笃庄、叶晓译,沈阳:辽宁教育出版社,1998 年,第 315 页。

具有讽刺意味的是，达尔文正是被严复当作一个小人物，或者说，当作一个"鼠辈"来介绍的。达尔文是谁？他不过是一个英国的"动植物学者"，可是后来学有所成，甚至改变了"泰西政教"。严复对他在思想方面的巨大影响十分赞赏，说唯老子"独与达尔文通"。为什么呢？因为达尔文发现了新的社会运行之道，这个关于"道"的新想象与老子的智慧相近，即打破笼罩在万物之上的统系。无论这个统系是君王创制，还是神明创造，在达尔文的进化语境中，万物与人都得为了生存而独自面对残忍的竞争。

老子为中国树立了一种"弱胜于强"的生存哲学，"不争"是求存之道，也是求胜之道。它的另一面是对天道自然的畏惧："物强者死。"严复要做的是，为斗争的哲学寻找一个"道德"的支撑，一个不道德的达尔文是无法在中国立足的。他也十分清楚，这个支点不是赫胥黎，更不能是其他西人，他必须用自己的方法为达尔文乔装。

严复特别强调说，达尔文者，"犹荀卿也"。（《原强》）换言之，中国正处于暗夜中，达尔文是给中国带来光明的"烛火"，荀子就是他映衬出的中国光影。人们很难描绘出这个光影多变的形状，但都明白烛火背后是截然不同的质料。几道先生的笔在饱饮了这些质料之后，也渐渐熟悉了影子的底色与杂色。

作为一位跨文化的思想游历者，严复不同于传统意义上以书画见长的文人，而更像是一位相师———一位为影子相面的人。我的问题是，为什么严复抛弃孔子、孟子二位圣贤，也不捧出老子、庄子这样有分量的思想者，而拣选出荀子来界说达尔文这位"英之讲动植物学者"？声望不高的荀学如何与进化之说交织映照？

严复选择荀卿可能出于三个方面的考虑,首先,是语言之间如何互译的问题。翻译是一种再创作,方法很重要。达尔文学说中国化的目的在于为中国摆脱困境寻找方法,这个方法必须易于为国人理解。严复非常清楚他的作品可能的读者是这样的一个群体,他们是他的官长,同行,青年一代能读写的士子,这些人与西方经验疏离,却熟悉中国历史。在这个前提下,严复唯一可选的翻译方式,是把达尔文纳入国人共同尊奉的思想图谱。

其次,达尔文和他的学说与国人十分陌生的"神学问题"纠缠不清。严复没必要也无法清晰地译介达尔文在西方所深陷的"神学纷争"。在本笃会的修女心中,达尔文是不折不扣的异端,说他是撒旦的化身也不为过。

严复要考虑的问题是如何化解"斗"这个词在传统面前的道义弱势。他发现荀子思想中有这种平和的内容,能打消人们对斗争、对混乱状态的恐惧。人应该在礼乐制度中"合群",而不是相互争(竞)。好争斗者,是小人,在心灵上就处于病态,处于劣势,为圣人、君子、平民所鄙视。荀子知道这是事关荣辱的大事,也是区分君子与小人的一个最低限度的标准,打破了这个标准,就可能进入类似"自然状态"的野蛮之地。《荀子·荣辱》对斗争的危害性是这样解释的:

斗者,忘其身者也,忘其亲者也,忘其君者也。行其少顷之怒而丧终身之躯,然且为之,是忘其身也;室家立残,亲戚不免乎刑戮,然且为之,是忘其亲也;君上之所恶也,刑法之所大禁也,然且为之,是忘其君也。忧忘其身,内忘其亲,上忘其君,是刑法之所不舍也，圣王之所不畜也。乳彘触虎，乳狗不远游，不忘其亲也。人也，忧忘其身，内忘其亲，上忘其君，则是人也而曾狗彘之不若也。

凡斗者，必自以为是而以人为非也。己诚是也，人诚非也，则是己君子而人小人也。以君子与小人相贼害也。忧以忘其身，内以忘其亲，上以忘其君，岂不过甚矣哉！是人也，所谓"以狐父之戈牛矢"也。将以为智邪？则愚莫大焉。将以为利邪？则害莫大焉。将以为荣邪？则辱莫大焉。将以为安邪？则危莫大焉。人之有斗，何哉？我欲属之狂惑疾病邪，则不可，圣王又诛之；我欲属之鸟鼠禽兽邪，则不可，其形体又人，而好恶多同。人之有斗，何哉？我甚丑之。

最后，严复顾虑最多的是达尔文的形象问题。

一种外来思想如何能进入国人的视野，首先取决于国人的思想标尺。

荀子与荀学对朝野上下都有说服力。荀子言忠顺之道，反对争斗，力主安定，明君臣之分。荀学，素有"乡愿"之名。上能忠君，下能爱民，贵贱有等，职分明晰。"恭敬，礼也；调和，乐也；谨慎，利也；斗怒，害也。故君子安礼乐利，谨慎而无斗怒，是以百举不过也。小人反是。"这是《荀子》中讲为臣之道的一番话，中国的读书君子自小就熟读。严复很清楚，以荀子的形象来介绍达尔文，可以避免外来思想带来的巨大风险。

严复应该清楚，无论是从对应荀子，还是从对应老子的角度来看，达尔文的学说都毫无新意。他的使命不是透彻地理解这位挑战"创世说"的达尔文，而是如何剔除"杂质"，把达尔文简化为一个易于为国人接受的形象。与此同时,这个形象又不能对中国之政教构成威胁。

合群

"斗"这个字在古典语境中向来属于贬义。斗争与竞争的说法并不被颂扬,人们崇尚不争之德,以弱胜强。那么,"物竞天择,适者生存"之道如何能成为中国的新道路呢? 这正是严复和他所处的时代必须做出选择的问题,也就是寻找中国自适或者自恰之道的问题。

从严复的表述和翻译中,我们可以"重述"进化话语进入中国的思想道路,重建严复的思想阵地,比如他译介达尔文其人其文的方式,以及物竞的方式。比如怎样为"争(竞)"在汉语语境中获得肯定与支持。

严复在达尔文的话语中发现了斗争的美德,若能实现平等,斗争也是美德:"西洋之言治者,曰:国者斯民之公产也,王侯将相者,通国之公仆隶也。而中国之尊王者曰:天子富有四海,臣妾亿兆。……设有战斗之事,彼其民为公产公利自为斗也,而中国则奴为其主斗耳。夫驱奴虏以斗贵人,国何所往都没往而不败?"(《辟韩》)

在"斗争即美德"的表述中,我们看到达尔文学说的一个奇妙的转变。从达尔文到斯宾塞,进化主义从自然法则转变成了道德法则。斯宾塞的社会有机体说蕴含着民主的巨大能量,是严酷的达尔文世界所欠缺的,严复把二者融入荀子笔下的"群",谋划出一个弥漫着强烈道德感的天演之说。在荀子的利国方案中,"群"是

一个基本的人类状态,他说:"人之所异于禽兽者,以其以群也。"人有合群的能力,如《荀子·王制》写道:

> 水火有气而无生,草木有生而无知,禽兽有知而无义;人有气、有生、有知,亦且有义,故最为天下贵也。力不若牛,走不若马,而牛马为用,何也?曰:人能群,彼不能群也。

那么,怎样才能做到合群呢?荀子的答案是依赖圣王制定的礼义制度。他说:"君者,善群也","圣王之用也,上察于天,下错于地,塞备天地之间,加施万物之上;微而明,短而长,狭而广,神明博大以至约。故曰:一与一,是为人者,谓之圣人"。圣王在人这个物种中处于最高位阶,他们定立职分,赋予"群"恒定的状态,这个状态叫作"义":"人何以能群?曰:分。分何以能行?曰:义。"只有合于义,人才能够胜于禽兽,《王制》篇说:

> 故义以分则和,和则一,一则多力,多力则强,强则胜物,故宫室可得而居也。故序四时,裁万物,兼利天下,无它故焉,得之分义也。

与之相反的状态是"无群",是"争":

> 故人生不能无群,群而无分则争,争则乱,乱则离,离则弱,弱则不能胜物,故宫室不可得而居也,不可少顷舍礼义之谓也。能以事亲谓之孝,能以事兄为之弟,能以事上谓之顺,能以使下谓之君。

严复试图借助达尔文的学说,为中国重燃斗争的意志。但斗争之心会产生混乱,必须把离散的力量统合到"合群"的状态上来。在中国历史上,为"合群—贼乱"树立起一整套礼义标准的,只有《荀子》一书。于是,荀子就自然而然地成了严复安全地解释达尔文的最佳选择。

在奴隶进化为主人的道路上,有两座路标:民主与自由。民主将会使社会有机体团结起来;民主将会在整个民族中灌输生存的意志和斗争的意志。自由将释放民众的力量,这种力量不是"贼乱",而是合群。这个对立的概念在《荀子》中是个通古今之变的大问题:

> 古之所谓士仕者,厚敦者也,合群者也,乐富贵者也,乐分施者也,远罪过者也,务事理者也,羞独富者也。今之所谓士仕者,污漫者也,贼乱者也,恣睢者也,贪利者也,触抵者也,无礼义而唯权势之嗜者也。古之所谓处士者,德盛者也,能静者也,修正者也,知命者也,著是者也。今之所谓处士者,无能而云能者也,无知而云知者也,利心无足而佯无欲者也,行伪险秽而强高言谨悫者也,以不俗为俗,离纵而跂訾者也。(《荀子·非十二子》)

在严复看来,达尔文的学说犹如一篇自强的檄文,其核心是"弱者当为强肉,愚者当为智役"的自然法则,这一法则来自达尔文对"动物界"的描摹。谁都没有预料到,这个在欧洲备受争议的观念,竟然如此轻易地为中国知识界接受。对此,浦嘉珉教授援引严复的习惯性表达来强化问题的复杂性与暧昧性。

在《原强》中,严复这样写道:"民人者,固动物之类也。"浦嘉珉教授就此评论道:"在大多数道家和理学家的思想里,人总是被称为'物','万物'之一'物',而且在理论上,人与万物之最下者相关联。由于缺少神经兮兮的教士阶层,中国人直至后来也没有领会达尔文主义潜在的哲学内涵。"①

的确,在旧教仍然非常有影响力的十九世纪的欧洲,把人归于"动物"之类甚至会激起战争,而在大多数中国人心目中,在参与或者说享受到上天眷顾这件事情上,人与万物是平等的,这并不是什么反常的状态。举例而言,程颢曾提出"仁者以天地万物为一体",王阳明也主张万物一体之仁。简而言之,人并不是世界的主宰,而是与万物平等地生活在天地之间,是天地人的人。

达尔文的学说深深地扎根于基督教创世说,或者说,进化思想本身就源于对创世说的"大疑"。严复试图把中国也纳入这个充满竞争的世界中去,幸运的是,他不必考虑和应对萦绕其中的宗教纷争。

总之,严复认定了一件事,即达尔文和他的进化学说是中国的一个机会。必须给失败者一个机会,任何适合中国的观念与法则都必须信奉这样一种进化思想,在这个进化的征程中,意志力能够克服所有优劣之差。在文化、科学、技术的革新之前,达尔文带给中国的"进化"是努力成为"适者"的意志力革新。

严复思考的问题是一种道。中国需要一位圣人,需要一本书

---

① [美]浦嘉珉:《中国与达尔文》,钟永强译,南京:江苏人民出版社,2008年,第59页。

来取代《论语》,更需要指南针、北极星和舵手。达尔文为严复找到了这种道。大一统在过去中止了中国的进化之路,现在,达尔文告诉他们,大一统现在就是一种力量。进化的要义是"适者生存",不是强者生存。换言之,弱者与失败者从不缺少机会。

荀子与达尔文互释的理由在于相同的渴求与成见,他们二人都坚信"天下无二道"。中国人放弃自己的传统,被迫向西方寻求道路,这简直是奇耻大辱。为避免这样的思想屈辱与尴尬,严复借由荀子的形象,尽力把达尔文打扮成古典的模样,于是,达尔文的进化之道便可化身为"回归"伟大历史之道。

中国思想重建的努力看似偏向西方,而内里是拼尽全力回到古典时代,回到儒家传统本身,至少回到荀子的思想,止于礼乐,养于礼乐。荀子的适切性在于化解达尔文竞争之祸,《荀子·礼论》说:

> 礼起于何也?曰:人生而有欲,欲而不得,则不能无求。求而无度量分界,则不能不争;争则乱,乱则穷。先王恶其乱也,故制礼义以分之,以养人之欲,给人之求。使欲必不穷于物,物必不屈于欲。两者相持而长,是礼之所起也。

荀子生活的战国时代很"年轻",中国历史上的第一次思想争鸣就发生在那个时代。他从儒家的角度阐释了大一统礼制的重要性,即"合群"是一个最低限度的社会状态,能避免可怕的"贼乱"状态。但百家争鸣的另一个可能是思想上的"真空状态",思想的多样性也会带来不幸。对此,《墨子》从反对儒家的角度,强调这种真

59

空状态并不能与国人的气质相安适:

> 子墨子言曰:古者民始生,未有刑政之时,盖其语,人异义。其人滋众,其所谓义者亦滋众。是以人是其义,以非人之义,故交相非也。是以内者父子兄弟作,离散不能相和合;天下之百姓,皆以水火毒药相亏害。至有余力,不能以相劳;腐朽余财,不以相分;隐匿良道,不以相教。天下之乱,若禽兽然。(《墨子·尚同》)

达尔文在《物种起源》《人类的由来》中预言了种族之间残酷斗争的时代。进化成了新一轮的竞赛,其结果是开化民族逐渐取代野蛮民族。

严复在《天演论》中以"善群者存,不善群者灭"来对译斯宾塞的"团结"论,继之而起的梁启超则强调达尔文的种族改良论,他在给严复的信中说"匪直黄种当求进也,即白种亦当求进也","白人所能之事,黄人无不能者"。在梁启超看来,严复为中国开创了一条走向富强的道路:

> 西人百年以来,民气大伸,遂尔浡兴。中国苟自今日昌明斯义,则数十年其强亦与西国同,在此百年内进于文明耳。故就今日视之,则泰西与支那诚有天渊之异,其实只有先后,并无低昂,而此先后之差,自地球视之,犹旦暮也。地球既入文明之运,则蒸蒸相逼,不得不变,不特中国民权之说即当大行,即各地土番野?亦当丕变,其不变者,即渐灭以至于尽,此又不易之理也。……国之强弱悉推原于民主,民主斯固然矣。君主者何?私而已矣。民主者

何？公而已矣。然公固为人治之极则，私亦为人类所由存。……《天演论》云："克己太深，而自营尽泯者，其群亦未尝不败。"然则公私之不可偏用，亦物理之无如何者矣！①

严复的《原强》为民权与民主的时代明确了一个方向，一个雨果那一代人曾经无比向往的伟大方向："你要了解革命是什么吗？称它为进步就是。你要了解进步是什么吗？管它叫明天就是。"那是一个连路易十八都宣布服从宪章和人权宣言的时代。

由君主制迈向君民共主的时代是严复所期待的目标，这个伟大的信念跳跃在《原强》的字里行间："捐忌讳，去烦苛，决壅蔽，人人得其意，申其言，上下之势不相隔，君不甚尊，民不甚贱，而联若一体者。"贵与贱、主与奴的不平等状态，是中国走向强盛的最大阻碍。

达尔文打开了自然的潘多拉之盒，严复为他镌刻了一幅铭文，名之曰《原强》。毫无疑问，《原强》是严复思想的序言，推而广之，也是那个时代所有危机思想的序言。

严复的哲学是一种危机的哲学，严复的思想也天然的具有危机思想的底色。他在力与德之间摇摆，跳跃，轻易地从这一边滑向另一边，从一个变成另一个，这是一种不折不扣的不安状态。在度过风雨如晦的短暂人生后，除了"惟适之安"四字，严复似乎成了一位无可继承者，他自己和他的追随者都无法在他的思想里得到真正的安顿。

---

① 梁启超：《与严幼陵先生书》，载《饮冰室合集（影印本）·第一册》，北京：中华书局，1989 年，第 109 页。

在进化主义的语意场中，似乎没有乡下人的位置，他们被遗忘了。在都市知识人眼中，他们不足以成为改变国家的力量，也不足以成为善恶的主体。与国体问题、政体问题的重要性相比，他们还来不及去思考乡下人的处境。避开时髦理论，真正把乡下人的生活植入历史记忆的，是一位自称乡下人的作家。

第三章　记忆

　　时间的监狱是球形的,没有出口,唯一的入口在梦中。确切地说,我想是破晓时分的梦。

　　起初我梦到一片荒原,像南英格兰威塞克斯(Wessex)的乡间模样,多雨,泥泞,偶尔点缀些绵羊之类的软弱生灵,人烟稀少。不远处,有哈代(Thomas Hardy)小说中的古老街道,都是百年的宅院,除了人的离去,眼前的一切都凝结了。

　　黄昏的景色很美,有一种粘稠感,但缺少生气。可是,只要我们在这条街道上站得足够久,就有机会与哈代先生攀谈,他会告诉我们身处某一国度的偏远地区意味着什么,或许,他还会告诉我们怎样走出荒原。

　　这是一本从荒原出发,最终通向海洋的书。

　　旅途漫长,有风雨、险滩,但一路弦歌不断。猎人、侦察兵、村姑、樵夫、书记官、山大王,在长河的船上岸上凝神站立着,他们轮流讲述自己的见闻,于是,就有了"边城"的故事。

我听见他从所有书页中走过去,像小时候赤脚走向河边的那种声音。看他的笑容,始终是个孩子,但在他的故事中,他同时拥有所有年龄,所有身份,所有性别。他是伍娘,桂枝,三三,宋妈,王嫂;他是樵夫贵生,侦察兵熊喜;他是老实人自宽,他也是山大王刘云亭;他是他的母亲,妻子,孩子;他是转过身谦卑面对云麓大哥,四处寻找九妹的那个人;他是他生活的时代,也是他出生的那个国度。他不停地朝河流走去,乘坐的桃源划子也旧了,有两千年那么旧,像一张被江风、被岁月摧残的脸。我合上他的书,像追忆了半生往事,像在炉边煨火,一瞬间读遍世上全部的书,度过了宇宙中的一切时间,总之,所有的年月都没有枉过。

鲜活

作家杜拉斯说,"写作是从人们觉得自己已经不再写作,不再主宰他的行为开始的"。写作是不期而至、自发形成的,但绝对不是什么本能的爆发。读者对段落中的偶然败笔大发牢骚,那是他从未确切地感知稿纸边缘的如临深渊。

"写作,像微风般自由吹拂。"那是一种浓烈的感情状态,与任何死亡都不相干。写作这件事,只与顽强的意志有关。写作是喊叫,是哭泣,像小孩子那样,或者说,是像百兽那样,重返远古时期的家园,在森林中吼叫。在那里,风只会送来一样叫作自由的东西,所有生灵都只用唯一的一种方式生活,绝不妥协。人们心知肚明,自由一词无论如何模糊,都介于遥不可及和弥足珍贵之间。自由的对立面不是枷锁,而是令人焦虑的不确定性。

　　在沈从文的作品中,我觅得了以上的所有肯定与不确定。他就在我面前,有着旧书封面那样的皮肤和笑容,苍老、神秘、令人着迷。有时,我会觉得自己是和他同住一个村庄的童年玩伴,也会讲陌生的楚地方言。长大后,我们各自奔向陌生之地,偶尔听到些关于他的消息。我知道他在战场上幸存下来,而且写了不少故事,全都是故乡的色彩,就是小时候我俩光着脚丫在河边看到的景象。突然有一天,我收到他的来信,是一份绘着崇山峻岭的藏宝图。我对这份藏宝图确信不疑,于是,我沿着似曾相识的故乡小路寻找,呼吸着故乡的气息,凝望他笔下的山河、创伤、混乱、血腥,与那些乡下人攀谈,记下每个表情和名字,他们肩上的猎物,手中的米酒,当然,还有那个年代独有的美景与秘密。我敢说,假如我真的会说那种陌生的语言,会发现更多的线索,而现如今,我只能四处奔走,然后,在这本书的纸页上留下惊疑的标记。是的,就是这样的,漫山遍野的吊脚楼就是标记,原始,粗野,像世界诞生在孩子眼中时的那种样子。

　　对沈从文作品的文学研究已为数不少,还有不断挖掘他生活的读物涌现。我的法律史学师从与兴趣促成了此书的写作方向,为此,我走进故事,潜入深潭,和书中人物一起躲进洞穴,为的是重新把沈从文的作品与他所处的时代结合起来,与乡下人促膝长谈。在书中,我和乡下人彼此接近,像他们那样用充满矛盾的方式享受生活,比如,为一次离奇的遭遇战战兢兢,学会躲避危险,或者,向司空见惯的死亡送上热烈的同情。

　　我发现相对于众人熟知的《边城》《长河》《从文自传》等作品而言,《山鬼》《小砦》《黔小景》《巧秀和冬生》《七个野人与最后一个迎春节》等作品里有更多值得谈论的东西。沈从文为这些故事注入更为丰富的情感、力量和激情,同时,又与它们保持神秘的距离。如果生活有所谓容貌和形象,那么这些作品呈现的,是孩子眼中的节奏。他似乎永远滞留在童年时期,用写作把自己封存了起来。写作,除此之外什么都不做,本来就是小孩子的想法。这时,另外一个不断长大的世界闯了进来,并且带来一套不同的评判标准,把童年撞得粉碎。于是,我们听到历史哭泣的声音,它为孩子们无法理解的种种毁灭而哭泣。

我与沈从文先生,是花鸟本不相识,如何识得?我想是因为这些真实的故事。是的,是语词震颤的声音。在某个冬日午后,日光穿过窗子,投射在一排古旧书脊上,心里会生长出一种暖暖的声音。

童年和母亲,战争与死亡,还有时光的轮回,水与梦的恩赐,这些诱人主题令他笔下的人与事越发真实起来。语言总是贫穷的,它无法描述真实,而是创造真实。世上并没有上天入地的猴子,《西游记》一出,一个笑对一切磨难的猴王就真实地存在了。人们未必都受惠于取回来的救世真经,但他的百折不回,对天地不仁也只是轻蔑,还有他的微笑,难道不是一种可敬的真实?沈从文就是捕获了这样的真实,与乡下人共度良辰佳节,为乡下人守护"童心幻念"。他反对一切杀戮,他说,在荒谬的战争泥土中死去并不高尚,除非你把那些可怕场景变成某种语言,除非你以优雅从容的姿态把它们写下来,像每个人的童年记忆那样,给人温暖。他总是不断地告诫我们,要贴近人物的血肉来写,主宰写作的不是权力和枪炮,而是智慧与童心。

写这本书时，我仿佛身临其境，看到了河流、油菜花、吊脚楼、街上的小铺子，还有山核桃的味道，总之，是世界本该拥有的那种活泼样子。不过有时候，在书中，我确实感到如临深渊。尽管沈从文一再强调那些作品不是他个人的传记，我们还是无法回避其中隐藏的真实性。我们不能回避那些可怕故事，正如我们无法回避奥斯维辛的存在，更何况经历这段历史的，还有很多孩子。

有一种语言，是专门用来描述童年的，每次使用时，都会改变我们对世界的最初印象。它总是指向某种原初状态，像孕育种子的那种环境。但无论如何，那不是寻常意义上的稚嫩或年轻。是的，它饱经忧患，练就了魔力，如同咒语，让人一夜白头，瞬间苍老，苍老得如同书本上的泛黄纸张。是的，我说的就是这种语言，我们每天都在使用的语言，干净质朴，既不苍老，也不年轻，像母亲的眼睛。

在清晨的薄雾中，我看到一条鱼从沈从文的书页中游过，它跃出水面，通体雪白，完全是一副尽情炫耀的样子。我还看见一个小兵模样的身影，赤着脚向河边走去。我与他并肩而坐，凝望水中的一切。他显得孤独、雅致，陷在回忆某种悲伤经历的情绪中。我们住在同一个村庄，几个猎人是我们共同的朋友。夏天到来时，我们每天到河中游泳、野钓、夜渔、捉蟹。

我梦得那么奢侈，那么贪婪，几乎要把童年的一切美好都享用尽了。几十年过去了，在我们的梦里，还经常出现那条鲜活的鱼，没错，我们梦见的是同一条鱼，我们梦见的，是同一种鲜活，我们用同样的语言来形容那份鲜活。

乡下人是鲜活的，沈从文这个人，连同他的文字共享着这份

"鲜活"。他不愧是近水人家的孩子,生于鲜活的环境,也懂得鲜活二字的妙处。要理解这两个字,我们得走到河边去,游到河中央去,潜到水底去。或者,乘着一条小船,要静静地漂荡在水面上才行。总之,一切取决于观看的角度。

鲜活难道还有个专属的模样? 这个问题还是由乡下人来回答的好。他们会告诉你,鲜活就是一尾突然跃起,翻腾着水花的鲤鱼,乡下人经常见到,当然,通常是在黄昏时分。另一种古老而迷人的鲜活,是黎明时分的鸣鸟,与之相闻相惜者,是农人、猎人、钓者、渔人、夜笔之人……他们各不惊扰,在不同的时空里品咂鲜活的滋味。

瞧,我找到了这个词的具体位置,那是一个独处的地方,一个绝对属于某个人的地方,就是这样,一直在那儿,亘古不易,像突然跃出水面的鱼,像不知为何鸣叫的鸟。

拜水

湘西人拜祭河神,有时,也拜水井,拜投水的屈原。没人去追问缘由,但大抵不是为了迷信。人神同处,是乡下人生活的余裕,就如同他们的灵魂是山歌喂养长大的。

水之于人,总是意指着某种原初的状态。人内心的一切欲念,几乎都可以具体地投射到水的意象中。水,是寂寞,也是自由。在沈从文的作品中,水,是一种文学思考的方法。在水的包围中,他成了一个作家,处在世界的中心,使人及事物获得意义。在那里,他独特的文笔才是作品的力量所在,相较而言,那些离奇情节在时间中慢慢褪去色彩，像历史本身一样沉默了。

　　沈从文的童年在故乡沅水河边度过，他常常在雨水中陷入某种幻想的状态，忘记了经书，也忘记了学堂。他说"因为雨，制止了我身体的活动，心中便把一切看见的经过的皆记忆温习起来了"①。他是感应的天才，当感觉与经验在雨的作用下交错汇聚起来，鲜活的记忆就形成了。后来，这些记忆在作品中被激活，自然显得水汽盈盈。

　　童年的神圣与美好，与经卷无关。无论怎样的圣贤与豪杰，也是要为童年让路躲避乃至朝拜的。在随之而来的少年，青年时期，沈从文一直是个"娃娃兵"，九死一生，可怕可惊。所幸，他找到了死生之外的一份皈依，这些人生奇遇都与水密不可分。

　　从文学的角度来看，沈从文写作的奥秘，是对水的执迷。写作的最基本要求，是对世界的沉思，水上的隔绝感恰好为他提供了隐秘的空间和沉思的时间，如他在《湘行书简》中所说："假若这样在船上半年，不必读一本书，我一定也聪明多了。河鱼味道我还缺少力量来描写它。"②他要的是对"河鱼味道"的鲜活体验，而不是它的概念。作家玛格丽特·杜拉斯说她写作的时候，没有任何关于书的念头，连报纸都不读③，这种远离外部世界的沉浸感，像潜入水底，应该接近沈从文的意思。

---

① 沈从文：《我的写作与水的关系》，载刘一友等编《沈从文别集·抽象的抒情》，长沙：岳麓书社，1992年，第238页。
② 沈从文：《再到柳林岔》，载刘一友等编《沈从文别集·湘行集》，长沙：岳麓书社，1992年，第128—132页。
③ ［法］杜拉斯：《写吧，她说》，载《杜拉斯文集·写作》，曹德明译，沈阳：春风文艺出版社，2000年，第43页。

沈从文笔下"无呆相"，夏志清等学者说这是受了道家的影响，金介甫教授则从自然神或自然主义的角度来说明，还有人推测是受了意识流小说的影响。简单来说，这一切都与水相关。

沈从文是普普通通的凡人，没有一分夸张与骄傲的福气，无论生活在哪个时代，也不过是向往一种清静无忧的生活而已。他自称是一个只知埋头写作的"文丐"，一个素来不问派别出身，又与各种新旧党系无瓜葛的作家。

与所有那些我们熟知的作家一样，他喜欢在神清气爽的静谧氛围中写作，一来让母亲安心开心，一来"从自己头脑中建筑一种世界，委托文字来保留，期待那另一时代心与心的沟通"，仅此而已。

当然，沈从文也有他的鄙薄对象，一来鄙薄为时兴口号而作的文章，一来鄙薄殉道式的痴狂：

> 我自己，认为我自己是顶平凡的人的。在一种旧观念下，我还可断定我是一个坏人，这坏处是在不承认一切富人专有的"道德仁义"。在新的观念下看我，我也不会是个好人，因为我对一切太冷静，不能随到别人发狂。①

沈从文的内心是富足的，像《庄子》上说的，虚舟触舷，飘风堕瓦，一切出于无心，都不应当生气，故不生气。

他哪里是文化乞丐，简直是个大富豪，只是生活得朴素而已。

---

① 沈从文：《阿丽思中国游记·后序》，载刘一友等编《沈从文别集·月下小景》，长沙：岳麓书社，1992年，第270页。

在文字的世界里,沈从文保持着游离于新旧之间的抒情风格,自成一格,懂得用朴素,用雨水般的沉默守卫文学。沈从文在写给青年作家的信中说,他的写作是一种"乡下人的猛闯方式",像水,天生的沉默孤独本性,他在信中写道:

到部队中后一面是本性依然,一面却浸入一堆不同印象,性情由孤独内向,生活经验便成为否定兵争底子,也成为抒情气氛基础。

到北方后我用乡下人猛闯方式和人竞争生存,竞争表现,自然比城市里长大的玩票作家容易见长。

但文化史一般广泛接触,爱好,即不免缚住了生命,限制了生命,从此种种,我能写精美的作品,可不易写伟大作品了。

我的作品也游离于现代以外,自成一格,然而正由于此,我工作也成为一种无益之业了。①

从五四起始,北方文运传统有个一贯性,即沉默工作。这个传统长处或美德,有一时会为时代风雨所摧毁,见得寂寞而黯淡,且大可嘲笑。然而这点素朴态度,事实上却必定将是明日产生种种有分量作品的动力来源。

不要担心沉默,真正的伟大工程,进行时都完全沉默。②

---

① 沈从文:《给一个不相识的朋友》,载刘一友等编《沈从文别集·月下小景》,长沙:岳麓书社,1992年,第4页。
② 沈从文:《给一个写文章的青年》,载刘一友等编《沈从文别集·月下小景》,长沙:岳麓书社,1992年,第9页。

沈从文是沉默的水，用流动的、水一样的文字消除一切界限与距离。在六七岁的年纪，他就依凭着本能，以逃入水中的方式，反抗逼窄、无趣的私塾。

成年以后，沈从文把自己作品的自由风格归功于水的恩赐。据他晚年回忆，即便是在创作高峰期的二三十年代，也"没有看过Proust（普鲁斯特）的作品"，更没有专门去研究意识流之类的时兴手法。如果说真的有什么作家的影响，那恐怕是他晚年常常提到的契诃夫与屠格涅夫，具体而言，是喜爱他们的"明朗素朴"，与任何时髦的方法、技巧都没有关系。①

他所写的故事，多数是水边的故事。他最满意的故事，也是水边的故事，像《边城》《长河》《小砦》《三三》《黑夜》，或者是船上的故事，如《丈夫》《船上岸上》《湘西》《湘行散记》。他文字中的一点忧郁气氛，要感谢童年时南方的阴雨天气。而他的文字风格，"假若还有些值得注意处"，那只因为他善用"水上人的言语"。帝王将相或才子佳人式的生活，在沈从文的经验之外，他无法使用他们的语言来写作。任何时代都流行着各种权力、才华或者美貌的标签，藏在这些标签后面的，大抵是呆相。这些呆相若是写进了戏文，还勉强有个腔调，可一旦走进小说的世界，自然就呆滞、干涸了。

沈从文具有一种"液体性"的感染力，在他的作品中，整个世界仿佛是被浸润在水中的样子，如此才值得人们记忆，如他所说，"值得回忆的哀乐人事常是湿的"。

---

① 沈从文：《复金介甫、康楚楚》，载张兆和主编《沈从文全集第 26 卷·书信集》，太原：北岳文艺出版社，2002 年，第 529 页。

在他身上,本来就有水的地位。他就是这样一个水汽盈盈的作家,在寂寞的雨中,在汤汤水上,明白了人事的好处和坏处,也常常感到害怕。有时,他也会说,"然而这孤独,与水不能分开"。在《我的写作与水的关系》中,沈从文这样描写水带给他的种种印象:

雨落得久一点,一时不能停止,我必一面望着河面的水泡,或树枝上反光的叶片,想起许多事情。

所捉的鱼逃了,所有的衣湿了,河面溜走的水蛇,叮固在大腿上的蚂蟥,碾坊里的母黄狗,挂在转动不已大水车上的起花人肠子……因为雨,制止了我身体的活动,心中便把一切看见的经过的皆记忆温习起来了。

……雨落得越长,人也就越寂寞。在这时节想到一切好处也必想到一切坏处。那么大的雨,回家去说不定还得全身弄湿,不由得有点害怕起来,不敢再想了。

……也就因为这种雨,无从掩饰我的劣行,回到家中时,我便更容易被罚跪在仓屋中。在那间空洞寂寞的仓屋里,听着外面檐溜滴沥声,我的想象力却更有了一种很好训练的机会。我得用回想与幻想补充我所缺少的饮食,安慰我所得到的痛苦。我因恐怖得去想一些不使我再恐怖的生活,我因孤寂又得去想一些热闹事情,方不至于过分孤寂。

……从汤汤流水上,我明白了多少人事,学会了多少知识,见过了多少世界!我的想象是在这条河水上扩大的。我把过去生活加以温习,或对未来生活有何安排时,必依赖这一条河水。这条河水有多少次差一点儿把我攫去,又幸亏它的流动,帮助我做着那种横海扬帆的远梦,方使我能够依然好好地在人世中过着日子!①

　　水的意象是常识性的,人们总是喜欢来到有水的地方相聚。水亦是一种通用的介质,通行无阻,无论山林平地,天空或深谷,皆可经由水而连通。同样,借助水的润泽与连通,人们可以在不同思想状态之间穿行。童年与死亡,清洁与救赎,丰收与荒歉,乃至冤狱与雨雪旱灾,都寄托着水的穿透性力量。

　　童年、时间、记忆,像水一样静静流淌。水寄托着沈从文童年的美好记忆,少年的浩荡寂寞,青年的干涸感。有时,水也意指着毁灭和死亡,与时间一样,沉默,流逝,带走一切。除了泪水,我们什么也挽留不住。沈从文用了很多笔墨来书写"死亡",却几乎与宗教无涉,这是一种厉害之至的写法。

　　他天然地具备一种心灵禀赋,对时间、记忆、死亡等意象有着感应的天才,懂得如何在作品中缚住残忍的时间,以纯粹液体性的方式来呈现记忆,讲述故事。我们在契诃夫的作品中也能发现这种厉害的液体性,他说,一个人一生中,要洗几次硫酸澡,简单来讲,就是在特殊的经历中洗心革面的意思。他的硫酸澡,是那些穷人的故事、小公务员之死和贵族的泪水,还有湿湿的草原、淡紫色的海水及哭泣的渡船。他把他们的故事和经历写下来,许多病态的东西也就有了治愈的可能,至少,我们了解了病毒的机理和构造,还有它散播的方式。同样,在沈从文的作品中也流淌着这样的"硫酸",劫掠这个世界的是苛刻的权力,野蛮的道德,大小军阀手

---

① 沈从文:《我的写作与水的关系》,载刘一友等编《沈从文别集·抽象的抒情》,长沙:岳麓书社,1992年,第238—241页。

中的枪弹,当然,还有鸦片。乡下人和他们的生活,他们的土地、山水,被反复地凌辱,劫掠。如今,我们再次走到沈从文面前,听他讲述这些事情的原委,也就是痛快地洗了个硫酸澡的感觉。

最好的师,其实是无师,无师而自通。伴着沈从文由苦闷而变得清通的,见证他的大难不死的,是一条名叫"沅水"的江,他说,我的小说的好处,"和整个沅水分不开"。①

沅水长达千里,沿江走下去,一定有非凡的回声。沈从文常说,那是他唯一想居留的地方。

乡下人

沈从文的小说与那些志怪小说不同,他笔下的一切都为好山好水包裹着,似乎不需要文明的精致宝塔来映衬。扁舟,竹排,磨坊,菜园,吊脚楼,乃至山洞,寨子,处处弥漫着一种原始的居家感,作品与故事在此捕获乡下人的"日常",继而得以共享其天然品性。

故事的主角往往是如他一般模样的乡下人,他们被文明人、读书人轻看、忽视,在文明的都市中无法立足,在"进步"的制度中手足无措。幸运的是,沈从文笔下的近水人家皆能远离饥饿,他也不刻意地去渲染饥饿,所到之处,是"有桃花处必有人家,有人家处必可沽酒"。

这些乡下人贫穷、沉默、迷信,却又果敢、坦诚,喜爱光明正大,无畏如山中的顽石。他们不习惯用物质、金钱来衡量人生,却为种

---

① 沈从文:《复龙海清》,载张兆和主编《沈从文全集第 26 卷·书信集》,太原:北岳文艺出版社,2002 年,第 136 页。

种势力卷入厄运,于忍气吞声中潜伏着巨大的力量。这力量有时是《贵生》中令人心惊的烈火,而多数情况下,表现为一种沉静的忍耐力,像他在致友人信中所描述的乡下青年:

> 我到都市中来快三十年了,也可以用得着希腊人作碑铭方式为自己写八个字:"工作过来,痛苦过来。"到城市只为带着一点点单纯信念,即社会得重造,人和人关系得重造。为的是乡下所见到所接受的教育,永远是善良人民在强权下牺牲,我自己身在其间,也就得到了一分比饥饿贫困还更难堪的折辱。曾有一回在芷江县一个乡镇上驻防,看到一个年青人被苦刑种种后,用款项赎去。一月后,在大街上又见他抱着个小孩子,对人从不说话,见了人总是笑笑。笑的沉静,教育了我一生,也因之影响我一生。①

一直以来,苗民都自称"乡下人",在他人眼中,也总脱不去乡下人的模样。这个称谓就如同一个自制的迷宫,格局像苗民居住的寨子,不设主路,而是许多小道错综交叉,用以迷惑外人。

沈从文继承了这种心理上的与世隔绝状态:不知有汉,无论魏晋。他一直恪守的东西是另一种古风,一种生长在"楚地"的古风——楚地,是另外一种意义上的中国气派。

在沈从文的童年印象里,湘西这片楚地是自信的穷乡僻壤,不过,这片土地早就因屈子的投江而对"失魂落魄"之事免疫了。

他所承接而来的厉害古风,是蔓延至山地河上,区别于城

---

① 沈从文:《致程应镠》,载张兆和主编《沈从文全集第19卷·书信集》,太原:北岳文艺出版社,2002年,第90—91页。

市—儒家的"不读书"文明,这种苗民生活方式是"文质彬彬"的标准之外的。他们从容应对生死,不说谎,不欺诈,辛勤劳作,虔诚敬神,与沈从文相惺相惜的金介甫教授在此处看到的是一种犹如童年的年轻状态:"在沈从文看来,正是在神的面前,在礼节上负担过重的汉人文化破产处境暴露无遗。人必须面对神,不管是西南边陲的原始精灵,还是 20 世纪生活中机构复杂的都会。尽管汉人和他们的文明同他们的经济才能和空洞的礼仪分不开,把部落民族看作蛮人,但苗民的生活方式只是人类初级的朴素生活。汉人从前也具有苗民的文化和活力,那是在汉人变得麻木不仁、目光短浅之前。在沈从文的想象中,苗民的生活方式是中华民族年轻时期的生活方式。"①强调汉人或儒家的偏见或许是一个异域学者的学术偏见,在方便读者理解的同时,也会遗漏掉许多有质感、有说服力的历史细节。每个特定的语词都有其生成的历史情境和适用范围,我们不妨来看看沈从文和他同代人对于"乡下人"的看法。在一封 1979 年 10 月写给金介甫的信中,沈从文写道:

　　"乡下人",湘西虽属湖南,因为地方比较偏僻,人口苗族占比例较大,过去一般接近省会的长沙、湘潭,以至于沅水下游的常德人,常叫我们作"乡巴佬"。加深轻视,即叫"苗子"(直到现在,还不易改变),表示轻贱,以为不讲礼貌,不懂道理意思。但也包含一点恐惧,因为长沙人能言会说,一遇有什么不同意见,麻阳、凤凰人

――――――――――――
① [美]金介甫:《沈从文传》,符家钦译,北京:国际文化出版公司,2006 年,第 5 页。

说不过他们,只有用拳头回答。照例却打得"下江人"望风而逃。在学校是这样,在其他处所也相同。"下江人",这是我们叫常德以下人的通称。如专指"长沙"人,则叫"沙脑壳",或"叫雀儿",也有看不起意思。前者为"不经碰撞",后者为"只会叫嚷",另无能耐。事实上是聪敏得多也能干得多的,任何事总是"乡巴佬"吃亏!我作品中经常说自己是"乡下人",则可从良友公司《从文习作选题记》中得到解释。一般说的含义,是老实淳朴,待人热忱而少机心,比大都市中人可信赖。可是不懂城市规矩,粗野不文雅,少礼貌。我在作品中还说过,即或是妓女,也比城市读书人还更可信托。有褒而无贬。但正因此,不免因为憨直而容易上当。我就属于这一型的人。①

在沈从文的印象中,"乡下人"这个词有其地域性,而且往往同水有着强烈的关联性。中国人常说,"一方水土养一方人",有什么样的水,就有什么样的山谷和故事。

生活无须猜测,真正的生活永远值得谈论。我是带着一份确信,在沈从文所欣赏的自由状态下写这本书的。或许是在重庆生活久了,常常觉得他那些故事中的空气,像江风一样真实。我遇到的最大挑战不是寻找进入文本世界的角度问题,而是事关真实性的历史效力,或者说,是经验透过文本扑面而来的"共时性"效应。在那个时空里,有人径直、粗暴地占有他人的生命和财富,被劫掠的人,比如那些乡下人,除了沉默领受,练就微笑神情,还懂得随时

---

① 沈从文:《致金介甫》,载张兆和主编《沈从文全集第 25 卷·书信集》,太原:北岳文艺出版社,2002 年,第 412 页。

隐没于山林江湖的本领。他们返回"自然",越走越远,情愿与恶劣的环境相处,也要躲避可怕的同类。我们称这样的一个群体为"乡下人",他们是我们不忍嘲笑的受难者,而现实的情状是,人们发明了"乡巴佬"一类的词来做不对等的称呼。沈从文的作品,往往就是诞生在这种令人费解的落差之中,从早期的《在公寓中》《绝食以后》《落伍》《船上岸上》等,到中年时期创作的回忆性文字,以及为读者熟知的《山鬼》《贵生》《三三》等作品,都潜藏着一种隐忍的力量。

沈从文的笔为某种灵力所扶持,有天然的光泽,相较而言,那些雕刻"国民性"的笔,在留下苍白赤裸的大量作品后,几乎化为坚硬的历史——历史这个词,有时可以简化为某种遥不可及的偏见。

乡下人的生命自有一份可爱的庄严美好,它来自大自然的馈赠,而非教育的习传。它飘散在水边,深藏于大山,也像大山一般彪悍、坦率,在聪明愚痴之外。

沈从文的作品中,水是个流动的主题,而山谷,是个岿然不动的主题。

住在山水边的人,可以随时进山,可以随时涉水而去,他们不必守土。

上山或涉水,于湘西人而言,几近于本能。有时,山水间的广大倒胜过居家的温暖,或者说,湘西人的居家感寄存于"户外生活",似一只小鹿,绕溪而生。

沈从文就是那苍翠群山中的"小兽物",一遇到危险,就学着山中鹿麂的样子,遁入雾霭中,像《边城》里的翠翠那样:

翠翠在风日里长养着,故把皮肤变得黑黑的,触目为青山绿水,故眸子清明如水晶。自然既长养她且教育她,为人天真活泼,处处俨然如一只小兽物。人又那么乖,如山头黄麂一样,从不想到残忍事情,从不发愁,从不动气。平时在渡船上遇陌生人对她有所注意时,便把光光的眼睛瞅着那陌生人,作成随时皆可举步逃入深山的神气,但明白了面前的人无机心后,就又从从容容的在水边玩耍了。①

金介甫教授也沉浸在现代都市文明的舒适中,在法治的保护原则下,过着寂寞的生活。他眼前的人不再笃信神明,遇了金钱,便笑着忘了罪孽。

他从一个外邦人的视角,看到沈从文所珍视的朴素人类生活样式:乡下人过着一种与秩序之物相隔绝的生活,他们排斥一切陌生感十足的律法。

乡下人对大都市中的弱肉强食法则一无所知,他们成为这些古怪法则的猎物,心存警惕,不知所措。

大自然的狂暴法则并不会惊吓到这些生灵,人们安然地面对突然到来的那些生、老、病、死。譬如对于死,在《爹爹》的故事中,死,忽然到来,"死是忽然的,如一般人所说很没理由的,然而当真死了"。旧式的制度,律法,习俗,都与它无关,成了陌生之物。对乡下人而言,律法只会带来不幸,是生活的额外负担,累赘。生活就是生活,朴素,自然,一切受训练的东西都显得多余。

---

① 沈从文:《边城》,载刘一友等编《沈从文别集·边城集》,长沙:岳麓书社,1992年,第200页。

水并没有吞噬生命,吞噬生命的是一切拘束生命的东西——致命的蛮横,厚颜无耻的索取,弱肉强食的残忍,所有这些被供奉进法则之庙宇的东西,其精致的外表之下,都隐藏着虚伪、残忍。

沈从文对这些处于隐匿状态的邪恶有着天生的直觉,他书写的死亡背后,似乎都隐藏着这些东西。那些不可抗拒的社会秩序,以及从中引出的各种约束形式,都逃不过沈从文的灵敏嗅觉。

他在寻找真凶,继而与之奋力搏斗,最终将它们牢牢地捆缚住,封印在书中。

沈从文所做的一切,首先是为了避免孤独,他与生俱来地拥有揭露真相、探寻秘密的个性,通过这一慷慨行为,他与那些拥有同样个性的同类交织鸣响。当然,另一个高贵却令人垂怜的原因或许是,沈从文对所有生灵抱有一种不可遏止的同情,而除了同情,他对那个不可违拗的世界,那个苛责残忍的世界无从下手。

在沈从文笔下,每个乡下人就是一部作品,湘西是生命轮回的处所,也是荒诞历史的衬景,而他这个终生脱不去乡下人性情的作家,是满含着怜悯之心拥抱乡下人的受难者。他的一支笔未必能生出救赎的灵力,但无论如何,他的选择是始终如一地与乡下人站在一处。

归来之歌

有时,沈从文像个苗人水手,"老实、忠厚、纯朴、戆直性情——

原人的性情"①,随时会乘船离开,当然,归来时满载着故事。

金介甫教授为沈从文的传记取了个英文名字,"The Odyssey of Shen Congwen",一来是为了英语世界的读者理解上的方便,二来是渲染沈从文的"史诗"风格与地位。奥德赛,意指旅程,而奥德修斯无论曾经代表什么,他首先是个孤独而痛苦的人。

在荷马的世界里,"忘记"是生命中最负面的动词,奥德修斯的意义,就是要在过去与未来之间保存记忆。因此,《奥德赛》是有关"记忆"的史诗,是卡尔维诺所说的"归来之歌"那样的史诗:

奥德修斯从忘忧枣、喀耳刻的药和塞壬歌声的魔力中拯救出来的,不只是过去或未来。对于一个人、一个社会、一种文化来说,只有当记忆凝聚了过去的印痕和未来的计划,只有当记忆允许人们做事时不忘记他们想做什么,允许人们成为他们想成为的而又不停止他们所是的,允许人们是他们所是的而又不停止成为他们想成为的,记忆才真正重要。②

从保存人类记忆的角度来看,沈从文与奥德赛拥有一样的孤独旅程,面对相似的身份危机。他们共同的得救方式是借助旅程,通过让他人揭开自己身上的秘密来重拾记忆。

忘记,正渐渐成为我们看待自己、看待历史的一种方式。沿着

① 沈从文:《常德的船》,载《沈从文文集第九卷·散文》,广州:花城出版社,1984年,第346页。
② [意]卡尔维诺:《〈奥德赛〉里的多个奥德赛》,载《为什么读经典》,南京:译林出版社,2012年,第13—14页。

沈从文的记忆走下去，我们会有所不同，有水为伴的旅程总是值得期待的。

　　无论在什么时代，文坛上盖棺定论的事向来敏感，幸运的是，从文先生有个"多年师徒成兄弟"的弟子汪曾祺，本着一颗作家惜作家的心，为老师的好"撑腰"。他在《沈从文传》的序言中写道：

　　高尔基沿着伏尔加河流浪过。马克·吐温在密西西比河上当过领港员。沈从文在一条长达千里的沅水上生活了一辈子。20岁以前生活在沅水边的土地上；20岁以后生活在对这片土地的印象里。他从一个偏僻闭塞的小城，怀着极其天真的幻想，跑进一个五方杂处，新旧荟萃的大城。连标点符号都不会用，就想用手中一支笔打出一个天下。他的幻想居然实现了。他写了四十几本书，比很多人写得都好。①

　　沈从文闯入文坛的营寨在沅水边，是一座小城，名叫凤凰，因他的作品而被称为"边城"。在沈从文的记忆中，那是一个叫湘西的地方，并且很大、很阔：

　　谁能说尽这地方一切？请五个屠格涅夫，三个西万提司，或者再加上两个——你帮我想，加那世界顶会描写奇怪风俗、奇怪的人情以及奇怪的天气的名人罢。——总之我敢断定，把这一群伟人

① 汪曾祺：《沈从文传序》，载［美］金介甫《沈从文传》，符家钦译，北京：国际文化出版公司，2006年，第1页。

请到这小地方来,写上一百年,也不能写尽这地方!①

　　湘西不仅有文化上的奇特广大,还有人文之外的一份广大。沈从文的广大,是游侠的广大,养在帷幄之外的广大。

　　湘西是一粒种子,种在沈从文心上。现在,是时候让它开成花海了,不,是开成漫山遍野的吊脚楼。吊脚楼上,有过等待与苦守的寂寞,却不曾有过饥饿,连琅琅书声亦显得多余。吊脚楼属于民间,而民间从不缺少精灵、志怪与游侠,沈从文的一双手就善于捕捉这些传奇的人物与故事。

　　湘西,本身就是一种游侠者的霸气。人人"勇鸷慓悍,好客喜弄",如司马迁笔下的义士仁人,"读书怀独行君子之德,义不苟合当世,当世亦笑之"。或者是如沈从文心目中的厉害乡下人样子:"山高水急,地苦雾多,为本地人性格形成之另一面。游侠者精神的浸润,产生过去,且将形成未来。"②

　　沈从文早期作品中充满了"志怪传奇"的气氛,且多以军中生活为背景。故事中的每一个兵士就是一个"分散的自我",他们围坐在篝火旁,分享着经历的一切,这些故事离奇、神秘、半真半假,有些甚至带着锋利的刺痛感。

　　奥德修斯也有许多可怕经历,如果他是个记忆力正常的"人",一定会噩梦不断。经验这东西是可怕的,至少在恐惧的意义上是

① 沈从文:《阿丽思中国游记》,载刘一友等编《沈从文别集·月下小景》,长沙:岳麓书社,1992年,第219页。
② 沈从文:《凤凰》,载《沈从文文集第九卷·散文》,广州:花城出版社,1984年,第412页。

可怕的,那意味着过去的折磨与现实的纠缠。奥德修斯没有发起第二次远征,也没有鼓励他的后辈去尝试同样的旅程。

如果这些可怕经验能够让你更好地面对未来,成为你想成为的人,那么,这份记忆就尤为珍贵。湘西,是沈从文的家园,军中生活,是他的第一次远征,都市作家的经历是第二次远征,也是他的回归之路。

我们在沈从文的作品中读到了类似的可怕经验,人类成为自然的劫掠者,人类残酷地对待他的同类。一个人,必定是怀着极大的悲悯与同情才会写出那些故事。他的归来之歌就是为人类保存那些残酷记忆,并且告诫世人不要残害自然,更不要残忍地对待自己的同类。回到故乡的奥德修斯一定也做了同样的事情。

每一次回到湘西,沈从文的痛苦便增加一层,他见到的一切都更加的令他不安,令他忧郁。罪恶像鸦片,像瘟疫一样扩散开来,他在揭露这些罪行的同时,也在洁净自己,他一生都在做这件事情——用写作来洁净一切。

第四章　小兵

在孩子和作家之间,曾经驻扎过一个小兵的身份,这件事对沈从文至关重要。

一个正常的人一定不会说自己的童年无足轻重,如果他这么想,我们就只能对他的生活深表同情了。每个人对童年都有一颗童心,每个人都会为随便什么人的童年故事落泪,哪怕他是个凶手,是个暴徒。

从一个人的童年出发来看问题,所有的生命都值得怜悯,值得同情。随着时光的流逝,沈从文觉得自己正在渐渐失去这样的能力,他不再能够轻易接受眼前的一切,一个正常的成年人如何能原谅那些劫掠与屠杀?

沈从文的恩人,永远是一本书。如水的童年,雨水和寂寞,擦枪,写作,那些顺流而下的形容词,那些挂在半山腰的动词,最终都以乡下之名活在文字中。

军中生活就是一本事关生死的大书,翻开来看,是一颗颗头颅顺着江水、河水漫延。沈从文认为这些可惊可怕的经历都是人生的馈赠,他后来的北上,后来的靠写作为生,全赖他大难不死后的"落荒而逃"——他差一点就成了一位吸鸦片、娶姨太太的乡绅:

假若命运不给我一些折磨,允许我那么把岁月送走,我想象这时节我应当在那地方做了一个小绅士,我的太太一定是个有财产商人的女儿,我一定做了两任县知事,还一定做了四个以上孩子的父亲,而且必然还学会了吸鸦片烟。照情形看来,我的生活是应当在那么一个公式里发展的。①

擦枪

十六岁那年,沈从文告别了逃学"潜入水底"的自在童年,他离开母亲和姐姐,开始住在船上的行程,四周是狂风暴雨。自此后的四年间,是他那被劫掠的少年时期,他不停地擦枪:

回到营里,吃过早饭,无事做了,班长说,天气好,我们擦枪。大家就把枪从架上取下,下机柄,旋螺丝钉,拿了枪筒,穿过系有布片的绳子,拖来拖去,我的枪是因为我担心那来复线会为我拖融,所以只擦机柄同刺刀的。我们这半年来打枪的机会实在比擦枪机会还少。我们所领来的枪械好像只是为了擦得发亮一件事。②

---

① 沈从文:《从文自传》,长沙:湖南美术出版社,2006年,第116—117页。
② 沈从文:《我的教育》,载《沈从文文集第三卷·小说》,广州:花城出版社,1982年,第120页。

擦枪之余,是不停地有机会观赏剿匪得来的人头。"每一个脚色肩挑人头两个,用草绳作结,结成十字兜,把人头兜着,似乎很重。"究竟是不是土匪的头颅,没有人说得清楚。

乡下人被肆意劫掠着,而沈从文的年华与青春也即将被"劫掠"殆尽。

这时闯进他生活的是一种跟"书"有关的东西。书里的一切就在那里,皆有名称,未经损毁,神秘而纯粹。

书的不合时宜性恰恰是他所需要的,他渴望改变,用书所给予他的最大寂寞警醒自己:

到了这时我性格也似乎稍变了些,我表面生活的变更,还不如内部精神生活变动得剧烈。但在行为方面,我已经同一些老同事稍稍疏远了。

有时我到屋后高山去玩玩,有时又走近那可爱的河水玩玩,总拿了一本线装书。我所读的一些旧书,差不多就完全是这段时间中奠基的。我常常躺在一片草场上看书,看厌倦时,便把视线从书本中移开,看白云在空中移动,看河水中缓缓流去的菜叶。

既多读了些书,把感情弄柔和了许多,接近自然时感觉也稍稍不同了。加之人又长大了一点,也间或有些不安于现实的打算,为一些过去了的或未来的东西所苦恼,因此虽在一种极有希望的情况中过着日子,我却觉得异常寂寞。①

----

① 沈从文:《从文自传》,长沙:湖南美术出版社,2006 年,第 160—161 页。

　　与书有关的生活始于一个姓文的秘书。这是一位任何时候都轻言细语，客客气气的秘书官，以一本《辞源》向沈从文解释书的好处。"不拘一样什么古怪的东西"，在书中都能找到出处。

　　在离开军队之前，沈从文跟随的军官都不是面目可憎的"军阀"。《学历史的地方》中，沈从文崇敬的军人是一位文雅迷人的"统领官"。他以王阳明、曾国藩"自许"，好读古书，收藏名画、瓷器。"每天治学的时间，似乎与治事的时间相等。"因为此人的缘故，沈从文有机会接触古董与文物。与书为邻的时间替代了擦枪的时间。他开始读诸如《四部丛刊》《西清古鉴》《薛氏彝器钟鼎款识》之类的书，从一个司书、小师爷的世界里走出来，懂得识人辨物了。在沈从文的记忆中，这位无名的统领官是旧式文人的样子，清简、端正，像方正的书法条幅：

　　使我很感动的，影响到一生工作的，却是当时他那种稀有的精神和人格。天未亮时起身，半夜里还不睡觉，凡事任什么他明白，任什么他懂。他自奉常常同个下级军官一样，在某一方面说来，他还天真烂漫，什么是好的他就去学习，去理解，处置一切他总敏捷稳重。①

　　这在人类历史上也是一种独一无二的"稀有的精神与人格"。正是这个人，让沈从文的人生同所谓历史、文化、文物发生了某种

---

① 沈从文:《从文自传》,长沙:湖南美术出版社,2006年,第160页。

关联,为他一生的精神生活建立起一座避难所。

一方面,这位统领官影响了他人生兴味的形成,如他所说,"我从这方面对于这个民族在一段长长的年份中,用一片颜色,一把线,一块青铜或一堆泥土,以及一组文字,加上自己生命做成的种种艺术,皆得了一个初步普遍的认识。由于这点初步知识,使一个以鉴赏人类生活与自然现象为生的乡下人,进而对于人类智慧光辉的领会,发生了极宽泛而深切的兴味。若说这是个人的幸运,这点幸运是不得不感谢那个统领官的"①。

另一方面,正是在这段特别的时间里,沈从文才爆发出剧烈的性格变更:

> 我总仿佛不知道应怎么办就更适当一点。我总觉得有一个目的,一件事业,让我去做,这事情是合于我的个性,且合于我的生活的。但我不明白这究竟是什么事业,又不知用什么方法即可得来。②

希望,代替了一团乱麻的生活,激发他那天生的一份野性的执着,他感到异常寂寞。

一个拥有丰富精神世界的人自然会陶铸出一份叫寂寞的小天地,于是,他渐渐同一些开口便自称"老子"的老同事疏远了。有时到屋后高山玩玩,有时又走近那可爱的河水玩玩,手里"总拿着一本线装书"。这样的呆看闲云流水的一个人,会令我们想起那种类

---

① 沈从文:《从文自传》,长沙:湖南美术出版社,2006年,第160页。
② 沈从文:《从文自传》,长沙:湖南美术出版社,2006年,第162页。

似十九世纪俄国知识分子的古怪形象。

他的寂寞像是在给什么东西下跪,这种高出他生长环境的东西害得他苦苦挣扎,似冰上之鱼。

后来,姨父来了。这位聂姓(聂仁德)的先生是统领官的老师,学识非凡,与熊希龄同科进士出身,正是他启发、疏解了沈的寂寞,所用的方法却是在寂寞之上涂抹一层更大更广的寂寞:

这人是那统领官的先生,一来时被接待住在对河一个庙里,地名狮子洞。为人知识极博,而且非常有趣味,我便常常过河去听他谈"宋元哲学",谈"大乘",谈"因明",谈"进化",谈一切我所不知道却愿意知道的种种问题。这种谈话显然也使他十分快乐,因此每次所谈时间总很长很长。但这么一来,我的幻想更宽,寂寞也就更大了。①

"童年"这个词,很可能是与"纯洁"最相近的词。它不是一个缺陷、一个瑕疵,也不是某种孤立的品质。童年的一切都不是垂手可得的,但是,凭借一颗天赐的童心,一切又仿佛都是垂手可得的样子。

沈从文和童年诀别了,和纯洁诀别了。成长是个与童年反向的时间,一个站在童年对立面的心理时间。恰如我们在这段文字中看到的,沈从文离这样的一种童年状态越来越远,他在成长,在成长中感受到了寂寞。

_____

① 沈从文:《从文自传》,长沙:湖南美术出版社,2006年,第161—162页。

沈从文并没有和湘西诀别,但他告别湘西时,他放弃了一切唾手可得的欢愉,食物,地羊肉和酒,还有专属于少年的短暂的激情,沈从文曾经在书中仔细描写过这一切。一直到生命的尽头,他仍在不断回忆湘西的风景,那里的大小河流,那里的独特味道。

如果不是生长在湘西,沈从文又会是什么样子呢?那里的山水把一切都养成很厉害的角色,毒虫毒草,还有那些带着原始野性的生灵。

沈从文生在湘西,在湘西度过童年、少年时代,甚至在外表上也长成了湘西的样子:杂草般竖立着的坚硬头发,溶洞般幽深的眼睛,似乎有权审讯一切的冷峻表情。

湘西的土地与山水浸润了沈从文的外表,他在那里继承了模样,也承袭了一种似水的语言,一种带着液体性的独特语言:

我只是用一种很笨的、异常不艺术的文字,捉萤火虫那样去捕捉那些在我眼前闪过的逝去的一切,这是我创作的方法。①

似萤火虫一般,沈从文作品中的语词都有一种悬浮的姿态,让人无法捕捉。它们不规则地跳动着,情愿躲入丛林,也不愿被捉了去,被所谓的都市人摆在名目耀眼的祭坛上——"所谓艺术,那只合让那类文豪、准文豪、名士、准名士等人去谈",为纪念"各种不中用的我",沈从文用的还是童年逃学的办法,他一再"潜入水底",与一切隔绝开来。

---

① 沈从文:《〈第二个狒狒〉引》,载《沈从文文集第十一卷·文论》,广州:花城出版社,1984年,第3页。

沈从文那些以都市为背景的故事中都生活着乡下人,都市—乡下,我们只有明白了这种互相浸润的双重性,才能明白他的偏远的好。在两个地点之间,是冲走一切的"进化"的河流,是头颅残骸,是猎人的眼泪,是人与动物都不愿久居的田野。为了活下去,于是发明了枪,没错,就是那个与食物,与粮仓密不可分的概念。

带着枪的人,以清乡、剿匪的名目来到田野间,在少年沈从文眼中,这个行为叫作"就食"。1918年秋,他离开家乡后,在湘西十多县来回转,在从军的第一个年头,"老老实实说,就是追随一个军匪不分的游击部队,这种那里流动各县各乡就食"。①

乡下人的生活也具有双重性,一条路所指向的是那个不受打扰、不可冒犯的民间,包括遍布于乡间的各种小道,以及为这些小道联结起来的没有灯的温饱生活。而另一条路则指向一个权力与律法都试图去规制,去围困的"编户齐民"空间——那里每天都有绝望和不公正的故事,沈从文的作品常常以此为主题。他们为世界遗弃,甚至在生命的最后时刻,仍然舍不得点上一盏桐油灯。

似《黔小景》中的那位乡下老者,仿佛没有被同类纪念的欲望,也不牵挂任何人和事,只依靠自己编造的谎言和自己周旋。用当地的语言来讲,老人自言自语的状态叫"颠东"(颠懂),他可能患有阿尔茨海默病。不过,在沈从文的小说世界里,他患的病更重,是身体里长了某种东西,取不出来,也驱赶不走,个个硬如碎石。

写这些故事的时候,沈从文想要把这些东西从自己体内驱赶

---

① 沈从文:《莫错过这千载难逢的报国机会》,载《沈从文文集第十二卷·文论》,广州:花城出版社,1984年,第361页。

出去,他发现这是做不到的事情,于是就只好像大自然那样,以死亡来作为解决的办法。他的许多小说都以死亡来结束,这些死亡往往游离于法律之外,富于野性的力量。死亡和注视成为这些作品挥之不去的主题,在这些绝望与不公正的目光中,沈从文被疑惑填满,而世界却得到了洁净。

不写这些故事的时候,沈从文的夜晚是这样度过的:他到江里游泳,他到山上猎野猪,他偶尔会擦他的枪,听翻山过岭的商人讲土匪吃鱼的故事。

逃兵

在沈从文的印象中,所谓的军官,是那些比士兵更会混日子的军人。他们寄食一方,唱戏,打牌,赌博,穿长衫,可以成为任何人的酒肉朋友。《逃的前一天》里满是这样的军官,那些昔日的战友出现在他的故事里,过着天天如此的生活,一副混日子的闲散样子:

大街上,南食店杂货店酒店铺柜里,都总点缀了一两个长官之类。照例这种地方是不缺少一个较年青的女当家人,陪到大爷们谈话剥瓜子的。部中人员既终日无所事事,来到这种地方,随意的调笑,随意的吃红枣龙眼以及点心,且一面还可造福于店主,因为有了这种大爷们的地方,不规矩的兵士不敢来此寻衅捣乱,军队原就是保国保民的,如此一来岂不是两全其美。

副官,军法,参谋,交际员,军需,司务长,营副,营长,支队长,大队长……若是有人要知道驻在此地的一个剿匪司令部的组织，不必去找取职员名册，只要从街南到街北，排家铺子一问，就可以清清楚楚了。

他们每天无事可做，少数是在一种热情的赌博中消磨了长日，多数是各不缺少一种悠暇的情趣坐在这铺柜中过日子的。他们薪水不多却不必用什么钱。他们只要高兴，三五个结伴到乡下去，借口视察地形或调查人口，团总之类总是预备得很丰盛的馔肴来款待的。他们同本地小绅士往来，在庆吊上稍稍应酬，就多了许多坐席的机会。①

这些军人几乎就是那个时代的游侠，依赖特殊的身份而享受特权，又不受法律的约束。他们的快乐、健康源于乡下人的那种乐天知命，不轻易为忧愁打倒，也不容易害"都会中人杂病"。

生活对他们而言是荒唐的，他们自然也就过着荒唐的生活。沈从文遇到的人和事也近于荒唐，时时处处显现出一种随心所欲的粗糙感，唯一闪光的，是少数几个与"书"有关的人物：

这好性情的人，是完全为烟所熏，把一颗心柔软到像做母亲的人了。就是同他说到这类笑话时，也像是正在同小孩子说故事一样情形的。那种遇事和平的性情，使他地位永远限在五年前的职务上。

同事的无人不作知事去了，他仍然在书记官的职务上，拟稿，

---

① 沈从文：《逃的前一天》，载刘一友等编《沈从文别集·贵生集》，长沙：岳麓书社，1992年，第218—219页。

造饷册,善意的训练初到职的录事,同传达长喝一杯酒,在司令官来客打牌的桌上配一角,同许多兵士谈谈天,不积钱也不积德,只是很平安的过着日子。在中国的各式各型人中,这种人是可以代表一型的。①

古人所谓的"人生识字忧患始",或许就是专门用来形容这一类型的人。这是一个因读书而变得软弱失败的书记官,生活在令人压抑颓丧的环境里,却还散发着某种光芒,因此,他几乎是逃兵唯一的想再见一面的"熟人"。

书记官有难得的好脾气,四十岁左右,每天吃五钱大烟,读《水浒传》《七侠五义》,嗜书如命,逢人便讲自己买得的新书:

到什么地方去呢?书记处有熟人,一个年经四十一岁每天吃五钱大烟的书记官,曾借给他过《水浒传》看。书是早还过了,因为觉到要悄悄离开,恐怕不能再见到这好脾气的人了,就走到那里去。

这个人住在戏台上,平时很少下台,从一个黑暗的有尿气味的缺口处爬上了梯子的第一级,他见到楼口有一个黑影子。

"副兵,到哪里去这半天?"

他听出书记官的声音了,再上一级,"书记官,是我,成标生。"

---

① 沈从文:《逃的前一天》,载刘一友等编《沈从文别集·贵生集》,长沙:岳麓书社,1992年,第211页。

"标标吗,上来,上来,我又买得新书了。"①

世上的确有那么一类人,活在侠义小说营造的气氛里,崇拜着《七侠五义》中的黄天霸,却为官场世俗两面厌弃。

他们并不太在意是为皇帝办事,还是为军阀办事,只是依着性子对一切身外之事都敷衍塞责。沈从文认为这样的人其实很无辜,像"石印书"一般的无辜。

这位书记官的确如一本令人难忘的好书。那些整日过着寄食生活的将官,也是一本书,不过品相不佳,确切地说,他们是一本本比顽石还笨重的坏书。

西谚有云:要识字,得流血。这是来自堂吉诃德的俏皮话。为了平庸的生活,我们都听从桑丘·潘沙的建议,而在内心深处,我们还是会敬佩堂吉诃德的疯狂。正如人人都喜欢傻傻的士兵,那些残酷而粗糙的故事自有吸引人处。

生活的荒唐之处究竟是如何发生的?纯洁无比的塞万提斯向人类提出这个"原罪"般的问题。他用尽平生气力来描绘伊甸园外的荒凉景象,眼前尽是一个残酷的世界,必须与之决斗。

在表达决斗意志的战书中,堂吉诃德写尽了嘲弄与讽刺的话,归结起来,是给所有陌生人的忠告:在一个粗糙且没有任何浪漫可言的世界里,任何一个神智正常,富有人味的灵魂,不可避免地会感染某种忧郁病,不可避免地会浸润那么一点"堂吉诃德性"。我

---

① 沈从文:《逃的前一天》,载刘一友等编《沈从文别集·贵生集》,长沙:岳麓书社,1992年,第210页。

们要么去挑战,去感受这个世界的不完美,要么宁愿蒙受羞辱,免得心上负痛。

堂吉诃德式的忧郁,是全人类永恒的忧郁,而忧郁是所有有心人致命的病源。

书记官忠心效劳,却不得好报。其实,书记官才是天空中的雄鹰,而那些所谓的当了知事的成功将官,不过是被人抓在手中的小麻雀而已。

在这位书记官面前,小兵成标生可以是另外一个人,一个更好的人:

因为懂相法,看过标生是有起色的相,在许多兵士中,这好性情人对他是特别有过好意的。这好意又并不是为有所希望而来,这好性情人就并不因为一种功利观念能这样做人的。①

在一个特别荒唐的世界里,唯有不荒唐的人会享受"失败"带来的富足。这份富足会传递出去,传递给另外的一个自己,因为这另外一个自己的存在,他成了个有点仙气的人,享受着"无人无我的解脱":

"我买得许多新书了,你来看。"书记官说着,就放下那水烟袋,走到床边去,开他那大篾箱子,取出一些石印书。"这是《红楼梦》,

---

① 沈从文:《逃的前一天》,载刘一友等编《沈从文别集·贵生集》,长沙:岳麓书社,1992年,第212页。

这是……以后有书看了,有古学的;标标,你的样子倒像贾宝玉!"①

成标生说不想看书,有别的事要做,书记官就给他来个"仙人指路",他对成标生说:

不看书是好的,像你这样年纪,应当做一点不庄重的事情,应当做点冒险的事情,才合乎情调。告诉我,在外面是不是也看上过什么女子没有?若是有了,我是可以帮忙的,我极会做媒,请到我的事总不至于失败。②

告别了书记官,成标生继续漫无目的地在街上逛,"他在一个槽坊发现了军法长,在一个干鱼店又发现了交际长同审计员,在一个卖毛铁字号却遇到三个司书生"。所有人都在猜拳吃酒,所有人都在笑,他也不能不笑。

于是,成标生又回到了令他想逃离的荒唐世界,没人觉得不妥当,没人觉得怪异冲突:

一切空气竟如此调和,见不出一点不妥当,见不出一点冲突。铺子里各处有军官坐下,街上却走着才从塘里洗澡回来的鸭子,各个扁着嘴呷呷的叫,拖拖沓沓的在路中心散步,一振翅则雨点四

① 沈从文:《逃的前一天》,载刘一友等编《沈从文别集·贵生集》,长沙:岳麓书社,1992年,第214页。
② 沈从文:《逃的前一天》,载刘一友等编《沈从文别集·贵生集》,长沙:岳麓书社,1992年,第216页。

飞,队伍走过处,石板上留下无数三角形脚迹。

全街除了每一处都有机会嗅闻得到大烟香味外,还有一个豆腐铺,泡豆子的臭水流到街上发着异味,有白色泡沫同小小的声音。不知从什么地方而来,来到这里解送犯人的,休息在饭馆里。

三五个全副武装的朋友蹲到灶边烘草鞋。犯人露出无可奈何的颜色,两手被绳子反缚,绳的一端绑在烧火凳上或廊柱上。饭店主人口上叼着长烟袋,睥睨犯人或同副爷谈天。①

这些人对什么都习以为常,臭味、残忍、囚禁、勒索都不是什么奇怪的事,他们仿佛得了同一种冷漠的疾病,而那些老兵病得更加健康、更加快活:

溪中桃花水新涨,鱼肥了。许多上年纪的老兵蹲在两岸钓鱼,桥头上站了许多人看。

老兵的生活似乎比其他人更闲暇了,得鱼不得鱼倒似乎满不在乎,他们像一个猫蹲到岸旁,一心注意到钓竿的尖与水面的白色浮子。

天气太暖和了,他们各把大棉袄放到一旁,破烂的军服一脱,这些老兵纯农民的放逸的与世无关的精神又见世了。过年了他们吃肉,水涨了他们钓鱼,夜了睡觉,他们并不觉得他们与别人是住

---

① 沈从文:《逃的前一天》,载刘一友等编《沈从文别集·贵生集》,长沙:岳麓书社,1992年,第220—221页。

在两个世界。①

堂吉诃德经常发疯病，每一次发疯都有不同的样式。而那些他要与之决斗的人，却是病得出奇的相似。

对堂吉诃德而言，文明人的世界就是陌生人的世界，疯狂的世界，而他要解救的女性，都如母亲般的弱小、可怜。

与堂吉诃德拯救女性的地点一模一样，成标生在不知不觉中来到了一处磨坊，那里有个相熟的老妇人。"这个人不拘在什么时候都是一身糠灰，正如同在豆粉里打过滚的汤圆一样，好在那里追赶着转动的石磨，用大扫帚扑打碾上的米糠。"

老妇人要送给成标生几只刚孵出的小鸡。这些小生命在他手心里站立着，"不知道害怕也不知道顽皮"。成标生无话可说，心里却极难受：

他在这里，什么都是他的了，太阳，戏台，书记官，糖，狗肉，钓鱼，以至于鸡，要什么有什么。可是他到明天后天，要这些有什么用处？好东西与好习惯他不能带走，他至多只能带走一些人的好情分，他将忍苦担心走七天八天的路，就是好情分带得太多，也将妨碍了他走路的气力。②

---

① 沈从文：《逃的前一天》，载刘一友等编《沈从文别集·贵生集》，长沙：岳麓书社，1992年，第221—222页。
② 沈从文：《逃的前一天》，载刘一友等编《沈从文别集·贵生集》，长沙：岳麓书社，1992年，第224页。

老妇人的样子总是让成标生心生牵挂，就是儿子想起母亲时的那种忧愁，沈从文懂得小兵的心思，他写道：

> 一种说不分明的慈爱，一种纯母性的无希望的关心，都使他说不出话。此后过三天五天，到知道了人已逃走，将感到如何寂寞，他是不敢替她设想的。他只静静的望这个妇人的头发，同脸，同身体。
>
> 可怜的人，她的心枯了，像一株空了心的老树，到了春天，还勉强要在枝上开一朵花，生一点叶。她是在爱这个年青人，像母亲，祖母一般的愿意在少年人心中放上一点温柔，一点体恤，与一点……
>
> 他望到这妇人就觉到无端忧愁。①

成标生在夜色中走向新的生活，他真的逃了。他的出逃是自由的，也是美好的："自由而顽皮的行止，超越了诗人想象以上的灵动与美丽。"他觉得寂寞，是飞鸟的那种寂寞，他用手去抚摸坚硬的岩石，石头上有日间的余热，这或许是他的志气要去融化、温暖的东西。忧郁的喇叭声音让他想起那荒唐人世的生活：

> 他能想到的，是许多人在这时候已经在狗肉锅边围成一圈，很勇敢的下箸了。他想到许多相熟的面孔，为狗肉，烧酒，以及大碗的白米饭所造成的几乎全无差异的面孔。他知道这时火夫已无打

---

① 沈从文：《逃的前一天》，载刘一友等编《沈从文别集·贵生集》，长沙：岳麓书社，1992 年，第 224—225 页。

架的机会,正在锅边烧火了。他知道书记官这时必定正在为他那副兵说剑仙采花的故事。他知道钓鱼的老兵有些已在用小刀刮他所得大鱼的鳞甲了。他知道水碾子已停止唱歌,老妇人已淘米煮饭了。[1]

这篇《小兵的故事之一》写于 1929 年,沈从文在这一时期连续写着回忆军中生活的小说,包括《夜》《哨兵》《连长》《参军》《船上》《占领》《叛兵》《喽啰》《入伍后》《传事兵》《顾问官》《我的教育》《在别一国度里》《三个男人和一个女人》《记丁玲》。这些作品以非常写实的手法记录了沈从文的从军生涯,里面也夹杂着有关"青春"的那些没有名目的"教育"。"在我过去的全部生活中,要算那时为最健康与快乐了吧",《入伍后》里的一番言语足可证明沈有多么钟爱这些与青春有关的记忆。[2]

开差

《占领》(1926)写普通士兵的思想与心态,故事的气氛可以用"浑浊"来形容。士兵所在的部队自然是沈从文熟悉的湘黔一带的队伍,时间是 1920 年 9 月 3 日,当然,这是小说时间,如果换算成历史时间,就是沈从文在军中生活的第四个年头。

---

[1] 沈从文:《逃的前一天》,载刘一友等编《沈从文别集·贵生集》,长沙:岳麓书社,1992 年,第 227 页。
[2] 沈从文:《入伍后》,载《沈从文文集第二卷·小说》,广州:花城出版社,1982 年,第 5 页。

故事写"我"所属的部队要移驻到渭城,这可以说是军队中最纷乱的日子,尤其是在"南方那种东拼西凑合成的军队",每一次移动都是纷乱的戏剧:

开差时是怎样一种近乎狼狈的热闹! ……因为这纷乱比戏场散后,比炮仗铺走水,比法场上犯人挣脱绳子,比什么什么都还要无头绪! 大街上,跑着额上挂了汗点的传事兵。跑着抱了许多纸烟的副兵(那不消说是他老爷要用的)。跑着向绅士辞行的师爷。司务长出出进进于各杂货铺,司务长后面是一串扛物的火夫。……河码头的被封了的乌篷船,难民似的挤满了一河。渡船上荡桨的,多是平日只会把脚挂在船边让水冲打悠然自得的兵士们了,为得是这时节已无"放乎中流"的暇裕! 银钱铺挤满了换洋元的灰衣人。小副兵到街上嚼栗子花生的,见了他自己的长官也懒得举手致敬了。营门前候着向弟兄们讨女儿风流账的若干人;讨面账,酒账,点心账的又若干人。[1]

兵的思想大致相同,"乘到这时顺手捞一点值价的物什",可惜是和平的占领,没有放枪的机会,于是,大家都互相开着玩笑开进城。

当地居民虽挂出大大小小的欢迎旗,心里面还是有许多担忧。他们停了工作来"研究新来的军队","豆腐作坊养的一只狗,吓得躲藏在主人胯下去窥觑"。士兵们盯着"源茂钱庄"四个字,心里想

---

[1] 沈从文:《占领》,载《沈从文文集第一卷·小说》,广州:花城出版社,1982 年,第 35—36 页。

着,"如若是水浑,就可以大胆撞进去找那活的宝物"！而那些感到"水不浑",不便作乱的士兵就觉得很失望,谁不想借助枪的威力放浪形骸？于是,所有人对于起了野心的弟兄们都"表示同情"。

在百姓眼中,士兵是握有枪炮的新奇队列,而在士兵心中,他们是寄生在尘世的投机分子,随时准备捞取好处,并且这种"浑"病还会互相传染。

《船上》(1925)描写下级军官的官老爷心态,他们把有枪阶级的威严发挥得淋漓尽致。

故事的背景仍然是移防的军队生活。为了向乡下人炫耀军官的威风,号兵吹号,兵船张旗,于是大家便知道船上是"一位大军官,或军官家眷"。

船上的团长,团长太太,军需长各怀心思,"各人肚子装满了欣悦与希望",概括起来,无非升官发财的梦。

团长与军需长谋划着把"烟枪"编入军械计划,团长太太思考着团长升官后换什么样的轿子威风,卫队连选哪个亲信做连长能约束丈夫。归结起来,船上人的未来端在"升官以后的铺排",而这一切都在团长太太的心中:

上了船后,各人有各人的想望,她于是就想到升官以后的铺排。第一是买什么轿子为合式？她以为原有那顶绿呢轿,旧得太可怜了,不但出去拜客时不成个模样,就是别个太太见了,也会笑话。他时随同胡子(是太太对团长的亲昵称呼)驻到小县分上去清乡,也吓不倒乡巴老。他们会齐声说:哪哪,这是太太的轿子哪！简直是丢胡子的丑！何况胡子又新升了旅长,旅长的太太也不应坐这么破轿子。……一到辰州，就要胡子买两乘新的，胡子一乘，自己一乘，免得谁好谁丑；而且谁不坐谁的。这计划她先在心里盘算了许久，才去直诉团长。①

　　据金介甫教授透露，在 1980 年 6 月 20 日的访谈中，沈从文认为这些作品都可以当作"真实史料"来解读，其中，《我的教育》最为接近真实生活。虽然沈从文在当兵时并没有专门写日记的习惯，但在写《我的教育》时，他是部队中的司书，每天记事，正好把经历的一切都记录下来。②

　　这些作品里的人与事，都有现实的营盘。他们是真的兵，真的匪，真的山大王。沈从文回忆与这些人的一次次相遇，每个故事的情节、环境、气氛都不同，但永远是年轻、泼辣，有时还带点野蛮的色彩。

　　人的不幸往往源于内心的不幸，而内心的不幸，大抵可以追溯到童年的那些不幸。当然，那些所谓的幸福我们也就不必追问了，为什么呢？这道理就如同甜只有程度的差别，而苦之于人，则是千差万别。

　　一本好书，总是跟某个悲伤的故事有关。沈从文，简直是湘西苦难博物馆的馆长，他的每一本书，每一个故事，都是某个苦命乡下人的一声叹息。

　　乡下人，敌视一切命令的口吻，他们是不可冒犯的。因为这样

---

① 沈从文：《船上》，载《沈从文文集第一卷·小说》，广州：花城出版社，1982 年，第31 页。
② [美]金介甫：《沈从文传》，符家钦译，北京：国际文化出版公司，2006 年，第 61 页。

的不可冒犯,于是丢掉了性命也不屈服。杀戮,被当作一种娱乐。这些地方军队与军阀势力既是湘西社会崩溃的原因,也是社会崩溃的可怕征兆。

所有这一切的罪魁祸首是谁呢?沈从文认为士兵也是无辜的受害者,如果湘西是一盘苦难的棋局,这些士兵不过是被随意移动的染病棋子,真正应该负起责任的,是"在不合理社会制度下养成的一切权威":

你当认清你生活周围的敌人:时时想打仗的军阀?……不是的!在不合理的社会制度下养成的一切权威,就是你的敌人!……一切的站到幸运上的人,周围的事实是已把他们思想铸定成为了那样懦怯与自私,他们哪能知道一个年青的人在正好接受智慧的时候为生活压下而继续死去是普遍的事实?他们哪能知道他自己以外的还有生活的苦战?那类口诵着陈旧的格言说是"好男不当兵"的圆脸凸肚绅士们,我是常常的梦到我正穿起灰衣在大街上见一个就是一个耳刮的。这可笑的梦我竟常常的要做。……从这种悲剧的连续中,已给了我们颇大的真而善的教训了。当兵,便是我们这类人从梦中找不到满足复仇的一条大路!虽然这并不是一条平坦的路,但比之于类乎"秀才造反"的途径,已是异样的清楚了。①

军中生活给沈从文的教育是,"军人讲服从,不服从就打,是我

① 沈从文:《入伍后》,载《沈从文文集第二卷·小说》,广州:花城出版社,1982年,第17—18页。

们生活的精义"，"我相信在愚蠢的社会中聪明也无用处"。①

这些娃娃兵完全是一群没有方向的野马，他们没有未来，身边的那些军官也不知道真正的敌人在哪里，更不可能为孩子寻找方向。

伤疤

《虎雏》，写兵士心态与身份意识在两代人之间延续、斗争。当然，主导故事的潜在力量，还是一颗若隐若现的"文人"的心，看似温文尔雅，却藏着能修剪一切枝丫的锋刃。

故事中"勇敢如小狮子"的小英雄不怕死，尤其在为人报仇这件事上，他从来不犹豫，这种气概给了"我"一种气力。这气概藏在一个说话害羞的孩子身上，谁还会去怀疑。

"我"自知做不成强梁，便选了写文章的路，把委屈都写在文章里，然而不知为何感染了小勤务兵，手中枪也甘愿听从指挥。有一天，"我"问小兵："假若有一把手枪，将来我讨厌什么人时，要你为我去打死他们，敢不敢去动手？"小兵害羞地笑着，坚定地说了一声"敢"。"我"明白那诚恳天真的态度，是专属于年轻人的。

"我"见惯了杀人的场面，在小勤务兵年经时，就比任何人都更能懂得人生短长的道理，其实，人生就是个迎送。那小兵与"我"周旋数月后，忽然失踪了，留下短短几行字：

---

① 沈从文：《我的教育》，载《沈从文文集第三卷·小说》，广州：花城出版社，1982 年，第 130 页。

二先生,我让这个信给你回来睡觉时见到。我同三多惹了祸,打死了一个人,三多被人打死在自来水管上。我走了。你莫管我,请你暂时莫同参谋说。你保佑我罢。

"我"常常感慨"有多少文章就有多少委屈",从小兵的短信来看,他受的委屈不多,看来也不会学"我",把委屈都写进文章里。

小兵的处境,是逆境中的逆境,"我"知道自己管不了"兵",他们隶属于另外的史册。

兵,是沈从文心灵上的旧伤疤。当了军官的小军阀就不同,他们是"不文不武的乞丐",在 1930 年 11 月 5 日写给王际真的信中,沈从文把他们归入可怜人的群体。这个群体因为弟弟的加入,显得更为可怜:

我的弟弟近来到这里来,为一个军阀的女婿,看样子将来也可以当一个小军阀。到这里来,听到说了许多近年来他的战绩,倒有趣味。在此还看到许多军中年青人,不文不武的乞丐,全是中国几年来革命的成绩。年青人灰色晦气,没有打死,只是更可怜罢了。①

沈从文在童年就见惯了活在死亡边缘的兵,在不好的时代,人要在本无意义的世上活出意义,只能自己找出路,当兵,哪怕是军阀的兵,也是一条活路。时代来了,兵也会迎上去,融化在里面。再好看的参天大树,也要有它的枝枝蔓蔓,不过,难免要经历一番

---

① 沈从文:《复王际真——在武汉大学》,载张兆和主编《沈从文全集第 18 卷·书信集》,太原:北岳文艺出版社,2002 年,第 112 页。

修剪。

做军官的六弟来上海看"我",带来一个小小勤务兵,故事在三人之间展开。

军阀是些厉害人物,可做不了小兵的好温床,于是"我"这个曾经的兵就站出来,向他们说出些书本上的意见。一个十三四岁的小兵,在军阀抢地盘,争名利的地方战争中,只有走向毁灭一条路。"我"已经跳出了小兵身份,明白环境可以变更人性。战争这东西会让一个人的灵魂变得野蛮、粗糙,小兵应该去读一点书,走不同的路:

> 我以为我所估计的绝不会有什么差错,因为这小兵决不会永远做小兵,他就一辈子当兵,也无法翻身。如今我意思就在另外给这小兵一种不同机会,使他在一个好运气里,得到他适当的发展。我认为我是这小兵的温室。①

小说中的"我"明显有沈从文的影子:原本是下级军官,后来逃到另一个方向上来,以写作为生,仍然不能服从规矩,又不愿与社会习俗妥协。他和他故乡的环境与特产一样,都是厉害角色,沈从文写道:

> 至于一个野蛮的灵魂,装在一个美丽盒子里,在我故乡是不是一件常有的事情,我还不大知道;我所知道的,是那些山同水,使地

---

① 沈从文:《虎雏》,载刘一友等编《沈从文别集·新与旧》,长沙:岳麓书社,1992年,第41页。

方草木虫蛇皆非常厉害。我的性格算是最无用的一种型,可是同你们大都市里长大的读书人比较起来,你们已经就觉得我太粗糙了。①

这小兵的观念、性情与兴味都与"我"相近,有迷人的外表,发光的灵魂,当然,也不缺少乡下人的胸襟与胆量。他把自己的崇敬都献给了霸蛮的湘西性格,"六弟"的胆量和山大王的勇敢好义同样令他着迷:

他用一种诚实动人的湘西人土话,说到六弟的胆量。说到六弟的马。说到在什么河边滩上用盒子枪打匪,他如何伏在一堆石子后面,如何船上失了火,如何满河的红光。又说到在什么洞里,搜索残匪,用烟子熏洞,结果得到每只有三斤多重的白老鼠一共有十七只,这鼠皮近来还留在参谋家里。又说到名字叫做"三五八"的一个苗匪大王,如何勇敢重交情,不随意抢劫本乡人。②

小兵的这些话让"我"觉得自己像一个老人,像一个有同样经历却忧郁软弱的逃兵。我回忆起自己的少年时:"我在他这种年龄上时,却除了逃学胡闹或和了一些小流氓蹲在土地上掷骰子赌博以外,什么也不知道注意的。"

---

① 沈从文:《虎雏》,载刘一友等编《沈从文别集·新与旧》,长沙:岳麓书社,1992年,第44—45页。
② 沈从文:《虎雏》,载刘一友等编《沈从文别集·新与旧》,长沙:岳麓书社,1992年,第58页。

"我"已经老了,心里老得像一处古迹。听小兵几句话,就猜到这个年轻人可能的命运。此时,他或许仍记得自己年轻时的一次赌博。

他对眼前的一切无法满足:兵士的身份,书记官的薪水,看杀人如麻,看火车飞驰,春去春回,他想做点别的事情。于是,他笑着忘记了自己的兵士身份,在痴痴地想了四天之后,掷出了命运的骰子。对这次人生赌注,《从文自传》中是这样记录的:

我想我得进一个学校,去学些我不明白的问题,得向些新地方,去看些听些使我耳目一新的世界。

我闷闷沉沉的躺在床上,在水边,在山头,在大厨房同马房,我痴呆想了整四天,谁也不商量,自己很秘密的想了四天。到后得到一个结论了,那么打量着:"好坏我总有一天得死去,多见几个新鲜日头,多过几个新鲜的桥,在一些危险中使尽最后一点气力,咽下最后一口气,比较在这儿病死或无意中为流弹打死,似乎应当有意思些。"

到后我便这样决定了:"尽管向更远处走去,向一个生疏世界走去,把自己生命押上去,赌一注看看,看看我自己来支配一下自己,比让命运来处置得更合理一点呢还是更糟糕一点?若好,一切有办法,一切今天不能解决的明天可望解决,那我赢了;若不好,向一个陌生地方跑去,我终于有一时节肚子瘪瘪的倒在人家空房下阴沟边,那我输了。"①

---

① 沈从文:《从文自传》,长沙:湖南美术出版社,2006年,第168页。

"我"同那些放手一搏的儿子一样,按了自己的意愿生活,谁不是这样离开自己的母亲的?

沈从文在军人的身份上停留了几年,清楚地记得自己在"兵"这个身份上收获的成长,当然,也更清楚地记得自己的那些"格格不入"。读者在他的作品中可以找到许多实例,沈从文确实有一副倔脾气,比如《虎雏》中这个"英雄气短"的趣事:

> 到后我便和他取了同样的步骤,在军队里做小兵,极荒唐的接近了人生。但我的放荡的积习,使我在作书记时,只有一件单汗衣,因为自己一洗以后即刻落下了雨,到下楼吃饭时还没有干,不好意思赤膊到楼下去同副官们吃饭,我就饿过一顿饭。①

来到都市的"我"成了一个"不文不武"的人。"我"的厉害之处在善于空想,只是近于无用,于是,在都市人的标准看来,"我"终究是个落伍之人,一个失败者。

小勤务兵的未来不应该是这样的悲剧,"我"对此生出"不忍"之心,就像是对自己的那种心有不甘:

> 我自己失败,我明白是我的性格所形成,我有一个诗人的气质,却是一个军人的派头,所以到军队人家嫌我懦弱,好胡思乱想,想那些远处,打算那些空事情,分析那些同我在一处的人的性情,

---

① 沈从文:《虎雏》,载刘一友等编《沈从文别集·新与旧》,长沙:岳麓书社,1992年,第58—59页。

同他们身份不合。

到读书人里头,人家又嫌我粗率,做事马胡,行为简单得怕人,与他们身份不合。在两方面得不到好处,因此毫无长进,对生活且觉得毫无意义。这是因为我的体质方面的弱点,那当然是毫无办法的。

至于这小副兵,我倒不相信他仍然像我这样子悲剧性。①

死亡给了这位已经成年的作家一个全新的维度,在读书、孤独和个人悲剧背后,隐藏着另一个悲剧:战争。小勤务兵的悲剧会是什么样子呢?

或许 10 年后,他成了《过岭者》中只有数字番号的勤务兵,为送一份公文而为敌军枪决,死时 23 岁。

当时,也是一个黄昏,时间是下午 5 点左右。这位清瘦个子特务员("番号十九")面前停着一只青色蚱蜢,心里想:"好从容的游荡家伙,世界要你!"他怀里的公文,写有许多美丽的字眼,如"从××里方可见到一点光明",为了这一点光明,他得翻过"杀鸡岭",为了翻过这道岭,他得先处理伤口。沈从文很少会写到士兵在战争中的真实处境,而在《过岭者》中,我们看到了极具质感的一段描写:

草鞋卸去后,才明白先前一时脚掌所受的戳伤实在不小。便用手揉着,且随手采取蔓延地下的蛇莓草叶,送入口中咀嚼。待到那个东西被坚实的牙床磨碎后,就把它吐出,用手敷到脚心伤处

---

① 沈从文:《虎雏》,载刘一友等编《沈从文别集·新与旧》,长沙:岳麓书社,1992 年,第 44—45 页。

去。他四下看望,意思似乎正想寻觅一片柔软的木叶,或是一片破布,把伤处包裹一下。但一种责任与职务上的自觉,却使他停止了寻觅,即刻又把那只泥草鞋套上了。①

或许,20年后,他成了《过岭者》中那个叫熊喜的勤务兵,"番号十九"死的那一天,他43岁。

熊喜的任务就是躲在土窟中,除了转达文件、命令外,只巴望着战友带来的"盐"。战争中的硝烟、危险、伤病、饥饿、死亡等,都会有现实的细节,而且,像下面这段文字所描写的那样,都伴随着时间的计算:

小头颅孤单沉默守在这个潮湿土窟里,已到了第九个日子。每日除了把过岭特务员送来的秘密文件,或口头报告,简单记下,预备交给七区派来的特务带走,且或记录七区特别报告,交给第二次过岭者捎回以外,就算起无事可做了。

带着一点儿"受训练"的意义,被派到这土窟里来的他,九天以来除了在天色微明的时候数着遥遥的枪声,计算它的远近,推测它的丢失,是没有别的什么可言的。②

又或者,他成了《黑夜》中的"平平",一个"永远不知恐怖不知

---

① 沈从文:《过岭者》,载刘一友等编《沈从文别集·新与旧》,长沙:岳麓书社,1992年,第258页。

② 沈从文:《过岭者》,载刘一友等编《沈从文别集·新与旧》,长沙:岳麓书社,1992年,第264页。

忧愁"的年轻通信兵，"沉默的，茫然的，对于命运与责任，几乎皆已忘却"，只依凭着本能，"在黑暗中迈着无终结的大步"。芦苇<u>丛</u>走到尽头后，是冒死泅过一座浮桥，游向自己的队伍。

沈从文为"平平"设定了一个很近的岸，"光明与热"几乎触手可及，他的伙伴已死在半途，黑夜与寒冷包围着他：

年轻人身下是活活的沉默流着的一江河水，四围只是黑暗，无边际的黑暗。黑暗占领了整个空间，且似乎随了水的寒冷，在浸入年轻人的身体。他知道再下去一里，就可以望到他们自己的火燎了。①

水有两种，快乐的水和苦难的水。当内心忧伤时，世上的水就变成了泪，而黑暗的水，就是死亡的邀请。

对于某些人的特殊心灵而言，水是绝望的物质，它意指黑暗与寒冷，也指涉着死亡。

在封闭的水域中，人被隔绝了，既自由，又孤绝，一切都消融于水，包括一切能证明"我是我"的外形特征和身份标记，一切皆已消融。

据沈从文回忆，他一直生活在对故乡的记忆里。他描绘水"浸入年轻人的身体"，其实，是沈从文自己进入了关于水的记忆，他常说，水是寂寞的。

雨、芦苇<u>丛</u>和其他的水都使他寂寞，成为他忧郁的源头，而这

---

① 沈从文：《黑夜》，载刘一友等编《沈从文别集·新与旧》，长沙：岳麓书社，1992年，第256—257页。

一切寂寞的水,苦难的水,是形成于他成年之后。在他童年的记忆里,只有快乐的水,或者说,水意指着童年的一切美好。在《从文自传》中,我们会读到一个鲜活无比的童年,没人能忘记这样的童年:一切都泡在清冽的水中,尽日游水、捉鱼、放野火,躲避大人的监管,拒绝成人世界的"安全"规矩……沈从文几乎是写出了一部专属于童年的作品:

　　天热时,到下午四点以后,满河中都是赤光光的身体。有些军人好事爱玩,还把小孩子,战马,看家的狗,同一群鸭雏,全部都带到河中来。有些人父子数人同来。大家皆在激流清水中游泳。不会游泳的便把裤子泡湿,扎紧了裤管,向水中急急地一兜,捕捉了满满的一裤空气,再用带子捆好,便成了极合用的水马。有了这东西,即或全不会漂浮的人,也能很勇敢地向水深处泅去。到这种人多的地方,照例不会出事故被水淹死的,一出了什么事,大家皆很勇敢的救人。

　　我们洗澡可常常到上游一点去。那里人既很少,水又极深,对我们才算合式。这件事自然得瞒着家中人。家中照例总为我担忧,惟恐一不小心就会为水淹死。每天下午既无法禁止我出去玩,又知道下午我不会到米厂上去同人赌骰子,那位对于管拘我侦察我十分负责的大哥,照例一到饭后我出门不久,他也总得到城外河边一趟。人多时不能从人丛中发现我,就沿河去找寻我的衣服,在每一堆衣服上来一分注意。一见到我的衣服,一句话不说,就拿起来走去,远远的坐到大路上,等候我要穿衣时来同他会面。衣裤既然在他手上,我不能不见他了;到后只好走上岸来,从他手上把衣服取到手，两人沉沉默默的回家。回去不必说什么，只准备一顿打。

可是经过两次教训后，我即或仍然在河中洗澡，也就不至于再被家中人发现了。我可以搬些石头把衣服压着，只要一看到他从城门洞边大路走来时，必有人告给我，我就快快地泅到河中去，向天仰卧，把全身泡在水中，只浮出一张脸一个鼻孔来，尽岸上那一个搜索也不会得到什么结果。有些人常常同我在一处，哥哥认得他们，看到了他们时，就唤他们：

"熊澧南，印鉴远，你见我兄弟老二吗？"

那些同学便故意大声答着：

"我们不知道，你不看看衣服吗？"

"你们不正是成天在一堆胡闹吗？"

"是呀，可是现在谁知道他在哪一片天底下？"

"他不在河里吗？"

"你不看看衣服吗？不数数我们的人数吗？"

这好人便各处望望，果然不见到我的衣裤，相信我那朋友的答复不是句谎话，于是站在河边欣赏了一阵河中景致，又弯下腰拾起两个放光的贝壳，用他那双常若含泪发愁的艺术家眼睛赏鉴了一下，或坐下来取出速写簿，随意画两张河景的素描，口上嘘嘘打着唿哨，又向原来那条路上走去了。

等他走去以后，我们便来模仿我这个可怜的哥哥，互相反复着前后那种答问。"熊澧南，印鉴远，看见我兄弟吗？""不知道，不知道，你自己不看看这里一共有多少衣服吗？""你们成天在一堆！""是呀！成天在一堆，可是谁知道他现在到哪儿去了呢？"于是互相浇起水来，直到另一个逃走方能完事。

有时这好人明知道我在河中,当时虽无法擒捉,回头却常常隐藏在城门边,坐在苗妇人小茅棚里,很有耐心的等待着,等到我十分高兴的从大路上同几个朋友走近身时,他便风快的同一只公猫一样,从那小棚中跃出,一把攫住了我衣领。于是同行的朋友就大嚷大笑,伴送我到家门口,才自行散去。不过这种事也只有三两次,我从经验上既知道这一着棋时,进城时便常常故意慢一阵,有时且绕了极远的东门回去。

我人既长大了些,权利自然也多些了,在生活方面我的权利便是即或家中明知我下河洗了澡,只要不是当面被捉,家中可不能用爬搔皮肤方法决定我的应否受罚了。同时我的游泳自然也进步多了,我记到我能在河中来去泅过三次,至于那个名叫熊澧南的,却大约能泅过五次。

下河的事若在平常日子,多半是三点晚饭以后才去。如遇星期日,则常常几人先一天就邀好,过河上游一点棺材潭的地方去,泡一个整天,泅一阵水又摸一会儿鱼,把鱼从水中石底捉得,就用枯枝在河滩上烧来当点心。①

水,赋予沈从文的不只是快乐,还有强烈对比之下的苦难记忆——水还带来死亡的教诲。对于水的非凡意义,法国诗人巴什拉有着近乎幽灵般的阐释,在极简单的语词中,把记忆与想象引向那些神秘的远方和深处。巴什拉在《水与梦——论物质的想象》一书中写道:

---

① 沈从文:《从文自传》,长沙:湖南美术出版社,2006 年,第 48—53 页。

寂静的水,深暗的水,沉睡的水,不可测的水,这些就是对死的思索的物质教材。但是,这并不是赫拉克利特式死亡的教诲,那种随着流水,像流水那样,把我们带到远方的死亡。

这是一种静止的死亡,在深处的死亡,始终同我们在一起,靠近我们,在我们身心中的死亡的教诲。

只要有一阵晚风,水,早已默不做声的水就还会对我们诉说……只要有一缕月光,温和的、苍白的月光,就可让幽灵又在水上漫游。①

日常以外,自然生命之外,人人皆有其生命的标记。

在寒冷的江水中,人的呼吸与生命只属于他自己,而一旦他上了岸,就有了另外的归属,他将隶属于"他人"。

《黑夜》中的"平平"为自己设定了一个光明的、有热量的目的地,但在沈从文看来,这个小兵仍是一个必然会牺牲的"亡者"——包围他的只有绝对的黑暗和无尽的寒冷。

一汪江水,一条溪流,成了两个世界之间的边界。这篇为纪念亡友郑子参的小说,是用来拥抱那些死于战争的年轻生命的。死于流弹是沈从文不愿接受的,无论出于什么样的目的,战争夺走生命这件事本身就令人痛惜。他在自传中是这样回忆陆弢的:

当时的情形,在老朋友中只觉得我古怪一点,老朋友同我玩时

① [法]加斯东·巴什拉:《水与梦——论物质的想象》,顾嘉琛译,长沙:岳麓书社,2005年,第78页。

也不大玩得起劲了。

觉得我不古怪,且互相有很好友谊的,只四个人:一个满振先,读过《曾文正公全集》,只想做模范军人。一个陆弢,侠客的崇拜者。一个田杰,就是我小时候在技术班的同学,第一次得过兵役名额的美术学校学生,心怀大志的角色。这三人当年纪轻轻的时节,便一同徒步从黔省到过云南,又徒步过广东,又向西从宜昌徒步直抵成都。

还有一个回教徒郑子参,从小便和我在小学里念书,我在参谋处办事时节,便同他在一个房子里住下。平常人说的多是幼有大志,投笔从戎,我们当时却多是从戎而无法用笔的人。

我们总以为目前这一份生活不是我们的生活。目前太平凡,太平安。我们要冒点险去做一件事,不管所做的是一件如何小事,当我们未明白以前,总得让我们去挑选,不管到头来如何不幸,我们总不埋怨这命运。

因此到后来姓陆的就因泅水淹毙在当地大河里。姓满的做了小军官,广西江西各处打仗,民十八在桃源县被捷克式自动步枪打死了。姓郑的从黄埔四期毕业,在东江作战以后,也消失了。姓田的从军官学校毕业做了连长,现在还是连长。我就成了如今的我。[1]

陆弢死于冰冷的河水之中。据沈从文回忆,促使他离开军队,重新抓起笔的,正是陆弢泡在水中的尸体:

[1] 沈从文:《从文自传》,长沙:湖南美术出版社,2006年,第162—163页。

平时结实得同一只猛虎一样的老同学陆弢,为了同一个朋友争口气,泅过宽约一里的河中,却在小小疏忽中被洄流卷下淹死了。第四天后把他死尸从水面拖起,我去收拾他的尸骸掩埋,看见那个臃肿的样子时,我发生了对自己的疑问。①

---

① 沈从文:《从文自传》,长沙:湖南美术出版社,2006 年,第 168 页。

第五章　统领官

　　1923年初春，"湘西巡防军统领"陈渠珍创办报馆，沈从文是整座营盘里"最合理想的校对"。于是，在一年中最好的季节，沈从文每天听着大印报机的轰鸣声，闻着《新潮》《改造》《创造》的铅字墨香，一字一句地体味着《乡治条例》的"崭新气象"。

　　没过多久，沈从文便被那味道征服了，对新书"投了降"。新思想的第一个直接影响是席卷南北的新学之风，报童刻苦读书，印刷工人崇拜五四学人，补锅匠亦捐款兴学。沈从文也大大地受了感动，捐出十天薪水寄到上海《民国日报》，请求编辑转给工读团，"心中有说不出的秘密愉快"。①

---

① 吴世勇编著：《沈从文年谱（1902—1988）》，天津：天津人民出版社，2006年，第15—16页。

校对

　　三个月的报馆校对经历，既神秘宁静，又热烈刺激，可以说是沈从文的"军中大学"生活。

　　众所周知，沈从文一生都没有一份真正的大学教育履历，最接近的一次是考取了北京"中法大学"，但因交不出 28 元膳宿费而没有入学。

　　历史就是这样的善于讽刺，这位创作了《边城》的作家，被 28 元钱挡在大学校门外。此后，他的大学梦破碎了，只到京师图书馆看书自学，用他自嘲的话来说，是读了一辈子的"社会大学文物历史系预备班"。

　　1923 年 6 月，沈从文被调离报馆，到军部做缮写工作。他大病了一场，被折磨了 40 天之后，决定离开军队，北上求学。陈渠珍支给他三个月薪水，还答应此后会资助他求学。8 月下旬，沈从文与《雪》《船上岸上》中的那位友人满叔远结伴同行，19 天后到达北京。

　　沈从文对这段报馆校对经历一直念念不忘，那份独特记忆常常直接融入他的作品之中，如《边城》开篇所描写的平静生活："两省接壤处，十余年来主持地方军事的，注重在安辑保守，处置还得法，并无变故发生。水陆商务既不至于受战争停顿，也不至于为土匪影响，一切莫不极有秩序，人民也莫不安分乐生。"[1]

---

[1] 沈从文：《边城》，载《沈从文文集第六卷·小说》，广州：花城出版社，1983 年，第 94 页。

　　边城风俗淳朴,安静平和,而且"处处有奇迹,无一处不使人神往"。当然,这一切都要归功于陈渠珍,那位"十余年来主持地方军事"的统领官,如果换作另外的人来主持局面呢? 很可能也同中国其他地方一样,人们只有"在不幸中挣扎"了。

　　据沈从文回忆,陈渠珍式的文人统领官及新式军人也在尝试着扭转时局,树立新风。沈从文曾经把希望寄托在受新思想影响,甚至向新书"投降"的年轻军人身上。比如《学历史的地方》中的无名统领官,几乎具备了"时代引领者"的完美形象,县长、乡绅、教师、军人都在执行他的计划,而这些方案的记录者与校对者正是沈从文。对于当时的改革情形,《从文自传》是这样描绘的:

　　那时候军阀间暂时休战,联省自治的口号喊得极响,兵工筑路垦荒,办学校,兴实业,几个题目正给许多人在京、沪及各省报纸上讨论。

　　那个统领官既力图自强,想为地方做点事情,因此参考山西省的材料,亲手草了一个湘西各县自治的计划,召集了几度县长与乡绅会议,计划把所辖十三县划成一百余乡区,试行湘西乡自治。草案经过各县区代表商定后,一切照决议案着手办去。

　　不久就在保靖地方设立了一个师范讲习所,一个联合模范中学,一个中级女学,一个职业女学,一个模范林场。另外还组织了六个小工厂。本地又原有一个军官学校,一个学兵教练营,再加上六千左右的军农队。学校教师与工厂技师,全部由长沙聘来。因此地方就骤然有了一种崭新的气象。此外为促进乡治的实现与实施,还筹备了一个定期刊物,置办了一部大印报机,设立了一个

125

报馆。

这报馆首先印行的便是乡治条例与各种规程。文件大部分由那统领官亲手草成，乡代表审定通过，由我在石印纸上用胶墨写过一次；现在既得用铅字印行，一个最合理想的校对，便应当是我了。我于是暂时调到新报馆做了校对，部中有文件抄写时，便又转回部中。[①]

在现代人的印象中，当时的联省自治潮流大抵就是军阀之间的政治游戏。湘西的这段历史插曲既不能算作例外，也无法归入革新"模范"的档案，它只是沈从文的私人记忆。

值得庆幸的是，这是一份注入了小说家风格的私人编年史，有着更为细腻的时代温度，我们甚至能闻到文字背后飘散出来的气味。作为历史参与者与亲历者的这位青年，在革新、模范、自强的"口号"之外，在"山西省的材料"之外，读出一份乐观，像油墨的香味，散发出青年人的洒脱劲儿。

巫术

我们都晓得五四精神是以"德先生"与"赛先生"为代表的新气象，从直观的角度来看，或许就是这样的油墨香味，清新，通达。用《边城》的语言来讲更好，那是一个梦境，它"增加了人对于'人事'的思索力，增加了梦。在这小城中生存的，各人也一定皆各在分定

---

① 沈从文：《从文自传》，长沙：湖南美术出版社，2006年，第163页。

一份日子里,怀了对于人事爱憎必然的期待"。①

筑路、垦荒、办学校、兴实业之类的口号源自京沪及长沙这样的都市,而深刻的社会变革必须遍及如湘西这样的"落后"地区。谁能推动如此彻底的改革计划? 从当时的情况来看,沈从文认为除了陈渠珍,或者像无名统领官那样的模范军人,无人能胜任。

沈从文非常慎重地使用着"军阀"这个词,以陈渠珍为例,军队中亦有这样的忠勇之人,实属难得。抗战期间,沈从文仍时常忧虑湘西的局势,对陈渠珍及其部队的情况还怀着许多期望。在 1938 年 6 月 10 日写给大哥沈云麓的信中,沈从文写道:

> 家乡事最要紧还是年青的学好,一事不能疏忽,一时不能因循,必切实认真,拼命追上前去,凡好的、有益的、需要的,都极力去想办法,或跟着做,或学着做。同心戮力,帮玉公(陈渠珍,别号玉鋆)撑下去,必作到让外人觉得玉公这一伙班子,既能干,又可靠,且非他这伙底班负责不可,再进而求益,方不辜负政府委托,与地方期望。

> 战争或有时会到湘西,组织不良,训练不严,将来恐不易支持,地方终不免为敌人蹂躏也。未来可忧虑者,大家能长在心胸中,则因循敷衍之事,或可一变。②

---

① 沈从文:《边城》,载《沈从文文集第六卷·小说》,广州:花城出版社,1983 年,第79 页。

② 沈从文:《复沈云麓》,载张兆和主编《沈从文全集第 18 卷·书信》,太原:北岳文艺出版社,2010 年,第 312 页。

沈从文是懂得感恩之人，并没有轻易地对所谓的"军阀"口诛笔伐，他只是在心底更加渴慕用笔自救，而不是用枪弹来弹压别人。

时代的困顿局面恰似一本无以为继的小说，作者已无从下笔，处于悬停状态。总之，在《边城》之外，沈从文和他创造的那些角色都有点不耐烦的情绪。我们都知道，《战争与和平》写到第三部时，托尔斯泰先生有点，噢，不！确切地说，是终于像个凡人一样，有点不耐烦了。他像世间所有普通中年男人那样，望着眼前熟悉的一切，陷入某种朦胧的沉思状态，就如同他笔下的皮埃尔先生，对生活不耐烦起来，甚至对共济会这样的神秘事物，也觉得不耐烦了。

在人生的不同时期，在每一本书的不同阶段，都有无法绕过的艰难部分，伟大如托尔斯泰者亦不能幸免。《战争与和平》没有刻意回避，我喜欢这样的"呆傻"经验：不必刻意绕行，勉强敷衍，应该保留这些弯路，让它成为一本真正的书，一本不说谎的书。

对《战争与和平》中皮埃尔参加共济会的神秘情节，沈从文产生了强烈的共鸣，同一般读者的反应相似，沈从文也有感于"善男信女"为人操纵的怪象乱象。他在札记中写道：民众总有许多"无所归宿的希望"，轻易地转化为"巫"的力量。在经验层面，沈从文的体认既是历史性的，也与他的湘西出身关联着：

阎锡山的什么铁军，以及蒋介石的新生活，多大同小异。主要是以此种种增加作首脑人的权威，以及保持表面庄严事实私心的企图。这种主持其事的人，照例得十分狡猾，又相当愚蠢，一种矛盾的性格,却常常具有传染力,而能使之得到发展。是一种巫术的基础。①

　　在酿成战争惨祸的种种因素中,这种近于巫术的力量最可见人心的隐幽,英雄、独裁者、战争狂人,往往是一念之间的悬隔。在描写拿破仑战败一章的札记中,沈从文写下力透纸背的一行字:"真正的历史,是毁灭。"

　　沈从文始终坚持着他的"童心幻念",只有书能阻止那些毁灭,像挑着父兄头颅的孩子一样天真无邪,正如他在《黔小景》中所描写的那样。谁都明白,历史就在面前,人们默默地看着,那些"尚未成年的小孩子,用稻草扎成小兜,装着四个或者两个血淋淋的人头,用桑木扁担挑着"。沈从文知道这规矩,他说不必去看那人头,也可以知道那些头颅就是小孩的父兄,或者是默默前行的那些俘虏的伙伴。当一个人真正懂得"规矩"的时候,童年就消逝了,沈从文用写作抵抗着,无论成败与否,都值得尊敬。

　　重生的力量在哪里?是对大善与大恶一律平等的记录与审判,这便是沈从文一直在做的工作——在文学中寻找人性与人心。他知道,文学的力量是持久的,永恒的,足以破解那些军阀、政客的摄人巫术。

---

① 沈从文:《〈战争与和平〉阅读札记》,载张兆和主编《沈从文全集第 14 卷·杂文》,太原:北岳文艺出版社,2010 年,第 482 页。

Warlord

　　子弹无法传递思想,戎装包裹之人却可以树立权威,阎锡山和他的山西模式成了军阀时期的独特象征。他的复杂性,他的过渡性,不拘山西一地,不拘军阀一词,与沈从文对新气象的美好想象也是格格不入。不过,这段曲折史事,这段离奇人生,正可做湘西的衬笔。

　　二十世纪初的山西,我们无法想象它的样子,总之是一副百病缠身之躯吧。阎锡山拿起刀子,割掉赘肉,下起猛药。于是,这副身躯变了模样,人们以为它康复了,长胖了,其实,那不过是久病之后的浮肿而已。

　　阎锡山也算得上是一位能干的"统领官",与沈从文眼中那位精干有抱负的军官是同类。又或者,他是那么一位像一直从军的沈岳焕那样的青年,只不过转投在另一个时空,为另一群同类裹挟而去。他过着精打细算的日子,与南方、北方保持对等距离,与旧经、新法保持对等距离,与专制主义和无政府主义保持对等距离,连修建的铁路、公路都终止在山西省的边界上。

　　如果阎锡山是一位"warlord(军阀)",那么他确有勇于付诸行动的果敢,但面对士绅财阀时,他又被吓住了,变得退避保守,谨小慎微。作为改革者,他含糊其词地谈论土地改革的必要性,他又被旧势力吓住了,束手束脚地固守于一省一地之好。他亦有乡下人的老实心肠,像《李家庄的变迁》中那位守着龙王庙的老实人,"有人敬神,老宋可以吃上一份献供;有人说理,老宋可以吃一份烙饼"。①

阎锡山治理下的山西,十室九贫,却仍保有一份"晋国天下第一"的自豪感。他做了一个军人能做的一切:以军事政权为基石,从根本上改变山西的社会结构。尽管有批评者说,这一切似乎不是一个职业军人应该做的,可在那样的自强时代,谁又能阻拦一位以救世为己任的首义军官呢?

"军阀"一词犹如一块锈蚀的盾牌,除了标识出某种区别于农具的战场用途,并没有权利享有受人"供奉"的尊严。

为了说明阎锡山的影响力和权势,人们发明了"山西王"这个词,而"阎老西"这个词足以代表那些山西同胞的精明、勤奋、节俭、坚韧不拔,乃至精打细算。世上没有所谓的杰出军阀,然而,无论从哪个角度来讲,阎锡山都是他治下臣民的统领者,一个特殊时代的军人的特殊代表。

在阎锡山的童年时期,青少年时代,人们普遍地迷恋那些"强烈"的东西。

1883 年,阎锡山出生在太原附近的一个商人之家。他的成长经历是那个时代的缩影:经私塾、武备学堂而入日本学习军事,后加入同盟会,组织"铁血丈夫团"。归国后,阎锡山成为山西新军第二标标统。

辛亥革命后,阎锡山被推举为革命军政府"都督"。在近半个世纪的时间里(1911—1949),他管领的军队一直控制着山西的全

---

① 赵树理:《李家庄的变迁》,华北新华书店,1946 年,第 1 页。

部或部分地区。

青年阎锡山同他所处的时代一样,也渴望着某种强烈的转变。留学期间,西药与 X 光机器使他相信未来属于受西方技术训练的人。

日俄战争期间,阎锡山似乎对"渴饮敌血"的武士道非常尊崇。于是,在进化论的影响下,他"进步"成了一位斯宾塞主义者,只相信军国主义救中国的道路。他开始迷恋一切与枪弹有关的方法,这位未来的"军阀"吞下救治时代的苦药,与此同时,也感染了时代的笃疾。阎锡山成为一个奇异的混合体:孔夫子、陆九渊、王阳明、曾国藩、达尔文、斯宾塞、俾斯麦、伊藤博文,这些人和他们所代表的处事方式,为山西喷洒了雨露,而泥泞也随之而来。

当然,历史就是这样无情而公平——既求了军阀的雨,就得承受随之而来的泥泞。

模范省

阎锡山对山西的改造基于一个可怕的现实认知:"吾国人之坏处,自己尚不自觉,如臭虫生于臭水内,不自觉其臭也。"[1]这或许就是某种有缺陷的民国状态,没人担得起,又人人视之为当然。

如果把 1911 年当作这个状态的起点,阎锡山所建设的"山西小王国"也在这个起点线上。他所见的山西又贫又弱,可以说是中原地区最落后的省份:山西一千一百万人口中,有百分之九十九以

---

[1] 第二战区司令长官司令部编:《阎伯川先生言论类编·第五卷》,1939 年民国刊本,第 47 页。

上的居民是文盲。其中至少有百分之十的人吸鸦片成瘾,有三分之一以上的人口在挨饿。

1920 年左右,六分之一左右的劳动力处于失业状态。直到 1930 年,山西仍然没有名副其实的重工业。

作为文明与希望的象征,大学的状况尤其不堪。地质学教师分辨不出石英石和白岩石的区别;土木工程系的教师连一片小湖的面积都无法测定;一位负责冶炼的技师竟然把昂贵的熔炉和矿石烧融在一起,无法分割。

1927 年,阎锡山卷入一系列耗资巨大的军阀战争,高等教育被彻底抛弃。"到 1930 年,山西大学成为一个由教授支持娱乐、休养胜地,他们和学生赌博以弥补他们薪金的不足。在校学生对学习是如此不关心,致使图书馆因无人看书而关闭。"①

为了现代化与模范省的目标,阎锡山效仿斯大林的"要大炮不要面包"政策,常常要求民众做出各种牺牲。比如,他们不得不减少食盐的摄入量,余下的食盐被挪作公用,成了出口赚钱的商品,美其名曰:为十年建设计划筹集资金。②

从出生到死亡,每个山西人都仿佛欠政府的债,欠阎锡山的债。他们缴纳生孩子税款,缴纳结婚税款,甚至还要缴纳葬礼税款:

---

① [美]唐纳德·G·季林:《阎锡山研究——一个美国人笔下的阎锡山》,牛长岁等译,哈尔滨:黑龙江教育出版社,1990 年,第 68 页;阎卿月:《模范省之军事化》,《中国周刊》,1930 年 5 月 31 日,第 539 页。

② [美]唐纳德·G·季林:《阎锡山研究——一个美国人笔下的阎锡山》,牛长岁等译,哈尔滨:黑龙江教育出版社,1990 年,第 132 页。

整个三十年代期间,山西的土地税比二十年代提高了百分之二十五。二十年代土地税只占政府收入的百分之二十,而1932年之后,阎锡山政府从老百姓那里征收的税额竟达百分之四十五之多。正如一位商人说得好,"自古未闻粪有税,如今只有屁无捐"。所以,尽管山西穷得可怜,可阎锡山还给西北建设实业公司提供了大量的资金:1932年大约提供二百万美元,后四年大约为二千二百五十万美元,到1936年,山西的老百姓是中国中负担税务最重的省份之一。此外,阎锡山招募破了产的农民,搜罗社会上其它阶层的劳动力,到公共企业进行强制性劳动。当一般税收不足以达到财政收入时,阎锡山政府还随意增列名目进行征用。这样一来怨声载道,很快激起人们对他统治的不满。阎锡山政权下的一位评论家批评道:生活在山西的每一个普通人,都认为"十年建设计划是十年灾难"。①

自日本留学时期开始,阎锡山就十分崇拜技术的作用。他相信未来属于受过西方技术训练与教育的年轻一代,这正是社会达尔文主义的运行规则:子女们敌视他们的父辈,反抗他们的父辈。这位"进步"的统治者吸引了豪绅阶层中的年轻一代,他们大多受过新式教育,忠实于经济现代化,也忠实于他。

据推测,阎锡山在太原的富人支持者中,有三分之二以上的人年龄不足40岁。此外,还有许多大学毕业生被阎锡山派往农村,以重建乡村秩序的名义控制着地方政权。1930年以后,出现了一

---

① [美]唐纳德·G·季林:《阎锡山研究——一个美国人笔下的阎锡山》,牛长岁等译,哈尔滨:黑龙江教育出版社,1990年,第131页。

个新的山西特权阶层,这些年轻人献身于工业强国的目标,为了实现富强的目标,他们情愿破坏现存的社会经济制度。

阎锡山常常表现得比青年一代更富于革命性,更开放,也更富于激进色彩。从当时各派军阀领袖的传奇经历来看,这些言行不足为奇。奇怪的是,阎锡山习惯性地斥责实用的"物质主义",而把思考推及人的精神领域。他相信改革首先是一个伦理问题,他要在思想上再造一个王国,权力与秩序的重建都仰赖这个原则。

迫于生活的压力,人们会反抗权威,反抗来自任何势力的压迫。他们打破现存的秩序,却难以反抗自己的良心。这是个宗教与人世之间的平衡点,宗教领袖、政治家乃至枪弹都对此无能为力。阎锡山的政治图景恰恰就是围绕着这个平衡点展开,他相信民众在道德上可以更新,精神上需要历练,然后,他们会转变为国家需要的好男好女,圣洁、纯净。

阎锡山特别崇拜陆九渊、王阳明,对孔子学说更是虔心接纳,为了践行这些来自古人的信念,阎动用权力把道德的力量贯彻到每个角落:

他在每个城镇建立"洗心社",由官员,地方士绅和年纪较大的学生参加,每逢星期日大伙聚集在一个像寺庙的房屋中进行沉思,并聆听从孔子经典中引出题目所做的鼓舞人心的讲道。与会的每个人都肃立,高声坦白他在过去一周里所犯的错误,恳请与会的其他人给予批评。在官方每周为青年学生和一般公众的利益举行的丰富多彩的集会中,这种"坦白"同样地起了重要的作用。同时,阎在每个村庄发动"村村全好"的"好人运动",向民众灌输优良品质。

这些品质以后为蒋介石政权赞赏，作为他所谓"新生活运动"的一部分，包括诚实，友爱，爱群，庄重，勤奋，谦虚，俭朴，个人整洁，以及绝对服从。任何时候在"洗心社"聚会上讲演的人，不管他讲的题目是什么，他会一再规劝听众毫无疑问地尊重阎锡山政权并服从他的命令。[1]

　　从一个山西人的眼睛来看那个时代，民众最痛恨的仇敌有两个：士绅的贪婪和司法的不公。

　　阎锡山指责富有的特权阶层唯利是从，欺骗农民。这些人富有，也受过较好的教育，却对穷人和苦难无动于衷。在清朝统治下，民间甚至流行着这样的谚语："秀才害一村，举人害一县。"

　　阎锡山以民主选举的方式限制士绅阶层，他设立村民议会来选举村长，还要求士绅去太原受训，以树立他的威信。对那些不合作的劣绅，阎锡山竖立石碑，刻文谴责，似国王般大义凛然。

息讼会

　　对整肃司法，阎锡山的举措更接近一位"明君圣王"的标准。他告诫身边的亲信幕僚，1911 年的革命源于人心之不满足，而清廷官吏的判决不公正是致命的原因。

　　为了重建法律权威，阎锡山大力筹建现代法院，谋求以法律的手段来治理山西。面对重重阻力，他又不得不诉诸教化，重走"损

---

① ［美］唐纳德·G·季林：《阎锡山研究——一个美国人笔下的阎锡山》，牛长岁等译，哈尔滨：黑龙江教育出版社，1990 年，第 55 页。

上益下”的魏晋道路。

　　阎锡山尊重乡里秩序，承认民间制定的乡规民约，以此来消除那些积久的恶习，诸如缠足、赌博、吸毒、卖淫、斗殴、游手好闲等。他认为这些问题解决了，诉讼自然会显得多余，如他所说，“一个完美的社会是不需要打官司的”。基于这个推论，阎锡山几乎在每个村庄都设立了一个由六人组成的“息讼会”。在诉讼之前，所有争执与损害都要由这个机构裁决，如此一来，穷苦人便不会求告无门，这是个花费少、办事快的好方法。

　　据当时中国的情形来看，只有那些有钱有势的士绅阶层才希望兴讼告状，以此来敲诈附近的贫弱邻居。他们有能力贿赂县长，也有财力承担旷日持久的诉讼费用。息讼会的成员大多不是士绅阶层，而是倾向支持阎锡山政权的新兴商人，他们往往同情穷人，憎恶豪强。

　　二十世纪初期，民间执法者是山西乡村里一个独特的社会阶层。他们的形象不仅没有彰显司法之正义，反而以各种方式破坏着法律的威严。赵树理的作品呈现了这个阶层的普遍心态，在小说《李家庄的变迁》中，这位乡土风格的作家刻画了一位出身商人阶层的“公断人”形象：他匆匆忙忙地吸了些鸦片，又匆匆忙忙地返回城市。人们对这位挂着“经济委员”旗号的法官并无好感，这类人远离土地和劳作，随便引用荒谬理论断案。他们往往受着官长意志的捆绑，在不知不觉中变得世故老练，畏首畏尾，贪财好利。他们并不信仰法律，只是权力的臣仆，走到哪里都带着官威。几乎没有人信任他们，对他们所代表的所谓法律权威和新式律法，人们只是畏惧，只想着躲避。

公断人

阎锡山自然是山西最大的"公断人"，形象也更为复杂。他时而扮成极端复古派，敬重道德；时而以极端达尔文主义者的形象示人，讲究以实效为标准。

为了实现对民众的有效控制，阎锡山用俚俗的方言解释伟大事物，也懂得高唱严格主义的高调。他不信仰神明，却对僧人、道士和传教士都表现出宽容的态度。他视圣人为特殊情形，却从来不忘提醒那些有权势之人应负的慈悲义务。据季林(Donald G. Gillin)的推断，阎锡山维持军队的款项有很大一部分是以借的名义从有钱人那里弄来的。①

几乎所有的军阀怪异气质都集中在这位"模范"军人身上。他打着重建山西的旗号，在邪恶的山峰上俯视苦难的同胞。旗号和苦难交织而成的地方，便是当时既模范又糟糕的省份。

有时，这位厉害的军人会像圣人一般看待贫富差距，他的口号像《悲惨世界》中米利哀主教的语气，"凡是妇女、孩子、仆役，没有力量的、贫困的和没有知识的人的过失，都是丈夫、父亲、主人、豪强者、有钱的和有学问的人的过失"。这是一种奇特的、让强者担负罪责的批判态度，阎锡山认为有势力的士绅就应当为山西负担经济上与道德上的重担。在旧教的庄重色彩中，米利哀主教自有其慈悲风度，相比之下，阎锡山的态度更像是一位极度迷恋秩序的

---

① ［美］唐纳德·G·季林：《阎锡山研究——一个美国人笔下的阎锡山》，牛长岁等译，哈尔滨：黑龙江教育出版社，1990年，第43页。

保长、伍长。

阎锡山守着一个小局面,而他的地位却是和一个更大的格局联结在一起。山西是阎锡山的,他与山西不可分割,这种拥有与共生的关系也为一般山西民众接受。

对于普通山西民众而言,在蒋介石与阎锡山二者之间,他们更愿意选择一个山西人来统治山西。他理解山西,理解那里的人民、土地、习俗,他的所有权力都跟这份理解有关。在运用权力塑造山西的同时,阎锡山自己也渐渐变成了一座有关山西的"概念仓库"。

阎锡山不得不严肃对待山西的处境,尽管这个处境并不是他一个人制造出来的。为了重塑山西,阎锡山的第一个任务就是了解这片土地,为这片土地上的一切重新命名。于是,阎锡山政权累积起一座概念仓库。凭借这个仓库,阎随心所欲地造就新人,拉拢青年一代。他说,只要山西需要,任何改变都可以尝试。民众被塑造成新人,便不再满足于自己的事情被好好管理,他们要自己管理自己,一场酝酿了许久的伟大革命隐约可见。

阎锡山既睿智又世故,稳扎稳打地经营着属于他的山西。德国、意大利的极权主义,罗斯福的新政都对这位军阀产生过影响,他甚至还梦想过在山西创建一个"小俄国"。

作为新兴的由军事革命而走上权力高峰的军事贵族,阎锡山的政治领袖地位来源于两个方面:其一,辛亥革命主将的元老资格;其二,留洋的新式军人身份。他的野心徐徐增长,而威望却日渐消散。

归结起来,阎锡山的溃败导源于那个时代遍及全国的共同问题:地方主义的小格局,社会改革的缩手缩脚,豪富阶层的贪婪不配合,劳动者期望的破灭,军阀自身的道义缺失。阎锡山本人及其手下的军政官员都以资财之巨而闻名,他们大多过着常人难以企及的生活。人们有目共睹,山西的一切改革措施无不着眼于金钱与利润。

以山西的军人为例,一位访问过山西的记者曾这样描述当时的状况:

> 阎锡山的军官挥舞着文明棍,盛气凌人地在士兵面前骑马而过。他们身上披着崭新的皮大衣,士兵们穿的是破棉衣,官兵之间形成了一个令人不舒服的鲜明对照。军官们的生活也比招募来的新兵们优越得多。新兵们主要以谷类粗粮为主食,几乎吃不到肉蛋和蔬菜。山西医生很少,医院也不多。前线受了伤的士兵们,其遭遇更凄惨。许多伤员都是拼命地,坚强地从前线走回后方;重伤员是用棚子车拉回后方,堆放在火车站或汾河岸边,伤员们在这里一连躺上几天,得不到医药和治疗,赤身露体没有盖的,受饥挨饿连一点吃的东西也没有。许多伤病员都是因得不到医治而死,或者被活活冻死或饿死。有些尸体在大街上腐烂或被野狗吃掉。[1]

阎锡山坚持向富人阶层征收重税,但农民及靠出卖劳力为生的众多劳动者仍旧过着极端贫困的生活。他们拼命干活,却很难积累财富,不得不靠借债度日,如何应对高利贷盘剥成了阎锡山治下每个农民的一大难题。豪绅们"肥了自己,穷了乡里",劳动者出

---

[1] [美]唐纳德·G·季林:《阎锡山研究——一个美国人笔下的阎锡山》,牛长岁等译,哈尔滨:黑龙江教育出版社,1990年,第277页。

卖劳力,只赚来活下去的沉重负担。

山西社会在模范省的光环下,成了新式威权机构的试验品,自私、贪婪与巧取豪夺的大本营。

"劳动"是一个人最后的一份权利,最无可奈何的一件商品,最后一丝免于绝望的资本。在此意义上,五四人"劳工神圣"的呐喊的确落在了实处,落在了痛处。可悲的是,阎锡山政权对劳工阶层仅存的一点权利没有提供保障,他是一个不折不扣的严厉的工头。时间与劳动被廉价地出卖霸占,穷人成了付出沉重劳动却永远负债的苦难者。他们的苦难向谁求偿? 恐怕除了阎锡山,没人愿意承担这样的一份道义之债。山西即阎锡山,阎锡山就是山西。他一生的目标无非权力和垄断,如果此言不虚的话,阎锡山的确难辞其咎。

天堂的光束曾投射在一位军人身上,不过转瞬之间,无数狰狞面孔也随之而来。原来他同众人一样,不过是个为时代境遇围困的受难者,既不能救人,亦无力自救。这个人生在中国,长在山西,人们称他为山西王。

阎锡山是飘浮在山西上空的一片祥云,有时遮阳,有时是一道景致,而在大部分时间里,这片云是泥泞之源——总之,他是山西的一个小小过失,飘散了,也就飘散了,历史上,不知游过多少这样的云。

思想家无不怀念春光,历史家却并不钟爱常日,大抵风雨患难易忍受,平凡不易相守,风雨一停,大家便散了。

第六章　初出茅庐

人世间有一种新鲜叫"初出茅庐",俗称"初生牛犊",你甚至还来不及上瘾,忽然间就结束了,也没机会再来一次。

据沈从文回忆,他那自 16 岁就开启了的军人生活是这样度过的——在没有尽头的长日里,事事新鲜,却无仗可打,像贴在墙上的过气膏药。军官的样子就更可笑,抱着烟枪,漫无目的地活着,浑身上下都是一副"呆相"。沈从文说,那是一大片"绣了花的膏药":

过去在部队中,就常见到一些公务员,大清早起来,洗脸、刷牙、漱口,大约费去一点钟左右,完事后又用个小镜子小梳子很细心的梳理头发,又才把口袋中用的小烟嘴掏出来,把洋火擦燃,点上烟,一口一口的吸下去。

脚上着的是绣了花的拖鞋。又翻手掌反复看看手,有无脏污。这时可能想起另外一时手相师提到的手纹,行运背时的年分,以及某年某时某地某回打牌的输赢,某一张牌的得意或失策,又看看天气,忽然记起了还不曾用早点,忙回过头去叫"护兵,护兵"张三李四叫了一会,那护兵大致在擦烟枪烟盘,或收拾房中铺陈,走出来时,在阶砌间那一位位分大的就骂"狗东西,耳朵被什么什么堵住了?"辟里八打一会儿,护兵于是上街办点心去了。这人又还是站在阶砌间呆下去。就那么呆下去,直到办差的回来,才回房间里去用点心。①

沈从文对这一时期终生不能忘情,这些文字以回忆的方式展现,萦绕着一种参天大树才有的斑驳感。浓浓的童年、少年志趣压制着故事本身的怪诞特质,以至于读者不会特别留意那个年代的战争、死亡、匪患等乱象。

陷阱

在沈从文服役的军队中,人们并不认为鸦片是传播不幸的东西。据他的观察,抽鸦片烟几乎是一半军人混日子的方式,当然,也有鸦片烟之外的方式,尤其是那些日子还过得去的军官。

而那些年轻兵士,其实多半是些胡闹的孩子,在几个老战兵的拉扯下,讲鬼故事,看杀人,赌钱,烧鸦片烟。一两鸦片只值三毛

---

① 沈从文:《致张兆和、沈龙朱、沈虎雏》,载张兆和主编《沈从文全集第 19 卷·书信集》,太原:北岳文艺出版社,2002 年,第 226 页。

钱,梨的价格是一毛一斤①,因为这便宜的价格,不吸烟的人倒成了例外。沈从文无疑就是其中的一个例外,据他晚年的回忆,当时的情形几乎是一片"地狱景象","六十人同住,有四十八盏烟灯"。

他从不靠烟灯过活,而是担起司书的重担,"一夜写过一百连的命令,让那些人吃烟摆龙门阵",到了白天时,便拿上本书到河边去读,大家都把他当作怪人。后来,沈从文也确实是凭着这份怪脾气闯进文坛,在一封1972年写给儿子的信中,这位父亲十分骄傲地向沈虎雏回忆起当年的古怪战绩：

> 当我每天拿本书到河边去读时,几乎人人都以为我怪脾气,事实上却一点不怪。由此冒险到了北京,生活十分困难,也决不向熊家亲戚告穷(当时是卸任总理),也不要家中一文钱(三叔已作了什么长),就在公寓挨饿。但坚持了六年后,把那些在清华、北大学文学,或教文学,又有同乡,又有团体的"文学家"全打败了。尽管如此,也永不自足自满。当某一时一些文化人还没有写过一个像样小册子,就彼此互赞为某某"大作家"时,我已出了近七十个集子,还停顿在"习作"阶段上,从不以为自己是作家……②

鸦片没有毁掉沈从文,却毁掉了他周围的无数年轻生命。世上有毒之物,往往因提炼的艰难而变得异常昂贵,可不知为什么,

---

① 沈从文:《致沈云麓》,载张兆和主编《沈从文全集第18卷·书信集》,太原:北岳文艺出版社,2002年,第7页。
② 沈从文:《致沈虎雏》,载张兆和主编《沈从文全集第23卷·书信集》,太原:北岳文艺出版社,2002年,第240—241页。

鸦片却出人意料的便宜。人们很难抵挡这种一两三角钱的廉价诱惑,代价是让自己的生命也变得廉价而短暂,似一缕烟,片刻间便散尽了。那是一种逸乐中的绝望,为了得到它,人们什么都干,仅仅是为了一次三个小时的逸乐。

在这位青年作家生活的混乱时代里,鸦片几乎被当作一种特殊食物,散发着热巧克力味道的食物,一切取决于剂量,却可以打发日子。

烟馆是绝望之人的避难所,在那些小小的,黑漆漆的小房间里,人们侧身躺着,仿佛这样的侧着身,就可以不必理会难挨的苦日子。

鸦片,是蛮荒时代的证据。第一次世界大战后的二三十年间,刚刚从大惊慌中喘息过来的人们,又渐渐迎来另一个蛮荒时代。野蛮力量布下带着诱人标签的种种陷阱,任由嗜血之徒建起一座座诱人堕落的黑暗王国。

随手翻开当时的档案、文件,甚至文学作品,这种特殊味道的"陷阱"无所不在。比如在法属殖民地越南,一个名叫沙沥的小镇上,就有五个鸦片烟馆。人们的确有进或者不进的选择权,但在利益的驱动下,政府似乎在为这些"梦想之舍"提供庇护:

从外面看起来,鸦片烟馆就像是一个个小店,黑漆漆的,什么也看不见,里面飘出一股热巧克力的味道。烟馆里面听不见一点喧闹声。最大的烟馆有三排床。那种普通木板支起的行军床,上面铺着席子……

抽鸦片的人都是侧身躺着,用一种长长的木制烟斗。梦想之舍。在出口处有个苦力,看着烟馆的情况兼带数钱。……所有的人都抽鸦片,富人抽,穷人也抽,法国人鼓励大家都抽。

正如法属越南总督在一分报告里所总结的那样:"鸦片属于那种仅仅对国库有益的食品。"是的,鸦片买卖一项就占到国家总收入的四分之一……在西贡和河内,多亏了与巴德斯学院有着密切联系的分析实验室的关怀,政府建起了真正的鸦片工厂,提炼对人体损害相对较小、同时利润相对较大的鸦片。但是,显然行政当局还不怎么满意,他们抱怨缺少一支有效的队伍在各地推销鸦片。法国人来了,甚至超出了自己原先的希望。

二十年代末,越南成千上万的人离了鸦片就无法生存下去。他们成日望眼欲穿地游荡在烟馆门口,昏昏沉沉,魂不附体,形销骨瘦。穷人为了抽上一筒烟什么都干,仅仅是为了一筒烟。[1]

沈从文在《老伴》中也提到鸦片的可怕之处。《边城》中的"傩送"就是依战友赵开明的样子写下的,而翠翠的品性与气质则来自赵开明迷恋的一个绒线铺女孩。离开湘西的十七年后,沈从文在泸溪县再见到赵开明时,发现他简直已成为一个老人的样子,"时间和鸦片毁了他"。[2]

《边城》宛如仙山画境,而现实是,"翠翠"嫁给一个"烟鬼",不知什么原因死掉了,留下一个一模一样的女儿,取名"小翠"。沈从

---

[1] [法]劳拉·阿德莱尔:《杜拉斯传》,袁筱一译,沈阳:春风文艺出版社,2000年,第53页。
[2] 沈从文:《老伴》,载《沈从文文集第九卷·散文》,广州:花城出版社,1984年,第294—301页。

文没有表明身份去惊动老战友,他认为那是一种罪过。十七年过去了,他未能成佛,却还是那颗佛心一样的童心,而赵开明已经变成了"魔",鸦片让这位退伍老兵着了魔。

佛家讲"未成佛,皆为魔",人间的一切本不足奇,但沈从文觉得一切都超乎想象,这一次,他是真的害怕了。他来到河堤上,在黑暗的水边为所有这一切感到忧郁。

鳝尾尖刀

沈从文的一生就是一个离奇的故事,而在故事的开端处,有一把锋利的刀在闪光。那是他少年时爱的发狂的鳝尾尖刀,年青,锋利,跃跃欲试,浑身散发着"初出茅庐"的力道,生猛、光鲜:

开差时每人发了一块现洋钱,我便把钱换成铜元,买了三双草鞋,一条面巾,一把名叫黄鳝尾的小尖刀,刀柄还缚了一片绸子,刀鞘是朱红漆就的。

我最快乐的就是有了这样一把刀子,似乎一有了刀子可不愁什么了。

我于是仿照那苗人连长的办法,把刀插到裹腿上去,得意扬扬地到城门边吃了一碗汤圆,说了一阵闲话,过两天便离开辰州了。①

这是1918年夏秋之间的事,16岁的沈从文刚刚入伍,被编入

① 沈从文:《从文自传》,长沙:湖南美术出版社,2006年,第85页。

湘西联合政府靖国联军第二军第一游击队,归芷江人张学济指挥。自9月起,沈从文所在的部队被派往沅州榆树湾"清乡剿匪"。

所谓的剿匪,并不当真是剿匪。在山路上行军时,时常有土匪从竹林中打冷枪,搜索那些竹林时,又一无所获。于是,部队就命令当地的"团总"去抓人,有人出钱取保的,就释放。没钱取保或有仇家借机花钱买人性命的,就随便安置些罪名,用刑后牵到城外砍头。

这个事关法度与人命的程序,几近荒唐,整个过程为暴力气氛所笼罩,可以说是既无法度,也无程序。对剿匪军原始而荒蛮的审问过程,沈从文在《我的教育》中是这样记载的:

土匪送来时先押到卫舍,大家就争着去看土匪究竟是什么样子。看过后可失望极了,平常人一样,光头,蓝布衣裤。两脚只有一只左脚有草鞋,左脸上大约是被捉时受了一棒,略略发肿。他们把他两手反捆,又把绳端捆在卫舍屋柱上。那人低了头坐在板凳上,一语不发,有人用手捺他他也不动,只稍稍避让,不知道在想些什么心事。

不久就坐堂审案了,先是看团上禀帖,问年岁姓名,军法坐当中,戴墨晶眼镜,威武堂堂。旁边坐得有一个录事,低头录供。问了一阵,莫名其妙那军法就生气了,喊"不招就打!"于是那犯人就趴到阶下,高呼青天大人救命。于是在喊声中就被擒着打了一百板。打过后,军法官稍稍气平了。

军法说,"他们说你是土匪,不招我打死你。"

那人说,"冤枉,他们害我。"

军法说，"为什么他们不害我?"

那人说，"大老爷明见，真是冤枉。"

军法说，"冤枉冤枉，我看你就是个贼相，不招就又给我打!"

那人就磕头，说，"救命，大人! 我实在是好人。是团上害我。"

军法看禀帖，想了一会，又喝兵士把人拖下阶去打了一百。

到后退堂，把人押下到新作的牢里去，那牢就在我住处的楼下。

这汉子一共被打了五百，到底是乡下人，元气十足，受得苦楚，还不承认。我想明天必定要杀了他，因为团上说他是土匪，既然地方有势力的人也恨他，就应当杀了。

我们是来为他们地方清乡的，不杀人自然不成事体。大家全谈到这个人可以杀了，对于这人又象全无仇恨，且如果说到仇恨时，我清楚有许多人是愿意把上司也杀了的。只觉得是土匪就该死，还有人讨论到谁是顶好的刽子手的事了，这其中自然不免阿其所私，因为刽子手可以得到一些赏号。①

在湘西的文学地图上，只有一条河，叫苦水河。那里的每一片山林，每一个城镇，都有这样无辜的人被砍去头颅，被打板子，上夹棍，人们并不以为是悲剧，反而从中攫取金钱、食物，甚至是兴奋与刺激。譬如对那些被砍下来的人的头颅，人们会争相欣赏，它不是死亡的物证，而是某种新奇的玩物：

---

① 沈从文：《我的教育》，载《沈从文文集第三卷·小说》，广州：花城出版社，1982年，第120—121页。

人头挂得很高，还有人攀上塔去用手拨那死人眼睛，因此到后有一个人头就跌到地上了。见了人头大众争到用手来提，且争把人头抛到别人身边引为乐事。我因为好奇就踢了这人头一脚，自己的脚尖也踢疼了。①

每个人都在承受苦难，伤害，悲伤，却找不到真正的凶手。如果你是一个没有枪的人，那么在湘西，你就只有把苦难当钱花了。而那些"有枪阶级"，并不代表"保家卫国"这个词的意思，而是代表某种疾病。

凡是驻扎军队的地方，"墙上全是膏药"，仿佛人人患病。我们无法想象这样的营盘，而这一景象，是沈从文入伍后每天要面对的生活。

据沈从文回忆，由于当地人非常蛮悍，部队在当地杀了一千多人，这个数字远不及其他军队的战果："民三左右时一个黄姓的辰沅道尹，在那里杀了约两千人，民五黔军司令王晓珊，在那里又杀了三千左右，现时轮到我们的军队做这种事，前后不过杀二千人罢了！"这些人是如何被杀的，又是如何幸免的，在《从文自传》中有具体的记述：

一到第二天，各处团总来见司令供办给养时，同时就用绳子缚来四十三个老实乡下人，当夜——过了一次堂，每人照呈案的罪名询问了几句，各人按罪名轻重先来一顿板子，一顿夹棍，有二十七

① 沈从文：《我的教育》，载《沈从文文集第三卷·小说》，广州：花城出版社，1982年，第123页。

个在刑罚中画了供,用墨涂在手掌上取了手模,第二天,我们就簇拥了这二十七个乡下人到市外田坪里把头砍了。

一次杀了将近三十个人,第二次又杀了五个。从此一来就成天捉人,把人从各处捉来时,认罪时便写上了甘结,承认缴纳清乡子弹若干排,或某种大枪一支,再行取保释放。无力缴纳捐款,或仇家乡绅方面业已花了些钱运动必须杀头的,就随随便便列上一款罪案,一到相当时日,牵出市外砍掉。

认罪了的虽名为缴出枪械子弹,其实则无枪无弹,照例作价折钱,枪每支折合一百八十元,子弹每排一元五角,多数是把现钱派人挑来。钱一送到,军需同副官点验数目不错后,当时就可取保放人。①

这些少年士兵过着放肆的生活,像一匹匹脱缰的小马。他们在故土已没有改变命运的机会,父母们也不想他们继续在家中撒野,于是,这些少年带着童年那种小小的恶意,离开父母,去相隔不远的他乡寻找生活——这生活不过是一份口粮和外出闯荡的机会。

当然,在沈从文的记忆中,这段经历远远不止于一份吃饱肚子的工作,而是一所广大无比的学校。母亲为儿子争取这个兵士的名义时,恰好是中元节,当地人用酒肉抛入河中,奠祭河鬼。

按照惯例,没人会在这一天入水,沈从文却是个例外,他成了那种会引发故事的人,成为匹普(Philip Pirrip)或奥利弗·忒斯特

---

① 沈从文:《从文自传》,长沙:湖南美术出版社,2006年,第86—87页。

(Oliver Twist)式的人物。时代不怜恤他们这样的生灵,他们就潜入水底,靠着忍耐力幸存下来,浮出水面时,已变得无所畏惧了:

> 家中对于我的放荡既缺少任何有效方法来纠正,家中正为外出的爸爸卖去了大部分不动产,还了几笔较大的债务,景况一天比一天的坏下去。加之二姐死去,因此母亲看开了些,以为与其让我在家中堕入下流,不如打发我到世界上去学习生存。在各样机会上去做人,在各种生活上去得到知识与教训。

> 当我母亲那么打算了一下,决定了要让我走出家庭到广大社会中去竞争生存时,就去向一个杨姓军官谈及,便得到了那方面的许可,应允尽我用补充兵的名义,同过辰州。那天我自己还正好泡在河水里,试验我从那老战兵学来的沉入水底以后的耐久力,与仰卧水面的上浮力。这天正是七月十五中元节,我记得分明,到河边还为的是拿了些纸钱同水酒白肉奠祭河鬼,照习俗这一天谁也不敢落水,河中清静异常。纸钱烧过后,我却把酒倒到水中去,把一块半斤重熟肉吃尽,脱了衣裤,独自一人在清清的河水中拍浮了约两点钟左右。

1918 年 8 月 21 日(七月十六),这一天的破晓时分,沈从文背了个小小包袱,离开本县学校,开始进入一个更大的学校了。

透过作品,沈从文把这段“新兵”经历刻骨铭心地化为“历史”:军号、军装、点名、旧式武器、远山颜色、喇叭声、书记官、洗衣妇等,纷纷扬扬如雪花般飘落下来,照亮他忧患坎坷的人生道路。这些经历超越任何知识,才是他的永恒的教育,时常在他的心底里发光,力证人世之不虚。没有这段从军的时光与经历,沈岳焕也不会成长为那个叫"从文"的书写者。

窄而霉斋

沈从文想在都市中找寻一种区别于兵士的生活道路,可是并不成功。在一些早期作品中,他常常表达对城市生活的极度不适应。除了图书馆,他甚至找不到一个可以随意发呆的地方。

为了取暖,他常常躲在图书馆里,可是饥饿使他什么也做不成,只是在大部分的时间里盯着天空发呆。

泛黄的座椅,京腔的馆员,昏暗的过道走廊,置身于图书馆有种被装订成册的异样感觉,沈从文仿佛被尘封了起来。于是,他安安静静地坐在了读书人中间。那味道像浓雾,铺陈弥漫,满满当当的都是文章。有时候,那些书本,那种文明的华丽亦可以是一种压迫。

这时他才明白一些都市中的道理,原来在城市中做学问是个"较劲"的事,京师图书馆有很多这样的智男信女。为了取暖,沈从文已经习惯了在那里闲坐,主观上一直没办法把那几栋建筑和学问联系在一起,更不想把它当成个较劲的地方。

从他的童年经验来看,埋头于学问和被经书吃掉可能只是表达上的细微差别,如李商隐诗曰:古来才命两相妨。

中国人常说人各有命,又常常感慨天地不仁,于是就有了王道天道为人立命撑腰,这样的人世终究是较力,到极致处就要革命了。他想,这些书就像赊来的酒水,也会醉人。幸亏他不是个学问家，一味较劲的文字是要跑着看的，像摇旗呐喊。

那些躺在图书馆里的古怪作家，总会给芸芸众生带来惊喜，比如纳博科夫。我们都知道这位出身贵族的俄国作家终生迷恋蝴蝶，他画它们，寻求它们，研究它们，着迷于它们精巧的对称之美。

湘西人会说，"治不好的病，就是命运了"。人生无常，上苍在赋予我们一些禀赋的同时，总是拿走一些东西，二者之间往往没有任何对等或对称的关系。以出生在俄国的纳博科夫先生为例，他一路流亡到欧洲，后来在美国给学生讲授俄罗斯文学，这样的经历没人能预料到。

一个吃四方饭的人，是可以用文学来喂养灵魂的。阿霞、吉蒂、艾玛、娜塔莎、玛斯洛娃、安娜·卡列尼娜，这些先辈作家创造的人物与他的洛丽塔之间也并不是什么对称关系；还有他的《果戈理》《文学讲稿》《俄罗斯讲稿》，在他与他的那些前辈作家的交谈中，我们看到的不是蝴蝶式的对称理解，我们看到的，更多的是意外，是一个又一个的文学奇迹。

像为自己发现的新蝴蝶品种命名时所做的那样，纳博科夫完成了为文学王国重绘地图的工作。在他的课堂上，在他的那些讲稿中，有安娜乘坐的火车图样，有艾玛卧室的布置，甚至有和堂吉诃德决斗的风车的构造。他来到这些人面前，触摸眼前的一切，与他们促膝交谈。我想，这也是我的愿望，与沈从文成为异世知音，攀点隔代的交情，说不定将来也能写出几个像样的故事来。

纳博科夫的经历简直可以用魔幻来形容，在已知的文字和未知的写作之间，隔着一只蝴蝶。每个人一生中都遇到过万千只蝴蝶，如果我们熟悉那些已知的品种，或者，如果我们足够爱蝴蝶，每个人都可以成为新的蝴蝶品种的发现者。

写作这件事也有类似的奇幻色彩,你永远也不会知道在眼前的纸页上,下一句会写下什么,没关系,热烈的渴望会引导你写下那句话,这句话就是你一生中从未见过的那只蝴蝶。由于它的出现,至少你在看到它的那一刻摆脱了平庸的生活,这就是文学上的"蝴蝶效应",我称之为"文学的超验性"。为什么叫超验性?因为这个过程中有运气的因素,类似宗教史上的奇迹,至少跟泪水的性质相似,它并不总是我们可以招之即来的随便什么液体或饮料。你不能像从冰箱里取出一罐啤酒那样,随时取一滴眼泪,所以,杜拉斯会说,写作,是一种哭泣,她说"希望写作对于我就像是哭泣"。

一百年前,一个来自湘西的乡下青年或许也为自己的身份迷失而哭泣。这位小兵、书记官忽然之间变成了京师图书馆里的流浪汉,更糟糕的是,大学的门已经无望了。他过着平庸的生活,不再想钻进象牙塔中去修炼成个什么样子。天冷,他只想取暖,只想为简单的肉身温暖沉醉做点准备。

从当时的情形来看,沈从文并没有立志做个小说家。他每天去京师图书馆分馆看书自学,读的也是些"新旧杂书"。

除了取暖,沿途的街市与店铺也令他着迷。从酉西会馆往西走,可到开有几十家古董店的琉璃厂;往东走,又可到前门大街,那里有许多出售明清旧服饰、器物的店铺。他喜欢在这一带闲逛,那是他的"社会大学文物历史系预备班"①。

沈从文很清楚,写小说历来都被当作不入流的行当,小说若有

---

① 吴世勇编著:《沈从文年谱(1902—1988)》,天津:天津人民出版社,2006年,第17页。

地位的话，最多只能算是历史的作料。中国人通常相信制度是决定性的东西，比如《尚书》中所载之"宪章文武"，便是对经验与旧制度极度迷恋的表现。置身于来自不同时空的旧物中间，沈从文不停地回忆自己的从军生活，陷于穷困与回忆的双重折磨中。同时，这些旧物也令他生出许多困惑，不同制度下的人怎样互相感受对方？古人怎样通过器物给后世之人传递信息？人为什么总是活在过去的记忆里？一个成年人如何面对自己的童年？记录旧事旧物的小说能赋予他战胜现实困境的力量吗？

抵京不及半年，他便失去经济来源，差点报名参加北方军阀的军队。

他住的小房间是前门外杨梅竹斜街"酉西会馆"的一间侧屋，因为"既湿且霉"，被沈从文称作"窄而霉小斋"，足见当时生活的窘迫。那原本是一间用来存放煤炭的小屋，好处是经熟人介绍，只要象征性地付一点租金，缺点是无煤可烧，四面透风，又窄又冷。

1924 年 11 月间，沈从文写了一篇日记体散文，题为《公寓中》，他对当时"窄而霉"的生活是这样描写的："北京的风，专门只欺侮穷人，潮湿透风的小房实在对过……这正是应上灯时间，既不能把灯点燃，将鸽笼般小房子弄亮，暮色苍茫中又不能看书，最好只有拥上两月以上未经洗濯的薄棉被睡下为是了。睡自然是不能睡熟，但那么把被一卷，脚的那头又那么一捆，上面又将棉袍，以及不能再挂的烂帐子一搭——总似乎比跑到外面喝北风好一点。"

在都市中，沈从文真正懂得了生活的苦况，他彻头彻尾地是个生活的弱者，与周遭的一切都格格不入，他带着悲愤的情绪写道：

　　我一夜同上一个似认识——又像不认识的幽灵般人一道走着。行了不知多少的路。上下了无量数险坡,涉过十多条大河;又是溪涧;又是榛莽丛林;又是泥淖,为甚目的而走呢?我也不知道,只盲目的走,无意志的前进。这不是我一种生活的缩影是什么?①

　　……

　　胜利属于强者,那是无须乎解释一句话,这世界只要我能打倒你,我便可以坐在你身上。我能够操纵你的命运。我可以吃掉你。爱!同情!公理!一类名词:不过我们拿来说起好听一点罢了!谁曾见事实上的被凌虐者,能因"同情"与"爱"一类话得到一些帮助?爱与同情,最多只能在被凌虐者对于更可怜的一种心的悯恻。

　　《绝食以后》写于1925年,当时,沈从文的身体不好,经常一边流鼻血,一边写作。天气很冷,他没有钱生火,只好在身上裹着一条棉被。

　　这篇文字很短,却包含着对都市生活气氛的无尽恐惧。沈从文并没有钻研过意识流小说,对普鲁斯特、乔伊斯等新派作家也没有特别的着迷,可在这篇作品中,他的思绪真的如同一条荒凉的河谷,我们看不到文明的标记,也没有清晰的航向。沈从文书写过童年的快乐,中年的彷徨,对迟暮之人的安守本分也有着细致的刻画,而在《绝食以后》的语句中,我们看到的是青年的一颗心。理想的天堂遥不可及,周遭世界的一切都不把他放在眼里,于是形成一个巨大的落差。真正的写作,往往就是诞生在这种令人费解的落

---

① 沈从文:《公寓中》,载张兆和主编《沈从文全集第1卷·小说》,太原:北岳文艺出版社,2002年,第355—357页。

差之中。心灵的地狱，或许就是这样的状态，像无尽的永夜，没有奈何桥、孟婆汤，没有任何生灵，连能与之交谈的受罚灵魂也没有。

写作的状态意味着，你永远处在已经写下的文字和将要写出的文字之间，受着折磨，也不停地受到激发。在两者之间的状态里，你深切地体会着时间的折磨，同时，也仿佛忘记了时间的残忍流逝。写作，就是让时间的流逝不那么残忍的一种人类行为方式。每个人的人生时间都是一样的，就是从出生到死亡的全部时间，这些残忍的家伙就摆在我们面前，我们必须学会与这些"滴答—滴答"的家伙相处。更可怕的是，时间这东西根本就没有任何声音。有位俄国诗人说，为了太阳，我才来到这个世界。漫漫长夜怎么办？诗人没说。我想，让它在故事中徐徐开放，是个不错的选择。一本书，也是展开的漫漫长夜，介于两者之间的，是生与死之间的全部生命。

沈从文用青年人充满激情的心敲击着城市的门，而出现在他眼前的，尽是"没有了生命的东西"，他在文章中写道：

他于一切，却也有点漠然的憎恶。当怀藏着那衙门传达先生若甚亲热而又同情的口音"先生，什么名字？……没有于昨天报名，那这时不能报——已满了！"踱出大街时，小雨依然落在他头上肩上，也依然没有引起他的注意。

汽车依然载了些活尸傀儡忙匆匆的死跑，还大声发出无耻的骄矜声气。马车洋车前的马与人，依然是流着汗。为一些尸首的搬运流着汗。每个小巷口的墙上，新贴上的那些花花绿绿广告……果摊上虽新加了些翠玉色皮子的圆形西瓜也不见出与前日的什么差异处来；而酸梅汤的坛子旁覆卧着的多棱玻璃杯,秩序与闪光还是一个样子……

他承认这些是生在世界上应享受,应留恋,还可说是应玩赏的事物,尤其是单把浓酽的香味跑进他鼻孔而本身却悬钩到玻橱中的烧鸡熏鹅。这些东西使他腿软,使他腹鸣,使他由失望而憎恶而伤心。哟,这些没有生命了的东西还也来骄矜人! 其实有生命的人与无生命的物,同样不能对谁骄矜;只要你自己去设法就可接近它,占有它,吞灭它:然而这些过失他是不会承认的,即如说是知道。

魔鬼的人群啊! 地狱的事物啊! 我要离开你,于是,他便又返到他那小鸽笼般的湿霉房子中了。[①]

一个心中披挂着楚地好山水的青年,饿着肚子走在北方都市的街巷里。他眼前没有可以赛龙舟的河流,没有倒映在河水中的吊脚楼,更缺少诚朴的人。租房包饭要熟人介绍,投稿要熟人引荐,“衙门传达先生”要收取小费才肯传达放行,否则连稿费也无法领取。他发现都市中的任何消费都包含着不合理的成分,比如诱惑、欺骗、炫耀、浪费、骄矜……沈从文用这些文字来讽刺物质丰富的城市,就像流浪汉的一次“文学散步”。

在有秩序的城市里,商品也闪着光,而自己就如同小说中的主角一样,不过是个连日常饮食也得不到的乡下人,无论在异乡,还是在故乡,都像个流浪汉,孤独得不可思议。一直到三十年代,沈

---

① 沈从文:《绝食以后》,载 1925 年 8 月 4 日《北京晨报副刊》第 5 页。

从文在上海中国公学当了教授之后，仍然觉得自己与都市生活有着无法调和的冲突，他在给好友王际真的信中写道：

> 我的世界总仍然是《龙朱》《夫妇》《参军》等等。我太熟习那些与都市相远的事情了，我知道另一个世界的事情太多，目下所处的世界，同我却离远了。我总觉得我是从农村培养出来的人，到这不相称的空气里不会过好日子，无一样性情适合于都市这一时代的规则，缺处总是不能满足，这不调和的冲突，使我苦恼到死为止，我这时，就仿佛看到我一部分的生命的腐烂。[1]

他的文学远征难道只是为了证明自己的无用吗？他在"窄而霉小斋"勉强度日，有时去北京大学听讲，有时练习写作，偶尔会向报纸投稿。他的那些投稿基本上都被编辑扔进了废纸篓，直到1924 年 12 月，也就是他到京城的一年以后，才有作品刊发出来。[2]

对写作路上的种种艰辛与屈辱，沈从文自有童心来理会。在1976 年秋写给王千一的信中，沈从文曾谈到自己对写作的一番"童心幻念"：

> 学一切都重视"基本功"，搞音乐大致更严格，要用一二十年时间。一般"理发""成衣"至少也要个三年才满师。搞写作，据我个人估想，真的要取得突破，搞出点崭新纪录，即或用个卅年为段落，

① 沈从文：《致王际真》，载张兆和主编《沈从文全集第 18 卷·书信集》，太原：北岳文艺出版社，2002 年，第 63—64 页。
② 吴世勇编著：《沈从文年谱（1902—1988）》，天津：天津人民出版社，2006 年，第 18 页。

并不算久。我个人是充满童心幻念,来到北京,从标点符号学起,到第一次在报刊上发表小文章,大约经过了四年。稿费只三毛五一千字(比为人抄写文稿还不如,抄写市价约五毛千字)。

当时晨报社有个孙伏园大编辑,把我投稿大几十篇,粘连成一卷,当着林语堂、钱玄同、周作人等开玩笑:"这是个大作家沈某某写的。"于是撕得粉碎,投入字篓完事。这事有人明见到,熟人说来总为大抱不平,我却满不在乎,以为开开这种低级玩笑,毫无损于我的向前理想。这些小小得失,那足介意?①

这些愤怒的作品像是没有离愁的家信,带着奋进的焦虑,还有青年人特有的傲气。当然,年轻人写家信就该是这个神气的样子。

直到古稀之年,这位从"窄而霉小斋"闯入文坛的作家还是那副倔强神气的样子,他对友人说,自己的一生其实都裹着神经病气质的童心,越懂得"人事"就越不"世故"。这不是什么顽固,文坛恰恰就缺少一二十个像他那样"充满童心的乡下人",不走平坦的路,独独喜爱崎岖的山路。这位七十五岁的老人在信中对青年作家说道:

事实上,在家乡军队里作勤务兵或司书生时,即有人以为我有"神经病"。到这里时,则以为"有轻微神经病"。我自己却以为事实上或可说有"严重神经病"。因为所想所思,都和同时搞文学的方法不同,打算不同。平时过日子的不在意处,或似乎"不懂人情

---

① 沈从文:《致王千一》,载张兆和主编《沈从文全集第24卷·书信集》,太原:北岳文艺出版社,2002年,第467—468页。

好坏",简直到了极端。……我总乐意照自己办法,采用一条崎岖
无人行的山路走去。①

风滚草

　　湘西的山山水水不仅仅是记忆,还是可以食用,可供穿戴的山
河,而京城,大得令沈从文惊慌。接下来的生活经历表明,京城似
乎也真的成了他的孤绝之地。

　　同许多作家青年时期的经历相似,沈从文陷入一种精神上的
迷失状态。他常常用迷失的语调来书写自我,或者说,他是在迷失
中渐渐找到自我:

　　我坐在这不可收拾的破烂命运之舟上,竟想不出办法去找一
个一年以上的固定生活。我成了一张小而无根的浮萍,风是如何
吹——风的去处,便是我的去处。湖南,四川,到处飘,我如今竟又
飘到这死沉沉的沙漠北京了。②

　　这位"古都怪客"首先迎来的,不是文艺革命的雨露,而是大大
小小的当头棒喝。不要说没钱进大学求学,他甚至没钱点灯照明,
没钱买煤取暖,连个门房的工作也找不到,仿佛"陷进一个无底心

---

① 沈从文:《致王千一》,载张兆和主编《沈从文全集第 24 卷·书信集》,太原:北岳文艺
　出版社,2002 年,第 470 页。
② 沈从文:《一封未曾付邮的信》,载《沈从文文集第十卷·散文、诗》,广州:花城出版
　社,1984 年,第 3 页。

的黑暗涧谷一样,只是往下坠,只是往下坠"。①。

　　1924 年冬,沈从文给在北京大学任教的郁达夫写信,诉说自己的苦闷,于是,就有了那篇著名的《给一个文学青年的公开状》。在这篇 11 月 16 日发表于《晨报副刊》的文章中,郁达夫公开为沈从文,或者说是为那些有理想而无出路的年轻人鸣不平,同时,也表达了对时事与时局控诉。他在文章中写道:

　　引诱你到北京来的,是一个国立大学毕业的头衔,你告诉我说你的心里,总想在国立大学弄到毕业,毕业以后至少生计问题总可以解决。

　　现在学校都已考完,你一个国立大学也进不去,接济你的资金的人,又因为他自家的地位动摇,无钱寄你,你去投奔你同县而且带有亲属的大慈善家 H,H 又不纳,穷极无路,只好写封信给一个和你素不相识而你也明明知道和你一样穷的我,在这时候这样的状态之下你还要口口声声的说什么大学教育,"念书",我真佩服你的坚忍不拔的雄心。不过佩服虽可佩服,但是你的思想的简单愚直,也却是一样的可惊可异。

　　现在你已经是变成了中性——半去势的文人了,有许多事情,譬如说高尚一点的,去当土匪,卑微一点的,去拉洋车等事情,你已经是干不了的了,难道你还嫌不足,还要想穿几年长袍,做几篇白话诗,短篇小说,达到你的全去势的目的么? 大学毕业,以后就可

---

① 沈从文:《公寓中》,载张兆和主编《沈从文全集第 1 卷·小说》,太原:北岳文艺出版社,2002 年,第 351 页。

以有饭吃,你这一种定理,是哪一本书上翻来的?①

郁达夫的这一棒喝可以说是又绝情又热烈,其中有对社会苦
况的绝望,也满含着对年轻作家的热烈同情。当时的"乡下佬"沈
从文像一株风滚草,困于无根的漂泊状态,住在斗大的"贮煤间"
里,单薄,穷酸。可不知为什么,他说自己的身体中满是气概,虎虎
有生气:

> 因为受"五四"影响,来京穷学生日多,掌柜的把这个贮煤间加
> 以改造,临时开个窗口,纵横钉上四根细木条,用高丽纸糊好,搁上
> 一个小小写字桌,装上一扇旧门,让我这么一个体重不到一百磅的
> 乡下佬住下。我为这个仅可容膝安身处,取了一个既符合实际又
> 略带穷秀才酸味的名称,"窄而霉小斋",就泰然坦然住下来了。
> 生活虽还近于无望无助的悬在空中,气概倒很好,从不感到消
> 沉气馁。给朋友印象,且可说生气虎虎,憨劲十足。主要原因,除
> 了我在军队中照严格等级制度,由班长到军长约四十级的什么长,
> 具体压在我头上心上的沉重分量已完全摆脱,且明确意识到是在
> 真正十分自由的处理我的当前,并创造我的未来。此外还有三根
> 坚固结实支柱支撑住了我,即"朋友"、"环境"和"社会风气"。②

1924 年 11 月中旬,在北京大学任教的郁达夫,冒着大雪探访
了住在窄而霉斋的沈从文。当时已是初冬天气,而沈从文仍穿着

---

① 郁达夫:《给一个文学青年的公开状》,1924 年 11 月 16 日《晨报副刊》。
② 沈从文:《忆翔鹤——二十年代前期同在北京我们一段生活的点点滴滴》,载《沈从
文文集第十卷·散文、诗》,广州:花城出版社,1984 年,第 241—242 页。

单衣,郁达夫把自己的羊毛围巾送给了这个可怜的年轻人,还请他到西单牌楼四如春饭店吃饭。结账时,郁达夫把找回的三元多钱也拿给沈从文救急。①

郁达夫赠与的钱物并不能使他成为一个"作家",这一面之恩,贵在一份相知。有些饭菜的味道,像酒,是越陈越香的。半个世纪后,沈从文仍然记得他为感谢郁达夫而筹备的苗乡饭菜,观之令人神往:

还记得有一次雪后天晴,和郁达夫先生、陈翔鹤、赵其文共同踏雪出平则门,一直走到罗道庄,在学校吃了一顿饭,大家都十分满意开心。因为上桌的菜有来自苗乡山城的鹌鹑和胡葱酸菜,新化的菌子油,汉寿石门的风鸡风鱼,在北京任何饭馆里都吃不到的全上了桌子。②

沈从文没有中学文凭,也就没有资格报考国立大学。后来考取了一个"中法大学",因交不起学费,也无法出国。他向《北京晨报副刊》投去的稿子,都被主编孙伏园扔进废纸篓。③ 他想回家,却凑不出路费,想投军,又割舍不下他的文学梦。绝境中唯一的生路是去同乡熊希龄举办的香山慈幼院打工,职位是图书馆员。

初入京城的沈从文居无定所,身无分文,却有个文人气派的斋号:窄而霉斋。像他小说中的角色一样,他得了某种呼吸系统疾病,不停地流鼻血。

---

① 吴世勇编著:《沈从文年谱(1902—1988)》,天津:天津人民出版社,2006年,第19页。
② 沈从文:《忆翔鹤——二十年代前期同在北京我们一段生活的点点滴滴》,载《沈从文文集第十卷·散文、诗》,广州:花城出版社,1984年,第242页。
③ 吴世勇编著:《沈从文年谱(1902—1988)》,天津:天津人民出版社,2006年,第18页。

　　为了省钱，他在冬天也不生煤炉取暖，为了梦想，他拿起了笔。于是，这个湘西青年就以这样的形象闯入了文坛：身上裹着棉被，一只手握笔，另一只手以破布掩着流血的鼻子。那血是贫穷的血，却流淌出一种狮子、老虎、豹子才有的野心勃勃。

　　1925 年初春，沈从文先后结识了胡也频和丁玲，三人的关系密切到如结义之人，而接下来的几年，他们所经历的，除了沈从文笔下的一派天真，还有五四前后的无数杀戮与牺牲——除丁玲劫后余生外，与沈从文有生命交集的年轻一代几乎全部赴死：

　　在 20 年代后期的短短几年间，沈从文跟左派朋友大都不再联系了。有些人音信杳然，更多的人并非死亡，但已不知去向。例如农学院他有八位朋友，其中六位在 1927 年北伐时期都是湖南农会的领导者。在 1927 年国民党清党中，他们全都被处决。沈在燕京大学也有十几位朋友，他们在 1927 年武汉和广东公社中都是革命的组织者，在二次革命中大多数人献出了生命。1928—1929 年间，沈还同董秋斯、张采真谈过武汉、广州的起义，两位中只剩下董秋斯活到了 1949 年后。（而且也只有他，在中国共产党政权正式建成以后，没有否认他同沈从文的关系）沈最难过的还有，从家乡来信中听到消息说，1922 年以前他结识的朋友，也几乎全都不在人间。这些朋友为数不少，大多是陈渠珍办的高度军事化中学里的军官和学员。其中有两位是他保靖时期硕果仅存的好友。两人后来到凤凰县当中学教师，都因为同情共产党的嫌疑被处决——虽然那时凤凰县离共产党活动地区非常遥远。①

———————

① ［美］金介甫：《沈从文传》，符家钦译，北京：国际文化出版公司，2006 年，第 80 页。

第七章　绝对的形象

如果历史有所谓的临界状态，一定逃不过乡下人的眼睛。航空界有个具有预警意义的术语，叫作"无还点"，用来描述飞机超过航线临界点时，会因为燃料不足而无法返回原地。从这个角度来思考，"乡下人"这个词可以说是一个无还点式的概念。

人是经验的动物，即便是现代科学的发展，也离不开实验室里反复重现的数据经验。在中国历史上，乡下人是最知警的。祸与福是他们的度量衡，丰年与灾年，不是什么天文历算问题，而是刻在颜面上的印痕，是那种一望便知的表情。

作家和乡下人在劳作方式上共享着人类原初经验之美，恰如农耕渔猎者从自然获取馈赠的方式，自古以来就有笔耕和字米之说。为了获得好收成，乡下人要了解每个麦粒，每片青苗的冷暖饥寒，比土壤还要懂得多，想得周全。文学创作也一样，作者要对每本书，对每个人物提出问题，没有这种作家就没有文学。当然，他们要幸运得多，不必靠天吃饭。对于一个写作的人来说，"好收成"

的关键也在于经验。人应该怎样生存的哲学问题并不是作家心目中的良田，用善于感知的天赋来捕获眼前的一切，研磨人类生活的经验与记忆，这才是他的土壤。

作家和普通人一样，也要面对生、老、病、死，这些经验构成人生的基本面，也呈现人性的基本样态。举个最简单的例子，在黄昏时分写作，还是在清晨就开始动笔，夜里用什么样的灯火，每个作家会有不同的选择。因此，每一本被称为书的东西都天然地具有某种绝对性，书中的孤独是全世界的孤独，故事中的黄昏就是全世界的黄昏。对读者来说，无论他对书中的一切多么熟悉，总有未知的成分在诱惑人。你可以买下一整条街，但你买不到人们的生活，他们身上带着未知的事物，就如同翠翠注定是个乡下人的名字一样，每个人身上都有一个"绝对的形象"。

"乡下人"住在沈从文的血肉深处，他们站在那里，说什么或不说什么，"爱憎和哀乐自有它独特的式样"①。他尽情享用着在夜间把乡下人写下来的奢侈，在他身上本来就有乡下人的地位、面孔、气味、笑容，这些形象也在他的血液中流淌。在乡下人那里，我是说，在乡下人的绝对形象里，他才能认识自己，自悦自喜，心醉神迷。如果他不是那样，那么他什么也不是，沈从文知道这些形象对他的意义。于是，他进入他们的生活，为他们流泪，与他们一起愤怒。他说，人应该流点泪，即便流泪毫无作用。

乡下人，是契诃夫与沈从文共同的路标。这些绝对的形象从来不缺少异国家谱，他们在契诃夫的作品中常常出现，当然，伟大

---

① 沈从文：《从文小说习作选代序》，载《沈从文文集第十一卷·文论》，广州：花城出版社，1984年，第43页。

的托尔斯泰先生也曾与乡下人一起流泪。

《农民》

最可怕的贫穷,往往寄居在言谈中。契诃夫讲述过这种贫穷,他在俄罗斯乡下人身上嗅到类似的气味:

他们谈到上帝怎样还不下雪;谈到该把树木拉回家来做柴火,可是结了冰的道路上没法走车子,也不能走人。

原先,十五年到二十年以前,在茹科渥,谈起话来是有趣味得多的。在那些日子,每个老人看起来都好像心里藏着一份秘密,仿佛他知道什么,正在盼着什么似的。他们讲起加了金色火漆印的圣旨,谈起土地的划分,谈起新土地,谈起掘出的财宝;他们暗示着什么。

现在呢,茹科渥的人根本没有什么秘密了;他们的全部生活赤裸裸的、清清楚楚的摊在大家面前,仿佛就在手掌心上一样;他们没别的可谈,只能谈贫穷、食物、畜秝、缺雪了。①

这篇《农民》是契诃夫 1897 年的作品,写茹科渥上至贵族老爷,下至农奴与牲畜,都过着不幸的生活。当然,最不幸的还是贫穷的乡下人,他们受当局凌辱,受教会凌辱,受亲人凌辱,自己也活在痛苦中。与自由与尊严相比,他们似乎更爱面包同伏特加。

---

① [俄]契诃夫:《农民》,载《契诃夫小说集·装在套子里的人》,汝龙译,合肥:安徽文艺出版社,1996 年,第 38 页。

契诃夫是真的尊重农民,让他们以自己的声音说话,让他们自己选择生活,自己决定命运,自己面对贫穷与诱惑。他们的茶有鱼腥味,糖是灰色的,而且已经有人咬过了;蟑螂在面包和碗盏上爬来爬去。他们不谈别的,就是翻来覆去地谈论贫穷和疾病。①

尼古拉本来在莫斯科商场中当茶房,因为生病只好辞掉工作回到故乡茹科渥。他一到家就吓了一跳,那里的贫穷模样令人吃惊:

这儿那么黑、那么挤、那么脏。他妻子奥里格和他女儿沙霞是跟他同路来的,她们瞧着又大又脏的炉子发了呆,它差不多占了半间屋子,给煤烟和苍蝇弄成一片漆黑。好多苍蝇哟!炉子已经歪了,墙上的木桩也歪了,看样子这小屋好像就要坍下来似的。在墙角靠近神像的地方,什么商标纸啦、零零碎碎的报纸啦,贴在那儿,代替了画片。穷,穷!②

大人都在田里收庄稼,只有一个脸脏脏的八岁小女孩和一只猫留下来。沙霞逗着猫,呼唤着它。小姑娘说猫咪根本听不见,它的耳朵给人打聋了。

尼古拉的哥哥基里阿克喝醉了酒,见了妻子玛丽亚就打,一拳就把她打昏过去,躺在地上流血。村里没有一间像样的房子,家里

---

① [俄]契诃夫:《农民》,载《契诃夫小说集·装在套子里的人》,汝龙译,合肥:安徽文艺出版社,1996年,第13页。
② [俄]契诃夫:《农民》,载《契诃夫小说集·装在套子里的人》,汝龙译,合肥:安徽文艺出版社,1996年,第11页。

没有一个亲切体贴的人。到处是"可怕的、逃不脱的、叫人没处可躲的贫穷"。

一家人中，只有老奶奶能吃饱，她能吃上整整一个钟头，孩子们却只有看的份儿。她的孙女们恨她，甚至盼望着她早点被赶进地狱之火。尼古拉哭着央求妻子奥里格：

"我再也受不下去了。我没有力量了。看在基督的份上，看在天上的上帝的份上，写信给你妹妹克拉甫嘉·阿卜拉莫芙娜吧。叫她把她所有的东西卖掉，当掉；叫她寄给我们钱，我们就可以离开这儿了。啊，主，"他痛苦的接着说："让我看一眼莫斯科吧！看一眼莫斯科母亲吧，哪怕梦中看见也是好的！"①

村长奥本普也穷，他和村里人一样，欠着当局大笔的税款。但他喜欢做村长，喜欢掌握权力的感觉。

权力是什么？是苛刻，是无情，是荒唐，他喜欢用这些平庸的手段来展现他的权力。他把醉汉关进监狱，把老奶奶关在禁闭室一天一夜，理由不过是她说了几句牢骚话。

折磨人的魔鬼还有可怕的伏特加：

在圣伊利亚节，他们喝酒；在圣母升天节，他们喝酒；在高举十字架节，他们喝酒。说情节是茹科渥的教区的节日；逢到这节期，农民们一连喝三天酒；他们喝光了属于村社公积金的五十个卢布，

① ［俄］契诃夫：《农民》，载《契诃夫小说集·装在套子里的人》，汝龙译，合肥：安徽文艺出版社，1996年，第25页。

除此以外还挨家敛集酒钱。……在那三天里,基里阿克喝得酩酊大醉;他把他所有的东西,连帽子和靴子也在内,统统换酒喝了,而且死命的打玛丽亚……①

他们不怕死,甚至盼望着死神降临,好早日解脱:

只有富裕的农民才怕死;他们越阔,就越不相信上帝和灵魂的得救,只因为害怕他们在人世的寿命会完结,他们才点蜡烛,做弥撒,为的是这样做总可以稳当一点。穷的农民不怕死。老头子和老奶奶坦然的听人家当他们的面说他们活得太久,说他们到死的时候了,可是他们满不在乎。他们一点也没顾忌的当着尼古拉的面对菲奥克拉说,等尼古拉死了,她丈夫丹尼司就可以在军队里退伍,回家来了。玛丽亚呢,一点也不怕死,反而抱怨死亡老是不来;她的小孩一死,她倒高兴。②

在一场大火之后,尼古拉死了。奥里格变丑了,像个老太婆,麻木,迟钝,头发花白。她带着沙霞离开茹科渥,母女俩成了乞丐。玛丽亚送出五六里路远,然后跪在地上痛哭。在三个可怜女人背后,是可怕的茹科渥和奇怪的农民:

---

① [俄]契诃夫:《农民》,载《契诃夫小说集·装在套子里的人》,汝龙译,合肥:安徽文艺出版社,1996年,第40页。
② [俄]契诃夫:《农民》,载《契诃夫小说集·装在套子里的人》,汝龙译,合肥:安徽文艺出版社,1996年,第41页。

这些人生活得仿佛比牲口还糟;跟他们在一块儿生活是可怕的;他们粗野、诡诈、肮脏、闹酒;他们不是和平共处,而是不断吵嘴,因为他们互相害怕、怀疑、看不起。谁开饭铺,鼓励闹酒?农民。谁贪污了,喝光了属于村社、学校、教堂的公积金?农民。谁偷邻居的东西,给邻居的财产放火,为一瓶伏特卡到法庭上做假见证?在地方议会和别的地方团体工会的时候,谁第一个提高喉咙跟农民们作对?农民。不错,跟他们在一块儿生活是可怕的;不过话说回来,他们也是人,他们跟普通人一样受苦,流泪,他们的生活里没有一件事找不出理由的。累得死人的、使人一到夜晚就周身酸痛的劳动,残酷的冬季,稀少的收获,人口的过度稠密;而且没人帮助,没有一个地方可以去寻求帮助。比较强壮、比较富裕的农民不可能帮助别人,因为他们本身就粗野、诡诈、醺醉,咒骂起来同样的难听。顶顶起码的小职员或者小官吏,也把农民当做叫花子,即使对村长和教会委员会讲话也跟见了部下一样,而且仿佛他们有权利这样做似的。的确,既然那些懒惰的、爱财的、贪心的、放荡的人到村子里来,只是为了欺压农民、掠夺农民、吓唬农民,那他们还能够帮什么忙,做什么好榜样?①

契诃夫是语词与意象的天才捕捉者。他爱写蜿蜒的小溪,黄昏的桦树林,淡紫色的海水,童年的召唤,纯真的信仰,女人的温存。他爱俄罗斯的语言,爱她的美丽意外——那些活得不像人样的农民,他安排种种梦想,让他们得到片刻的心灵快活。

---

① ［俄］契诃夫:《农民》,载《契诃夫小说集·装在套子里的人》,汝龙译,合肥:安徽文艺出版社,1996 年,第 44 页。

　　穷人也有美丽幻想的自由，而且很多、很大，简直是取之不尽的宝藏。如果写作是一种必要的盗窃行为，如果创作意味着挖掘人内心的泉源，那么，契诃夫和沈从文共同的感恩对象就是"乡下人"。他们的确"偷走"了乡下人的缺陷、痛苦、梦想和欲望，在作品中与他们同歌同醉。这些文字中含着泪水，苦水，被运送到光天化日之下，展示给全世界看，目的是声讨不合情理的现实，而不是贩卖说教与道德。契诃夫的结论是：

　　纯粹的艺术、纯粹的科学、纯粹的学问，它们不和大众发生直接的联系，但最终来看，它们的成效会远远超过那些慈善家们的笨拙糊涂的努力。①

　　恣意破坏乡下人生活的，不会是一位作家，而是那些握有权势与财富的强硬角色。

　　作家同乡下人一样，可笑与可悲浑然一体，他们在人类共同的苦难中和解了。人与人在苦难中的和解，是最接近信仰的一种人类关系，而信仰，是从不以"有用"为荣耀与夸赞的。这些男人女人之所以迷人，正是因为他们"无用"：

　　这些典型的契诃夫式的主人公是一种含糊而美丽的人性真理的不幸载体，这是一个他们既无法摆脱，也不能承载的负担。

　　我们在契诃夫的小说中看到的是一连串的跌绊，但这个人之

---

① ［美］弗拉基米尔·纳博科夫：《俄罗斯文学讲稿》，丁骏、王建开译，上海：上海三联书店，2015 年，第 253 页。

所以跌绊是因为他总在凝视着繁星。他不高兴,也让其他人不高兴;他爱的人不是他的同胞,不是那些与他亲近的人,而是远在天际的人。遥远国度的一个黑奴,或者一个中国苦力,或者偏僻乌拉尔地区的一个工人,他们的困境比起他的邻居或者他的妻子所遭受的困境来说,使他有一种深切的道德之痛。①

在残酷而肮脏的俄国某地,这样的人始终存在,他们充满热情、自我克制、思想纯粹,同时,也胆小软弱。但是,只要这些人存在过,那么这个世界就仍然有着变好的希望。他们在契诃夫的小说中做梦畅游,并且向世界证明大自然还有另外的一道生存法则:文明的成熟与否,取决于那些可爱柔弱的生灵能否得以幸存。在一个机械复制出各种面色红润的歌利亚的时代,柔弱的大卫不应该被人类遗忘,至少我们在契诃夫的小说中能找到他们的身影:

荒凉凄暗的风景,泥泞道路旁枯萎的黄花柳,灰色天际振翼而过的灰色乌鸦,在某个最不寻常的角落里突然涌起一阵奇妙的回忆——所有这些可悲的昏暗,可爱的软弱,这个契诃夫鸽灰色世界里的一切……②

这灰色的世界可以浓缩为一篇名叫《在峡谷里》的小说。

---

① [美]弗拉基米尔·纳博科夫:《俄罗斯文学讲稿》,丁骏、王建开译,上海:上海三联书店,2015 年,第 258 页。
② [美]弗拉基米尔·纳博科夫:《俄罗斯文学讲稿》,丁骏、王建开译,上海:上海三联书店,2015 年,第 258 页。

丽帕

《在峡谷里》的丽帕是个地道的农村姑娘，她受尽凌辱又失去了自己的孩子。这位温柔、淳朴、害羞的母亲，一直活在恶人的欺骗与谎言中。她的儿子是一个活泼健康的小男孩，被霸道的守财奴妯娌泼滚水活活烫死，孩子受了一天的罪才离开人世。

在从医院回家的路上，丽帕遇到一位老爷爷，她问道："一个小孩子，没犯过什么罪，为什么也要受苦呢？"所有人都无话可说，默默地坐了一个小时。老人用自己的苦难经历安慰她，他说："我们不能每件事情都知道：怎么样啦，为什么啦，上帝不让鸟儿生四个翅膀，只让它生两个，因为有两个翅膀也就能飞了；所以人呢，上帝也不让他知道每件事情，只让他知道一半或者两三成。他为了生活该当知道多少，他就知道多少。"接下来，老人讲了一个苦涩的故事：

我走遍了俄罗斯，什么都见识过，你尽可以相信我的话，我的亲亲。将来还会有好日子，也会有坏日子的。早先，我做过我们的村子的代表，到西伯利亚去，我到过黑龙江和阿尔泰山，我在西伯利亚住过；我在那儿垦过地，后来我想念俄罗斯母亲，我就回到家乡来了。我们走着回到俄罗斯来；我记得我们有一回坐渡船；我啊，要多瘦有多瘦，穿得破破烂烂，光着脚，冻得发僵，啃着一块面包皮；渡船上有一位老爷——要是他下世了，那就祝他升了天堂——怜恤的瞧着我，眼睛里含着一泡眼泪。"唉，"他说，"你的面包是黑的,你的日子是黑的……"①

城市里只有一种叫作"市民"的可怜物种,而在乡下,有夜莺,有村姑,还有像阿嘉菲雅、沙甫卡、丽帕、瑞莎这样的乡下人。

契诃夫笔下尽是些饱受惊吓的、温柔的灵魂:深不可测的、半野蛮状态的农民,幼稚而神经质的知识分子,惭愧不安的旧式贵族,他们与这些穿着"粗布囚衣"的乡下人一一拥抱相认。

契诃夫的作品中汇集着彻头彻尾的博爱心肠,写起来却是尽是粗布囚衣的斑驳感,令听者闻者失魂落魄。他从不施舍虚幻的安慰,庸俗的生活与软弱的人比比皆是,信、望、爱成了罕有之物。但正如纳博科夫所说,"到二十一世纪的时候,我希望俄罗斯会是一个比现在更美好的国家。到那时高尔基将只不过是教科书上的一个名字,但是只要白桦树、日落和写作的欲望仍然存在,契诃夫就会同在"②。

契诃夫钟爱黄昏。夜幕徐徐降临,那些闪耀着光芒的乡下人开始喧闹起来,而这位契诃夫先生就是远处树林中的夜莺,为他们的荒唐与不幸共鸣欢唱。以当时的情形来看,欧洲作家的好与坏,取决于他们作品中的夜莺。差一点的作家只写一只夜莺,而好的作家会让许多夜莺一起歌唱,就像真正置身森林中一样。如果要举例来形容这一场景,当然是契诃夫最震撼的小说《在峡谷里》的

---

① [俄]契诃夫:《在峡谷里》,载《契诃夫小说集·装在套子里的人》,汝龙译,合肥:安徽文艺出版社,1996 年,第 81—82 页。

② [美]弗拉基米尔·纳博科夫:《俄罗斯文学讲稿》,丁骏、王建开译,上海:上海三联书店,2015 年,第 253 页。

一段文字：

后来，那女人牵着马，那男孩拿着靴子，都走了；一个人也没有了。太阳给自己穿上金黄和紫红的衣服，去睡觉了。长条的云，红的，紫的，布满天空，保卫太阳的休息。远处什么地方有一只鸬鹚在叫，发出洪亮的、忧郁的叫声，好像一条母牛给关在谷仓里，叫起来了一样。那神秘的鸟的叫声每年春天都听得见，可是谁也不知道它长得什么样子，住在什么地方。

在山顶上医院旁边，在池塘附近的灌木丛中，在田野上，夜莺尖声的啼叫。杜鹃不断的数着什么人的年纪，数啊数啊，数忘了，就从头重数一遍。池塘里那些青蛙愤愤的互相招呼，使劲叫唤，叫得肚皮都快要炸开了，人甚至听得清那些话："你就是这种东西！你就是这种东西！"闹得好欢哟！这些生物这么唱啊嚷啊，仿佛是要在这春夜吵得谁也睡不着觉，好叫大家，就连气愤的青蛙也包括在内，重视而且享受每一分钟：生命是只有一次的啊。①

契诃夫简直不是用笔写下小说，而是创造了一种专属于他的乡下人声口，通过语词、日常交谈、唠叨、梦呓、潜台词和暗示传递着某种无法命名的确定意义。

---

① ［俄］契诃夫：《在峡谷里》，载《契诃夫小说集·装在套子里的人》，汝龙译，合肥：安徽文艺出版社，1996年，第78—79页。

契诃夫

俄罗斯读者都知道有一种惆怅叫作"契诃夫式的惆怅",那气氛就如同到了黄昏时分,一个灰心绝望的人待在一片黑暗中,狂风怒号,雨点打在窗子上。他没有去找帮手,或者投身到激烈的改革活动中去,而是以他独特的方式抗议眼前的不公与残忍。他觉得政治活动不是命中注定的道路,他也在尽力为民众服务,只是以一种不同的方式——一种个人主义的艺术家的方式。高傲的纳博科夫先生向来刻薄,哪怕是对那些早已扬名世界的前辈也不留情面,可他体谅契诃夫的高贵,他说:"契诃夫首先是个人主义者,是艺术家。因此,他不可能随随便便就成为各种派别的'参与者'。"①

在京城无法求学的沈从文差一点就去当了"照相制版"学徒,因为胡也频的鼓励而继续写作。他疯狂地阅读"一切能消化的东西",尤其钟情于鲜活的文采,而不愿归顺那些所谓的流派与阵营。他所向往的文学革命,大抵来自这些作家带给他的"语言革新":

契诃夫、屠格涅夫、托尔斯泰、果戈理、高尔基、莫泊桑、都德、卢梭、法朗士、福楼拜、纪德、易卜生、王尔德、安徒生、泰戈尔、杜威、罗素……②

---

① [美]弗拉基米尔·纳博科夫:《俄罗斯文学讲稿》,丁骏、王建开译,上海:上海三联书店,2015年,第249页。
② [美]金介甫:《沈从文传》,符家钦译,北京:国际文化出版公司,2006年,第82页。

他说："过去看契诃夫小说时，好像一部分是自己写的。"①这是一位作家对另一位异国作家的虔诚褒奖。一直到晚年，沈从文仍以契诃夫为路标，他是沈从文心目中的短篇之王。1957年8月22日，沈从文在给大哥沈云麓的信中写道："如真的能够继续不断的写下去，应当可以说从量上有希望及契诃夫，从表现问题上，也可以希望比契诃夫还广一些，或者深一些……"②

在《带小叭儿狗的女人》中，古罗夫到小镇上与情人见面，契诃夫写他住在古怪庸俗的旅馆里，他不去描写古罗夫当时的心情，也没有渲染他所处的道德困境，而是写他面前的琐碎细节：灰色的地毯，用的是军用呢子；还有灰色的墨水瓶子，上面布满了灰尘；瓶子上雕刻着一个骑马的人像，举起一只挥着帽子的手，脑袋却不见了。就是这些，就在你的面前，你没办法改变，什么都不是，却是真正的文学。

契诃夫在别人身上找寻着生命的意义，他说："心绪纷繁，灵魂疲乏，心上压着重重的一块苦恼的重负，却要坐下来，写文章。这就叫生活。"他不是做信徒的料，只能用文字创造信仰，在那个贫穷、荒凉却又极度狂热的时代中，这些文字虽然没能立竿见影地解决复杂的社会问题，但他的作品，他的夜莺啼叫式的写作风格，为他赢得世界性的声誉，沈从文无疑是契诃夫众多中国信徒中最忠实的一位。

---

① 沈从文：《致沈云麓》，载张兆和主编《沈从文全集第20卷·书信集》，太原：北岳文艺出版社，2002年，第139页。
② 吴世勇编著：《沈从文年谱(1902—1988)》，天津：天津人民出版社，2006年，第391页。

从写作风格的角度来看,沈从文可以说是中国的契诃夫,但在沈从文心目中,他的作品是比契诃夫还要深刻动人的。在 1956 年 4 月 2 日写给儿子虎雏的信中,沈从文对年轻的虎雏说明"留心"的意义,他说:"如果凡事不留心,那么正和一只'哈巴狗'一样,牵它到世界去旅行,回来即或穿上巴黎最好的洋服,拿着英国手杖,手腕上还戴个瑞士游泳表,外表样子满像个有知识的绅士,事实上它还是'哈巴狗'。"沈从文回忆起自己在军队中下河边看船、看人的经历,正是那段时光让他获得了与契诃夫比肩的洞察力,他在信中写道:

> 我过去像你那么大年纪时,一天时间还常常爬到梧桐树上去唱"黄河黄河出自昆仑山",或跑到河边看船。就这么把日子过下去。可是凡事一留心,也就依然可学到许多东西,譬如下河边去看船上人生活,从相骂到扭打,就比契诃夫写的还深刻动人。[①]

尼基塔

写雪的故事很多,托尔斯泰的《主人与仆人》[②]是最漫长的一个。显得漫长不是因为小说的篇幅,而是因为故事在狭窄的时空中爆发出的力量。有时,人的内心或思想,是处在一种战争状态的,像故事中的暴风雪。

---

① 沈从文:《复沈虎雏》,载张兆和主编《沈从文全集第 19 卷·书信集》,太原:北岳文艺出版社,2002 年,第 445—446 页
② 又译作《东家与雇工》。

暴风雪持续了一整天,一整夜,没错,暴风雪就是时间。大地仿佛倾斜了,城市和乡村,甚至教堂都被吹倒。寒冷使时间凝聚,所有的一切被结结实实地冻住了。故事中的人物和他们的生活,处在一种随时会被冰雪掩埋的状态下。最真实的莫过于人的感受,旅途短暂,但人们经受的分分秒秒,不是一般意义上的时间,而是暴风雪中的时间与死亡。摆在我们面前的是托尔斯泰赐给每个读者的文本体验,也是直观的温度的变化,"越来越冷,越来越冷",直到慢慢死下去,跟屠宰后存入冷库里的牲口一个样。

为了买下一片森林,主仆二人冒着风雪,在黄昏时出发。我们只能说也许是黄昏时分,因为天空中并没有太阳。尽管仆人非常熟悉道路的情况,两个人还是在大雪中迷路了。糟糕的天气带来糟糕的运气,黑夜降临,仆人在黑暗中滚下了山谷,黄斑马和雪橇陷进雪堆,远处的狼嚎,还有以十倍力量旋转呼啸的暴风雪。

仆人挣扎着想爬上来,试了几次都没成功。于是,仆人只好沿着谷底往前走,终于找到主人的马和雪橇。主仆二人始终没能走出那片丛林,冰雪淹没了一切。在濒临死亡的时刻,主人独自骑马溜走,可他后来还是选择回到仆人那里。最后,仆人尼基塔获救了,而趴在他身上,帮尼基塔取暖的主人华西里·安德列伊奇却冻死了。

托尔斯泰的故事可以用来确切地进行隐喻,即如何在文学真实与历史真实之间建立某种关联,或者,从"文学即人学"的普适性角度来看,可以用来解释沈从文的话:贴着人物的血肉来写。只有这样,我们才能重回一种类似犯罪现场的状态,去看看血肉之内包裹着的灵魂,那些深浅不一的瘀痕和伤口,还有血肉之外的情绪、意念、动机等我们称之为人性的东西。

尼基塔也是乡下人，一个五十岁左右的庄稼汉，"勤劳、麻利、力气大，尤其是生性忠厚乐天"。他不把钱当回事，认识他的人都说他不善于当家。他是个不折不扣的失败者，身上带着一种倒霉透顶的气味，喝足了伏特加烧酒才愿意面对生活——那种在俄国随处可见的乡下人的生活。妻子玛尔法与一个外省来的箍桶匠姘居二十年，身为丈夫的尼基塔还是把做长工赚来的钱都交给她。他唯一的嗜好是喝酒，没钱买酒的时候，就把棉衣和皮靴卖掉。每年他总有那么几次喝得烂醉，然后骂人、打架，闹事。玛尔法唯一怕尼基塔的时候，就是他喝醉的时候。或许是为了发泄平时所受的屈辱，有一次喝醉后，他用斧头把玛尔法所有贵重的衣服都斩成了碎片。直到故事发生的前两天，尼基塔才发誓戒酒，这也是他最终得以生还的一个誓言。而且，这也许还是尼基塔一辈子唯一成功的一件事。老人们常说，喝酒的人，更容易在寒冷的环境中冻死。暴雪袭来时，尼基塔仍然有机会喝酒。主仆二人中途撞进一户富裕农民家中做客，尼基塔差点儿接过酒杯。他痛苦地斗争着，在这世界上，没有谁比他更想喝下那些香喷喷的透明液体。可他抵住了诱人的酒香，因为他"想起自己的誓言，想起喝掉的皮靴，想起箍桶匠，想起儿子，他答应开春给他买一匹马，就叹了口气，谢绝了"。在喝酒的这件事儿上，这个可怜的乡下人显得尤为可怜，然而，耶稣却说"可怜的人是有福的"，有时候烈酒具备着连上帝都羡慕的特殊功能。

尼基塔的好还不止这些，在贫穷寒酸的外表之下，住着一位忠诚有爱的乡下人灵魂。他爱一切有生命的东西，比如对待主人家的马,"他同马说话,就像同完全懂得他语言的人说话一样"。在迷路、赶路的煎熬中,尼基塔不忘黄斑马的冷暖,他给马喝水,给它喂草料,给它披上麻布保暖。主人华西里可不这么干,他只把它当作一匹马,不停地打它,驱赶它。当然,他也不懂马的所谓语言,一声嘶鸣也会让他害怕,"呸,死鬼!吓死我了,畜生!"这是华西里死前对马说的最后一句话。后面发生的事情,主仆二人的生死,都与这句话有莫大关系。

先来看仆人为什么能活下来。尼基塔之所以没有被冻死,首先要归功于这匹马。半夜里,主人丢下仆人溜走,他不停地抽打被他骑在身下的黄斑马。没过多久,疲惫不堪的马就栽倒在雪堆里,它拼命挣扎着站起来,顶着风雪跑回到尼基塔身旁。他躺在雪橇上,已经失去了知觉。由于风雪太大,根本无法辨别方向,黄斑马几乎是凭着动物的本能找到了雪橇。主人骑着它只走出不到五十步,却在"艾蓬旁边经过两次"。他只是在雪橇附近徒劳地绕圈子,有点像迷信中所说的"鬼打墙"。当然,还有另外一种可能,也许是懂马的托尔斯泰先生在暗示他的读者,那是黄斑马故意为之,它惦记着善待自己的尼基塔,不忍离去。

尼基塔在濒死的时刻,想到的也是陪伴在身边的可怜生灵,他看到黄斑马也在哆嗦,冻得打战,身上落着雪,连做梦也是梦到了马车。在失去知觉之前,尼基塔想到上帝的召唤,自言自语地说了声:"愿你的旨意降临!"他感到幸福,以为自己终于可以摆脱苦难的人生了,他觉得自己早死过一次了,所以他在祈祷时说:"好在人不会死两次,但一次是逃不掉的。但愿快一点……"相比之下,对黄斑马的不幸,尼基塔感到难过,他说:"它一定也冻死了。"透过尼基塔的眼睛和语言,我们能感受到托尔斯泰对马的热爱。他和尼基塔一样爱那匹黄斑马,也许,这位老人在构思故事的结尾时流泪了,他写道:

黄斑马齐腹埋在雪里,后鞴和麻布垫子从背上滑落下来,它浑身雪白,站在那儿,冻死的脑袋垂在僵硬的喉结上,鼻孔下挂着冻碴儿,眼睛蒙着白霜,仿佛含着眼泪。一夜之间它瘦得只剩皮包骨头。①

紧接着,托尔斯泰描写了华西里的死状:"华西里·安德烈伊奇冻得像牲口屠宰后的胴体,当人们把他同尼基塔分开时,他的两腿叉得很开。他那双鹰一般鼓起的眼睛冻住了,他那个留小胡子的张开的嘴也塞满了雪。"

这分明是一具"牲口"的尸体。比较起来,黄斑马的生和死都更有人味,而华西里倒像是某些缺少人性的畜生。

他是一位二等商人、教会长老、乡下旅店老板,常常挂在嘴边的一句话是"我们做事老老实实",而事实上,他贪婪,刻薄,势利,习惯用金钱来衡量生活中的一切。"一谈到赚钱的事他就十分兴奋,全身都投入进去",像猎食的猛禽,正如他的相貌所显示的特性,华西里长着一双"老鹰般的鼓眼睛"。他克扣尼基塔的工钱,挪用教堂的经费,让他送了性命的这次出行也是为了赚钱。一路上,暴风雪让世界处于一种模糊的状态,主仆二人一直在寻找路标,他

---

① [俄]托尔斯泰(Tolstoy, L. N.):《东家与雇工》,载《托尔斯泰小说全集·克鲁采奏鸣曲》,草婴译,北京:现代出版社,2012年,第442页。

们从未找到真正的道路,这是他们生活状态的一个隐喻。

尼基塔怕自己,怕上帝。在怕这件事情上,他怕得好一些,因为他一点儿也不怕死,甚至有点渴望通过死亡来摆脱现有的生活。他太苦了,生命对他而言,只是一种他不得不承受的东西,像一种负担,像压在他背上的一包面粉,一袋土豆。所以,他对出门这件事十分随意,不想在自己身上做任何准备。好心的厨娘提醒他整理一下裹脚布,他不以为意。要不是主人家要求,尼基塔连棉外套也懒得穿。他的所谓外套被随手扔在屋子里,或许是地上,或许是其他不起眼的角落,反正上面满是油渍和破洞,同抹布区别不大。那模样不是普通的寒酸或贫穷的意思,那是一种语言,对于一个不善言谈的人来说,衣服就是他的语言。

就是这么个放弃了生活的人,对别人的事却充满热情。比如,他耐心地套好马的鞍鞯,还和马聊天;比如他为主人的座位垫上麻布垫子,临走时还不忘与厨娘调侃一番。那是他的天性使然,或者说,那是他的天然的教养。他不愿看到身边的人"感到无聊",总想给他们制造一点舒适的气氛,托尔斯泰眼中的乡下农民就是这样可爱,他们"出于善意跟人单独相处时总要应酬几句"。

主人华西里穿了两件皮外套,他可能会在这次的林地交易中赚到两万卢布的巨款,可他刚一上路就盘算着把一匹劣马高价卖给尼基塔,为的是多赚几个卢布。他的死,简单来说,源于贪婪,是金钱带来的诅咒。金钱,就是华西里的宗教。为了钱,他可以不计道德成本,不计信仰成本,这一次,他赔上了自己的性命。

他们没走多远就迷路了,误打误撞地到了格里施金诺村,还遇到了远近闻名的盗马贼伊萨。暴风雪越来越凶猛,可他们并没打算留下来过夜。一来华西里急着去做成生意,二来主仆二人都担心伊萨会打马的主意,尤其是华西里,他对财产的担心胜过任何事情。

离开格里施金诺村后,他们在路上碰到另一辆雪橇,赶车的庄稼汉不停地用树枝鞭打已经筋疲力尽的马。它全身落满雪,"鼻孔张得很大,耳朵吓得紧贴着",尼基塔心疼马,气愤地说道:"都是喝酒的结果,他们这样糟蹋马。真是野蛮人!"托尔斯泰一再强调尼基塔对马的情感,马的境遇总是让这位仆人想到自己。生活在嘲笑他,在不停地鞭打他,他不能无动于衷。什么是文明?什么是野蛮?托尔斯泰的标准就是尼基塔的标准,恃强凌弱的事,只有野蛮人才会干。

他们又迷路了,这时,尼基塔从主人手上接过缰绳。他没有驱赶马,而是相信"马的智能",任它凭着直觉向前走。尼基塔也说过,这匹黄斑马和人的区别只在于它不会说话,那么马之后的行为就好理解了。马果然找到了大路和路标,它把主仆二人又拉回了格里施金诺村,很显然,这是马在尽力挽救他们俩,它感觉到了前方的危险。村里已经亮起了灯,大概是晚上十点钟的样子。这并不奇怪,在俄罗斯的大部分地区,日落的时间会很晚。

主仆二人来到一户富裕农民家里做客,这是尼基塔的主意,他想取取暖。而华西里却不想停留太久,更不想在村里过夜,他怕省城来的商人抢了生意。雪橇拉进院子,尼基塔第一件事是系好马,之后便开始跟农民家的小动物交谈,他向鸡道歉,同时不断数落吠叫的狗。主人的儿子彼得说,这些小动物是"家庭顾问",这是他从《识字课本》上学来的,那是他唯一的一本书,他几乎能背诵下来。

教育家保尔森在书上写道:"小偷进门狗就叫,提醒你别大意。公鸡啼,得起床。猫洗脸,贵客来,准备招待。"与其说这是知识,毋宁说是生活的常识,对此,华西里没表态,他精于算账,但缺少常识,而尼基塔虽说生活上过得糊涂,却心明眼亮,他不假思索就回答道:"说得对。"

尼基塔又冷又累,连喝了五杯茶,为了给儿子买马,一滴酒也没沾。主人一家在闹着分家,都是钱财惹的祸。做客的村长把这种事归罪于年轻人的自私,他说:"人都变得太精明了。瞧那个杰莫奇金,他把他爹的手臂都折断了。人都变得太精明了。"

无论贫穷与否,每个人似乎都在承受着生活的磨难。风雪对人间的一切无动于衷,反而变得更狂暴了。老主人劝他们留下来过夜,华西里想着他的生意和钱,执意要继续赶路。带路的彼得是唯一感受不到危险与困苦的人,《识字课本》救了他,"雪花漫天飞舞"的诗句鼓舞了他。在黑暗寒冷的院子里,他笑眯眯地背诵着保尔森的诗篇:"暴风雨遮蔽天空,雪花漫天飞舞,像野兽一样咆哮,又像婴儿哇哇啼哭。"尼基塔根本不想走,但他"早已习惯于听别人的话",雪夜的故事得以延续。

他们又钻进上下翻腾的雪海,在通往戈略奇金诺的拐弯处,彼得叫道:"暴风雪把天空遮没了!"接着就消失不见了。这个活在想象中的年轻人完成了带路的任务,他只拥有一本书,现在,他肯定是急着赶回去捧起那本书。华西里说:"瞧,还是个诗人呢。""是啊,是个好小子,真正的庄稼汉。"尼基塔对他也称赞了一番。

有些地方的积雪已经有齐膝深,天很黑,有时连马轭都看不见。尼基塔查看道路时滑到了山沟里,好不容易才回到雪橇所在的地方,但他弄丢了马鞭。华西里要找的树林没有出现,远处只有一小片灌木丛,两边都是深沟,面前是深深的雪堆,马走了不到一百步就困住了。

就在马陷住的地方,一处背风的山沟边缘,尼基塔卸下马,"仿佛准备在客店里过夜"。如果再走下去,马会被折磨死,而他自己,也走不动了。华西里怕死,他掏出烟卷和火柴,想吸吸烟使自己镇静下来。尼基塔心疼黄斑马,他为它"松开肚带、背带,解下缰绳,摘下皮环,搬开车轭",除去了一切束缚的东西,同时,不停地同马说话来安慰它。马出汗太多,尼基塔担心汗水会结冰,于是拉出雪橇上的垫布,一叠为二,盖在黄斑马背上。除此之外,他还竖起辕木,那是老人们的教导,被埋进雪里的人会因此得救。

华西里在辕木上系了一块手帕,他非常得意地欣赏着迎风飘动的旗帜,对尼基塔所做的一切不以为意,"他看到农民缺乏教养和愚昧无知总是这样摇摇头"。接下来,华西里开始算账,算得再清楚不过。

他躺在那儿想,想的始终只有一件事,也就是那成为他生活唯一目的、意义、快乐和骄傲的事:他已挣到多少钱,还能挣多少钱;他所知道的其他人挣了多少钱,拥有多少钱;这些人以前怎样挣钱,现在又怎样挣钱;他也像他们一样,还能挣到许多钱。[1]

他估算着树林的面积大概有五十六俄亩,一俄亩树林单是木

---

[1] ［俄］托尔斯泰(Tolstoy, L. N.):《东家与雇工》,载《托尔斯泰小说全集·克鲁采奏鸣曲》,草婴译,北京:现代出版社,2012 年,第 427 页。

柴就能赚 225 卢布。华西里之所以能得到这样精确的数字,要归功于他的精明和勤奋,他曾经在几个月前数了整整两俄亩(2.18 公顷)树木的总数,总之,买进戈略奇金诺的那片树林对他来说意义重大。

数算金钱的快乐被远处的狗叫声打断了,华西里打心眼里恨它们,他自言自语道:"这些畜生,该叫的时候不叫。"这时他又想到九号得从卖肉的那儿收取一笔钱,这事非他自己做不可,妻子帮不上忙,"她太没教养,一点不会应酬"。在华西里眼中,人的所谓教养,是拿来应酬的。他靠着跟警察局长应酬,靠着跟年轻地主应酬才有了今天的财富和地位,这令他得意扬扬。现在暴风雪隔绝了一切,他没了应酬的机会,"他很想跟谁说说话。可是没有人……"四周只是一片白茫茫的昏暗。

夜深了,确切的时间是午夜十二点十分。华西里打了个盹,醒来时发现月亮升起来了。他开始担心尼基塔和马的安危,那是他财产的一部分。他也想到一个叫谢瓦斯基扬的人被埋在雪里冻死的样子,"全身僵硬,就像被冰冻的牛羊一样"。他的怀表显示的时间是十二点十分,正是大半夜。远处又有鸡鸣的声音,狼嚎的声音,可怜的华西里起来又躺下,至少有二十几次。"不管他怎样拼命算账,思考他的事业、荣誉、人品和财富,心里却越来越害怕。"他想到尼基塔,"他死活一个样。他活着有什么意思!他没有什么丢不下的,可是我呢,感谢上帝,活着可有意思啦……"他洋洋自得,不想白白完蛋,更不想同尼基塔这种傻瓜死在一处。于是他又费力骑上马,朝着他认为的树林和看林人的小屋方向走去。

尼基塔被主人离去的声音唤醒,但他还是一动不动地坐在雪堆里,他太疲惫了,像一匹累坏的马。他总是不停地为人家干活,已经习惯这种苦日子,对可能到来的死亡也并不特别难过。他的吃苦耐劳品性,真的像马儿一样,无论是在恶劣的天气里,还是糟糕的生活面前,尼基塔都能泰然处之。"他能平静地坐上几小时,甚至几天,既不觉得烦躁,也不感到恼怒。"可就是这么一个苦人,在冰天雪地里还在为自己的过错忏悔,而且总是会想到别人,替别人着想:

　　他想起以前的酗酒、把钱喝光、虐待妻子、骂人、不上教堂、不持斋,以及忏悔时神父训斥他的话。……一会儿他想到玛尔法的到来,工人们的酗酒和自己的戒酒,一会儿想到这次出门、塔拉斯的小屋、有关分家的谈话,一会儿想到儿子和此刻披着马衣取暖的黄斑马,一会儿想到现在躺在雪橇里翻来覆去弄得雪橇吱咯作响的东家。①

　　这些纯良的念头安慰了他,于是,他深深叹了口气,爬进雪橇,躺在主人原来的位置上渐渐失去了知觉。"他在死去还是睡着了,他不知道,但觉得自己对两者都能泰然处之。"暴风雪很真实,寒冷的状态几乎可以用来定义"天地不仁"了。天地无心,不思考,不忏悔,合该是冷的。在这个暴风雪制造的故事里,乡下人尼基塔的敏感与泰然,像马,像生活在自然界的小动物。托尔斯泰故意让主仆二人不停地迷路,这样他就能在风雪隔绝的自然中保存新鲜的人

---

① [俄]托尔斯泰(Tolstoy, L. N.):《东家与雇工》,载《托尔斯泰小说全集·克鲁采奏鸣曲》,草婴译,北京:现代出版社,2012 年,第 433 页。

性了。

华西里撇下尼基塔,朝他认为是树林和看林人小屋的方向走去。除了面前的黄斑马和白茫茫的雪地,他什么也看不见。"雪糊住他的眼睛,风仿佛不让他前进。"他总是模糊地看到一团黑乎乎的东西,不是他要找的树林和小屋,而是一团艾蓬,一丛同样的野草。后来他又看到马蹄印,这时他才意识到自己在兜圈子,而且范围不大。之后马跌进雪堆,好不容易挣扎起来,黄斑马一溜烟跑掉了。华西里站在齐膝深的雪地里,据他估计,至少有半俄尺深(约35厘米)。他想到了死,想到了他绝不忍心抛下的一切:"灌木丛、羊群、租地、小店、酒店、铁皮顶房子和仓房、继承人。"是啊,他是个多么有钱,多么能干的庄稼人啊。原来他的全部家产只有一座磨坊和一家客店。十五年的苦干,使他成了区里的头面人物。他现在"开了一家铺子,四个酒店、一座磨坊和一座谷仓,还有两座出租的庄园、一所带铁皮顶仓房的住宅"。为了这一切,华西里夜以继日地干活,不辞辛苦,绞尽脑汁,不睡觉,不顾狂风大雪照样出门,还得在田野里过夜。他自豪地想:"他们以为人发财靠运气。瞧,米隆诺夫成了百万富翁。靠什么?你卖力干活,上帝自会奖赏你。但愿上帝保佑我身体健康。"或许,这是他一生中选择相信上帝的唯一理由,为了这个理由,他连卖给教堂的蜡烛也要做手脚。

在搭救尼基塔这件事上,华西里"体验到一种奇怪的庄严的伤感"。有种宗教性的力量在感召他,甚至让他感动得流泪,"这使他自己大吃一惊"。对华西里的善举,托尔斯泰是这样描写的:

华西里·安德烈伊奇默默地站了半分钟,一动不动,然后,仿佛做成一笔赚钱的买卖,断然后退一步,卷起外套袖子,双手扒去尼基塔身上和雪橇里的雪。扒去雪之后,华西里·安德烈伊奇连忙松开腰带,敞开皮外套,推倒尼基塔,趴在他身上。不仅用自己的皮外套,而且用自己整个温暖的身子盖住他。……尼基塔先是一动不动地躺了好久,然后长叹一声,活动起来。

"这就对了,你还说你要死了。躺着暖和暖和,我们就这样……"华西里·安德烈伊奇说。

但他再也说不下去——这使他自己大吃一惊——因为眼泪夺眶而出,下颏拼命抖动。①

华西里感到温暖,也不再恐惧,这是他从未体验过的快乐。手和脚冻得厉害,但他并不在意,他甚至想去为黄斑马取暖。这一切又有点像是谈生意时的心情,"这下子不会失去他了",他自言自语道,"那种得意的语气就像说到他的买卖一样"。事到如今,恐怕华西里还是分不清楚,压在他身下的到底是一个人,还是他的财产。华西里就这样躺了一小时,两小时,三小时,没有察觉时间是怎样过去的。他的所有回忆,所有人生交融在一起,汇合成一片混沌。于是他睡着了。在黎明时分,他迎来了一生中最后一个梦境,托尔斯泰先生让华西里知道了答案:

他梦见他站在蜡烛箱旁,吉洪诺夫的老婆问他买一支五戈比蜡烛,他想拿一支给她,但双手夹在口袋里伸不出来。他想绕过蜡

---

① [俄]托尔斯泰(Tolstoy, L. N.):《东家与雇工》,载《托尔斯泰小说全集·克鲁采奏鸣曲》,草婴译,北京:现代出版社,2012年,第438页。

烛箱,但迈不开腿,他那双崭新的擦得干干净净的套鞋在石头地上生了根,提不起,也脱不掉。突然,蜡烛箱不再是蜡烛箱而变成了床铺,华西里·安德烈伊奇看见自己俯卧在蜡烛箱上,也就是在自己家里的床上。他躺在床上起不来,但他得起来,因为警察局长伊凡·马特维伊奇就要来找他,他得同伊凡·马特维伊奇一起去买卖树林,或者整理黄斑马身上的后鞯。他问妻子:"喂,尼古拉夫娜,他还没来吗?"妻子回答说:"没有,没有来。"他听见有人乘马车朝大门口走来。"准是他。"但马车过去了。"尼古拉夫娜,喂,尼古拉夫娜,怎么还没来?"她回答说:"没来。"但他还是躺在床上起不来,他一直等待着。这样的等待又可怕又快乐。突然他的喜事降临了:他所等待的人来了,但已不是警察局长伊凡·马特维伊奇,而是另一个人,也就是他所等待的人。那人起来,叫唤他,也就是那个大声吆喝他,命令他躺在尼基塔身上的人。①

我们看到了俄罗斯文学那种忧郁而复杂的心理描写,像故事中的冬夜和风雪一样漫长。如果忽略长长的人名,这极有可能是任何濒死之人的梦境,其中有他爱之不尽的生意,有熟悉的小物件和亲友,串成一段段回忆,勾起许多往事,此外,还有对死亡的超验想象等。总之,不会少于一滴泪水的成分。

黎明时分,尼基塔醒了过来,黄斑马踢雪橇的声音唤醒了他,而那也是身上落满雪的马儿最后的挣扎。雪越落越厚,寂然无声,清晨的冷是彻骨的寒冷。在被冻醒之前,尼基塔也做了一个梦,和

① [俄]托尔斯泰(Tolstoy, L. N.):《东家与雇工》,载《托尔斯泰小说全集·克鲁采奏鸣曲》,草婴译,北京:现代出版社,2012 年,第439—440 页。

主人的梦不同,尼基塔的梦很沉重:

他梦见他运送一车主人的面粉从磨坊出来,涉过小溪时没有找到小桥,弄得大车陷到污泥里。他钻到大车底下,伸伸腰想把大车抬起来。真奇怪,大车一动不动,却贴在他的背上。他既不能把车抬起,又不能从车下爬出去。他的整个腰部被压坏了。天又冷得要命! 显然,他得爬出去。"够了!"他对拿大车压住他腰背的人说。"把面粉袋卸掉!"但大车越来越冷、越来越冷地压着他。突然有什么东西敲了一下。他清醒过来,想起了一切。冰凉的大车原来是躺在他身上的主人的尸体,而发出的响声原来是黄斑马两次用蹄子踢着雪橇。①

尼基塔的梦也很具体,他的生活,原本就是被这些像砝码一样的东西压着的:面粉、磨坊、小桥、污泥、大车,当然,他的朋友——黄斑马除外。他挺了挺腰,知道自己还没死。主人又冷又重,没有回答他的呼喊。"他准是死了。愿他在天上平安!"尼基塔想。他在风雪中享受着重生的身体,动作缓慢而具体:"转过头去,用手扒开身前的雪,睁开眼睛。"他看到马冻死了,一动不动,没了呼吸,这使尼基塔坚信自己也真的要死了,他想:"但愿快一点儿……"之后便失去了知觉。

第二天中午,主仆二人被农民们用铲子挖出来。尼基塔一直以为自己是在阴间,"他与其说高兴,不如说伤心",因为他的脚趾

---

① [俄]托尔斯泰(Tolstoy, L. N.):《东家与雇工》,载《托尔斯泰小说全集·克鲁采奏鸣曲》,草婴译,北京:现代出版社,2012 年,第 441 页。

都冻坏了。他失去了三个脚趾，在医院里躺了两个月。他又活了二十年，先是做雇工，后来当看守，总之，是专属于乡下人的那种绵延久远的苦役。托尔斯泰写道："他今年才死。"小说写于1895年，托翁已是68岁的老人，他常常问身边的朋友："那些乡下人是怎么死的呢？"死亡，比任何事都来的平等，它意味着一个人终于可以摆脱令人厌倦或幸福的生活，"进入他一年比一年，一小时比一小时更理解和更向往的世界"。华西里和尼基塔各有一种回答这个问题的方式，每个人都有。它不是那种可以共享的东西，既无法传授，也无法学习，像黄斑马的泪水那样，纯粹又神秘，难怪人们发明那么多词来做徒劳的想象——永生、复活、转世、轮回、涅槃……

尼基塔，是托尔斯泰为乡下人流的一滴泪，它缓慢流淌，划出一道疤痕，像一抹刀疤，脸上的那种刀疤，那伤口，人人有份。一想到他，这位老作家心里就莫名地愧疚，那是一种微妙的情感，混合着怜悯、同情，还带着点羡慕。平心而论，尼基塔的生活简直可以用乏味来形容，他情愿与马谈心，在人前却少言寡语。他能"平静地坐上几小时，甚至几天，既不觉得烦躁，也不感到恼怒"。他为什么要这样做？他的头脑里究竟在想什么？这个乡下人身上有什么值得托尔斯泰羡慕的呢？

作家总是那么贪婪，托尔斯泰也不例外。他贪婪地数算着，每一寸光阴，每一寸灵魂，然后，用一种野性的力量嚼碎。但对于死亡这个无可避免的主题，他却把它当成偶然的东西，他拒绝这个规则。没人能对死亡表现出贪婪，它的本质是稀有，任凭我们消耗多少生命也无法懂得。大部分作家钟情于书写人们懂得的东西，也有极少数作家不愿意去摆弄那些"可能的东西"，偏偏要去理解不可能之物。他们投入某种炙烤或冰冻的状态,或者说,是像托尔斯泰那样,把自己放逐到一种类似死亡的状态中去,变作"通灵人"。他放逐了自己,钻进尼基塔的身体,钻进华西里的头脑,无论如何,只求从当前的意念中脱身而去。他在作品中自言自语,那状态就如同闻名于世的托尔斯泰墓地的处境,孤零零地躺在草丛中,如果是冬夜,会冻住,会冻成一片雪白。

《主人与仆人》是一场永恒的葬礼,所有走进这个故事的人,既是死者,也是哀悼者。写这个故事的人还在不停地发问,而其他的人,是生活在对死亡的证明中。杜拉斯说的没错,"写作,就是葬礼"。不同的是,托尔斯泰总是想着那些生下来就和自己不一样的乡下人,所以他常常停留在放逐自我的写作状态,四处打听,逢人便问。他总是处在某种思想煎熬的状态,但他从不怀疑路标,相信生活的方向可以在别的什么人那里找到。而杜拉斯代表另一种类型的作家,她只为自己写作。

《主人与仆人》是一部"以死相挟"的伟大作品,它召唤自然之神,斩断一切,在死亡中申明一切。第一次读它时,你可能会一连几个小时,甚至一整天坐在阴暗里,埋在雪里,一动不动,浑身冰冷。人的生活在迈向死亡的平等中得到证明,没有中心,没有路标,没有取暖的房间,连一根火柴也没有留下。在偶尔降临的月光中,人仿佛置身于史前的原初状态,远离城市和文明,成了"Primitives"(原始人)。他们情愿远离文明制造出来的虚无与谶语,在这种原始状态里,任何通过逻辑计算出来的东西都显得荒唐可笑,像华西里对金钱与账目的数算一样可笑。

第八章　都市

　　沈从文用自己的方式来跨越城市与乡村之间的那道分明的界线,在金介甫教授眼中,那是一道"值得诅咒的鸿沟",而在沈从文笔下,用来形容这条界线的词还未出现,或者说,有没有这个词,其实并没有那么重要。

　　如果城市—乡村之间的鸿沟真正存在,那也是一条迷人的鸿沟,是进化主义为中国带来的一个迷人的诅咒。为了破解这个咒语,沈从文重回湘西,把湘西变成他的文学战场,而他的千军万马就是那些他熟悉的乡下人,兵士、货郎、更夫、巫师、水手、山大王、屠户、妓女……沈从文是凭着直觉、童心和乡下人的"诚朴"架起一座行进缓慢的木桥。这桥不是石制的巧夺天工,而是并无设计的青竹藤蔓,桥面上呢,既刻着山大王的诨号,也少不了吊脚楼女子的足印。

　　在沈从文的人生经验中,北方城市拥有政治、军事,乃至语言、教育上的权威,而他并不认同这些权威。原因很简单,北方都市少了一份"可爱",这份可爱从童年起就已为湘西限定了。

"偏远"的湘西在心理上拥有自然的优势。来到京城的沈从文仿佛获得了一种"符咒"般的魔力,他从文字中生出一种新的"官能",看人看事皆异于都市中人。从一个乡下人的眼光来看,北方城市是可怕的、腐烂的、荒凉的:

这个时节个人以外的中国社会呢,代表武力有大帅,巡阅使,督军和马弁……。代表文治有内阁和以下官吏到传达。代表人民有议会参众两院到乡约保长,代表知识有大学教授到小学教员。武人的理想为多讨几个女戏子,增加家庭欢乐。派人和大土匪或小军阀招安搭伙,膨胀实力。在会馆衙门做寿摆堂会,增加收入并表示阔气。再其次即和有实力的地方军人,与有才气的国会文人叙谱打亲家,企图稳定局面或扩大局面。凡属武力一直到伙夫马夫,还可向人民作威作福,要马料柴火时,吓得县长越墙而走。

至于高级官吏和那个全民代表,则高踞病态社会组织最上层,不外三件事娱乐开心:一是逛窑子,二是上馆子,三是听乐子。最高理想是讨几个小婊子,找一个好厨子。(五子登科原来也是接收过来的!)若兼作某某军阀驻京代表时,住处即必然成为一个有政治性的俱乐部,可以唱京戏,推牌九,随心所欲,京兆尹和京师警察总监绝不会派人捉赌。会议中照报上记载看来,却只闻相骂,相打,打到后来且互相上法院起诉。两派议员开会,席次相距较远,神经兴奋无从交手时,便依照《封神演义》上作战方式,一面大骂一面祭起手边的铜墨盒法宝,远远抛去,弄得个墨汁淋漓。一切情景恰恰象《红楼梦》顽童茗烟闹学,不过在庄严议会表演而已。

相形之下,会议中的文治派,在报上发表的宪法约法主张,自然见得黯然无色。任何理论都不如现实具体,但这却是一种什么现实!在这么一个统治机构下,穷是普遍的事实。因之解决它即各自着手。管理市政的卖城砖,管理庙坛的卖柏树,管理宫殿的且因偷盗事物过多难于报销,为省事计,索性放一把火将那座大殿烧掉,无可对证。一直到管理教育的一部之长,也未能免俗,把京师图书馆的善本书,提出来抵押给银行,用为发给部员的月薪。

总之,凡典守保管的,都可以随意处理。即自己性命还不能好好保管的大兵,住在西苑时,也异想天开,把圆明园附近大路路面的黄麻石,一块块撬起卖给附近学校人家起墙造房子。卖来买去,政府当然就卖倒了。一团腐烂,终于完事。①

在沈从文的作品中,城里的贵人们,代表们,道德家们,教授们,乃至那些大大小小的"典守保管"们简直虚伪得令人作呕。

从二十世纪二十年代中期开始,沈从文开始思考一些带着社会达尔文意味的问题,他在很短的时间里写下《菌子》(1926)、《槐化镇》(1926)、《雪》(1927)、《船上岸上》(1927)、《丈夫》(1930)、《石子船》(1932)、《虎雏》(1932)、《泥涂》(1932)等作品,或以都市的吞噬性来反衬乡村的美,或以乡下人的素朴讽刺新旧社会的伪善。他在1933年的《篱下集·题记》中说:"在都市住上十年,我还是个乡下人。第一件事,我就永远不习惯城里人所习惯的道德

---

① 沈从文:《从现实学习》,载《沈从文文集第十卷·散文、诗》,广州:花城出版社,1984年,第302—303页。

的愉快,伦理的愉快。"①在都市的十年中,在强烈的对比中,沈从文向那些以儒家为"自我检讨"基础的旧传统、旧文化抛出愤怒的质问。

菌子

　　小说《菌子》以湘西小县城为背景,故事中的 A 地是一个承载着寓言力量的隐喻场——偏远的小城,灰暗的天空,软弱的生灵,在某个寻常角落里突然涌出一阵奇妙的记忆。

　　到 A 地三年来,三十出头的"一等科员"过着隐忍的生活,他的内心被某种按部就班的力量吞噬,染上恐惧病,成了一架顺从权力的机器。这位绰号"菌子"的主人公常常被噩梦纠缠,除了饮食,生活中的一切似乎都被他人主宰。他脆弱、忧郁、矛盾,有时还歇斯底里,偶尔在梦中暴发抗争情绪。他的确像丛林中生长的松菌,过着没有野心的朦胧日子,但有一点是可以肯定的,虽然没有明确的信仰,但他终生都在寻找信仰。菌子在这世上代表着一种人的类型,属于契诃夫的"鸽灰色"世界,我们可以在《套中人》《一个小公务员之死》《带叭儿狗的女人》中找到他的同类。

　　菌子是 A 县公署一位有资历的科员,沈从文说"所谓 A 地方,也不是地图上没有的乌托邦",而是在湘西,沿当年屈原溯江上行的路线便可找到的地方。人们一望便知,这部作品来自作者的记

---

① 沈从文:《篱下集题记》,载《沈从文文集第十一卷·文论》,广州:花城出版社,1984年,第33—34 页。

忆,是他生命的一部分,是他眼前的那些活生生的人和清晰可辨的
生活。A 地是一个隐喻场,它承载着所有人的生活:

　　A 地有些什么?它象中国的任何一省大点的或小点的都市一
样,有许多人在一个专制时代造下来的坚固城里居住。
　　人与人关系中,有悲哀,有快乐,有诈骗与欺伪,有夸大同矫
情,有假装的呻吟,有梦呓,有死亡。强者也是一样的迫害弱者,弱
者也是一样并不对强者反抗,但把从强者得来的教训,又去对那类
更弱者施以报复。各个生物的身上,都流着由祖先传下来的屑弱,
虚伪,害痨病的民族的血,又都有小聪明,几乎可以说是本能的知
避强项,攻打软地方。小绅士也会抖擞精神,装模作样,用法律或
礼教,制服那些比职蜂还勤顺的农民。地方上也自有他十根或八
根的小柱石,而这类柱石比现在国中那类柱石的无耻、虚伪、懦怯,
想利用别人呐喊去吓退政敌,也并不两样①。

　　在这个仿佛带着磁场的空间里,形成强弱分明的两极,而无论
从属于哪一方,你只能选择顺从,用唯一的一种方式谨慎地生活。
走进县公署的菌子,有如羊入狼群。不过,像那些普通科员一样,
菌子也渴望融入人群,对一切公事私事都采取“无抵抗手段”。人
们称他为菌子,是因为在形象上他真像一朵菌子:“全县署对于他
感到的趣味,也可以说是他同真的那类松菌一样,又柔滑,又浓,
又……!”这时,菌子也能进行自卫式的抗辩,他说,“我是人,人是

---

① 沈从文:《菌子》,《沈从文文集第八卷·小说》,广州:花城出版社,1983 年,第 91 页。

动物,不能用植物来打比"。其实,松菌的植物性正是菌子精神气质的写照,他"怕生事,爱和平,极其忠厚老实,对暴力迫害,所守的还是无抵抗的消极的主义"。

没人知道菌子从什么地方来,人们猜测的成都,来凤,信阳,麻阳皆近于捕风。菌子不愿公开原籍的原因,一半是他已经习惯于漂泊的生活,另一半是防御同事的嘲弄。他是一个在 A 地没有一个熟人的异乡客,过着谨慎的生活:

> 菌子又似乎是有了什么隐匿事故,对于他的原籍,就是到许多正经事上,也还是依然保守着一种秘密。这种隐匿,我们当然不会疑到是菌子犯了什么罪所以如此。我们看看菌子的生活,就可保证他为人是在法以内的好百姓了①。

卑湿阴雨的环境才会滋养出松菌那样的物种,因此菌子也坚持着谦卑示弱的生存之道。他是一个安分的人,恭敬、爽利、乐于助人,"每一个眼前来到的一天,都如过去的任何一天,除开放假,寒暑无异,他都是规规矩矩到办公室办公"②。他替同事画表格,抄公函,拟电稿,目的是"消磨这空余时间"。其他科长、科员、同事的情况也一样,为了消磨时间,他们忙着猜测菌子的原籍问题,忙着"敲别人酒吃",忙着"对科长做出谄媚的微笑"。对菌子和他的同事而言,生活就是夹在三餐之间的那种日复一日,再平凡不过了。他们懂得生活的真谛:"到惯了衙门办事的人,积久就真成了一副

---

① 沈从文:《菌子》,《沈从文文集第八卷·小说》,广州:花城出版社,1983 年,第 87 页。
② 沈从文:《菌子》,《沈从文文集第八卷·小说》,广州:花城出版社,1983 年,第 96 页。

机械。"还能怎样呢?

在 A 地,生命的尽头不是死亡,而是没有变化,周而复始,像机械一样过着没有可能性的人生。菌子的人生如果跟大部分人一样,自然显得十分可怜。成为例外,与同事不同,这些想法让菌子感到恐慌。他不愿冒险成为同事眼中的另类,他知道柔软的松菌无论如何也不可能凿开包围它的松林。在吃饭这件事情上,菌子稍显不同,他似乎对于日用饮食之事染上了一种"瘾":

> 菌子能知道何种菜在那一月为当时,且会用不很多的钱买到相宜的菜。或是四两猪肉,再加上一点油菜尖子,把油菜同辣子略炒,猪肉剁成饼在饭上蒸好,那就汤也有了,菜也有了,且可以匀为两餐。油呢,炉子同夜里看书的灯,自然是免不了要买,但菌子知道整桶比零买要强五六斤,所以三块六毛钱就要义记徒弟扛一桶送到家来了①。

鲜绿的菜蔬不是美食,而是菌子借以疗伤的一味药。人们对菌子的戏弄甚至伸展到梦境,他会梦到自己生出一对翅膀,然后又为人夺去折断。露天市场和新鲜小菜是菌子逃离戏弄的见证,他渴望在柴米油盐事上见个分晓。菜心、花油、辣子一方面止了他的饥渴,同时也有翅膀的功效。菌子"不是一个知道找寻娱乐的人,他也不需要娱乐"。既然不是为了消遣,那么甘愿为一餐饭耗费数小时光阴的菌子一定另有苦衷。

---

① 沈从文:《菌子》,《沈从文文集第八卷·小说》,广州:花城出版社,1983 年,第 92 页。

在近乎病态的精打细算中,菌子找到了一种自由,理由很能博得读者的支持,首先,饮食日用,全凭自己,"菌子已不会再为什么事迫着,用不上那样匆匆忙忙了";二来"到公署吃饭时,同事把他也当成了一味下饭的菜,所以不去";最后一个理由极为重要,如果不如此"抓弄",何以消磨长夜?

菌子也"治一点音韵学",然而并不算是爱好,只是浅尝辄止。他也想"晚上还有两点钟上办公室"去加班工作,可是,"在别个同事,或会生出骂娘的心情来"。于是,他又想到把涮牙当作晚餐后的一件大事,因为同事曾对他说:"科长同县长讨论到你牙齿,县长说你懂卫生。"对这些虚伪的夸赞,菌子也很懂得享受。总之,菌子成了一副机械,成了一只被驯化的兽物,渐渐地,他对埋头咀嚼吞咽的进食行为上了瘾。

三年来,菌子周围的一切似乎都在变坏。比如北街上的屠户,先前改行做了杀人放火的土匪,如今不知立了什么功,招安后还升任了团长。菌子常常发着感慨,人心似乎不那么淳厚了,"可以说世界当真变得一天比一天坏"。他在同事中保有的尊严与名声,也大不如前了,他"所得的一切不合理的迫害,也由旧同事传给新同事"。

在白天,菌子还是老样子,"怕生事,爱和平,极其忠厚老实,对暴力迫害,所守的还是无抵抗的消极的主义"。到了晚上,菌子与之前的状态不同了,他开始做梦,做"对同事复仇的梦"。他喜欢停留在梦中,因为在梦中他"可以恣意同人打骂不怕上司处罚",可是,"别人用一只破袜子或一个纸球,口喊'法宝来了',菌子便惊倒在地,"醒来心只是突突的跳"——他就是这么一个胆小的人。

菌子有时梦到老鼠在纸篓旁观望自己，有时梦到被几个同事包围追打。他会变作鸟儿飞走，或者用隐身法逃脱了，还新升了科长。最离奇的梦，是菌子为同事逼迫而自杀，而他却认为这是真的为自己复了仇。他梦到县长把遗书读完，也流下泪，说这人可怜，还把凡是欺侮过菌子的同事都叫去为菌子执绋送丧，这时菌子才满意地醒了①。

我们听到一位异乡客在呼救，但为时已晚，所有人物都已走进治丧现场。菌子生长在忧郁的低洼状态中，但他每每在完全理智时承受那些疯狂的梦。此时，菌子的巨大痛苦才暴发出来，透过代表权力的治丧者（县长）暴露出来。沈从文制造菌子不是让我们去喜欢或怜悯他，相反，这位异乡客身心中的瘾与痛会让读者跟他一样无法安眠。

在小说的结尾处，沈从文这样写道："在 A 地方，如今大约还有个菌子存在着。"菌子是谁？菌子就是那个时代的一切弱者，他们胆小、卑微、善良，在强者面前一味退让。不过，有一点值得我们为这个叫"菌子"的小人物庆幸，他一生中唯一一次理直气壮地站在众人面前说话，是借助着法律的权威：

菌子却很慷慨的说，到 A 地有了整整三年，照现行省宪所定，把 A 地的公民权早得到了，从前那个生长地似乎无写上之必要。职员录上关于履历一行他也不填。所以我们从县署职员名册上，想找到菌子的以前一点痕迹，也是无从找起②。

---

① 沈从文：《菌子》，《沈从文文集第八卷·小说》，广州：花城出版社，1983 年，第 97 页。
② 沈从文：《菌子》，《沈从文文集第八卷·小说》，广州：花城出版社，1983 年，第 87 页。

　　按照时空场域的标准,沈从文的乡下人小说主要有三类,一是描写城市中乡下人的作品,如《菌子》《老实人》;二是描写村寨中乡下人的作品,如《七个野人与最后一个迎春节》《巧秀与冬生》《夫妇》《山鬼》;三是描写军队中乡下人的作品,如《我的教育》《从文自传》《湘行散记》《新与旧》。《菌子》写于 1926 年春,当年夏季在北京《晨报副刊》上连载,文后注明:"三月西山小家庭。"正是在这一年的春季,沈从文刚刚受聘为北京香山慈幼院图书馆编辑,有了进京后的第一份正式工作。《菌子》可以说是他转变为城居乡下人的见证,故事中的"三年来"也是作者本人的时间记忆。

　　《菌子》是青年作家的一张未来自画像,不过,这肖像只存在于想象中,是他拒绝接受且拼命逃离的一种未来。在沈从文的记忆中,菌子式的未来恰恰是他曾经面对的"染病的现实"。这位湘西小兵看到大小武力的割据统治,看到混合着愚蠢与堕落的现实,看到在乡下做老总的所谓"出息"。他说,若承认那个"上诈下愚"的现实,并好好适应它,"我即可慢慢升科长,改县长,作厅长。但我已因为厌恶而离开了"。于是,他来到北京寻找理想,那个被他抛弃在身后的现实,正是流注浸润在 A 地和菌子身边的时代空气:

　　六年中我眼看在脚边杀了上万无辜平民,除对被杀的和杀人的留下个愚蠢残忍印象,什么都学不到! 做官的有不少聪明人,人越聪明也就越纵容愚蠢气质抬头,而自己俨然高高在上,以万物为刍狗。被杀的临死时的沉默,恰象是一种抗议:"你杀了我肉体,我就腐烂你灵魂。"灵魂是个看不见的东西,可是它存在,它将从另外许多方面能证明存在。这种腐烂是有传染性的，于是大小军官就相互传染下去，越来越堕落，越变越坏。你可想得到，一个机关三百职员有百五十支烟枪，是个什么光景？我实在呆不下了，才跑出来！①

1926年秋，沈从文辞去了香山慈幼院的工作，完全靠写作为生。这一年他发表各类作品70余篇②，此后，他的那些离奇的故事化作40多本书，他成了金介甫所说的"全世界所欣赏的文学大师"。

沈从文说《菌子》的真实性不容回避，"A地的确有，而且曾住着个名叫菌子的人物"。菌子原是治过《说文》的旧式人物，他大约还留在A地。三年来，他做过两次升任科长的梦，也做过变成鸟雀飞走的梦。

梦这件事，自有其难以形容的逻辑。小说中的梦稍有不同，它是一种思维方式，是作者捕获的历史语境，是牵涉命运的普遍性的东西。世纪之交的历史事件从沈从文的笔端一一经过，菌子是他最初的软弱知音。在同一种语言内部，菌子似乎说着另一种语言，沈从文将这些话语移情物化为梦境，物化为普遍性的命运寓言。

---

① 沈从文：《从现实学习》，《沈从文文集第十卷·散文、诗》，广州：花城出版社，1984年，第300页。

② 吴世勇编著：《沈从文年谱（1902-1988）》，天津：天津人民出版社，2006年，第45页。

霸蛮

沈从文的入伍与从文都有些不期而遇的成分,而他也确实有着强韧的生存本领。他的早期作品带着对都市的格格不入,包裹着一层湘西人独有的"霸蛮"色彩,也潜伏着他作为一个小说家的禀赋。这力道十足的色彩无法数算,无法称量,不过通过一支笔来点染,"霸蛮"才不只是人世的荒芜。他想要表达的愤怒是,坐拥文明与法律的都市本不该如此荒芜。后来,沈从文用罕有的自信口吻夸赞自己的天赋与成就:

我想印个选集了,因为我看了一下自己的文章,说句公道话,我实在是比某些时下所谓作家高一筹的。我的工作行将超越一切之上。我的作品会比这些人的作品更传得久,播得远。我没有办法拒绝。①

这段话写于 1934 年初,是沈从文回乡看望母亲时写给妻子的书简,字里行间自然流露出另一种怀着大爱的自信与"霸蛮"。或许,霸蛮就是他的"自我真实",而湘西再一次确证了他的"霸蛮"。如金介甫教授的知音之言,沈从文的作品有一种双重的"真实":自我真实性与湘西的地方真实性,人需要这种融入"美景"的双重真

---

① 沈从文:《横石和九溪》,载《沈从文别集·湘行集》,长沙:岳麓书社,1992 年,第 95 页。

实性。①

自我，也可以是一种真实的异域情调。

在文字中显露什么，又遮掩些什么，每个作家都有他的秘术。从风格的角度来讲，沈从文早期的那些以"我"之第一人称语气写就的作品，其实就是他刻意渲染的一个个秘境。在他笔下，"自我"是可以幻化为秘境的，早在湘西便时隐时现，像置身于某种异域情调，又不必跋山涉水。

没错，借助文学，湘西成就了一种发人深省的异国情调。沈从文开拓出湘西的人文的广大，也为自己创建了一个满是异域情调的文学帝国。

在20世纪初期，沈从文的读者几乎对湘西都持有一种陌生感，一方面，认为它是那种"半开化"的边远地方，那里缺少文化，迷信习俗，沈从文的作品满足了人们对边疆，对美景奇境的好奇心。另一方面，也是更为重要的一点是沈从文这个乡下人的奇特与神秘。

沈从文是山水间的精灵，言语间也流淌着山水，倒映着吊脚楼。这山水是不必去问个深浅的，至少还容得下一个潜水探洞的童年。

五四一代人所说的"美育代宗教"，这个"代"字活化出一个思想的姿态，仍要为皈依留一个化育的空间。而在时间上，这个化育是已皈依了那个叫童年的时期。在沈从文的精神王国里，这个童年是私塾与天井锁不住的。他是以连绵的雨为线，织就了一个阳

---

① ［美］金介甫：《沈从文传》，符家钦译，北京：国际文化出版公司，2006年，第123页。

光普照的童年,至于那些恼人经书,当时难不倒这位自在少年,日后也入了"窄而霉斋"的炉膛中,散发成围炉夜话的光暖。

在京城的大学里,沈从文从周作人、张东荪、施蛰存、废名(冯文炳)等人的作品中获得了社会科学的眼界,从《精神分析学ABC》到心理学、神话学、人类学、民俗学。于是他生命中所浸润的"边疆根性"开出了一种现代派所播扬的先锋性,而这种先锋性反过来又强化了他作品中的原始活力。

从人的原始性和野蛮人身上去探索人性,这在当时成了非常流行的现代派艺术风格,在乔伊斯、福克纳等作家的地方性书写正掀起一场新的语言革命时,沈从文也受到了这些现代派作品的感召,开始向"民间"寻求创作的土壤和养料,而他自己的"边疆根性"就是一粒已深深扎根的种子,新文化运动所给予沈从文的,不过是促其生发的雨露。

金介甫教授把沈从文作品的乡土特色与新文化运动的反儒家立场等同起来,只看到文化焦虑、民族焦虑的激发,而忘记了沈从文作为一个作家的"天才性"。在《沈从文传》中,金介甫这样写道:

只要扩大文化范畴,包括民间文学的智慧,中国新文化运动就会赋予中国部族以智慧和创造力。最后部族的民歌、艺术会感染一切隐秘的心灵。

这种文化不但具有普遍的人性,正如达尔文学说早就向沈指出的那样,他们虽然蒙昧粗陋,然而他们的文化活力远远比儒家的颓废文化要强大得多。而儒家文化正是"五四运动"要彻底推翻的。

所以,沈从文作为一个作家,他的边疆根子是紧紧靠拢艺术的源泉,而这种艺术又是在人们心中深深扎根的。"新文化运动"使得他向前跃进,从地区的愚昧无知变成先驱者。①

什么是天才性? 一个用笔的天才,不再整日擦枪,而是真的拿起笔,拼了性命写起来,这件事发生在沈从文身上,就叫"天才性"。证据并不缺少,就是他的一切成熟与不成熟的作品。真正创造这些作品的,是沈从文,而不是什么时代性、先锋性,不是金介甫教授所说的那些现代派、新文化、乡土文学特征。

理论家点评或许有助于人们了解一位作家,但归根到底,还是作家自己决定呈现自己的方式。什么是生活,什么是故事,沈从文不会告诉我们真相,而是将一切隐藏在作品里。

一个天才下起苦功夫,是世上最可怕的事,不过,这种可怕是与那些认真浪费光阴的"大多数"截然相反的可怕。一种创造未知的奇迹,另一种则是我们熟悉的方向,即奔向千篇一律的死亡。

湘西是神秘莫测的偏远角落,甚至只是地图上的一个陌生的小点,不过在沈从文心目中,湘西的偏远来自北方人的偏见。他在《槐化镇》前言中说,"这个地方是有的,不过很远、很远罢了。这地方,虽然在地图上,指示你们一个小点,但实际上,是在你们北方人思想以外的。也正因为远到许多北方人(还不止北方人)思想以外,所以我才说远!"②若要谈到思想文化,沈从文也对北方不服气,

---

① [美]金介甫:《沈从文传》,符家钦译,北京:国际文化出版公司,2006 年,第 125 页。
② 沈从文:《槐化镇》,载《沈从文文集第一卷·小说》,广州:花城出版社,1982 年,第 42 页。

至少北方没有端阳节龙舟赛的热闹。当湘西的大小河流早就准备过节,京城却无处赛龙舟:

> 夜来听到淅沥的雨声,还夹着嗡嗡隆隆的轻雷,屈指计算今年消失了的日月,记起小时觉得有趣的端阳节将临了。
>
> 这样的雨,在故乡说来是为划龙舟而落。若在故乡听着,将默默地数着雨点,为一年来老是卧在龙王庙仓房里那几只长而狭的木舟高兴,童心的欢悦,连梦也是甜蜜而舒适!北京没有一条小河,足供五月节龙舟竞赛,所以我觉得北京的端阳寂寞。既没有划龙舟的小河,为划龙舟而落的雨又这样落个不止,我于是又觉得这雨也落得异常寂寞无聊了。①

沈从文认为屈原也是一种文化优势,甚至是文明之水的一个神秘源头,一种有别于秦砖汉瓦的文明溪流。它充满活力,难以驾驭,只是不愿成为普遍的"天经地义"才为世人淡忘。

沈从文对湘西民族性的谅解是出于一种美好的希望,他相信"霸蛮"也是一种"光明磊落",可以随时转化为整个国家的动力。它的苗床是乡下人的童心,如若植入"勇敢而有理想"的军人心中,那是神奇的转化,足以救治中国之病弱:

> 人们常常说湘西民族性(或民心)凶狠、野蛮、爱做土匪、决斗、部族暴动、扰乱社会秩序。这种名声其实来自意存轻蔑的外乡人。

---

① 沈从文:《生之记录》,载《沈从文文集第九卷·散文》,广州:花城出版社,1984年,第45页。

一到全中国被人指为积弱不振的关头,湘西那股狂热劲以及湘西部队又会重新被人认为是一股原始力量。说明民族的活力没有被传统的风气弄得荡然无存。①

　　湘西给予沈从文的还有类似信仰的某种气质——他对人世的物欲世界怀着一份淡漠。都市的新气象与繁华似乎从未成为他作品的主题,他执拗地反感都市生活,就像他执拗地反感自己那双破棉鞋上的补丁。

　　在心灵上,在空间上,都市中人处处以物质来衡量人,对此,沈从文只能以一个"弱者"的姿态回应。他的那些小说人物常常化身为都市中的闲逛者,整日游走于街市、公园。他们无法认真对待生活,只能疏离于生活。

　　沈从文守着自己乡下人的身份、脾气、味道、心性,不学都市人的精于计划,疲于算计。他们的立身处世太过精明,太过理性,合该为钢筋水泥包围缠绕。他们还造出许多似象牙塔的建筑、学校、图书馆来镇守文化,沈从文也试过要跻身其中,结果是与里面的人和气氛都格格不入。

　　当了教授的沈从文对这座宝塔仍旧怀着一点痴心,可最终的结果仍然是习惯于在塔外散步。他从直觉上就抛却了那些出风头机会更多的"岗位",而是埋头于书斋、旧书、文物之中。偶尔打破那小而完美气氛的,是赛龙舟的呐喊声,是乡下人划船摇桨的忘乎所以,近于疯狂,他的那些重回湘西的文字就有这种味道,几乎每

① ［美］金介甫:《沈从文传》,符家钦译,北京:国际文化出版公司,2006 年,第 140 页。

一篇都散发着令人着迷的野性力量。

沈从文的一支笔,是用来守卫湘西,守卫童年的。象牙塔属于成人世界,是成人修行的见证,童心童真的故乡,不在那个叫"象牙塔"的地方。透过沈从文的那些带着野趣、童趣的文字,人们忽然发现象牙塔之外,还有一个湘西。

金介甫教授的好,在于够单纯,够童真,故而能读出沈从文尤其喜爱《红楼梦》所呈现的那份"反象牙塔"式的"呆痴"。

沈从文以"乡下人"的形象来净化衰颓的旧式文化,这些乡下人并不崇尚文化,而以尚武精神为本色。他们对时间、金钱、清洁乃至死亡都不甚关心。他们唱歌、泅水、喝酒、打架,活得似鱼儿一般健康。这就如同沈从文在麻阳、桃源的弄船人身上发现的那种"原始性":慷慨好义,负气任侠,那本是楚人特有的性格,像那里的山水与云雾,任凭什么也驱不散。

老实人

走出湘西的那个秋天,沈从文只带了两部书,一本《史记》,一本《圣经》。一直到晚年,沈从文都保持着每天读《圣经》的习惯,他喜爱那种文学上的抒情气味。沈从文曾在写给友人的信中说,"想文字亲切而贴近语言,真正可永远师法的一本书,倒是随地可得的《圣经》。新旧约给我的启示极大"①。

沈从文也喜爱亦真亦幻的《史记》与唐人的传奇小说,常常沉

---

① 沈从文:《致易梦虹》,载张兆和主编《沈从文全集第 18 卷·书信集》,太原:北岳文艺出版社,2002 年,第 420 页。

浸在幻想的自由之中。不过，出现在这位初入都市的湘西少年面前的，是一个为无数关系网围困的周遭世界，像一团团黑云，望不见彼岸。

沈从文晚年曾这样描述笼罩在他青年时期的那种气氛："当时连叫化子也结成帮，有帮的规矩。这个街道归我管，你想进也进不去。"每次他去《晨报》馆领取稿费，都要按常例给门房三毛钱的好处才放行。如郁达夫所说，要是没人引荐介绍，他什么也做不成，不论校对、图书馆员、家庭教师、护士，甚至打铃、跑腿及听差的任何工作，都混不上。[1]

他无路可逃，唯一的选择是逃到一个想象的世界里，越远越好。于是，沈从文早期作品中满是欧化的风格，其实内在的格调、节奏却是中国旧时民间说书人的嘴快心明，比如《棉鞋》的结尾：

上司黑影消失在烟雾里，只剩下橐橐皮靴声，我就为我棉鞋伤心起来。……怎么如今还要上司拿打狗棒来吓你打你呢？你抛头露面，出非其时，让昨天女校门口那两个年青姑娘眼睛底褒贬，我心里就难受极了！昨日阆风亭上那女人，不是见到你就走开，若不屑为伍的忙走开了？上司的打狗棒，若当作文明杖用，能代表他自己的文明就够了；若当作教鞭用，那么挨打的只是那些不安分于圈牢里的公母绵羊；若是防狗咬，也只能在啃他脚杆以后才挨那么几下……无论如何，你都不该受他那两三次无端敲击！呵呵，我的可怜的鞋子啊！你命运也太差了！为甚当日陈列在体面发光的玻璃

---

[1] 郁达夫：《给一个文学青年的公开状》，1924 年 11 月 16 日《晨报副刊》。

橱柜时,几多人拣选,却不把你买去,偏偏跑到我这穷人身边来,教你受许多不应受的辛苦,吃几多不应吃的泥浆,尽女人们无端侮辱,还要被别人屡次来敲打? 呵呵,可怜的鞋子啊! 我的同命运的鞋子啊![1]

　　沈从文的早期作品是不折不扣的自传体小说。他书写一个乡下人在大都市中的贫穷相,精致而敏感的贫穷。他与一切都市的有序与光鲜都格格不入,对物质生活,他有着朴素的乡下人态度,如他在《一个大王》中写他在军中的全部家当:

　　我那包袱中的产业,计旧棉袄一件,旧夹袄一件,手巾一条,夹裤一条,值一块二毛钱的丝袜子一双,青毛细呢的响皮底鞋子一双,白大布单衣裤一套。另外还有一本值六块钱的《云麾碑》,值五块钱褚遂良的《圣教序》,值两块钱的《兰亭序》,值五块钱的《虞世南夫子庙堂碑》。还有一部《李义山诗集》。包袱外边则插了一双自由天竺筷子,一把牙刷,且挂了一个钻有小小圆孔用细铁丝链子扣好的搪瓷碗儿。这就是我的全部产业。这份产业现在说来,依然是很动人的。[2]

　　越是清心寡欲的人,越容易动情。在他的梦境中,贫穷也是一种浪漫,只要有灵魂的尊严感,他可以嘲笑一切文明,就像他嘲笑

---

① 沈从文:《棉鞋》,载《沈从文文集第八卷·小说》,广州:花城出版社,1983年,第33页。
② 沈从文:《从文自传》,长沙:湖南美术出版社,2006年,第143—144页。

上司的打狗棒。当然,他的浪漫梦境往往同寄存梦想的"图书馆"相关联,比如他写自己在北京时的生活习惯:他会在图书馆对着天空的白云发呆,而他如此做,只是为了躲避寒冷。

沈从文终生骄傲的是他的乡下人出身。他的人生,他的作品,和乡下人一样"穷而无告"。这是他终生迷恋的"特殊风味",亦如他的作家梦——乡下人和他这个作家一样,合该不见容于世,合该被世界遗忘,合该为众人忽视。

在京城这个布满关系网络的"社会"中,在"生活竞争的人海"中,富有之青年垄断了生活的基本要素:金钱和配偶。然后,心安理得于一种"社会达尔文主义"的世界观解释:"胜利属于强者,那是无须解释的一句话。这世界只要我能打倒你,我便可坐在你身上,我能够操纵你的命运,我可以吃掉你。爱,同情,公正一类名词,不过我们拿来说的好听一点罢了!谁曾见事实上被凌虐者,能因'同情''爱'一类话等到一些救助?爱与同情,最多只能是被凌辱者对于更可怜者的一种心的悯恻。"[1]

在沈从文寓居北京的几年间,达尔文的学说正折磨着如他一般朴素、倔强的中国人。他拥护公道的竞争,因为竞争能催人奋进,而现实是,他连生存下去都成了问题。这位"失败者"只能躲进小书斋,书写他的"精神孤寂症"和对"大街""商品""女性"的恐惧:

马路上去做什么事?马路上去看女人!

---

[1] 沈从文:《公寓中》,《晨报副刊》第18—19号,1925年1月30—31日,署名芸芸。

这种闲暇事,怕任何人都不会有吧。瑟瑟缩缩于洋货店,点心铺……什么稻香村玻窗外头,固然有许多闲朋友,但他这时正对着一些毛茸茸像活狐般皮领巾,五光十色的轻绸绣缎,奶油饼,油鸡、酱肘子,做遐想去了;不然,也围到店门外炒糖栗子锅边余烬取暖去了! 对于洋车上或步行的阔人那有兴趣来赏鉴! 至于另外一种中等人物,街上走的自然不少,他们也许有半数是为寻开心而到这闲跟着的,但总不至于像我这样:专心一致的把这长部分时间消耗到看跑来跑去一些女人身上!

黑而柔的发,梳出各种花样;或者正同一个小麻雀窠,或是像受戒后行者那么松松散散。圆或长或……各样不同的脸子。白的面额。水星般摄人灵魂的黑眼睛。活泼,庄重,妖媚……各样动人的态度。身上因性的交换从对方得来的;或是为吸引别人视线各种耀人眼睛的衣饰。①

在《一天是这样过的》中,沈从文用嘲讽的语气描写优胜者的"进化":"若是无论什么一种竞争,都能这样同时进行所希望到的地方,谁也不感到落伍的难堪,看来'竞争'两字的意义,就不见得像一般人所谓的危险吧。"②

摆在他面前的社会竞争局面是"不平等"和垄断,到处是流离失所的乡下人,他们出卖自己能出卖的一切,却仍然挨饿,受冻,受侮辱,因一点小小过错就被送进监狱。

---

① 沈从文:《公寓中》,《晨报副刊》第 18—19 号,1925 年 1 月 30—31 日,署名芸芸。
② 沈从文:《一天是这样过的》,《沈从文文集第八卷·小说》,广州:花城出版社,1983 年,第 43 页。

这些作品的主人公往往是和沈从文相似的年轻失业者，供给他们活动的唯一社会空间是街道，这些人"口袋中铜元已到不能再因相撞而发响的数目"，他们对这个充满诱惑的空间都怀着愤怒。街道对他们而言，只会是一种折磨。

他们看到大街上商品堆积如山，女人花枝招展，绅士名门往来穿梭，然而，这一切都与他毫无关系，他什么也不能触碰。否则，就会有维护法度，维护风化，或者随便打着什么旗号的维护者把他们投进监狱。

《老实人》中的"自宽"，在公园中为便衣纠缠，之后入狱四天，没人能说清楚他到底触犯了什么法律。

在沈从文看来，"法律就是为这类不可补救的误解而设的"，其本质就是强者对于弱者的一种炫耀手段，这样的法律最终只会败坏人性。面对"胡胡涂涂在法律下送命"，乡下人无所适从。聪明伶俐的，会慢慢进化出"抓搔琢磨"的本领，学会作伪；而老实人，就只能在弱者的位置上领受法律的教训。《老实人》的故事是对"法律"的一次徒劳的控诉，为什么这控诉徒劳无用呢？因为人杀一次就死，而"法律不负杀人的责任，也就像这责任不应该使枪刀担负一个样"。国家"苦心设置的一切法律以及侦缉机关"占据着"强梁"的位置，而与之相对的所有人都是弱者，他们没有办法挑战"神圣法典"上那些"明白透彻的解释"。对于那个时代的法律，沈从文从一个乡下青年的立场上做了一番控诉，他写道：

为了同一切弱者分途领受这法律尊严，每一个青年人就似乎都应找寻一点小小机会，去尝尝我们国家为平常人民设置的合理待遇。若人人都以坐牢为不相宜,则国家特为制止青年人的思想进步而苦心设置的一切法律以及侦缉机关就算白费一番心了。牢狱若果单为真应坐牢的国家罪人设的,那牢狱中设备就得比普通衙门讲究些才合道理,同时衙门的设立倒是无须乎再有了。

为什么人应胡胡涂涂在法律下送命? 这在神圣法典上就有明白透彻的解释。其不具于各式各样法规者,那只应说为什么人就那么无用,杀一次就死。法律不负杀人的责任,也就象这责任不应该使枪刀担负一个样。刀枪的快利,在精致雅观一事上也未尝无意义,但让一个强梁的人拿着刀把,则就只能怪人生有长的细的颈项了。

因了法律使人怎样的来在生活下学会作伪,也象因了公寓中的伙计专偷煤,使住客学会许多小心眼一样。

某种中国人的聪明伶俐,善于抓搔琢磨,何尝不是在一种法律教训下养成的?①

对比之下,湘西的生与死都自然畅快,沈从文宁愿选择放弃都市中那些所谓的法律的恩惠:

我们相互厮守着穷困,来消磨这行将毁灭无余的青春。我们各人用力去做工作事,用我们的手为同伴揩抹眼泪。若不愿在这些虫豸们喧嚣的世界中同人争夺食物,我们就一同逃到革命恩惠

---

① 沈从文:《老实人》,载《沈从文文集第一卷·小说》,广州:花城出版社,1982 年,第123 页。

宪法恩惠所未及的苗乡中去,做个村塾师厮守一生。①

　　沈从文自湘西落落大方地走出来的那一刻,就成了从文先生。但倘使他没走出来,也就为那里的山水厮守一生了。

楚地希腊人

　　在汉语中,"楚地"是一个带有"丛林感"的词。南朝诗人谢庄在《怀园引》中写道:"登楚都,入楚关,楚地萧瑟楚山寒。岁去冰未已,春来雁不还。"这寒意是南渡之人的怀乡之心,是一种心理温度,当然,也足可证见长江、汉水中下游地区的湿寒气候。如果真的有所谓环境的影响,那么,楚地这个环境造就了一个独一无二的沈从文。

　　沈从文是个例外中的例外,没有什么外部的力量能左右他的内心。从当时的情形来看,身处北京的这位作家无疑感知了一些新的认知方式,比如进化主义,比如当时流行的社会达尔文主义的奋进话语,但他未必真正接受了这些教条。与其说沈从文在践行那些新知的法则,倒不如说这些新的学说触发了引信,他的那些记忆在一瞬间爆发出来,让一切时兴的东西都黯淡无光。

　　他用记忆中的一切质料编织他的那些小说,用布满山水、食物、器物的故事创造出一种乡下人的理想与标准,以此来警告、嘲

---

① 沈从文:《一天是这样过的》,载《沈从文文集第八卷·小说》,广州:花城出版社,1983年,第44页。

笑散发着霉味的久病的都市。

乡下人的好，是好在他们大多不识字，没有所谓思想，自然就是健康的，快乐的。在鲁迅笔下，不识字使阿Q丧失了一切，识文断字，受教育亦是一种特权，然后权势、地位、财富会随之到来，精于算计的城里人就是这样养成的。在沈从文看来，阿Q不是他心目中的乡下人，而是黄河流域北方破落户的具象化。与这样的阿Q相对应的，是那些精于算计的城居知识阶级，他们没有血性，骨子里仍是旧式读书人的那一类型：

活在中国作一个人并不容易，尤其是活在读书人圈儿里。大多数人都十分懒惰、拘谨、小气，又全都是营养不足，睡眠不足，生殖力不足。这种人数目既多，自然而然会产生一个观念，就是不太追问一件事的是非好坏，"自己不作算聪明，别人作来却嘲笑"的观念。这种观念普遍存在，适用到一切人事上，同时还适用到文学上。这观念反映社会与民族的堕落。憎恶这种近于被阉割过的寺宦观念，应当是每个有血性的青年人的感觉。①

与这样的"文化寺宦"比较起来，不识字是不折不扣的美德，专属于乡下人的质朴美德。

五四人关注"农民"，背景是北方农耕稻作的类型，本质上仍是属于黄河流域的，故而习惯于以俯视的角度去发掘农人的力量。湘西的情况就不同了，沈从文笔下的"乡下人"多是近水人家，有着

---

① 沈从文：《〈八骏图〉题记》，载《沈从文文集第六卷·小说》，广州：花城出版社，1983年，第166页。

湘楚之地隐于山野的灵性。当唯一的大道毁弃了，还有"礼失而求诸野"的民间小道，沈从文熟悉这条路，至少熟悉那一条叫"湘西"的小道。

对于这条小道，我不知道该如何命名，姑且借用1929年的旧文来做一反证吧。吕慈在《论沈从文》中含着讥讽的语气说沈从文笔下的乡村"都是和平的称颂，赞美得使人有几分疑心这不是中国，混战下的中国的领土"，"沈从文阶级性的估定，是梁实秋教授口里的那一类有出息的人。就是那类从地底下翻精斗到天堂上的幸运者"。① 现在看来，这些质疑经过时间的洗涤，更显出沈从文的难能可贵。沈从文式的乡下人，就是行在这样一条小道上的幸运者，如他所说，"支配我行动的，永远是一种'理想'"。②

进化主义在当时几乎成了一种毒药，中毒的人很多。他们把人生当作一场战争，沈从文和他笔下的乡下人却另有皈依。他写日常，哪怕是战争中，亦有日常生活的光照，如《会明》中的火夫，如《小砦》中的桂枝、憨子、秋生，他们不愿参与，也无力扛起战争的责任。战争的恶果不是死亡，而是与死亡相似的东西，是仇恨、敌对、掠夺、侮辱等不义之举。除此之外，战争对日常的侵占，还有那些不是来自敌人，而是来自"自己人"的威胁、怀疑、绳索乃至屠刀。所有这一切，都极有可能带来战争之后的人性崩塌。

沈从文和他的作品是个体命运、湘西地方史和国家史的奇妙融合，他的写实主义手法使他获得现代派作家的赞誉，同时也招致

---

① 吴世勇编：《沈从文年谱(1902—1988)》，天津：天津人民出版社，2006年，第111页。
② 沈从文：《复王毅汉暨致香港〈大拇指〉编辑部》，载张兆和主编《沈从文全集第26卷·书信集》，太原：北岳文艺出版社，2002年，第93页。

务实派的非议。人们从他的作品中读出先锋性、道家思想,甚至存在主义等炫目学说。

作家之所以成为作家,全赖他的作品说话。一个世纪之后,我们面对沈从文的作品时,不得不承认他是个出色的作家。他几乎是独自一个人赤手空拳地创造了一个专属于他的文学王国。他用他的幻想的匕首,质疑人类文明的那些高级道德,或者说,他一路追赶着乡下人的足迹,用他那不变的"乡巴佬"性格,忠心耿耿地书写乡下人的历史,让后世之人从一个单纯至极的原始世界的角度去理解眼前的复杂变化。

沈从文爱写水车和碾盘,金介甫教授认为这两个劳作的器具象征着佛教的生死轮回观。其实,可以从相反的方向来理解这个问题,不是宗教意识给人生命感悟,而是生生不息、坚如磐石的生命本身给人幻想的自由空间。于是,湘西在沈从文笔下有了人文以外的,历史以外的广大。

无论是在物质上,还是在精神上,湘西似乎都处于孤绝之地。"他们用着另一种语言,用另一种习惯,用另一个梦,生活到这个世界的一隅,已经有了许多年。"①在沈从文之前,那个没有历史的湘西渐渐老去,"进化"让美的歌声、美的风俗败于"物质",一点一滴地被现代文明吞食。

在沈从文儿时的记忆中,青年男女会唱山歌,会到山洞林间幽会。他们大胆示爱,乃至殉情。而一入了民国,好的风俗如同好的女人,都老去了,消逝了。透过那篇著名的《媚金·豹子·与那

---

① 沈从文:《月下小景——新十日谈之序曲》,载刘一友等编《沈从文别集·月下小景》,长沙:岳麓书社,1992 年,第 19 页。

羊》,沈从文发出深深的慨叹:

> 我说过,地方的好习惯是消灭了,民族的热情是下降了,女人也慢慢象汉族女人,把爱情移到牛羊金银虚名虚事上来了。爱情的地位显然已经堕落,美的歌声与美的身体同样被其他物质战胜,成为无用的东西了。①

儒家思想并不轻视农人,道家亦塑造了乡村生活的善与美,而到了清末民初时期,农人已不再是整个社会的厚土依靠,而是背负着民族虚弱、落后的罪名,为国人嫌憎。人们看不起乡下人,文化人也开始检讨所谓的"国民性"问题,乡下人成了愚昧的代名词。愚昧之所以被称为愚昧,是因为它不可以被教育改变。所谓"哀其不幸,怒其不争",因为不争气,才显得更加的愚昧和不幸。对此,沈从文不以为然,他在写给《文艺季刊》编辑李寒谷的信中说道:

> 写文章,要能定出人类的爱与憎,最重要的,是写出中国人的美德,因为近来写文章的人太多了。这许多文章里,要来耍去,还是程咬金的三板斧,题材总觉差不多,在这些差不多的文章里,不是写农村破产,就是写天灾人祸,俱差不多。所以我偏写中国人的美德,发扬中国人的美德,如我的边城,也有这个意义。②

---

① 沈从文:《媚金·豹子·与那羊》,载《沈从文文集第二卷·小说》,广州:花城出版社,1982年,第395—396页。
② 沈从文:《致李寒谷函》,载《沈从文年谱(1902—1988)》,天津:天津人民出版社,2006年,第172页。

　　在这件事情上,沈从文非常固执,甚至到了偏执的地步。他始终站在乡下人的立场上,以一个乡下人的身份来说话,对城市中人,当然,主要是那些城市知识阶层,怀着天然的愤怒,集中表达这种愤怒的是他 1936 年发表的《从文小说习作选·代序》。

　　沈从文坦言这是他"这个乡下人来到都市中十年的一点纪念",尤其是在农民问题上,那些理论家讨论不完,还要"补充辱骂","我这乡下人正闲着",就写了《边城》来说明什么是人类的"爱":

　　我要表现的本是一种"人生的形式",一种"优美,健康,自然而又不悖乎人性的人生形式"。我主意不在领导读者去桃源旅行,却想借重桃源上行七百里路酉水流域一个小城市中几个愚夫俗子,被一件普通人事牵连在一处时,各人应有的一分哀乐,为人类"爱"字作一度恰如其分的说明。①

　　沈从文不觉得乡下人有什么"不争"与不幸,反而嘲笑城市中人的麻木与不幸:

　　我实在是个乡下人,说乡下人我毫无骄傲,也不在自贬,乡下人照例有根深蒂固永远是乡巴佬的性情,爱憎和哀乐自有它独特的式样,与城中人截然不同!他保守,顽固,爱土地,也不缺少机警

_____

① 沈从文:《〈从文小说习作选〉代序》,载《沈从文文集第十一卷·文论》,广州:花城出版社,1984 年,第 45 页。

却不甚诡诈。他对一切事照例十分认真,似乎太认真了,这认真处某一时就不免成为"傻头傻脑"。

……

　　我的作品能够在市场上流行,实际上近于买椟还珠,你们能欣赏我故事的清新,照例那作品背后蕴藏的热情却忽略了,你们能欣赏我文字的朴实,照例那作品背后隐伏的悲痛也忽略了。原因简单,你们是城市中人。城市中人生活太匆忙,太杂乱,耳朵眼睛接触声音光色过分疲劳,加之多睡眠不足,营养不足,虽俨然时时神经异常尖锐敏感,其实除了色欲意识和个人得失以外,别的感觉官能都有点麻木不仁。这并非你们的过失,只是你们的不幸,造成你们不幸的是这一个现代社会。①

　　知识阶级把乡下人当作"抹布阶级",究竟谁先腐烂下去?沈从文在《柏子》与《八骏图》里给出了答案。沈从文的"狂妄的想象"是感染那些"少数的少数",从"间隔城市的深沟"迈过来,和他一起做"湘西的希腊人",一起建造"希腊小庙",这庙里供奉的是"人性"。他知道这个想法几近于妄想,仍回到乡下人的倔脾气上来,说"我存心放弃你们",为什么?他是来自彼岸的作家,与"他们"是两个世界:

　　我感觉异常孤独。乡下人实在太少了。倘若多有两个乡下人,我们这个"文坛"会热闹一点吧。目前中国虽也有血管里流着

_____

① 沈从文:《〈从文小说习作选〉代序》,载《沈从文文集第十一卷·文论》,广州:花城出版社,1984年,第43—44页。

农民的血的作者,为了一时宣传上的"成功",却多数在体会你们的兴味,阿谀你们的情趣,博取你们的注意。自愿做乡下人的实在太少了。①

两个月后,沈从文又在校改《边城》之余表达自己的孤独之感,他觉得自己像在守灵,"早上看过一遍,心中很凄凉","自己造囚笼,关着自己;自己也做上帝,自己来崇拜"。② 乡下人的世界就是沈从文的彼岸,他对这个彼岸了解得越多,自己越不幸,也为"现代社会"(城市)感到不幸。

在校改的《边城》样书上,他把自己的不幸归结为三种:"记得事情太多""知道事情太多""体会到太多"。创造了《边城》的这位作家也要面对自己的软弱,这一年,他沉默了,他说"我不写作"。③

荡子心事重

浓浓乡下味道的《船上岸上》,写的是"荡子心事重"。

一切离开母亲的人都是荡子,沈从文以忧伤的笔触,回忆离湘赴京的一段水上行程。故事极简单,好像没情节。只寥寥数笔,世间所有母亲的心便有了色彩,似月光般有纯银的光辉,洒在

---

① 沈从文:《〈从文小说习作选〉代序》,载《沈从文文集第十一卷·文论》,广州:花城出版社,1984 年,第 46 页。

② 吴世勇编著:《沈从文年谱(1902—1988)》,天津:天津人民出版社,2006 年,第 180 页。

③ 沈从文:《沉默》,载《沈从文文集第十卷·散文、诗》,广州:花城出版社,1984 年,第 61 页。

路上。

当黄昏到来时,飘荡在空中、水面的云霞,以及雁雀、乌鸦、鹭鸶、白鹤等,都在哀叹寂寞:

> 天是渐夜了。日头沉到对河山下去,不见日头本体后,天空就剩一些朱红色的霞。这些霞还时时在变,从黄到红,又从红到紫,不到一会儿已成了深紫,真是快夜了。
>
> ……
>
> 在空中,有一些黑点,象摆得极匀,在那灰云作背景的大空匆匆移向对岸远汀去。我猜那是雁,远却猜是乌。然而全猜错了。直到渐渐小去才听到叫出轲格轲格声音来,原来这是直嘴渔鹭鸶!弯嘴渔鹭鸶值钱,这些便是那些打鱼人用不着的直嘴鹭鸶。算作野鸟了。自由自在的到生来,习惯远远去在高苇子岸边过夜。
>
> 望到鹭鸶我想起远家中的那只大白鹤,就问远,是不是还牵挂那只鸟。
>
> "怎么不? 还有狗,还有那火枪,都会很寂寞。"[1]

然而远行的寂寞总会有所补偿,沈从文把村姑的美好,乡下女子的美好,或者毋宁说是母亲的一切美好,全部投射到一位在码头边售卖梨子的老妇人身上。像所有母亲的脸那样,她的脸上也印刻着"诚实忧愁憔悴"的神情。"我"不停地望着这张脸,听着她诚朴的言语,无端地发起愁来。

---

[1] 沈从文:《船上岸上》,载《沈从文文集第一卷·小说》,广州:花城出版社,1982年,第130—131页。

　　"我"同友人都感慨那张脸,感慨她"诚实坦白的样子"。对品相不佳的梨子,她宁愿少要钱,也绝不欺瞒,还不停地说"应当少要点","多给钱就应多添几个梨子","末后还是趁我们不备,把一堆梨放到我们席包里了"。

　　在月光下,躺在船上的"我"和同行的伙伴听到有麻阳水手唱《文公走雪》。这是一部亦悲亦喜的怀乡戏,讲唐宪宗时,韩愈因"谏迎佛骨"被贬谪为潮州刺史,带着夫役南行。行至蓝关,天降大雪,路滑难行。韩湘子忽至,度愈成仙。想来沈从文当时听到的应该是这段湘剧高腔唱词:

> 在家由家,出路由路。
> 常言道:
> 人离乡井,
> 似蛟龙离了沧海,
> 似猛虎离了山岗,
> 似凤凰飞入在乌鸦群伴。
> ……
> 昔日绝粮的孔子,他也曾在蔡陈受饿,
> 何况我韩愈遭君贬落!
> 我便难言:
> 谪贬潮阳路八千,
> 谪贬潮阳路八千。

　　戏中人沦落他乡,戏外的"我"也正夹在熟悉的乡村与陌生的城市之间,虽然忧伤,却抱着寻求知识的希望。沈从文和他笔下的乡下人一样,在任何生死攸关的大事面前,都是一副毫不犹疑的样子:

> 一切光景过分的幽美,会使人反而从这光景中忧愁。我如此,远也正如此。我们不能不去听那类乎魔笛的歌,我们也不能不有点儿念到渐渐远去的乡下所有各样的亲爱熟习东西。
>
> 这样歌,就是载着我们年青人离开家乡向另一个世界找寻知识希望的送别歌!歌声渐渐不同,也象我们船下行一样,是告我们离家乡越远。
>
> 我们再不能在一个地方听长久不变的歌声。第二次也不能了![①]

借着月色,二人又来到老妇人的小摊旁,见"老妇人正坐在一小板凳上搓一根麻绳,腰躬着,因为腰躬着,那梨子簸里那桐油灯便照着她的头发,像一个鸟窠"。这位和善而劳苦的乡下妇人勾起"我"的思乡情,甚至想念起"伯妈",而他的那位同乡满叔远因为想念母亲,"拥着薄被哭"。

在泪水之外,沈从文还从这位被他"母性化"的老人身上发现了一种乡下人独有的良心尺度:

> 一种诚朴的言语,出于这样一种乡下妇人口中,使我就无端发

---

① 沈从文:《船上岸上》,载《沈从文文集第一卷·小说》,广州:花城出版社,1982 年,第 132—133 页。

愁。为什么乡下同城里凡事都得两样？为什么这妇人不想多得几个钱？城里所谓慈善人者,自己待遇与待人是——?

城里的善人,有偷偷卖米照给外国人赚点钱,又有把救济穷民的棉衣卖钱作自己私有家业的。这人也为世所尊敬,脸上有道德光辉所照,因此多福多寿。我就熟习不少这种城里人。乡下人则多么笨拙。这诚实,这城中人所不屑要的东西,为什么独留在一个乡下穷妇人心中盘据?

良心这东西,也可以说是一种贫穷的元素,城市中所谓"道德家"其人者,均相率引避不欲真有一时一事纠缠上身,即小有所自损,亦必大张其词使通国皆知他在行善事。以我看,不是这妇人太傻,便是城市中人太聪明能干!①

傻、笨拙、贫穷、良心、诚朴的言语,这些不值钱却自母亲怀抱中便继承来的品性,在沈心目中是乡下人看待人世的方式。母亲与家中火枪和狗就是一座"归巢",归巢岿然不动,荡子便不会迷乱。都市不是人们真正的归巢,那是另外一种样式的巢穴,所以沈从文说,乡下同城里凡事都是两样。

写《船上岸上》时,是沈从文到北京的第四个年头,母亲和妹妹也来与他同住。这一年他写了约 30 篇小说,下一年是 40 篇左右,②可以说已经不再迷失。短暂的人生如何才能得到永恒的意

① 沈从文:《船上岸上》,载《沈从文文集第一卷·小说》,广州:花城出版社,1982 年,第 129—130 页。
② 吴世勇编著:《沈从文年谱(1902—1988)》,天津:天津人民出版社,2006 年,第 45—69 页。

义? 从这些作品的主题与风格来看,我们有理由相信他在当时已不再困惑于这个"罗亭"式的问题。

沈从文十分喜爱屠格涅夫,相信他一定也读过《罗亭》中那个著名的斯堪的纳维亚传说:

在冬天的一个夜晚,在一间长长的黑咕隆咚的草屋里,皇帝和他的武士们正围火而坐,突然间,有只不大的鸟从洞开的门飞进屋来,又从另一扇门里飞了出去。皇帝指出,这只小鸟好似人生在世:从黑暗中飞来,又往黑暗中飞去,在温暖和光明中只逗留了没有多久……

一个年纪最大的武士持有异议,他说:"陛下,小鸟即使在黑暗中也不会迷失方向,能找到它的归巢。"的确,我们的生命是短暂的,不足道的,然而一切千秋伟业都是由人类建树的。如果一个人意识到自己是这些崇高力量的工具,那么这种意识便能替代其他乐趣,便能从死亡中找到自己的生命,找到自己的归巢。①

沈从文也是这样的一只"归巢之鸟",每一次展翅都散发出某种"崇高力量"。这一次的水上行程无疑是他生命中离家最远的闯荡,在船上岸上看到的一切也记得最深,回味更远,直到晚年仍时时浮现。沈从文的归巢之路,或者说他心目中最美的水路是这样的:

_____

① [俄]屠格涅夫:《罗亭·贵族之家》,戴骢译,上海:上海译文出版社,2000年,第41—42页。

　　我最欢喜倒是沅陵辰溪一带,酉水则王村、岔粂、保靖、石堤溪、里耶,都真正是画里山河。可惜地方太偏,便淹没了。我到了许多风景区,比起来可都远不如保靖等处山水秀美清壮。总希望得个机会,再到湘西各处走走,并坐一次下水船,由辰溪下常德(最好是沿路停泊)。①

① 沈从文:《致沈云麓》,载张兆和主编《沈从文全集第 21 卷·书信集》,太原:北岳文艺出版社,2002 年,第 375—376 页。

第九章　泥涂身贵

　　《泥涂集》集中地、令人惊讶地暴露出中国的病与弱。比较而言,这些文字少了人们喜爱的田园牧歌味道,令人坐立不安。

　　沈从文创作的这部"悲惨世界"弥漫着腐烂的气味,人们不愿面对它,原因简单,它不在人们的经验范围内,它被阻断了,被移除了,或者说,人们已对它生成了某种奇怪的免疫力。在罕有的噩梦中,才会出现那种气味。对此,史书不愿记载,即使有,也是对诸如气味之类的细节语焉不详,或者干脆写成度量衡式的成语标识。

久病新瘥

　　《泥涂集》收录了沈从文作于1929—1931年间的文字,故事中的一切似乎都在腐烂,人的身份也不断分化、错乱。如今,我们称那个世界为"民国"。

　　故事中的一切在"乡下人"眼前徐徐展开,牧师、教授、绅士、军阀、县长、师爷、督察、典狱官、士兵、更夫、火夫、刽子手，当然，还有工人、包车夫和妓女，每个人都经历着不幸，忍受着不幸，如他在《黄昏》①结尾处所描摹的："天上红的地方全变为紫色，地面一切角隅皆渐渐的模糊起来，于是居然夜了。"无论这种气氛如何可怕到令人心惊的地步，时间和夜仍准时到来，它们对人间事是沉默的。

我们透过沈从文的文字，透过天空中的颜色，能清晰地感觉到沉默的可怕。人在不断地流动和变化，可是在空气中，在南国的美丽天空下充斥着"久病新瘥的神气"：

这些美丽天空是南方的五月所最容易遇见的，在这天空下面的城市，常常是崩颓衰落的城市。由于国内连年的兵乱，由于各处种五谷的地面都成了荒田，加之毒物的普遍移植，农村经济因而就宣告了整个破产，各处大小乡村皆显得贫穷和萧条，一切大小城市则皆在腐烂，在灭亡。

《黄昏》是一篇现场感十足的历史记录。故事发生在长江中部的一座小城，沈从文把世界的荒蛮投放到"监狱"这个场域中，那里聚集着人间的一切不幸，甚至可以说是"人间地狱"的样子。

沈从文似乎在提醒人们，他要描写的不是某个监狱，而是那个叫监狱的地方，是监狱本身："这里关了些从各处送来的不中用的穷人，以及十分老实的农民，如其余任何地方任何监狱一样，与监

<hr>

① 沈从文：《黄昏》，载刘一友等编《沈从文别集·泥涂集》，长沙：岳麓书社，1992年，第201页。

狱为邻,住的自然是一些穷人。"当然,他一如既往地同情着乡下人,他们的遭遇,就是沈从文在军队中的日常所见。在成为一个真正意义上的作家之前,他已经是一个心灵上的作家,为什么这样说? 看看下面这段像日记一样的文字就明白了:

监狱里原关了百十个犯人,一部分为欠了点小债,或偷了点小东西,无可奈何犯了法被捉了来的平民,大多数却为兵队从各处乡下捉来的农民。

驻扎城中的军队,除了征烟苗税的十月较忙,其余日子就本来无事可做,常常由营长连长带了队伍出去,同打猎一样,走到附近乡下去,碰碰运气随随便便用草绳麻绳,把这些乡下庄稼人捆上一批押解入城,牵到团部去胡乱拷问一阵,再寄顿到这狱中来。

或于某种简单的糊涂的问讯中,告了结束,就在一张黄色桂花纸上,由书记照行式写成甘结,把这乡下庄稼汉子两只手涂满了墨汁,强迫按捺到空白处,留下一双手模,算是承认了结上所说的一切,于是当时派队伍就把这人牵出城外空地砍了。

或者这人说话在行一点,还有几个钱,又愿意认罚,后来把罚款缴足,随便找寻一个保人,便又放了。

故事中生活着执法者,如典狱官、军官、副官、狱卒、公丁、岗警等,这些让"制度"运转起来的人,在沈从文笔下都仿佛是影子般的存在。他们似乎对律令、法则的影响一无所知,确切地说,是没有感觉和情绪的影子。

典狱官忙着在烟灯旁讨生活,老狱卒忙着照料花草,找过房儿子和老衣寿木,而那个来押解犯人的军官,他似乎更在意自己的长筒皮靴和马鞭末端的荣耀穗。和别人的苦痛比较起来,人们更愿意在自己钟爱之物上消磨时光,通常情况下,那是一些令他们的人生得以成功或者因而失败的小物件。

除了用笔记录下这一切的沈从文,没有一个人真正在意这座腐烂的监狱和它所象征的那一套荒唐法度。

孩子们经常出现在监狱附近,那里居然成了他们的另一所学校,可惜他们学到的不是智慧和知识,而是诸如冷酷、残忍、绝望之类的接近死亡之物。

孩子们见士兵来提犯人,会去看热闹,会喊:"二十年一条好汉,值价一点!"若是遇有刽子手的表演,孩子们更不会缺席,这种场面通常是在雨过天晴的日子,"不像要杀人的样子",除非人们看到下面的这类游戏:

> 小孩们不即走开,他们便留下来等待看到此烧纸哭泣的人,或看人收尸。这些尸首多数是不敢来收的,在一切人散尽以后,小孩子们就挑选了那个污浊肮脏的头颅作戏,先是用来作为一种游戏,到后常常互相扭打起来,终于便让那个气力较弱的人滚跌到血污中去,大家才一哄而散。

《节日》①这篇文字也是以孩子的境遇来收尾,同样的令人心惊,沈从文在结尾处写道:

---

① 沈从文:《节日》,载刘一友等编《沈从文别集·泥涂集》,长沙:岳麓书社,1992 年,第 173—186 页。

城中一切皆睡着了，只有这样一个人，缩成一团的卧在草里，想着身旁的死人，听着城外的狼嗥。X城是多狼的，因为小孩子的大量死亡，衙门中每天杀人，狼的食料就从不如穷人的食料那么贫乏难得。

"一切皆有点朦胧，一切皆显得寂寞。"这是雨后的中秋节，"城市里每人的心中，似乎皆为这点雨弄得模糊暗淡，毫无生气"。

清晨与黄昏之好，在日月并明。黄昏时分的颜色，在天空与地面交汇的地方往往是紫霞与灰暗交织在一起。那是一天之中的情绪最浓烈的时间，阴阳交割，昏晓为伴，难怪有"残阳如血"的说法，看来是古往今来的共识。在这样的情绪里撞见死亡，吉凶暂且不论，试问有谁能躲过那种强烈的心灵震撼？

人生最欢乐是时光，是童年。《泥涂》中有很多孩子，可他们没有童年，谁愿意与人分享以人之尸身头颅为玩具的童年呢？任何人都不会以这样的童年为荣。

"乡下的哥"

《建设》①的故事发生在小河边，沿街是如贫民窟模样的小平屋与吊脚楼，邻河星列着下等茶馆，旧货小店，还有不远处正在兴建的新式大屋，还有中西式样不甚明朗的教堂。

---

① 沈从文：《建设》，载刘一友等编《沈从文别集·泥涂集》，长沙：岳麓书社，1992年，第44—104页。

　　住在这街道上的,自然是些出卖劳力与身体的苦人,他们除了生活在一起,还有一层更奇怪的关系,那就是互相憎恨。教授憎恨士兵,兵士憎恨工人,工人憎恨乡下人,乡下人憎恨美利坚牧师,牧师憎恨这"装满了虚伪的数不清楚的诡计"的国度,他们竟然相信观音菩萨,还说观音菩萨生气才美。

　　故事的结局,是牧师被一个最最老实的乡下工人杀死,用的方法是像在工地上用铁锤敲一颗钉子一样,结结实实地在牧师头上打了三下。

　　死去的牧师是个令人费解的人物,就像他的被轻易杀害一样离奇。在杀人者与被杀者之间存在着巨大的身份落差,一个是来自上层社会的牧师,一个"上品美利坚人",而另一个是每天只赚三毛钱的乡下汉子。与他一同到工地做工的还有九百九十九个人,每个人每天只值三毛钱。于是,这个地方因为这一千个人,以及这些人的三百元身价的建设事业而陷入罪恶。对这笔钱的影响,沈从文是这样来解释的:

　　目前的,人人所看到的,人人所知道清清楚楚的,是自从工程处一开始动工以后,一千个大汉子从各处运来,除了来船不算,每人值三毛钱,每一天在河街方面就多有了三百块钱的活动。……许多许多是在那三百块钱一个意义下而活着的。

　　三百块钱在这地方真是一个吓人的数目,这是一注财产,一样不可侮的势力,除了那一千工人得依赖这点东西,才能继续把生命中力气留在未来的日子上工作外,还有两千个人的生趣,也附粘到这一笔钱上。

但是,有一种厌恶,有一种蕴蓄在每一个人心上每一个血里的憎恨,是自从这小小的市面上多了三百块钱,把他们原有的生活完全毁了。他们原本是向地狱那个方向走去的,现在把脚步也放快了。

他们中间堕落的更其堕落,懒惰的也越发懒惰了。坏的更坏,无耻的更极无耻,他们于是有理由对那为金钱与血汗所合成的未来的教会建筑,共通怀了一个不可解释的憎恨。

奇怪的是,牧师的死与这笔钱,与任何财富无关。他只是不停地批评工人不该带凶器,不该骂人,不该在黑暗里等待仇人,这些说教触怒了工人的自尊心。工人来自乡间,一直不停地被人嘲弄,理由只有一个,他是一位来自"乡下的哥",这是一个吃亏的名字,含义丰富,在《建设》的故事里,或者说,在这个故事生成的时代里,它是吃亏的代名词,是恶德的对立物:

"乡下的哥,你那手有喜事,它披红挂彩,这兆头是使你今晚上有一杯酒喝。"

他懂得这话所含的嘲笑意义。那是同伴在取笑他,值不得生气。他常常被人喊为从乡下来的人,照例喊他们的人,却是自以为与乡下离隔远了的。在那名分下,就有一些义务,譬如做事耐劳,待朋友诚实,不会赌博,不偷东西,这一类行为。凡是这些自然是应当为其他工人取笑的,因为这里面包含的意义只是"吃亏"。

为什么要吃亏呢? 到这些地方,做这些工作,对谁也用不着吃亏! 稍稍做久了点工的人,是谁也知道应用怠惰,狡猾,横蛮,以及许多无赖行为,才能使自己生活比目下一切更方便适宜的。所有工人都得学会在方便中偷盗,所有工人皆应当明白赌博中的骗局,以及有时候放出一个凶顽的样子来欺侮同辈。

你再忠实尽力,再规矩作工,每天还是三角。你再诚实待人,遇到赌博时你的同伴还是把你的钱想方设法骗去。你老实,大家就欺侮你,或者把最笨最吃力的事尽你一个人去作,他们都抱了两手坐在一旁晒太阳。凡是不很懂做人的恶德的工人,有一个普遍名称,就是"乡下的哥"。

乡下人组成的建设队伍听到铜锣敲响,会"从黑房里像狗一样陆续出来",他们的生活中没有"体面"二字。

在沈从文的经验里,他们永远处在社会的最底端,并且还在"向下贱的一层走去",贫穷把他们变得又丑又苍老。总而言之,"想从这三百人中找出一副端正一点的脸子也是很难的"。

在这样的可怕世界里,住着一位"闯入者",一个"卖圣雅各的牧师","一个到中国来引度人到天堂去的上品美利坚人",他没有名字,不过,人们都知道他有着与众人不同的生活方式:

一个新的白日,所照的还是旧的世界。肮脏的,发臭的,腐烂的,聚在一处还仍然没有变动。

一切的绅士看不起的人,还是仍然活到世界上,用不着哀怜用不着料理。一切虚伪,仍然在绅士身上作一种装饰,极其体面耀目。

一切愚蠢的人,还是在最小的一种金钱数目上出死力气抬扛及伤亡死去。沉默的还是沉默。教会中讲经台上,还是那个穿道袍的牧师,靠到叫卖上帝,过着极其安舒的日子。

杀死牧师的汉子是乡下人出身,同样没有名字,他是个"每日拿三角钱工薪,按时做工头所分派的工作,按时从那湫陋木板屋中钻出,而又按时蹲到泥地中做事吃粗米饭的人物","一个最守规矩的,也是最合用的工人,一个'虽愚蠢却诚实'值得教会中派来的牧师用圣雅各名分哄骗永远这样做工的动物"。

工人的罪行没有被发现,他对这件事,是既不骄傲,也不惭愧,不久就忘记了。人们都觉得他是一个好工人,因为年轻、有力、不懒惰。

当然,这件事引发了沈从文对那个时代的大胆评论,故事也在一种独特的"时代风气"里收场。政客们凭着哄与骗的天赋,在极坚定的语气中宣布到此结束:

自从那件事情发生后,有了两个月,官厅同教会还是查不出那死者的理由。

这里就轮到一个故事的布置了,按照了一个时代的风气,按照了一种最通常的执政者无耻的习惯,就是由中国官厅藉口说是"共产党有意破坏中美邦交"所行的一种手段,请求美国外交官谅解,领事方面则在承认这假定是一个最有益于中美邦交的估计以外,也照例请求中国赔一点款,且在换文里声明把这笔钱捐到××将来的大学里面去,作为纪念这为敦睦中美邦交而死去的牧师。

中国官厅凡是这类事自无有不答应的道理,款项数目何况又不多,息事宁人,派交涉员来去商量了几次,双方很爽利的就把这件事结束了。

梦境

在《夜的空间》①里,城市中的一切都睡着了。只有镇上电灯厂的发电机,远在五里之外,也能听到它砰砰作响,人们都说,那是必要的城市的象征。

镇子上的其他人呢? 男人,女子,孩子,他们贫,他们弱,连做的梦也尽是贫弱的。船上的伙计打架、赌钱,吃劣质的米,配干鱼下饭,做粗俗野蛮的梦。在沈从文眼中,这些梦各有美丑,有的甚至连做梦的精力也耗尽了。对于梦的多种形态,沈从文是这样描写的:

他们也常常梦到与妇人有关系的那类事情,肆无所忌的,完全不为讲礼教的人着想那种神气,没有美,缺少诗,只极单纯的,物质的,梦到在一个肥壮的妇人面前放荡的做一切事。

梦醒了,就骂娘,以为妇人这东西到底狡猾,就是在梦里也能骗到男子一种东西。也有不愿意做点梦就以为满足的汉子,一到了不必拉蓬摇橹的时节,必须把所有力气同金钱安全消费到一个晚上这样事情的,江边的小屋,汉港里的小船,就是所要到的地方了。

---

① 沈从文:《夜的空间》,载刘一友等编《沈从文别集·泥涂集》,长沙:岳麓书社,1992年,第11—20页。

这些地方可以使这些愚蠢的人得到任性后安静的睡眠,也可以产生记忆留到将来做梦。不做梦,不关心潮涨潮落,只把二毛六分钱一个数目看定,做十三点钟夜工,在黄色薄明的灯光下,站在机车边理茧,是一些大小不一的女孩子。

这些贫血体弱的女孩子,什么也不明白的就活到这世界上了。工作两点钟就休息五分,休息时一句话也不说,就靠在乱茧堆边打盹。到后时间到了,又仍然一句话不说到机车边做事。

沈从文笔下的世界无法解释,他也不急于去解释世界的贫弱,而是更多地依赖"观看"。他尽情捕捉着,记录着这些夜的狭窄空间,像他常常提到的"夜渔"少年,比天上的星星还机警。

江边的夜既是如此雾数、糟蹋,他们的白日梦如何呢?

大白天,船上住的肮脏妇人,见到天气太好了,常常就抱了瘦弱多病的孩子到船边岸上玩,向太阳取暖。或者站到棺材头上去望远处,看男子回来了没有。又或者站到棺材作屏障,另外用木板席子之类堵塞其另一方,尽小孩子在那棺木中间玩,自己则坐到一旁大石条子上缝补敝旧衣裤。

到夜里,船中草荐上,小孩子含着母亲柔软的奶头,伏在那肮脏胸脯上睡了,母亲们就一面听着船旁涨潮时江水入港的汩汩声音,一面听着远处电灯厂马达、丝厂机械的声音,迷迷糊糊做一点生活所许可的梦,或者拾到一块值一角钱分量的煤,或者在米店随意撮了一升米,到后就为什么一惊,人醒了。醒转来时,用手摸摸,孩子还在身边,明白是好梦所骗了,轻轻的叹着气。

　　到后是孩子冷哭了,这些妇人就各以脾气好坏,把孩子拥抱取暖,或者重重的打着,用极粗糙的话语辱骂孩子,尽孩子哭到声音嘶哑为此。

　　潮水涨到去棺木三尽时就不再流动,望到晚潮的涨落,听到孩子们的哭声,很懂得妇人们在寒夜中做梦的,似乎就只有这些睡到荒田里十年八年的几具无主棺材。

　　沈从文也看到从海上驶来的铁皮船,不过这些船并没有带来新鲜知识与财富,而仍旧是与贫困相联结,除此之外,还有那些与"善人"名号不相干的贫穷欲望:

　　这地方的这些人,因为他们全是那么穷,生长到这大江边,住到这些肮脏船上或小屋里,大家的所有的欲望,全皆是那么平凡到觉得可笑了。

　　他们盼望得一条裤子或一条稍为软和的棉絮,也是到了这快要落雪的十二月才敢作的遐想,平时是没有这胆量的。然而这欲望的寄托,却简单没有,"善人"这名字只是书上的东西,偷抢也很不方便,所以梦的依据,一切人皆不外这庞大的海舶了。

　　但是这船呢?从海上驶来,大的帆孕满了风,日夜的奔跑,用铁皮包身的船舵时时刻刻的转,高的桅子负了有力气的帆从不卸责,船上的伙计们与大浪周旋,吃干菜臭鱼一月两月,到了地,一切皆应休息,所以船的本身停泊在江中,也朦朦胧胧像睡了。

　　这样的梦似乎没有穷尽,细水长流的梦,是这些穷苦人的

特权。

沈从文称这些可怜人为"在小数目上计算过日子的人","用力气兑换一饱的愚蠢人"。

这些人不拘在一个破船上,不拘在其他任何穷苦狭小的地方,都可以迷迷糊糊地酣睡下去,可以奢侈地做梦。日里梦不到的,拿不到的,比如罕有的幸福和常有的困难,这些人都得在夜梦中重新铺排一次。

每个日夜往后退去,人就长大成年,而这样的梦是一成不变的。

穷人虽穷,但"总不会把梦做到穷尽了",沈从文说。

笔与枪

《建设》里也有"士兵"的影子。这些年轻人是区别于工人的一个独特群体,他们与工人"缺少相熟的因缘"。

在生存方式上,兵士是更近于赌博的类型,而从生存竞争的意义上来看,他们是较上一层的一种人,"是虽为军阀所豢养兽畜的一类东西,而又不缺少因为方便也可以成为军阀的两栖分子"。

有战争的赌局中,这些兵士会把自己的生命当作一次孤注,而在没有战争的情况下,他们会做出与战争差不多的疯狂行为。

这些兵士往往不由自主地走向疯狂,他们被另外一种更加疯狂的力量驱使,成为疯狂的投机分子,一面受着凌辱,转眼间又去凌辱他人。都说隔行如隔山,其实,隔行之间才会奉上醍醐灌顶的教训,隔行之人才有要紧的话说。士兵同小说家怎么论都算是这

样的隔着行当,可沈从文硬生生地在两种生活之间闯荡下来,对于士兵的状况,没人会质疑他说话的权利。他在《建设》中写道:

> 平时规规矩矩,每天到大操坪操跑步,每天点名,每天被上司辱骂,使旁人看来,都以为这些愚蠢东西的心,一定是一种特别的质料捏成,永远是不会多事了的。
>
> 但是,感谢那些伟人,常常把另一种教育给了这类当兵的人,他们常常使他们去为一个好名分打仗,有时也使他们为一个最不好的名分打仗,战争,就是那边年不息的战争,就是那每一个兵士皆有机会遇到的事情,把兵士们头脑完全变了。
>
> 一个初到军队中去的人,是还不缺少怕鬼那种小孩子心情的,但稍久一点,这些人就不同了。
>
> 他们都得在方便中做一点侥幸事情,都得任性……他们是用不着道德的,其他一切好名分也用不着。
>
> 他们为三个月或一个月的薪水,去壕沟边用枪刺作武器,肉搏一次,他们又常常为五块钱的赏号,做一次同样愚蠢的行为。①

兵士并不需要以道德说教为生,教授却每日为美德与知识环绕。这种对立的生存方式使得他们难以共处一室,究其原因,复杂多变,总之,他们好像都是由特殊质料制成的。

---

① 沈从文:《建设》,载《沈从文文集第四卷·小说》,广州:花城出版社,1982年,第62页。

在《道德与智慧》①中，沈从文为理解这两个特殊的人群做了一番努力，用他的眼光，用他的经历，为教授与兵士建立起某种关联。

故事的起点是士兵的号角触怒了为人师表的教授。他称军人是"一群强盗的奴隶"，而那些统领、都督、师长之类的军人都是些混蛋。

兵士、军阀千篇一律的坏，这些教授却是有千百种类型。

在沈从文看来，那个时代里的教授都是些古怪的人，他们的类型大致可以划分为三种。

第一种是想做官的，耐心地等待着政治的推迁。

第二种是爱钱的，费尽心思把薪水处置到那些生利息的事情上。

第三种比较宽泛，可以用"人格古怪"来形容。国事的混乱，民族的堕落，社会的畸形，让他们嘲笑一切，辱骂一切，诅咒一切。兵士，是这类教授最不喜欢的病态存在，原因很简单，枪弹所代表的权势应当为那些扰乱他心神的"中国的事，百姓的事"负责，两种恶之间有着"切齿的关系"。

这些教授们，从大都会来到内地，耳目所见的，皆是一些破烂萧条景象。他们用口舌叫卖、传授知识文化，理应属于上等阶级，现在，却要在肮脏卑小的城里赁屋居住，脾气自然变坏了。对此，他们的夫人可以证明，凡是教授所厌恶的，他们的夫人却另有想

---

① 沈从文：《道德与智慧》，载刘一友等编《沈从文别集·泥涂集》，长沙：岳麓书社，1992 年，第 105—125 页。

法,比如对于兵士的态度,母亲与女性是有着另外的判断力的:

　　她在年青兵士生活方面,揣测得出自己儿子的生活,又在年青军官身上,常常做着那种不妨碍别人事业的好梦。从不打量自己儿子像老爷,肋下挟个黑皮包,撑了拐棍上学堂,七天中休息一天,月终就拿薪水,把支票取来到上海银行去兑现。她懂得到这些好处,可是她不希望。

　　她只愿意看到自己儿子也穿了体面黄呢军服,佩发光的刀,站立时如一管笔,走动时如一匹马,又尊贵又威武,在大坪里发号施令。这种体面样的儿子,便可以给她非凡的光荣,永远的幸福。

　　在太太眼中,教授缺少体面,没有尊严。作为一个兵士的母亲,她更关心儿子的军中生活如何,从一个诚实兵士的口中,她知道了一些令人失望的真相。"一个兵士除了伙食就得不到什么钱。或者得了点钱,不是赌博输去也只用到别的吃喝上去。"

　　不过她还存有希望,"她的儿子现在离她很远,远到不知道有多少里路,在一个队伍里名列班长,来信说慢慢的会升上去,每回都这样说,却并不升。但她相信过一些日子,一定可以升上去"。因为这个希望,因为自己的儿子在军中,每次遇到年轻兵士,这个妇人总会笑眯眯的同兵士说几句话,像一个母亲对儿子那样问长问短,唠叨几句。

　　教授把责骂军人当作一种权利,而权利,往往是不近人情的,于国事更是无补,倒不如这位太太的一点善意的人情味。

　　对于这些体面的书生,这些缺少人情味的教授,沈从文专门为

他们写下了传记:

这些人大致都是从美国或英国,从南京新都或北京旧都分头聘来的。

还有些是做过大官退了位,同当局要人有来往的。有些名气又很大,社会知名,别处聘请也不会去,因此即或上课极少,学生也不好意思挑剔。

这些人见过中外文化与文明所成就的"秩序"与"美",经过许多世界,读过许多书,非常有名气而且非常有学问,来到这长江中部千年以来传说中的名城,住到小小的房子里,每日饮料全得喝水塘中的浊水,出到街上去,所遇到的全是愚蠢邋遢的脸子,街头上转弯抹角处,任何时节总可以见到一个行路人正在扯脱裤子预备撒尿。

铺子里打死了一只老鼠,即刻便用铁火钳夹起抛到街上来……但这些人虽一致觉得这内地的"古典"生活,不是自己所熟习的生活,然而全是一些读书人,各知道一样专门学问,读过许多专门的书籍,能够告给学生以伟人的历史,古怪的思想,十年的政治,百年的法典,千年的文学,万年的天地,除了这些却什么也不能有一分儿。

当然,《泥涂集》总少不了悲观的气氛,于有枪阶级而言,他们的落魄更令沈从文这个曾经的小兵痛惜。教授也好,士兵也罢,共同累积成中国病的数量与程度,他在《道德与智慧》中写道:

还有兵，多到使你不能想象他们的数目，脏到你总以为是乞丐。打量扔给他一个钱，却又因为那种神气使你见了有点害怕，见了就想走开。

为了这些现象，有许多人觉得这才真是中国人的中国，于是习惯到里面去。

另外又有些人，才开始明白内地的中国人民，如何在一种腐烂颓败发霉发臭的情形下存在，感觉到十分悲观了。

出路与希望在普通市民身上酝酿着。在他们中间流传的那些街谈巷议中，在他们幻想出的天下太平中，沈从文看到了一种可悲且可笑的"小市民"心态。

政府在侵略面前的面目，政府的卑劣无能，活现在市民面前。比如《战争到某市之后》中市民们朗读的外国电讯"中枢与各主要都市之持重与镇静"，为人们提供这样的希望："我不开衅，全部有国联主持。"①

这自然是一份可笑的希望，空洞的计划。不幸的是，人们也只能忘记自己属于一个多么富于幻想的民族，而把大部分的希望寄托到当下唯一能寄托的力量上。这些被称为"百姓"的市民，是大大小小的墨子式的人物，虽然自己还吃着生活的苦，却从不忘记国家民族的安危，对此，沈从文怀着复杂的情绪写道：

这些善良的市民，各自向街旁走去，不管生熟，三三五五聚在

① 沈从文：《战争到某市之后》，载刘一友等编《沈从文别集·泥涂集》，长沙：岳麓书社，1992年，第202—214页。

一处,用一种极关切的神气,互相谈论到一切。

一个民族长久被压迫后那种富有幻想性格,占据到××市民的全体,于是这些人便谈到军事上无希望的希望,外交上无奇迹的奇迹,而大部分,他们明白政府不足依托,却仍然把希望安顿到这一个政府上的。

在战争面前,人会变得肃穆起来。那是一个开不得玩笑的年代,生死关头,所有人都在认真地衡量着,估算着眼前的一切。"摩顶放踵利天下,为之!"墨子的这一番豪气,不也是产生在战乱不断的时代吗?

第十章　落伍

从1923年起，在城市中以写作为生的沈从文度过了亦惊亦喜的十年时光，而从1929年起，那个扮演教师、教授角色的沈从文多少显得平淡无奇。他疏远了他的时代、他的同行、他的读者，从"现实生活"退回到自己的小天地，正如1939年他在《烛虚》中所体会到的那种虚弱感：

看看自己用笔写下的一切，总觉得很痛苦，先以为我为运用文字而生，现在反觉得文字占有了我大部分生命。除此以外，别无所有，别无所余。

重读《月下小景》、《八骏图》、《自传》，八年前在青岛海边一梧桐树下面，见朝日阳光透树影照地下，纵横交错，心境虚廓，眼目明爽，因之写成各书。二十三年写《边城》，也是在一小小院落中老槐树下，日影同样由树干枝叶间漏下，心若有所悟，若有所契，无滓渣，少凝滞。这时节实无阳光，仅窗口一片细雨，不成烟，不成雾，

255

天已垂暮。①

　　沈从文怀疑自己成了旧式文人的模样：缺乏革命性，守旧怯懦，穿长衫，留长发。他向来自称"小兵"，却赢得了一个"中国大仲马"的古怪头衔。他的故土湘西也在那时得了个"中国的瑞士"的别名，而湖南人则被西方人看作"中国的拉丁民族"。这一切就如同一个奇怪的大杂烩，令人神魂颠倒。

　　他在城市中写下的自传弥漫着一种落后、落伍的调子，幸运的是，他在少年时便练就了忍耐寂寞的本领，索性把那些荒唐经历端然领受了。

端然忧色

　　《子夜歌》中有"欢从何处来，端然有忧色"一句，写人在忧伤中的样子，《不死日记》（1928）和《落伍》（1929）写的就是沈从文忧伤的样子。这是两篇自传体小说，主角都是作家，一个时常被冠名为"天才"的人，为了把稿子寄给出版社，他得当了衣服才能凑成邮费。在现实面前，他是个木偶一般的可怜人：

　　凡买过我一册书稿的，将因为赚钱原故，在广告中称我为天才，且深致其惠而不费的惋惜。其次是一些自以为明白我的人，来在一种流行杂志上写一些悼念我的文字，且也必不吝呼我为天才，

––––––––––

① 沈从文：《烛虚》，载《沈从文文集第十一卷·文论》，广州：花城出版社，1984年，第268页。

或比之于欧洲某某。其次是当我在生时，与这些人论调不同的，便来否认，想在我头上赚钱的书铺广告或类乎广告的文字加以非难，于是在打倒天才之后他们得到了稿费以外还可以得一神清气爽机会。①

在《落伍》的故事中，"我"是个从军营中走出来的文学家，生活上落魄，精神上犹疑，突然得到战友的资助。十几年的时间距离，在二人之间形成了生活上的落差。再见面时，战友已是团长，是社会上真正的"小伟人"，连"烟土"生意也操持。

人世的炎凉，自身的颓废，在军需大人与作家的一番对谈中呈现出荒唐的色彩。军需大人道："我们是吃白饭的人，却各事无所牵挂的住大房子享福，你们这样受苦，中国革命的成功建设期中还有这种事，真太不合理了。"作家说："这自然是自己个人的事，与革命无干。"军需大人答："我看到许多人都该死，却做了无数事情！"作家笑道："那是你们革命同志！"军需大人骂道："那是一群反复无常的东西。"②

"我"感慨于身边所有人都成就了当官梦、发财梦，唯独自己的文学梦真像个梦境一般虚幻，于是发觉自己"落伍"了：

我心想，既然是这样欢迎回去，那就回去看看也未尝不可，且

① 沈从文：《不死日记》，载《沈从文小说全集·第三卷》，武汉：长江文艺出版社，2014年，第166—183页。
② 沈从文：《落伍》，载《沈从文文集第八卷·小说》，广州：花城出版社，1983年，第206页。

据许多人说某某作了一任知事近来在家作封翁了,某某又娶第三个小妻了,某某又升大官了,所说的一些人,就莫不是当年一同在辰州总爷巷大操坪成队作跑步的人,想不到几年来人事变迁就到了这样子。

人人全成家立业,我这各处飘荡的浪子,满面灰尘的归去也只多增他人一种笑话。但我想到看看这一般有运气的年青人,在家是如何一种生活,回去的心思也稍稍活动了。

而且,我的脾气又是这样,小孩子气是有些地方无论如何皆保存的,我还想到,就为成全这些老同事一点自信,觉得他们的方法是得了超拔,而我的生活真形成了落伍的悲惨,也决定将转去一行了。①

整个三十年代,沈从文一直在努力重建自己的艺术信心,长长的阅读书目中自有一份盘根错节的好颜色:

要追踪沈从文学问的来源,可以举出 J. H. 鲁滨逊(美国历史学家,为顾颉刚所重视并介绍过来,也研究心理学和原始人类的思想)、T. J. R. 安格尔和 J. 克伦(在美国最早宣传心理学的学者)、J. G. 弗里契(美国意象派诗人、评论家)、E. 菲尔格林(杜威一派的政治历史学理论家)和龚古尔兄弟、福楼拜、狄更斯、卡莱尔、歌德和尼采……②

---

① 沈从文:《落伍》,载《沈从文文集第八卷·小说》,广州:花城出版社,1983 年,第194—195 页。
② [美]金介甫:《沈从文传》,符家钦译,北京:国际文化出版公司,2006 年,第 196 页。

这是个思想的梦境,名字叫"五四"。年轻,有进取心,还有个亮堂堂的先锋性路标,叫"美育代宗教",化入沈从文的梦境就是以文学来代替一切,胜过世界。他不参加左翼作家联盟,不参加政府组织的集团,也不参加走"中间路线"的第三种力量,按他自己的说法,是由于胆小:"革命一定要一种强项气概,这气概是不会在我未来日子里发生的。"①

沈从文过着作家式的可笑生活,怄了气,还得找人去卖稿子,"找不出别的理由和方便来改业"。他的立场就是做一个自由的作家,如他在1937年所说:

我赞成文艺的自由发展,正因为在目前的中国,它要从政府的裁判和另种"一尊独占"的趋势里解放出来,它才能够向各方面滋长、繁荣……为作家设想,作品的自由长成而能引起各方面的影响设想,我认为一个政治组织固不妨利用文学作它争夺"政权"的工具,但是一个作家却不必需跟着一个政治家似的奔跑(他即或是一个对社会革命有同情的作家,也不必如此团团转)。②

二十世纪三十年代,五四一代人已步入中年晚年,而沈从文还是个"小伙子"——1936年鲁迅去世时,沈从文刚满33岁。他被迫

---

① 吴世勇编著:《沈从文年谱(1902—1988)》,天津:天津人民出版社,2006年,第106页。
② 吴世勇编著:《沈从文年谱(1902—1988)》,天津:天津人民出版社,2006年,第187页。

迎来他的文学的"中年",而他似乎还没有准备好。

他感到整个世界都在与他作对,为他接连不断地投送他已不再年轻的信号:父母相继离世,丁玲、胡也频与他分道扬镳,朋友徐志摩坠机身亡。他成了一个寄情于瓷器、漆器、文物的"中产阶级"中年人,他成了家(1933年),当了教授,过得舒适安逸。

沈从文在内心深处憎恨这样的一种易于麻木的生活状态,他怕自己会失去"乡下人"的敏感。1927年5月,沈从文在描写"城乡两者趣味"的《雪》中写道:

> 到了这乡下以后,我把一个乡间的美整个的啃住,凡事都能使我在一种陌生情形下惊异。我且能够细细去体会这在我平素想不到的合我兴味的事事物物,从一种朴素的组织中我发现这朴素的美。我才觉得我是虽从乡下生长但已离开的时间太久,我所有的乡下印象,已早融化到那都市印象上面了。①

故事在雪后清晨的寒凉气氛中展开,"我"从城市来到乡下友人家中做客,这友人就是与沈从文一起"北来",后又"南归"而死去的"叔远"。沈从文在写于同年12月的《船上岸上》中,曾写到叔远因想念母亲而躲在被中哭泣。

在《雪》的故事里,正是叔远为之哭泣的乡下母亲帮助沈从文跨越了"间隔城乡的深沟"。

作为乡下人的"我",先是在军营生活中磨练,之后又来到都市

---

① 沈从文:《雪》,载《沈从文文集第一卷·小说》,广州:花城出版社,1982年,第138页。

中以写作为职业,"天真的面孔后隐藏着深刻的悲哀"。"我"既轻蔑都市生活又无法回到乡下人中间去,这种内心的纠葛令"我"感到痛苦,于是,在这个虚构的飘雪的早晨,叔远的母亲,我的"伯妈""老伯娘"踏着浮雪出现在面前,言谈中尽是笑容,瞬间融解了"我"那"不得安宁的灵魂"。这种安定感与大雪飘落的寒冬气氛形成对比,让"我"幻想着生活的好运:

> 到这来了又得叔远两弟兄的妈把我当作一个远处归来的儿子看待,从一种富厚慈善的乡下老太太心中出来的母性体贴,只使我自己俨然可以到此就得永久住下去的趋势。我想我这个冬天,真过一个好运的年了。①

在《雪》的故事中,乡下母亲是一道温暖的风景,照亮沈从文握笔的冰冷的手。半年的时间里,沈从文连续创作了《猎野猪的人》《雪》《山鬼》《船上岸上》等作品,主角都是一位乡下母亲,唯独一篇作于 4 月间的《蜜柑》,主角是一位都市中的教授太太,在"酥酥软软"的都市客套中丧失了母性的光彩。

《雪》中的三个年轻人都是"乡下人",因为共同的城市生活经验,"我"和叔远之间常常互相取笑,如"真是城里人啊""真是乡下人啊"这样的讥讽,而"老伯娘"的形象使我甘心受用"乡巴佬"的好处。

在炭火盆的微光与暖意中,沈从文写道:"那以后我简直无从

---

① 沈从文:《雪》,载《沈从文文集第一卷·小说》,广州:花城出版社,1982 年,第138 页。

再能取笑乡下人了。"或许就是在那样的一个片刻中,他才终于横下心来甘心在文学上也做个乡下人,并且在城市与乡村所代表的对立世界里充当一个"信使"的角色。

忠而获咎

1933 年是沈从文文学道路上的分水岭,来到不惑之年的作家开始关注人的内心世界。他开始尝试写作思想性小说,以此来征服死亡,追求不朽,用文学的焰火,照亮别人的生命。在这个信念的鼓励下,他笔下的每个人物都成了叠加的圣境。

金介甫教授认为这些试验性作品开始有了"现代派气味",这样的概念化解释还是令人费解。

从个人经验的层面来看,我想这或许是沈从文也在尝试着像个城市中的教授那样去思考生活为何物。他在尽力理解他眼前的一切,他想担待他周围的人。为此,他写得很吃力,很抽象。他成了一个被现代观念捆绑的抽象作家,他的性灵被压制,他的想象力被修剪,这样的作品的确缺少生趣,譬如《主妇》(1937)对于婚姻中夫妇双方的心理描写,抽象得令人惊讶:

过了三年。他从梦中摔碎了一个瓶子,醒来时数数所收集的小碟小碗,已将近三百件。那是压他性灵的沙袋,铰他幻想的剪子。他接着记起了今天是什么日子,面对着尚在沉睡中的她,回想起三年来两人的种种过去。因性格方面不一致处,相互调整的努力,因力所不及,和那意料以外的情形,在两人生活间发生的变化。

且检校个人在人我间所有的关系,某方面如何种下了快乐种子,某方面又如何收获了些痛苦果实。更无怜悯的分析自己,解剖自己,爱憎取予之际,如何近于笨拙,如何仿佛聪明。末后便想到那种用物质嗜好自己剪除翅翼的行为,看看三年来一些自由人的生活,以及如昔人所说"跛者不忘履",情感上经常与意外的斗争,脑子渐渐有点胡涂起来了。觉得应当离开这个房间,到有风和阳光的院子里走走,就穿上衣,轻轻的出了卧房。到她醒来时,他已在院中水井边站立一点钟了。

他在井边静静的无意识的觑着院落中那株银杏树,看树叶间微风吹动的方向辨明风向那方吹,应向那方吹,俨然就可以借此悟出人生的秘密。他想,一个人心头上的微风,吹到另外一个人生活里去时,是偶然还是必然?在某种人常受气候年龄环境所控制,在某种人又似乎永远纵横四溢,不可范围,谁是最合理的?人生的理想,是情感的节制恰到好处,还是情感的放肆无边无涯?生命的取与,是昨天的好,当前的好,还是明天的好?

注目一片蓝天,情绪作无边岸的游泳,仿佛过去未来,以及那个虚无,他无往不可以自由前去。他本身就是一个抽象。①

人生需要什么样的限制?又需要什么样的信条?沈从文只提出疑问,并不作答。他只呈现自己的疑惑,什么是"压他性灵的沙袋,铰他幻想的剪子",至于如何回答,就只能靠自己了。

《平凡故事》(1930)、《大小阮》(1935)、《王谢子弟》(1937)的

---

① 沈从文:《主妇》,载《沈从文文集第六卷·小说》,广州:花城出版社,1983年,第333—334页。

调子都是"讽刺时弊",如没落贵族如何自欺,又如何被欺骗;如学生之间如何攀比,如何附庸风雅,党同伐异;如两个绅士如何随着社会力量的影响而分道扬镳;等等。①

在《王谢子弟》中,身份与财富成了某种诅咒性力量,富家少爷因时代的影响而渴望改变,而他身边的人只想从他那里捞钱。真正能拯救这位青年的,必定是金钱以外的慰藉:

父亲断定儿子是个过激派,所指望的款当然不会寄来了。然而此外亲戚和朋友,多少尚有点办法。亲戚方面走了绝路,朋友却在一种共同机会上,得到共同维持的利益。换句话说就是有"同志"互助。物质上虽十分艰窘,精神上倒很壮旺。没有钱,就用空气和幻想支持生活,且好像居然可以如此继续支持下去。②

沈从文曾在1935年写信给胡适,说应该把"《新青年》时代的憨气"恢复起来。为什么要恢复?是因为现在的人们已经把这"憨气"遗失了。在沈从文眼中,五四一代人,包括他自己在内,已经固化为一个特殊阶层,而其中一部分人成了另一部分人的死敌。

1938年7月7日,沈从文改定了上月写出的《谈保守》一文,对五四一代新文学作家做了一番批评③:

---

① [美]金介甫:《沈从文传》,符家钦译,北京:国际文化出版公司,2006年,第220页。

② 沈从文:《大小阮》,载刘一友等编《沈从文别集·顾问官》,长沙:岳麓书社,1992年,第58页。

③ 吴世勇编著:《沈从文年谱(1902—1988)》,天津:天津人民出版社,2006年,第163页。

　　五四运动之起,可说是少数四十岁以上的读书人,与多数年轻人,对于中国人"顺天委命"行为之抗议,以及"重新做人"之觉醒。伴同五四而来的新文学运动,便是这种抗议与自觉的表现。拿笔的多有用真理教育他人的意识。唯理论多而杂,作者亦龙蛇不一。

　　因此二十年来新文学作家,在中国成一特殊阶级,有一稀奇成就:年事较长的,视之为捣乱分子,满怀无端厌恶与恐惧,以为社会一切坏处统由此等人生事。年事较轻的,又视之为唯一指导者,盲目崇拜与重视,以为未来中国全得这种人负责。两方面对文学作者的功用与能力,估计得都过分了一点。加上文学作者自身对于社会的态度,因外来影响,一部分成为实际政治的附庸,能力不足者,则反复取巧,以遂其意;另一部分却与社会分离,以嘲讽调笑为事;另一部分又结合浪漫情绪与宗教情绪而为一,对于常态人生不甚注意,对于男女爱欲却夸大其词。

　　教育他人的,渐渐忘了教育自己,结果二十年来的新文学运动,虽促进了某一方面的解放与进步,同时也就增加某一方面的纷乱和堕落。文字所能建设的抽象信仰,得失参半。①

　　沈从文揭露的,是整整一代人,或许是老、中、青三代人"疯长"的陋习。小骗子骗来骗去,骗成了大骗子,他们利用了别人的信仰,其中最得意的人,借着权势、地位、金钱摇身一变,成了些"镶金的痰盂","塞满钞票的草包",这样的纷乱与堕落在任何时代都比比皆是。

---

① 沈从文:《谈保守》,载《沈从文文集第十一卷·文论》,广州:花城出版社,1984年,第241页。

沈从文对文学信仰与文学自由的一片赤诚为他赢得了"忠而
获咎"品评。1934 年 3 月 5 日，《禁书问题》在天津《国闻周报》上
发表，沈从文为那些被禁的青年作家感到可惜，也批评政府的幼稚
做法：

当局方面对于青年人左倾思想的发展，不追求它的原因，不把
这个问题联系到"社会的黑暗与混乱"、"农村经济的衰落"及其他
情形考虑，不对于他们精神方面发展加以注意，不为他们生存觅一
出路，不好好的研究青年的问题，就只避重就轻，把问题认为完全
由于左翼文学宣传的结果，以为只需要把凡稍有倾向的书籍焚尽，
勒迫作家饿毙，就可以天下太平。这种打算实在是太幼稚，对国事
言太近于"大题小做"，对文学言又像太近于"小题大做"了。①

很快就有人在《社会新闻》上撰文批评他："我们从沈从文
的……口吻中，早知道沈从文的立场究竟是什么立场了，沈从文既
是站在反革命的立场，那沈从文的主张，究竟是什么主张，又何待
我们来下断语呢？"②施蛰存又站出来为沈从文辩护，他在《文艺风
景》中赞美沈从文的忠贞，一个在院落中槐树下写出《边城》《湘
西》的作家如何不忠贞？他的"孩童气质，僧人命运"几乎就是所有
纯良作家的缩影。

---

① 沈从文：《禁书问题》，载《沈从文文集第十二卷·文论》，广州：花城出版社，1984
年，第 332 页。
② 吴世勇编著：《沈从文年谱（1902—1988）》，天津：天津人民出版社，2006 年，第
150—151 页。

　　文坛的纷乱何止于此。三个月后，鲁迅在《新语林》上发表《隔膜》一文，他以清代的文字之狱为例，为施蛰存和沈从文的糊涂着急，他说："凡这等事，粗略的一看，先使我们觉得清朝的凶虐，其次，是死者的可怜。但再来一想，事情是并不这么简单的。这些惨案的来由，都只为了'隔膜'。"鲁迅先生战斗经验丰富，他不像沈从文那样直接署名，而是化名"杜德机"来一吐心中块垒：

　　满洲人自己，就严分着主奴，大臣奏事，必称"奴才"，而汉人却称"臣"就好。这并非因为是"炎黄之胄"，特地优待，锡以嘉名的，其实是所以别于满人的"奴才"，其地位还下于"奴才"数等。奴隶只能奉行，不许言议；评论固然不可，妄自颂扬也不可，这就是"思不出其位"。譬如说：主子，您这袍角有些儿破了，拖下去怕更要破烂，还是补一补好。进言者方自以为在尽忠，而其实却犯了罪，因为另有准其讲这样的话的人在，不是谁都可说的。一乱说，便是"越俎代谋"，当然"罪有应得"。倘自以为是"忠而获咎"，那不过是自己的胡涂。（鲁迅《且介亭杂文·隔膜》）

　　鲁迅先生自有他的老练与辛辣，相差 20 岁的沈从文也没忘记他的忠贞，虽然还没有练就出"下愚不及情"的老练，不过一支苦笔也是越来越有嚼头。

　　作家的笔一旦不苦了，恐怕也就失了嚼劲和风味。为此，当了教授的年轻作家沈从文常常感到内疚。这一时期，他的写人记事并不以"博学、抽象"见长，也没有发生什么写作方向的转变。

　　从湘西到北京、上海、青岛、昆明，他见惯了生活与时代的各样转变，而他一如既往地仍是个孩子气的小兵，从未有心去转行成为令乡下人艳羡的光鲜人物。

中年小恙

都市中没有舍身崖，沈从文也从未想去普度他的一众读者。

他开始写生长，写人的成熟与绝望，并开始涉及"死亡"的主题，最初的尝试是以不变的《月下小景》（1933），来书写令人心惊的百变人生。

"讲故事"的《月下小景》显得很年轻，也俘获了年轻人的心，因为月亮"鼓舞青年，而不是教训青年"。沈从文在这本文集的题记中说，《月下小景》不过是一些受佛经启发而来的故事，"一二千年以前的人，说故事的已知道怎样去说故事"。他的野心来自"六朝志怪，唐人传奇，宋人白话小说"，古人于讲故事这件事已练就一门艺术，现代人却不以为意：

中国人会写"小说"的仿佛已经有了很多人，但很少有人来写"故事"。在人弃我取意义下，这本书便付了印。①

从日常生活的角度来看，沈从文在"编写教科书"之余，也叹息着自己的落伍与不合时宜。他没有归属于任何团体，还常常斥责一些流行的作家为"法西斯分子"，更不知中间路线为何物。他几

---

① 沈从文：《月下小景题记》，载刘一友等编《沈从文别集·月下小景》，长沙：岳麓书社，1992 年，第 17—18 页。

乎是避开了一切有组织的活动,而独独称赞胡也频式的文艺抗争,他称胡也频为"海军衫"青年。

在《沉默》、《生命的沫》题记、《风雅与俗气》等作品中,沈从文都表达了类似的苦闷。他变成了一个事事认真的中年人,在萧条中缺少生趣,但仍是偶尔一鸣的孤独雄鹰:

> 我始终不了解一个作者把"作品"与为"多数"连缀起来,努力使作品庸俗,雷同,无个性,无特性,却又希望它长久存在,以为它因此就能够长久存在,这一个观念如何能够成立。
>
> 溪面群飞的蜻蜓够多了,倘若有那么一匹小生物,倦于骚扰,独自休息在一个岩石上或一片芦叶上,这休息,且是准备看一种更有意义的振翅,这休息不十分坏。我想,沉默两年不是一段长久的时间,若果事情能照我愿意作的作去,我还必需把这分沉默延长一点……随波逐流容易见好,独立逆风需要魄力……雄鹰只偶尔一鸣,麻雀却长日叽喳,效果不同,容易明白。
>
> 各适其性,各取所需,如果在当前还许可时,我的沉默是不会妨碍他人进步,或许正有助于别一些伟大成就的。①

他说自己就像是奉命编好的教科书,因不合政府口味,多半都没有印行。不过,他偶尔也会找到些生趣,这生趣来自围拢过来的年轻人:赵瑞蕻、杨苡、许芥昱、钟开莱、孙陵、林蒲、卞之琳、何其

---

① 沈从文:《沉默》,载《沈从文文集第十卷·散文、诗》,广州:花城出版社,1984 年,第 63—64 页。

芳、李广田、臧克家、乐黛云、汪曾祺……①

沈从文不仅为年轻读者写作,还以他独有的方式引人追随。

在丁玲眼中,沈从文不过是个穿长衫的右倾文人,总是脱不掉孩子气。与其说是沈从文扶持、照顾一众年轻诗人、作家,倒不如说是他们煨热了沈从文日渐冷却的心。他常常自怜自弃,衰老流亡,叹息着鲁迅之死,也失望于他的沉默。他和他所处的时代一样,都觉得自己病了。他开出的药方就是上面那些年轻名字。时代已老病缠身,而他是"中年小恙"。

城市的灯火并没有洞穿时代的幽暗,湘西也只是自顾自地闪着星光,从文先生是凭着萤火虫大小的文学之光照着路,本本分分地流亡着,哀伤着。

沈从文似乎并不十分羡慕那些过着安稳日子的定居者,他虔诚地盼望有年轻人会自动跟上来。他写了几十部小说,每一部都是他筑的巢穴,哪只飞虫飞鸟不羡慕有几十个安乐窝的同类。

沈从文尽情地嘲弄着那些掌握权势的文化新贵,他们迷恋古诗,崇拜偶像,而在精神上却染着种种痼疾:虚浮、懦弱、懒惰、不愿思考、思想贫乏、营养不足。

全民族有一半的人生活得像灾民,无业、无食,还有什么理由迷恋"旧的"? 还有什么理由站出来劝导小学生读经?

历史就是故事,当然,是一些特殊的故事。故事呢,绝不仅仅是单薄的故事,平凡的故事中,往往隐藏着不为人知的历史。历史是个大字眼,总是与官修的学问纠缠不清。故事则稍显轻松,它更

---

① [美]金介甫:《沈从文传》,符家钦译,北京:国际文化出版公司,2006 年,第 226 页。

具私人性,更具体,更生动,也更容易形成普遍的记忆共鸣。史书上的童年,往往是奋进的,知礼的,奉行孝道的,卧冰求鲤的,天赋异禀的,总之,有着千篇一律的成人味道。这样的童年分明是被历史绑架的童年,其间充斥着各种教化,而教化,只会让孩子们的童年越来越不像童年,或者,如沈从文所说,是让少年、青年们失了血气,遁入恋古癖。

沈从文抗议以儒道治国的"新生活运动",抗议所谓的"四维八德"。1935 年 1 月,沈从文在《国闻周报》上发表《论读经》一文,直言读经救不了中国,只会虐待小孩子,这套玩弄历史的把戏令人生厌。如果是某个人自己愿意重温那些"可耻的文本",并没有什么害处,但拿来教训人就不能再忍心随声附和了。他劝勉年轻人早日醒悟,须为现在的尊严,放下"有毒"的恋古癖,他带着少有的愤怒情绪写道:

目前一些提倡读经拥护读经的人,除了军人还有不少名流大官。这些人自己是不是当真把经书好好的读过一遍,说起来就不免使人疑惑。

若果每一个人真能平心静气,来把《诗》《书》《易》《礼》《春秋》精读一遍,再想想目前中国是什么样一种可怕情形,就会了然上古典籍不能应付当前事实,或许再也不忍心随声附和,让烟鬼的子孙还来用经书毒害一次了。①

---

① 沈从文:《论读经》,载《沈从文文集第十二卷·文论》,广州:花城出版社,1984 年,第 342 页。

在"商人—警察—青红帮"三位一体控制下的上海,胡也频、丁玲在公共租界"蒙难",沈从文在心里也蒙了"海派"的尘。这尘土来自那些文学上的"白相人",左右逢源,讨好读者,立不起个规模。

沈从文一度以"京派"形象出现在文学史上,其实,他不是以北京作家的立场,而是作为与上海这样的"十里洋场"相对立的"乡下人"来发声的。

他来到城市,接触时髦事物,获得新知识,读一切能消化的东西。而他的品类,毫无疑问,仍是作家的植物性,如《凤子》中的湘西野花"虎耳草",裹着顶红顶红的颜色,嵌着虎斑样的花纹,"就不许人摸它折它,它的毒会咬烂一个人的手掌。却美丽到那种样子"。① 这近乎野蛮的品类与"名士才情+商业竞卖"②的闹热做派格格不入。

沈从文听到那些大人物谈时兴理论,这些理论常常因"天时阴晴"而有不同。阴也好,晴也好,都继承了鸳鸯蝴蝶派庸俗文人的衣钵,似《礼拜六》杂志般,专供人消磨闲暇时光,与人生隔了一层血肉,最后走入"邪僻":要么如鲁迅所说,尽写些"才子佳人与妓女名花卿卿我我的艳史",要么尽写"舞厅邂逅,疑难病症,群芳凋谢"的海上传奇。题目是如"圣处女的感情""红色女猎神"式的夸张;内容上呢,多半是如穆时英的《五月》中描写一个男子的文字:

---

① 沈从文:《凤子》,载刘一友等编《沈从文别集·阿黑小史》,长沙:岳麓书社,1992年,第163—164页。
② 沈从文:《关于海派》,载《沈从文文集第十二卷·文论》,广州:花城出版社,1984年,第164页。

　　他是鸟里的鸽子,兽里的兔子。家具里的矮坐凳,食物里的嫩烩鸡……①

　　这样的上海"温室"令沈从文窒息。到了四十年代,沈从文在泛神主义那里获得一种庄严,他在作品中对美的惊讶,对生而为人的人世贞信尽力体悟着,这或许就是沈从文由迷而悟的转变。有时是渐悟,有时是渐迷,偶有顿悟,又转而顿迷了。

　　沈从文用佛教中"污泥—莲花"的意象来比喻人生,如他在《凤子》中假借青年之口说的话:"莲花从脏泥里开莲花,人在世界上还始终是个人。"他在《生命》(1940)、《看虹》(1941)、《潜渊》(1941)、《青色魔》(1946)等作品中尝试着思考象征主义和佛教哲学的问题。沈从文在1980年与金介甫教授的谈话中坦言美才是他所崇拜的神明:

　　后来我成了泛神论者,我相信自然。神不是同鬼一起存在而是同美并存。它使人感到庄严。所以你完全可以叫我是一个信神的人。②

　　我想这里面还有一个跨文化交谈的"语境"问题。为了让金介甫教授理解自己,沈从文才做如是说。抛开神与信仰不谈,沈从文和他的作品真正虔信的是"美"。美的永恒性是昔在、今在、永在,

_____

① 沈从文:《论穆时英》,载《沈从文文集第十一卷·文论》,广州:花城出版社,1984年,第203—205页。
② [美]金介甫:《沈从文传》,符家钦译,北京:国际文化出版公司,2006年,第236页。

273

与神同在。

在"新与旧"的问题上,沈从文敢破敢立,言及"在这种时代实行读经近于民族自杀",斥责"新生活运动"中的迂腐。他要说的是,无论是新式的"飞机、大炮、洋货、牧师",还是旧式的经书、菩萨,与他心目中的美比较起来,都显得"野蛮"。这位年少从军,见惯了杀戮的作家,比任何人都更加厌恶随意扼杀生命的"野蛮"。

在湘西,在萧瑟的楚地,沈从文凭着直觉,用眼目所及之事物来书写,那些文字似风俗画式的画卷;而在城市中,他得为人心画像,这是技巧与心灵上的双重不可能。如果要为这种不可能寻找一个恰当的说明,那无疑是张兆和的一番劝解。在 1937 年 12 月的信中,张兆和在述说困顿时局及家常事务之外,专门谈到沈从文的"文章",她在信中写道:

> 你不适宜于写评论文章,想得细,但不周密,见到别人之短,却看不到一己之病,说得多,做得少,所以你写的短评杂论,就以我这不通之人看来,都觉不妥之处太多。……不过我觉得你的长处,不在这方面,你放弃了你可以美丽动人小说的精力,把来支离破碎,写这种一撅一撅不痛不痒讽世讥人的短文,未免太可惜。本来可以成功无缝天衣的材料,把来撕得一丝丝一缕缕,看了叫人心疼。①

沈从文也写城市中的欲望与诱惑,令人倍感压抑,笔调成熟,却显得迟滞勉强。

① 沈从文:《张兆和致沈从文》,载张兆和主编《沈从文全集第 18 卷·书信集》,太原:北岳文艺出版社,2002 年,第 282 页。

从《诗经》中的"关关"之鸣,到屈原笔下的兰花、香草,是文明的概念化的过程。及至李白、杜甫、苏轼的酒与月亮,已是"观念"的盛大集会。文明在不断成熟起来,至少从沈从文的作品的角度来想,湘西还有一片绿洲,在理性之外有一个安顿。人们不必对湘西动情,提到它时,我们只要用手去指。对于湘西,沈从文就这样随手一指,便把它的好与不好都收入囊中。

沈从文来到无法指认的城市,用日渐增长的知识,愈是努力,愈是看不见城市和它装扮起来的美。他开始在挫折中寻觅导师,像凤子那样的乡下名字不属于城市。那是一个在乡下也要消失的名字,一个篝火一般的名字。它触着任何问题时,都像是一闪而逝去的光焰。

《凤子》是一团明亮的篝火,将从文先生雪白的书照亮。文字是人对火的一份虔诚,城市里没有这种篝火,只有隐藏着各种幸与不幸的"万家灯火"。沈从文对这样的人类聚居地是讽刺多于同情,旧式知识阶级堕落、挣扎、分裂开来。这些局部的缩影是社会的现状:人们在苟活营私中努力适应城市的节奏,一派"实验区"的灰暗景象。

比如《大小阮》中的小绅士"小阮",无论如何都不愿以饭局来应对这个世界。他有着敏锐的历史洞察力,对于小阮来说,他放弃了发财的梦,而最后竟然在一次没有准备好的革命行动中死去了。当时的中国似乎是真的在寻求挑战中探索生命的美妙风险:

大阮以为小阮真中了毒,想作英雄伟人的毒。半月后,平津报纸载出消息,唐山矿工四千人要求增加工资大罢工。接着是六个主持人被捕,且随即被枪决了,罢工事自然就完全失败,告一结束。

在枪决六个人中,大阮以为小阮必在场无疑。正想写信把小阮事告知那堂兄,却接堂兄来信,说有人在广州亲眼见小阮业已在事变中牺牲。既有了这种消息,大阮落得省事,就不再把小阮逃过北京等等情形告给堂兄。

对于小阮的失败,大阮的感想是"早已料定"。小阮有热情而无常识,富于热情,所以凡事有勇气去做,但缺少常识,做的事当然终归失败。事不过三次,在武汉侥幸逃脱,在广州又侥幸逃脱,到了第三次可就终难免命运注定那一幕悲剧。①

湘西持续动荡着,既无力自治,又不愿被辖制。它就如同一只跳脱的小鹿,军阀、外来势力、政治猎手接连被它戏弄,直到1950年前后,湘西的无政府状态才真正被打破。

农人灵魂

是什么样的经历让沈从文厌倦了都市?或许是丁玲的被捕,胡也频的死无所踪。

在《丁玲女士被捕》②中,沈从文强烈地揭露都市文明的病态,城市的现代化并没有提升人的观念和兴味,反而造就了许多既平

---

① 沈从文:《大小阮》,载刘一友等编《沈从文别集·顾问官》,长沙:岳麓书社,1992年,第69—70页。

② 沈从文:《丁玲女士被捕》,载刘一友等编《沈从文别集·记丁玲》,长沙:岳麓书社,1992年,第32—35页。本文发表于1933年6月4日《独立评论》第52、53期合刊。署名沈从文。

庸又自以为是的"自熹之徒":

> 在极愚蠢的政策下,死者死矣!然若果稍能自强不息,知对现
> 状有所不满,敢为未来有所憧憬的作家,皆如此一去无踪,生存的,
> 则只剩下一群庸鄙自熹之徒,当全个民族非振作无以自存的时节,
> 还各装模作样,以高雅自居,或写点都市文明浮面的光色,或填小
> 词造谣言以寄托其下流感情。阳充清流,以文学作消遣,于政府官
> 办各刊物中,各看手腕之修短,从所谓党的文艺政策下会计手中攫
> 取稿费若干,无事可作便聚处一堂,惟高谈希腊、罗马以送长日。
> 即由此二三上海小有产者与小游民兴味与观念,支配国内年青人
> 兴味与观念。政府于积极方面既杀尽有希望的作家,于消极方面,
> 则由政府支出国库一部分金钱,培养这种闲汉游民,国家前途,有
> 何可言!

如果都市中的一切风波,错乱时局都可以归罪于文学上的"自
熹之徒"或"闲汉游民",那问题就再简单不过了。也就是说,沈从
文是把"都市"这个词"简单"地抛给文学,其天真可想而知。沈从
文有着从事于文学的天然敏感,也善于把个人经验的素材充分戏
剧化。不过,他也始终无法脱去身上的乡下人气质,对于熟人似乎
本能地不去检讨、不去思虑,他的作品中也很少出现那些"在俗累
世故中过日子惯了的熟人"。

沈从文笃定的是,丁玲是另一个自己,两个乡下人,两个"生瓜
蛋子"。至少在北京的那些贫穷的友谊中,他们曾共享"精致的贫
穷",共享着作家的梦。那时节,他阅读一切能消化的东西,尤其看

重作者的文采,同时,也把身边的人当作书来读。

《记丁玲》并不是熟人的传记,而是小说,是近于唐代传奇的那类小说,写得十足任性,把彼时的自己和他人投放到笔尖上,一切都尽着兴,毕竟,他是一个把文学凌驾于一切之上的那种作家。但是,在丁玲那里,他没能把握好分寸。他似乎忘记了小说中要尽力避开熟人,不然会限制笔尖的力度。即便如此,我还是觉得在作为小说的《记丁玲》中,那个叫作"丁玲"的角色依然有着乡下人的质感,她的好与不好,都如结实的麦穗,她的灵魂是地道的农人灵魂:

> 但是一切人各有自己一分命运,性格强一点,所负的重量也就多一点,性格随和一点,便无往而不宜了。她的性情表面上看来仿佛十分随便,灵魂却是一个地道农人的灵魂。为了服从习惯重义而轻利,为了与大都市的百凡喧嚣趣味不合,故大都市一切,凡所以使一般人兴奋处,在她便常常感到厌烦。她即或加入了左翼运动,把凡是她分上应做的事,好好的尽力作去,但到了另外一时,使她能够独自温习她的一切印象时,觉得浅薄讨厌的人,也许就正是身边那几个人。她认识这个社会制度的错误处与矛盾处,以及这个社会中某一阶级,某一问题,某一种人心灵,所有的错误与矛盾,控制支配她的信仰与行为的,还是她那一分热情。她自己便是一种矛盾,这矛盾如同每一个农民把生活改移到都市住下时同样的情形。[1]

---

① 沈从文:《记丁玲》,载刘一友等编《沈从文别集·记丁玲》,长沙:岳麓书社,1992年,第288—289页。

沈从文晚年称丁玲为一个"老熟人",他说"凡是熟人,都有同样离奇不可解印象"。① 当时丁玲写文章批评沈从文"市侩",沈从文并没有著文批驳,只是偶尔向亲友述说心事。人只在某个特殊的年龄上才会如此视人如己,尽吐心事,比如年少轻狂的时候,或者是在老之将至、死之不免的状态下。

《记丁玲》是一个乡下青年走进都市后的种种心事,其中有历史的分量,不过,更重要的意义在于它的象征性。这些回忆性的文字毋宁是山歌一曲,唱的是樵夫心事,猎人的孤寂。初入京城的沈从文是走在都市的群山中,应者寥寥,因此在心灵上有格外重视的分量。而故乡的那些年轻樵夫与猎人是真的把心事都付与眼前的青山与深潭,既有群山回唱,心事也就变得轻了,淡了。

在乡下人的世界里,山歌就是山歌,自然没有人会去谩骂攻击一个唱山歌的人。沈从文写下许多像山歌一样的作品,都市中人却认为他不思进取,跟不上进化与进步的潮流,质疑的声音从未断绝。

在 1982 年 1 月 9 日写给一位编辑的信中,沈从文说自己从二十年代写了点文章开始,就是被骂对象。后来这种事常常出现,并且逐渐升级,有人讥讽他是"多产作家",有人说他是个"无思想""无灵魂"的作家。他的态度是承认自己本来即"庸俗到家",又少远大志气,从不自以为有什么过人才能,也从不会在大庭广众中以

① 沈从文:《复周健强》,载张兆和主编《沈从文全集第 26 卷·书信集》,太原:北岳文艺出版社,2002 年,第 332 页。

"作家"自居。被人痛骂总是沉默接受,无从计较这些小事。① 他还常常自嘲,说自己不过是个"早已过时"的人物,为了避免做时代的"绊脚石",心安理得转到历史博物馆,做了十年"普通说明员",埋头研究服饰与文物。

沈从文生命中最后所写的几行文字,仍是乡下人的简单想法,他说:"我一生,都不想出名","写几本书,算什么了不起","举凡近于招摇之事,证'知足不辱'之戒,少参加或不参加为是"。② 他还规劝正在"研究"自己的后生,希望他们"万不要以为我受委屈"③,言下之意,任凭如何相熟的朋友,总该保持一点距离。

---

① 沈从文:《复周健强》,载张兆和主编《沈从文全集第 26 卷·书信集》,太原:北岳文艺出版社,2002 年,第 332—333 页。

② 沈从文:《最后的文字——复向成国》,载张兆和主编《沈从文全集第 26 卷·书信集》,太原:北岳文艺出版社,2002 年,第 553 页。

③ 沈从文:《致凌宇》,载张兆和主编《沈从文全集第 26 卷·书信集》,太原:北岳文艺出版社,2002 年,第 547 页。

第十一章　村姑

　　人的一生在很早的年纪就成形了，谁都逃脱不掉。成形的意思是，我们根本无法摆脱"记忆"这东西，甚至被它限定起来。持续性的影响与限定有许多实例，比如，渔夫彼得为耶稣门徒的身份所限定；比如，杜拉斯（Marguerite Duras）的一生为西贡所限定；比如，尤瑟纳尔（Marguerite Yourcenar）终生为哈德良皇帝这个形象而着迷等。而本书的主人公沈从文先生，他的一生，是因湘西而叩响了时代的窄门，将乡下人体体面面地供奉到人性的神庙中去。

　　沈从文其实不喜欢用沉重的、古典的字句来达到抒情的效果，他更加重视眼前的一切美好，如湘西的地方性，如沅水、酉水沿岸景致，如故事中的鸟雀及一切鲜活的自然与风水。从他笔下流淌出的文字，很年轻，不似鲁迅的下笔苍老，心事沉重。鲁迅，是须得用"大力气"去读的思想者，而沈从文的作品，似画作，并不刻意搭建说教的优势，我们只要轻轻地、静静地观看就好。他总是喜欢写那些轻易逝去的东西，这些物事仿佛从来无人察觉，悄悄地逝去了。

黑猫

　　沈从文的大部分作品都是围绕着远离"帝都"的"内地"展开的,他捕捉了许多"乡下人"的生活,同时也为某种"乡下人"气息所限定。不过,正是这样的专属性成就了他的伟大。

　　他生活在所有都市文学家的想象之外,自得苦乐,完全沉浸于某种疏离感中,像丛林中的孤独猎人。比如在《旅店》[①]中,沈从文几乎是带着那种"鸣不平"的倔强口吻,为久居山林的乡下人写下一份"偏远亦好"的宣言:

　　生在都会中人,即或有天才也想不到这些人生在同一世界的。博士是懂得事情极多的一种上等人,他也不会知道这种人的存在的。

　　俄国的高尔基,英国的萧伯纳,中国的一切大文学家,以及诗人,一切教授,出国的长虹,讲民生主义的党国要人,极熟习文学界情形的赵景深,在女作家专号一书中客串的男作家,他们也无一个人能知道……中国的大部分的人,是不但生活在被一般人忘记的情形下,同时,也是生活在文学家的想象以外的。

　　地方太宽,打仗还不容易,其余无从来发现,这大概也是当然的道理了。这里一件事,就是把中国的中心南京作起点,向南走五千里,或者再多,因此到了一个异族聚居名为苗寨的内地去。这里

---

① 沈从文:《旅店》,载刘一友等编《沈从文别集·萧萧集》,长沙:岳麓书社,1992 年,第 101—113 页。

是说那里某一天的情形的。

　　沈从文向来只说自己是"乡下人"。他似乎隐没于"历史"之外，像从未走出丛林大山的樵夫，从未翻看过都市文明图书馆的任何一本书，自然也没有沾染都市文人的傲气。

　　每个人都有一部分根须扎在故乡的土壤里，沈从文也不例外。他是在湘西就已经披挂了一身傲骨，然后，凭着一支笔，傲骨嶙峋地站立着，似故乡沅水边的那些吊脚楼，只愿与乡下的男男女女迎来送往，自己做自己的受难者，在山水中享受偏远。

　　这篇名为《旅店》的故事写于 1929 年，沈从文虚拟出"白耳族""花脚族""乌婆族"等少数民族，写他们按自己的习俗来行事、恋爱。

　　旅店主人是个名叫"黑猫"的"花脚苗"，二十七岁成了寡妇。周边的男子"用歌声，与风仪，与富贵，完全克服不了黑猫的心"。后来她却与一个住店的行脚商人相好且怀了孕。商人离开后在路上发急症死了。于是，黑猫的驼背伙计做了她的丈夫。

　　沈从文笔下的黑猫或许是他所有小说中最美的一位村妇，她的不寻常不限于女性的娇俏、热情，还有天生的自尊与精明。当然，最能引人共鸣的，也是沈从文敏感的细节捕捉力绝不会遗漏的，是黑猫身上的村姑味道：

　　她在寡妇的生活中过了三年，没有见到一个动心的男子。白耳族男子的相貌在她身边失了诱人的功效，巴义族男子的歌声也没有攻克这妇人心上的城堡。土司的富贵并不是她所要的东西，烟土客的挥霍她只觉得好笑。

为了店中的杂事,且为了保镖须人,她用钱雇了一个四十多岁的驼背人助理一切。来到这里的即或心怀不端,也不能多有所得,相约不来则又是办不到的事。这黑猫的本身就是一件招徕生意的东西,至于自黑猫手中做出的菜,吃来更觉得味道真好,也实有其人。

在乡下人的心目中,或者直白干脆地说,在沈从文的潜意识里,村姑往往比都市中的时髦女郎更好看。她们不要富贵,不要虚荣,只要生活,沈从文用这几行文字把自己打扮成村姑的模样。当然,我们应该相信,黑猫是真正生活在这世上的一位村姑。这种文学的真实性犹如普鲁斯特笔下的"玛德莱娜蛋糕"(petite madeleine),有一种松软感,让人想起往事,回到童年。往事,往往在智力之外,或者说不是仅凭智力就可以捕捉的,有时,要靠文学来唤醒,识别。

用文字凭空造成一个形象,还要触及心,触及人,谁来做这件事都是勉为其难。小说中的人物更厉害,你得想办法让他站立在土地上,有呼吸,这不是吹一口仙气就办得成的。如果真的有这样的仙气,那只有一种可能,就是天才的童心。

沈从文就有这样的一颗童心,洋洋洒洒的乐观的童心,像山中的雨,底色是一片绿意,与世间的一切都没有阻隔。那份潇洒,是如山间的那些小生灵,与岁月,与天地都近水楼台,畅行无阻,顺水而下,不做挣扎。那份潇洒,是如村童闹学,顽童看戏,如孩子们的衣服颜色,种种姿态皆好。

　　如果非要给这份潇洒找个证明,那或许是沈从文在1956年写给友人的一封信。六一儿童节当天,一位名叫"昌煌"的学人登门拜访,向沈从文请教中国古代儿童服饰的问题。沈从文极谦逊地与他"随口说说",还强调自己知识不够具体,只是"一知半解"。第二天,他便整理出自殷商到明清的六十四种儿童服饰、器物、画作,条目中分别写着"那孩子特别好","中心有孩子,好","孩子斗蟋蟀,好","小孩在学大人,好","水中童子,好","骑羊孩子作冬装,好","采桑养蚕女孩,重要","明有木刻,作郓哥头顶王婆肚子,好得很",①等等。这位不再写小说的作家简直成了童年专家,潇洒得很。

　　沈从文当时也处在一种"偏远"的状态中,他在历史博物馆工作,有时做向导、讲解员,有时做"设计员",研究工艺美术史。在写给友人的信中,他说自己不过是个"小职员",生活的状态是:

　　　　一天在坛子罐子中转,熟习的也就是坛坛罐罐,这个比那个大,那个比这个好一类问题,别的都隔绝生疏了。②

　　一位老作家,躲在图书馆里,整日与花纹、图案、织锦、漆器打交道,却能在一夜之间回忆起古往今来的六十四种童年样式,十足的阔绰。他的纯良与童真写在小说中,也写在那些伏案钻研旧物

---

① 沈从文:《致昌煌》,载张兆和主编《沈从文全集第19卷·书信集》,太原:北岳文艺出版社,2002年,第460—464页。
② 沈从文:《复潜明》,载张兆和主编《沈从文全集第19卷·书信集》,太原:北岳文艺出版社,2002年,第388页。

的寂静夜晚,我们仿佛能看到孩子们的笑容放射出光芒,照亮沈从文的脸颊。

沈从文是一位"穿越感"十足的作家。他可以在《旅店》的三五千字篇幅里,写尽村姑的人生与苦乐,也可以在一夜之间,道尽千年来的童趣童心。村姑和孩子的潇洒,是怎样的时空阻隔也阻挡不住的。同样,那些以"偏远"湘西为背景的大小故事,也不会妨碍我们同沈从文一起拥有美丽幻想的自由。

宋妈

恰好在二十岁那年,沈从文从时代的不安中跳脱出来,投入另一种名为"写作"的执迷中去,顺流而下,波澜不惊。在此之前的五年中,他的正值青春的身体与躁动不安的心灵,都融入军中生活的节奏中,如号角一般斩钉截铁:"军队,这东西就奇怪,在喇叭下活动起来,如同一个大的生物,夜里一阵熄灯喇叭吹出时,又全体死去!"[1]这两行字,是"此身虽在堪惊"的过来人口吻。

试想一个人在十几岁的年纪,就尝尽人生的苦难,经历杀戮、决斗、战争等成人世界的一切变乱——所有这些,足以令一个营的娃娃兵长大成人。之后,这些记忆如同哭泣,如同呜咽,长久地、具体地影响着他的人生,远比抽象的梦更切合抒情的需要。

对于记忆的强大力量,沈从文有着如同梦呓般的解释,他在《新摘星录》中写道:"我心里想,灵魂同肉体一样,都必然会在时间

---

[1] 沈从文:《传事兵》,载刘一友等编《沈从文别集·顾问官》,长沙:岳麓书社,1992年,第151页。

下失去光泽与弹性,唯一不老长青,实在只有'记忆'。有些人生活中无春天也无记忆,便只好记下个人的梦。《雅歌》或《楚辞》,不过是一种痛苦的梦的形式而已。"①

　　在那个容不得人开玩笑的时代,这样轻淡的写法,只他一家。这写法也常常出现在沈从文的自传性文字中,他常常回忆起童年的时光:在某个黄昏时分,他潜到水底,很久很久,人们不知道他去那么深的河底做什么,突然,他浮出水面,手里抓着一只小蟹。一切都那么鲜美。

　　你可以把手捏得紧紧的,从他的故事里生出风来,生出雨来,从他的故事上一下子年轻几十岁,仿佛又回到无需经卷和书本点缀的童年,与沈从文一起逆流凫水,或者,和他笔下的"宋妈"一起上山打野猪。在《猎野猪的故事》里,沈从文几乎是把整个森林搬到读者面前,他在开篇这样写道:

　　有一年,这有多久了?我不大记得清白了。我只能记到我是住在贵州花桥小寨上,辫子还是蜻蜓儿,我打过野猪。我同到夭叔叔两人,随到大队猎人去土坟子赶野猪。土坟子这地方大概是野猪的窝,横顺不到三里宽,一些小坡坡,一些小潴塘,一些矮树木,这个地方我就不知究竟藏得野猪有多少。每次去打你总得,不落空。

　　宋妈在草棚里睡着,错过了合围野猪的大部队。不过也有机

①　沈从文:《新摘星录》,载刘一友等编《沈从文别集·萧萧集》,长沙:岳麓书社,1992年,第208页。

会留下彼时的自然和星空,她回忆起当时的星空,当时的声音,仿佛一切都近在眼前:

> 我醒了,摇天叔叔,他也醒了。把高粱秆的门打开,看天上全是星子。一个月亮还才从远山坡后升起来。虫像落雨一样,这里那里全是。棚子附近就不知道有多少草蚱蜢,咋咋咋咋不得了。油蛐蛐是居然不客气进到我们垫褥上来了。月亮光照到我们的脸,我想起四伯。老远又听到一些人打哨子的声音。

宋妈后来一个人留在棚子里,一群野猪围上来。她记得那么清楚,像手里还握着野猪的腿,回到童年的那个夜晚:

> 我从各处的小蹄子脚步声,断定这小东西是四位。虽然明明白白棚里有好几把矛子,因为记得四叔说小野猪走路快得很,几多狗还追不上,待我扯开门去用矛刺它,不是早跑掉了么?我又不敢追。那些小东西大概总还料不到棚内有人正在打它们的主意,还是走来走去绕到棚子打圈子。
> ……哈,我的天!一个淡红的小嘴唇居然大大方方的从隙处进来了。总是鼻子太能干,嗅到棚内的红薯,那生客出我意料以外的用力一下还冲进一个小小的脑袋来。没有思索的余地,我就做了一件事。我不知道这是我的聪明还是傻,两手一下就箍到它颈项。同时我大声一喊。这小东西猛的用力向后一缩退,我手就连同退出了棚外。几几乎是快要逃脱了。天啊,真急人!
> 天叔叔醒了,那一群小猪窜下冈去了。我跪在棚内,两只手用

死命往里拉,一只手略松,不过是命里这猪应落在我手里,我因它一缩我倒把到一只小腿膊,即时这只腿膊且为我拉进棚内了。

……

宋妈的嘴角全是白沫子,手也捏得紧紧的,像还扯到那野猪腿子一样。这老太是从这故事上又年青三四十岁了。①

《猎野猪的故事》是宋妈讲给城里的太太和少爷们听的,他们已经厌倦了那些"状元的故事",于是,就对宋妈说:"宋妈乡下人,试说一个罢。"

沈从文与宋妈都曾经是猎野猪的乡下人,在记忆深处,与城市中的知识阶级有着天壤之别,不过,在宋妈的故事中,在场的每个人都笑着团圆了。我们在一头小野猪身上,读不出时兴的时代性问题,也读不出"物竞天择"的文明病症,更不会去思虑帝制抑或共和之类的国体社论。它就是一个完完整整的童年夜晚,任何附加的想象都显得多余。

宋妈一生中最幸福的时光,就是这个草蚱蜢跳,野猪乱跑的夜晚,这或许就是乡下人最富足的一点,他们拥有自然,拥有如此神秘的"童年"。

夫妇

沈从文不是村姑之美的发现者,只是记录下她们天然一派的

---

① 沈从文:《猎野猪的故事》,载刘一友等编《沈从文别集·萧萧集》,长沙:岳麓书社,1992年,第74—88页。

样子,在捕捉乡下生活这件事上,他的确是一位会感应的天才。用文字来捕捉一种感觉,技巧恐怕不是最紧要的东西,心灵眼目能够沉下去,低下去,自然会得到些感应。

1929 年,沈从文在《夫妇》①中这样写道:"在乡下,什么事即有趣,想来是不容易使城中人明白的。"沈从文是用乡下人的方式,将人性的美好展现出来。有时,他也会呈现一些可怕的场景,悖德的事件,或者,干脆把城市里的知识、文明与法律也引进来,用以强调乡下人的尊严与天性如何被文明践踏。

《夫妇》是一篇有点朦胧色彩的故事,写一个神经衰弱的知识分子"璜"随众人去看热闹。地点是在"八道坡",一个听起来非常山野的名字,好像是真的和捉野猪那样的事有什么关系。只听到有人急急喊着"捉到一对东西",继而在璜的眼前展开的,原来是绑着的"一对人"。

对城里人"璜"和他身上所代表的另外一种生活法则,沈从文是这样描写的:

> 许多人正因为有璜来看,更对于这事本身多一种趣味了。人人皆用着仿佛"那城里人也看到了"的神气,互相作着会心的微笑。还有对他的洋服衬衫感到新奇的乡下妇人,作着"你城中穿这样衣服的人也有这事么"的疑问。
>
> 璜虽知道这些乡下人望到他的发,望到他的皮鞋与起棱的薄绒裤,所感生兴味正不下于绳缚着那两人的事情,但仍然走近那被

---

① 沈从文:《夫妇》,载刘一友等编《沈从文别集·萧萧集》,长沙:岳麓书社,1992 年,第 114—128 页。

绳捆的人面前去了。

　　绑着的是一对年轻男女,在树下,被绑在一起。城里的璜心里想着:"风光若是诗,必定不能缺少一个女人。"此时,他并没有觉得人被无端绑缚有何不妥,也不去想这样做是否侵犯了人之为人最起码的一点尊严与权利,这位叫璜的"唐璜"式的人物,只是与其他人一样,跑来"围观"女人。

　　这对男女从样貌上看,都是乡下人穿着,而且都很年轻。女的在众人无怜悯的目光下不作一声,静静地流泪。不知是谁在女人头上插了极可笑的一把野花。他们的怕是乡下人怕城里人的那种怕:

　　乡下人照例怕见官,因为官这东西,在乡下人看来,总是可怕的一种东西。有时非见官不可,要官断案,也就正有靠这凶恶威风把仇人压下的意思,所以单是怕走错路,说进城,许多人就毛骨悚然了。

　　事情的经过是这样的:有人过南山,在南山坳的草堆里看见这两个年轻人有奸情,于是就聚集了几个附近的汉子把来捉了奸。

　　不过,这个捉奸的故事在被捆捉的男子口中又是另外的样子,他用低低的嗓音说道:

　　他就是女子的亲夫。二人新婚不久,同返黄坡女家去看岳丈,走到这里,看看天气太好,于是坐到那新稻草旁看风景,看山上的

花。那时风吹来都有香气,雀儿叫得人心腻,于是记起一些年青人
应做的事,于是后来就被捉了。

　　人是情境的动物,在晴空、香气与鸟雀的作用下,会做一些"应
做的事"。沈从文的文字似乎有种气氛,故事中的男女都生活在各
种气氛中,将隐秘的内心都展示出来。

　　《夫妇》中的官是练长、团总,他们想在捉奸之事中成为法律与
习惯的执行者,当然,从他人的坏处可以极方便地捞取些好处。有
人算计着,把奸夫淫妇用乱石打死固然不错,可是就失了好处。于
是,又想到罚一百串钱,再把男子家中的一只牛牵到局里充公。

　　这个捉奸的故事上演到最后,是城里人璜的某种影响力使这
对年轻人获释。在故事的结尾处,乡下女子的美再次震动了城里
人的心灵。在夜色中,她的朴素沉静让刚刚发生的一切都显得滑
稽可笑,当然,沈从文没有忘记嘲笑那些在"围观"事件中总少不了
的愚蠢看客。他们永远地陷在愚蠢人的队列中,而年轻的乡下夫
妇,在经历了捆绑与凌辱之后,踏上蜿蜒的归家山路。二人像一对
逃出囚笼的小动物那样,借着星光的指引,重返自然:

　　璜伴送这两个年青乡下人出去,默无言语,从一些还不散去守
　在院外的愚蠢好事的人前过身,因为是有了璜的缘故,这些人才不
　敢跟随。他伴送他们到了上山路。男子说到黄坡赶得及夜饭。他
　又告璜这里去黄坡只六里路,并不远,虽天夜了,靠星光也可以走
　得到他的岳家。说到星光时三人同时望天,天上有星子数粒,远山
　一抹紫,夜景美极了。

乡下人的明朗朴素,是沈从文为那些高等人造的一面镜子。按照他在《绅士的太太》中的说法,他们是"曾经被人用各样尊敬的称呼加在名字上面的主人",是一事无成的有钱的老爷,是可以被称为绅士的那些名字:国会议员、罗汉、猪仔、金刚、总统府顾问……他们通常住在懂得笑着敷衍人的城市里,总之,"凡是一切绅士的坏德性他都不缺少"。①

从衣着上看,"璜"可能是这些绅士的子弟,幸运的是,他身上并没有遗传那些父辈们的坏德性,至少我们在《夫妇》的故事里看到,他和乡下人站在一起,与他们一起仰望星空。

王嫂

乡下人可从不缺少美德,他们甚至不需要人安慰,对天地不仁亦只是轻蔑。

《王嫂》②的故事发生在战争阴影笼罩下的昆明。沈从文写一个在城里做仆人的乡下妇人,对日本飞机的轰炸不以为然。后来,儿子差点被炸死,埋在土里,竟然只划破了裤子。她信孔子的话,"死生有命,富贵在天"。于是,"飞机的样子,声音,轰炸的消息,共同在王嫂脑子中产生一个综合的印象。可是一切工作还是照常"。

---

① 沈从文:《绅士的太太》,载刘一友等编《沈从文别集·萧萧集》,长沙:岳麓书社,1992年,第230—273页。
② 沈从文:《王嫂》,载刘一友等编《沈从文别集·萧萧集》,长沙:岳麓书社,1992年,第89—100页。

这一切照常之前,是王嫂的俊俏女儿受难产的痛楚折磨,死去了。

女儿的丈夫自然悲伤,不许棺材出门,报了名当兵,说了声"死生有命"就离开了。

王嫂是个守规矩的乡下人,性情忠诚而快乐,爱清洁,又惜物不浪费,把主人家中的事情做得有条有理。

这主人家同别的人家一样,有鸡,有狗,有猫儿。这些生物在家中各有一个地位,与其说它们是家禽,不如说是这一家人的生活顾问。当然,这一切统统由王嫂照管。在这些劳作中,我们看到一个乡下妇人平凡至极的日常生活:

王嫂每天照例先喂狗,后喂鸡。狗吃饱后就去廊下睡觉。喂完了鸡,向几只鸡把手拍拍,表示所有东西完了完了,那几只鸡也就走过院坪边沿那几株大尤加利树下扒土玩去了,因此来准备开始做自己事情。

下半天是她洗衣的时间,天气好时,王嫂更忙。院子中有两大盆待洗的衣服:老先生的,先生的,太太的,小姐的,学生的,小娃子的,还加上自己在茶业局作小勤务十二岁小儿子的。衣服虽不少,她倒不慌不忙的做去。

事情永远做不完,可并不使她懊恼。一面搓衣一面间或还用本地调子唱唱歌,喉咙窄,声调十分悦耳。

偶然为主人听到时,要她好好唱下去,就觉得害臊,把个脸羞得红红的,决不再开口。

唱歌的用意只在自己听听,为自己催眠,凭歌声引带自己到一个光明梦境里去。

王嫂亦不诉苦,她的简单的心来自一句简单的话和一个简单的故事。孔子遗教影响了她,"死生有命,富贵在天"。故事也简单:"黄巢杀人八百万,在劫数的八方有路难逃,不在劫数的,坐下来判官不收你。"于是,她的眼下与梦想也就简单起来:攒些钱,买块地,供儿子读书,为儿子娶媳妇。再厉害的战争总有结束的一天,无论世界怎样变化,母亲的梦总离不开孩子。王嫂每天计算着未来的日子,为了这个未来,天上的飞机与炸弹也只好绕开。原因很简单,这些琐碎的日常,是战争的对立物,是亘古不变的生活本身:

王嫂目下有十二块钱一个月,儿子却有十五块,两人赚的钱都没有用处,积聚一年可捎回乡下去买一亩二分田地。仗打下去,粮米贵,一点收入少虽少,利上翻利,五年不动用,会有多少!

再过八年儿子长大了,所长保举他进军官学校,接一房媳妇,陪嫁多的不要,只要三五亩地,一头水牯牛。

一切事都简单具体,使这个简单的人生活下来觉得健康快乐,世界虽不断的在变,人心也在变,鸡狗好像都在变,唯有这个乡下进城的农妇,人生观和希望,却始终变得不怎么大。

看到这几行文字,我心里一惊,忽地一下站立起来。为什么沈从文要如此精确地写下这些数字?钱币上面的确切数字有什么寓意?为什么要写王嫂对孩子们五年之后、八年之后生活的预期?

为什么是一亩二分田？为什么要一头水牯牛的陪嫁？

　　从未有人夸赞过这位小说家的数学才能，也没有人说他喜欢明明白白的账目，不过，在他写给家人友人的书信中，清清楚楚地写着与这一切密不可分的数字。他在信上这样写着，《从文自传》是在十九天的时间里写就的，目标是用这笔稿费偿付九妹的学费。① 在写给大哥沈云麓的信中，沈从文曾详细地记录了昆明的物价：

　　　　此间物价日高，橘子卖至七毛一斤，皮鞋至十余元一双，东东西西，无不比去年贵过一倍。家用伙食，月约需百五十元，房租需三十五元，孩子们每月也得二三十元添补，所以生活上只能说得过且过。②

　　此外，从战时的家信中得知，沈从文每每在钱的事情上让张兆和操心，她总是不厌其烦地提醒沈从文，让他学会节俭地招待朋友，不要硬充好汉：

　　　　为什么你又得搬家？先住的房子是借住的么？为什么这时候还租那么大的房子？年内还有四个月，你想不想过怎么支持下去？就算年内挨过，明年你们的事情还能继续么？我想着你那性格便

----

① 沈从文：《致王予、王亚蓉》，载张兆和主编《沈从文全集第 24 卷·书信集》，太原：北岳文艺出版社，2002 年，第 459 页。
② 沈从文：《致沈云麓》，载张兆和主编《沈从文全集第 18 卷·书信集》，太原：北岳文艺出版社，2002 年，第 353 页。

十分担忧,你是到赤手空拳的时候还是十分爱好要面子的,不到最后一个铜子花掉后不肯安心做事。希望你现在生活能从简,一切无谓虚糜应酬更可省略,你无妨告诉人家,你现在不名一文,为什么还要打肿脸充胖子?①

　　战争改变了钱币的属性与购买力,也改变了人们计算钱币的频率与心态。战争毁掉了很多人,那是一些老的、少的,一代、两代人。可是,沈从文忽然在破旧的房间里站起来,他对那些受难者说道:我们的母亲还在,瞧,像她那样的,像王嫂那样的母亲们,她们从未改变。

　　战争是《王嫂》的一个浓重的背景,正是步步紧逼的枪弹、炮弹及敌人,一点一点地吞噬着每个人的血肉与生活。王嫂同其他孩子的母亲一样,背负生活的苦累,却从不喊累。她不停地梦想着孩子们的生活,谁不向往五年后、八年后的生活境遇?

　　王嫂人好,心好,命好。她偶尔也会想起死去的女儿,叹息着说:"死得苦,命不好。"然后,就到集市上悄悄买些香纸,拿到北门外去烧化,暗暗哭上一阵。这一切只是悄悄地进行,她不愿诉苦,怕人知道要笑她,要问她,要安慰她。对乡下人来说,这些安慰就如同那些式样呆板可笑的奢侈品。民间常说,"滴自己的汗,吃自己的饭",乡下人的美德也简单,也不简单。

　　每个人的艰辛,就是母亲的一份艰辛。旧时俗话讲,"人各有衣禄",透着一股来自民间的韧劲儿,靠天吃饭的乡下人多半带着

---

① 沈从文:《张兆和复沈从文》,载张兆和主编《沈从文全集第18卷·书信集》,太原:北岳文艺出版社,2002年,第248页。

这样的倔强。其实，对世上所有母亲而言，这五个字都别有一番滋味。每个阅读《王嫂》的人都会像理解爱那样理解一些东西，也会对"母亲"这个词多一分理解。沈从文让王嫂这样的乡下妇人也有了专属于自己的传记，准确地讲，是他为"母亲"这个简单而强韧的字句写下的，这一点，不会错。

一直到晚年，沈从文都特别钟爱《王嫂》。

第十二章　山路

　　沈从文的故事多以西南边陲小城为背景,他对大都市似乎没有什么特别的好感。他钟情于乡下人,钟情于乡下的山与水,这种钟情几乎是出于本能的热爱。于是,这些人,这些山水自然而然地占据着他的作品和故事。

　　他写下的这些类似游记的小说,没有离奇曲折的情节,却为我们呈现了湘楚地区的广大、神秘。相较而言,狄更斯的伦敦腔,奥斯汀的古堡腔,勃朗特姐妹的荒原腔,都显得离奇可疑,凝滞灰暗。哈代的威塞克斯小说在气氛和人物的描写方面很有特点,但到底还是不如沈从文的从容、活泼。

　　掠过沈从文书页的,是古人的伤心诗句:"顿觉眼前生意满,须知世上苦人多。"

"好梦是生活的仇敌,是神给人的一种嘲弄。"《牛》①在隐喻的意义上关联着沈从文所处的时代,在一头受伤的牛身上,主人,当然,是所有读者都会理解的今人的一句口头禅:希望越大,失望越大。

《山道中》

《山道中》②不写希望,也不谈寻常意义上的失望之事,只是讲三个回乡军人赶路的见闻。他们在路上分享各自的经历,沈从文写下这些故事,似游记,更是历史实况。单是那走官路如走蛮路的气氛就令人惊叹:

在一条长长的寂寞的路上行走的人,原是不能有所恐怖的。执刀械拦路的贼,有毒的蛇,乘人不备从路旁扑出袭人的恶犬,盘踞在山洞中的土豹,全不缺少。这些东西似乎无时不与过路人为难,然而他们全曾遇到,也全平安过去。

与他们一路同行的,是小商贩,牛客,纸客,送灵榇的小小队伍。路上所见的本地人,几乎全是褴褛不成人形,脸上又不缺少一种阴暗如鬼的颜色。

路过灵官菩萨座前,一行人见到木匾上的铭文:"保佑行旅。

---

① 沈从文:《牛》,载刘一友等编《沈从文别集·泥涂集》,长沙:岳麓书社,1992年,第215—238页。
② 沈从文:《山道中》,载刘一友等编《沈从文别集·泥涂集》,长沙:岳麓书社,1992年,第244—262页。

宣统三年庚申吉日立。三湘长沙府郑多福率子小福盥洗手敬献。"

为什么要求这样的保佑呢？路上行商的黑脸汉子和白脸汉子闲聊："我四年前八月间从此过身，跟随团长，有八个兵士。那时八个兵士有枪，还胆怯！""近来不用怕了。""三月间剿过一次，杀了三四百人，听说洗了三个村子。""什么人带的兵？""听说是王营长带了四连人，打了五六天，毁了三个堡子，他妈连鸡犬也不留他一个。好狠心！""地方太苦了。剿一次，地方更荒凉了。"

之后，他们来到一个被称为"县"的堡寨。

穷秀才模样的县长和斯文的县公署科长招待三人吃了晚饭，临睡前，还欣赏了县长吟诵的《庄子·秋水篇》。

从他们的谈话中，我们能大概了解这个偏远县城的面貌，当然，也能感受到这个深山小城的宁静与荒凉：

县长也就是住在这小店中。每天到三里外一个旧庙中审点案，判断一些小生意人的争持，晚上就回到小店中住处来吃饱睡觉。

上床以前读读《庄子》，无事时则过各处小乡绅家中去喝点酒，作县长的五日一场才有点新鲜猪肉吃。县长无处可去无事可作时，就和科长县警下盘棋，或种种瓜菜。

本县城内共计一百卅二户，大小人口三百四十四人，还将县长本人和科长等等算在这一个数目里面。

县境内还有五百人。住得松松散散，分成五个村子。"有军队没有？"问有没有军队，因为自己是兵的缘故。"有警备队。一共二十个名额。有十枝枪。"

主人说时也笑了。"摆个样子罢了。""地方清静不清静？""这里倒好。太荒凉,容不下大股匪。土匪是不能挨饿的,养得起兵的地方也停得住匪。不过有时也有人在路上被抢。最近不久还听说。"

生活的路,回家的路,还得自己走下去,而且沿路的那些关隘险阻,得一一过关。沈从文笔下的这些人物也如那里的山水一样,清凉,宁静。无风雨时宁静,有风雨时清凉。

沈从文向来不以庞大的叙事结构为意,这是他不愿,不是不能,试想他的一生何曾缺少血腥、震怖的经历？

对眼前的每个人,沈从文都充满感情。他走近他们的生活,感受他们的苦难,最后,把他们变成文学,这或许是一个作家对周遭世界最好的报答了。毕竟,世上仍有许多劫难,是只能由文学来化解的。

《黔小景》

《黔小景》的故事发生在贵州,几乎没有情节,写的就是眼目所及的一切,很有些莱蒙托夫《当代英雄》的山野气氛,契诃夫的《草原》也有这样的静谧味道。故事的开篇写山中的雨：

三月间的贵州深山里,小小雨总是特别多,快出嫁时乡下姑娘们的眼泪一样,用不着什么特殊机会,也常常可以见到。春雨落过后,大小路上烂泥如膏,远山近树全躲藏在烟里雾里,各处有崩坏的土坎,各处有挨饿太久全身黑区区的老鸦,天气早晚估计到时常常容易发生错误,许多小屋子里,都有面色憔悴的妇人,望到屋檐外的景致发愁。①

幸运地穿行在官路上,与这些好景致同行的,不过是些寻常人物。他们在这世上生活过,在贵州的山间穿行过,如果不是碰到一位作家,恐怕就没有他们在文学上的那份不寻常了。

生命本身就是一个悠长的旅程,有时,所有人似乎都背负着一份行路的义务,于是路也无光,人也失色。以眼睛的敏锐度来讲,小说家与画家相似。

在旅途中,沈从文有画速写的习惯,这篇《黔小景》就是他的文字速写,是他为山间公路,为山间行路人涂了色彩的速写,至少在现代时空中已很少见到如此鲜艳的行路人:

这些人中有作兵士打扮送递文件的公门中人,有向远亲奔差事的人,有骑了马回籍的小官,有行法事的男女巫师,别忘记,这种人有时是穿了鲜明红色缎袍,一边走路一边吹他手中所持镶银的牛角,招领到一群我们看不见的天兵天将鬼神走路的。

当然,常年在官路上消磨生命的,大多是些小商人,他们是这篇小景的主角。他们并不背负什么历史的重担,却为远近的人们

---

① 沈从文:《黔小景》,载刘一友等编《沈从文别集·泥涂集》,长沙:岳麓书社,1992年,第263—276页。

背负来新年的新货物，用他们那两只脚塑造了自己和他人的生活。具体而言，生活和路都是具体的，具体到周遭百物，具体到百物的数量与种类：

> 他们从前一辈父兄传下的习惯，用一百八十的资本，同一具强健结实的身体，如云南小马一样，性格是忍劳耐苦的，耳目是聪明适用的；凭了并不有十分把握的命运，只按照那个时节的需要，三五成群的扛负了棉纱，水银，白蜡，倍子，官布，棉纸，以及其他两地所必需交换的出产，长年用这条长长有名无实的官路，折磨他们那两只脚，消磨到他们的每一个日子中每人的生命。

商人通常会在黄昏时分到小客舍落脚，在那里，客舍主人会以烧酒和美食款待这些劳碌之人。幸运的是，沈从文为我们记录下了这些藏在山林间的美味：

> 他得为他们预备水，预备火，照料一切，若客人多了一点，估计坛子里余米不大敷用时，还得忙匆匆的到别一家去借些米来。客人好吃喝时，还得为他们备酒杀鸡。主人为客烧汤洗脚，淘米煮饭，忙了一阵，到后在灶边矮脚台凳上，辣子豆腐牛肉干鱼排了一桌子，各人喝着滚热的烧酒，嚼着粗粝的米饭。把饭吃过后，就有了许多为雨水泡得白白的脚，在火堆边烘着，那些善于说话的人，口中不停说着各样在行的言语，谈到各样撒野粗糙故事。火光把这些饶舌的或沉默的人影，各拉得长短不一，映照到墙上去。

更有趣的是,到睡时,主人必在屋外的廊柱上,高高的悬起一盏桐油灯,一为照亮方便之路,一为驱赶豹狼。那微暗的火洞穿黑夜,点燃人心,也燃起心中讲故事、听故事的欲望。

烛火与故事,更能创造一种迷醉的气氛。接下来,沈从文开始讲述真正的故事了。

有一天,有那么两个人,落脚到一个孤单的客栈里。主人是一个孤老,满头白发,身体弯弯的如一只白鹤。今天恰好是老人的生日,可他并没有酒肉来庆祝。到寨子里买肉要走二十四里路,因下雨的缘故,当天没人去集市。于是,他们三个人只能吃红薯和干豇豆。此时,天空的颜色令眼前的贫穷也现出浪漫意义:

门外边雨似乎已止住了,天上有些地方云开了眼,云开处皆成为桃红颜色,远处山上的烟雾好像极力在凝聚,一切光景到黄昏里明媚如画,看那样子明天会放晴了。……有许多乡下人,在落春雨时都只梦到天晴,所以这时节,一定也有许多人,在向另一个人说他的梦。

之后发生的事,也如同梦境一般,只是并不那么美丽自由。

老人在不久前失去了儿子。客人问起来,老人只是说儿子去云南做生意,"冬天过年来过一次,还送了他云南出的大头菜"。入夜了,年轻客人请老人点起灯火,于是,老人"从灶边取了一根一端已经烧着的油松树枝子,在空中划着,借着这个微薄闪动的火光去找取屋角的油瓶"。

原来这位独居老人一入夜就睡觉,不用灯火已好几个月了。

失去儿子,让这位父亲没了光亮,灯只会让他的心更灰暗。

人在黄昏中会看到什么呢?除了好景致和好天气的兆头,还有那如黄昏般又明亮又阴暗的心事:

> 两个商人跋了鞋子,到门边凳子上坐下,望到门外黄昏的景致。望到天,望到山,望到对过路旁一些小小菜圃(油菜花开得黄澄澄的,好像散碎金子)。望到踏得稀烂的那条山路(估计晴过三天还不会干)。一切调子在这两个人心中引起的情绪,都没有同另外任何时节不同,而觉得稍稍惊讶。到后倒是望到路边屋檐下堆积的红薯藤,整整齐齐的堆了许多,才诧异老板的精力,以为在这方面一个生意人比一个农人大大不如。他们于是说,一个跑山路飘乡商人不如一个农人好,一个商人可是比一个农人生活高。因为一个商人到老来,生活较好时,总是坐在家里喝酒,穿了庞大的山狸袄子,走路时摇摇摆摆,气派如一个乡绅。

乡下人的死是什么样子的呢?就如同黄昏之后接续着黑夜,自然而然地到来,人们也只是默默接受了,担负着死所带来的一切:

> 两叔侄因为望到这些干藤,至此地一钱不值,还估计这东西到城里能卖多少钱。可是这时节,黄昏景致更美丽了,晚晴正如人病后新愈,柔和而十分脆弱,仿佛在微笑,又仿佛有种忧愁,沉默无言。

这时老板在屋里,本来想走出去,望到那两个客人用手指点对面菜畦,以为正指到那个土堆,就不出去了。那土堆下面,就埋得有他的儿子,是在这人死过一天后,老年人背了那个尸身,埋在自己挖掘的土坑里,再为他加上二十撮箕生土做成小坟,留下个标志的。

慢慢的夜就来了。

沈从文笔下的死亡就是死亡,很具体,很寂寞。那天晚上,老人说了许多他自己都不甚明白的话,不必谈到的也谈到,而且还有许多近于自慰的谎话痴话。第二天天明以后,客人在凳子上看到老人,什么话也不说,原来老人在半夜里已死去了。

这安详的死亡很自然的被商人忘掉,毕竟他们要赶路,还要在路上遇到"新事情",那是一些比死亡更稀奇的东西。人们默默地看看,又默默地走开,但绝不是沈从文所说的"小景",而是大大的悲伤。如果文明是与秩序、美、和谐这些词相关联的事物,那么,沈从文在这篇小说结尾处所刻画的景象足以让每个人震惊:

在什么树林子里,还会出人意外发现一个稀奇的东西,悬在迎面的大树枝桠上,这用绳索兜好的人头,为长久雨水所淋,失去一个人头原来的式样,有时非常像一个女人的头。但任何人看看,因为同时想起这人就是先一时在此地抢劫商人的强盗,所以各存戒心,默默的又走开了。

路旁有时躺得有死人,商人模样或军人模样,为什么原因,在什么时候死到这里,无人过问,也无人敢去掩埋。依然是默默的看看,又默默的走开了。

在这条官路上,有时还可碰到二十三十的兵士,或者什么县里
的警备队,穿了不很整齐的军服,各把长矛子同发锈的快枪扛在肩
膊上,押解了一些满脸菜色受伤了的人走着。同时还有些一眼看
来尚未成年的小孩子,用稻草扎成小兜,装着四个或者两个血淋淋
的人头,用桑木扁担挑着,若商人懂得规矩,不必去看那人头,也就
可以知道那些头颅就是小孩的父兄,或者是这些俘虏的伙伴。有
时这些奏凯而还的武士,还牵得有极膘壮的耕牛,挑得有别的家里
杂用东西。这些兵士从什么地方来,到什么地方去,奉谁的命令,
杀了那么多人,从什么聪明人领教学得把人家父兄的头割下后,却
留下一个活的来服务? 这都像早已成为一种习惯,真实情形谁也
不明白,也不必须过问的。

类似的血腥场面时常出现在沈从文的记忆中,或许,正是这些
事让他知道了人生,让他告别了刀枪而成为从文先生。这些记忆
源于他的亲身经历,或者说,那就是一段历史。

在生动之余,"实在都有个人孤寂和苦痛转化的记号",他
说,"唯一特别处,即一生受社会或个人任何种糟蹋挫折,都经过一
种挣扎苦痛过程,反报之以爱"。这个最重要的影响,正是在军队
中形成的。在1950年4月写给友人的信中,沈从文还记得这个挑
着亲人头颅的孩子,他在信中写道:

有一次在芷江县怀化镇,一个小小村子里,在一个桥头上,看
到一队兵士押了两挑担子,有一担是个十二岁小孩子挑的,原来是
他自己父母的头颅,被那些游兵团队押送到军营里去! 因这印象

而发展,影响到我一生用笔,对人生的悲悯,强者欺弱者的悲悯,因之笔下充满了对人的爱,和对自然的爱。

这种悲悯的爱和一点欢喜读《旧约》的关联,"牺牲一己,成全一切",因之成为我意识形态一部分。①

我们也可以从相反的方向来设想,为什么他要走上一条并没有什么前途的写作道路? 因为在另外一条他经常行走的道路上,布满了他情愿当一个饿肚子的穷作家也要躲避的炼狱景象。那是沈从文童年、少年时期的记忆,也影响了他一生的选择,在《从文自传》中,我们能看到这些如末世般的场景:

> 于是我就在道尹衙门口平地上看到了一大堆肮脏血污人头,还有衙门口鹿角上、辕门上,也无处不是人头。从城边取回的几架云梯,全用新毛竹做成(就是把这新从山中砍来的竹子,横横的贯了许多木棍),云梯木棍上也悬挂许多人头。看到这些东西我实在稀奇,我不明白为什么要杀那么多人,我不明白这些人因什么事就被把头割下。我随后又发现了那一串耳朵,那么一串东西,一生真再也不容易见到过的古怪东西! 叔父问我:"小东西,你怕不怕?"我回答得极好,我说:"不怕。"
>
> 我原先已听了多少杀仗的故事,总说是"人头如山,血流成河",看戏时也总说是"千军万马分个胜败",却除了从戏台上间或演秦琼哭头时可看到一个木人头放在朱红盘子里托着舞来舞去,

---

① 沈从文:《致布德》,载张兆和主编《沈从文全集第19卷·书信集》,太原:北岳文艺出版社,2002年,第67—68页。

此外就不曾看到过一次真的杀仗砍下什么人头。现在却有那么一大堆血淋淋的从人颈脖上砍下的东西，我并不怕，可不明白为什么这些人就让兵士砍他们，有点疑心，以为这一定有了错误。

……

到后人太多了，仿佛凡是西北苗乡捉来的人都得杀头。衙门方面把文书禀告到抚台时大致说的就是苗人造反，因此照规矩还得剿平这一片地面上的人民。捉来的人一多，被杀的头脑简单异常，无法自脱，但杀人那一方面知道下面消息多些，却似乎有点寒了心。几个本地有力的绅士，也就是暗地里同城外人沟通却不为官方知道的人，便一同向道台请求有一个限制。经过一番选择，该杀的杀，该放的放。每天捉来的人既有一百两百，差不多全是苗乡的农民，既不能全部开释，也不忍全部杀头，因此选择的手续，便委托了本地人民所敬信的天王。把犯人牵到天王庙大殿前院坪里，在神前掷竹筊，一仰一覆的顺筊，开释，双仰的阳筊，开释，双覆的阴筊，杀头。生死取决于一掷，应死的自己向左走去，该活的自己向右走去。一个人在一分赌博上既占去便宜四分之三，因此应死的谁也不说话，就低下头走去。

我那时已经可以自由出门，一有机会就常常到城头上去看对河杀头。每当人已杀过赶不及看那一砍时，便与其他小孩比赛眼力，一二三四屈指计数那一片死尸的数目。或者又跟随了犯人，到天王庙看他们掷筊。看那些乡下人，如何闭了眼睛把手中一副竹筊用力抛去，有些人到已应当开释时还不敢睁开眼睛。又看着些虽应死去，还想念到家中小孩与小牛猪羊的，那分颓丧那分对神埋怨的神情，真使我永远忘不了，也影响到我一生对于滥用权力的特别厌恶。

我刚好知道"人生"时,我知道的原来就是这些事情。①

死亡,只有在他的同类在场的情况下才会受到重视,沈从文就是那个让死亡发出声音的"在场者"。要不是他写下这样的文字,这段历史,这段可怕的记忆就被死神偷走了。现在,我们至少知道此事的确发生了,而且知道这些事情与整个民族生死攸关。

我们都对死亡怀着天生的恐惧,也常常质疑自己在世间的位置。可是,如果换个角度来思考,死的处境,又是人类共有的处境,死的痛楚,也最容易转变为某种共通的情感。作家的责任是绝不屈服于绝望,而是和人们一起寻找战胜恐惧的方法。像加缪在《鼠疫》中所做的那样,沈从文丝毫没有怀疑人类面对苦难与死亡的能力,相反,他与那些受难者休戚与共。在呈现暴行与不义之举的同时,他尽力向人类传递超越痛苦的有效方法,即始终相信人心中值得赞赏的东西终归比应该唾弃的东西多。

《鼠疫》中有位与病毒抗争的里厄医生,在凝视海洋的时候,他领悟到鼠疫的本质。据说鼠疫杆菌永远不会灭绝,它们会在某天唤醒它的鼠群,让人类再度陷入恐慌。当然,最令人恐惧的传染性,是鼠疫制造出的人类同谋。像卢克莱修所描述的雅典那样,瘟疫会慢慢地吞噬掉正常人的心智。可怕的事情发生了,人们在海边架起柴堆,焚烧尸体,但尸体太多,位置明显不够。于是,活着的人便大打出手,以便为亲人争得一片方寸之地。

---

① 沈从文:《从文自传》,长沙:湖南美术出版社,2006 年,第 37—40 页。

伟大小说家的共同特质,是对任何死亡的拒斥,原因不是恐惧,而是引发死亡的一切原因,它们是些没有生命力的东西。这些东西超乎人的想象,除了引发人们对于特殊时代的记忆,别无用处。

作家之中,能在死亡面前仍能保持冷静思考的,还有卡尔维诺。在《分成两半的子爵》中,他向一切热爱生活的人贡献了世上最可怕的死亡经验:

"它们也吃起人肉来了,唉!"马夫回答,"自从干旱使土地枯荒、河流干涸以来,哪里有死尸,鹳鸟、火鹤和仙鹤就代替乌鸦和秃鹫往哪里飞去。"

我舅舅那时刚刚成年。这种年岁的人还不懂得区别善恶是非,一切感情全都处于模糊的冲动状态;这种年岁的人热爱生活,对于每一次新的经验,哪怕是残酷的死亡经验,也急不可耐。

"乌鸦呢? 秃鹫呢?"他问道,"其他的猛禽呢? 它们都到哪儿去了?"他的脸色发白,而眼睛却熠熠生辉。

马夫是一个皮肤黝黑、满脸络腮胡子的士兵,从不抬头看人。"由于猛吃害瘟疫死的人,它们也得瘟疫死了。"他举起矛枪指了一下一些黑乎乎的灌木丛,细看之下就发现这些不是植物的枝叶,而是一堆一堆猛禽的羽毛和干硬的腿爪。

"看,不知道谁先死的,是鸟还是人呢? 是谁扑到对方的身上把他撕碎了。"库尔齐奥说。

为了免遭灭绝之灾,住在城里的人携家带口地逃避到野外来,可是瘟疫还是将他们击毙在野地里。荒凉的原野上散布着一堆堆人的躯壳,只见男女尸体都赤身裸体,被瘟疫害得变了形,还长出了羽毛,这种怪事乍看之下无法解释,仿佛从他们瘦骨嶙峋的胳膊和胸脯上生出了翅膀,原来是秃鹫的残骸同他们混合在一起了。①

当人与吃人的动物混合在一起的时候,那个时代就不存在了。人的名字在旅途的终点获得意义,作家的名字有一半在他们的作品中,他写呀,写呀,灵魂并未得救,而是出了窍,有一半留在人间,另一半是关于破坏和死亡。人间那一半的你,是破碎之后的完整,深刻如海,比幸存的完整更好:

如果能够将一切东西都一劈为二的话,那么人人都可以摆脱他那愚蠢的完整概念的束缚了。我原来是完整的人。那时什么东西在我看来都是自然而混乱的,像空气一样简单。我以为什么都已看清,其实只看到皮毛而已。假如你将变成你自己的一半的话,孩子,我祝愿你如此,你便会了解用整个头脑的普通智力所不能了解的东西。

你虽然失去了你自己和世界的一半,但是留下的这一半将是千倍的深刻和珍贵。你也将会愿意一切东西都如你所想象的那样变成半个,因为美好、智慧、正义只存在于被破坏之后。②

沈从文也曾经历过这样的一分为二,这些死亡场面不是让他懂得人生兴味的东西,那不是调味的盐,而是把他斩为两半的利

①〔意〕卡尔维诺:《分成两半的子爵》,吴正仪译,南京:译林出版社,2012年,第2页。
②〔意〕卡尔维诺:《分成两半的子爵》,吴正仪译,南京:译林出版社,2012年,第40页。

刃。我们不必把这两半区别开来，这两部分本身也并不互相敌对，沈从文比我们更能理解人性的分裂与残缺。他为作品注入的活力与野性同样丰富，就如同他对死亡与乐观的同等重视。

从某种灰暗的角度来讲，沈从文似乎是一个不存在的作家，他书写死亡的文字太多了，总不能让这些主宰我们的心灵吧。不过，从个人良知的角度来看，沈从文的作品是我们绕不过去的"历史"。对于这个问题，我想不妨借用卡尔维诺笔下"树上的男爵"的话来解释："为了与他人真正在一起，唯一的出路是与他人相疏离。"①

带着疏离情绪的孤独感，往往是诗人、探险者、革命者、小说家身上的气质，像那些行走在山路上的乡下人，若习惯了途程的艰险，处处皆是景致。与沈从文的境遇相似，极端的人生经历或多或少地影响着他们的志趣，以至于他们的那些诗句、发现、壮举及作品，也大抵带着些许"顿悟"的色彩，仿佛一下子就跳脱了世间的一切逻辑。

山大王

沈从文亲眼见到他的那些战友死于非命，或者失魂落魄，他之所以能够幸免，全凭着指尖的一支笔。

在湘西，除了笔与枪这两条路，还有第三种沈从文不愿选择的人生道路，一种介于笔与枪之间的山路。他们聚啸山林，号称"山大王"，古人称之为"贵族土匪"，传教士称他们为"绅士土匪"。

① ［意］卡尔维诺：《分成两半的子爵》，吴正仪译，南京：译林出版社，2012年，第97页。

这些年轻人穿着讲究,温文儒雅,既做不成将军,也不是什么Warlord(军阀),而是以绑架勒索为职业。他们以"落草"的自由来化解心中的悲苦,这份悲与苦向来无人倾听,索性就说与外人听,成了一份歉疚。愧疚也好,歉意也好,从来都是慢慢发酵出来的,酵池是病态的社会和病态的人生。在沈从文面前出现的土匪很多,他们唯一的盼望就是一次真正的"倾听",能听他们辩解的人实在太少了。

自从民国建立以来,无年不匪,无年不盗。"土匪"这个词,集中了一个病态社会的全部强烈偏见,也让人联想到宣泄怨恨、挑战秩序、掠夺钱财、劫富济贫等极端情绪与行为,最重要的是,它的意义总与一个奇特的时代纠缠在一起:

　　尽管命中注定他们寡廉鲜耻、寻衅挑斗、骇人听闻,但是,他们又信守盟约、临危不惧。这些男女没有微笑、没有节制、没有人性;他们是可怕的,栖身于山洞兽穴。他们一味地坚持……当正义遭到亵渎,权力被奸人操纵时,法律的过于懦弱和舞弊,就会造就出一个惨无人道、欺压凌辱人的时代。[①]

1969 年,英国社会史学家埃瑞克·霍布斯鲍姆出版了一本具有开拓性意义的著作,这本名为《匪徒》的书对"土匪"这一群体做了细致的研究。他提出"社会性土匪"这个概念,其明显特征是土匪与农民有着牢固的联系,与之相对应的是"国家"这个更大的社

[①] G. T. 坎特林:《中国小说》,转引自[美]菲尔·比林斯利《民国时期的土匪》,王贤知等译,北京:中国青年出版社,1991 年,第 1 页。

会共同体:

匪徒地位的显著特点是其暧昧的社会属性。他是一个局外人,一个造反者,一个拒绝接受贫困命运的穷人,他用武力、勇气、心机和决断——这些穷人们惟一拥有的东西来构筑他的自由王国。这使他贴近穷人,他是穷人中的一员,他不属于富人,这使他与财富和权势等级制度相对抗。……因为他们与其他农民不同,他们索取财富并施用权力,是"我们"中正不断成为"他们"中一员的人。作为一个强盗,他越是成功,就越是融为富人圈中的一部分,同时还是穷人中的代表和骄子。①

霍布斯鲍姆认为,在任何一个以农业为基础的社会中,农民往往遭受地主、城市、政府、法律甚至银行的欺压和剥削,社会性土匪就应运而生了。这些出身农民阶层的人通常会承担对当地农民的有限保护责任,同时,代表农民向官府及其法律秩序发泄怨恨与不满。②

土匪是一些被逼到残酷境地的人,像所有为自己生计奔波的可怜人一样,土匪们也在为自己操劳着。他们的言谈举止就是农民的言谈举止,他们的道德品行就是农民的道德品行,他们的潦倒模样就是农民惨痛生活的象征。

---

① [英]埃瑞克·霍布斯鲍姆:《匪徒:秩序化生活的异类》,李立玮、谷晓静译,北京:中国友谊出版公司,2001 年,第 129—130 页。

② [英]埃瑞克·霍布斯鲍姆:《匪徒:秩序化生活的异类》,李立玮、谷晓静译,北京:中国友谊出版公司,2001 年,第 41—42 页。

据比林斯利的研究,土匪在二十世纪初期的中国盛行的原因,主要是军阀主义的出现及各敌对军阀间的战争所导致的贫穷,整个中国都成了"穷乡僻壤"。饥饿威胁着生命,广大农村百姓参加土匪队伍的目的只有一个,就是为了自己的生命有个暂时的保障。

劫掠的周期几乎与饥饿的周期同步,"是贫困使匪徒行径无法根绝,是饥饿使人铤而走险。一名在四川被捕获的土匪曾在供词里说如果剖开他的肚子,就会找到驱使他成为盗贼的原因。执行审讯的长官被激起了兴趣,果然在行刑后剖开了他的肚子,发现胃里除了草没有别的东西"①。

1911 年以后,中国成了"土匪的世界",他们自身的局限使他们很难被吸纳进革命的队伍,同时,人们也都不敢轻视这股独特的军事力量。在《民国时期的土匪》中,比林斯利写道:

1912 年中华民国宣布成立后,土匪活动发生了一个重要的变化。中国社会的军事化趋向使得土匪成为一支潜在的力量,并且为野心勃勃的头领们开辟了一条新的进身阶梯。大批匪徒被收编进正规军队,原来的军事组织却败落成乌合之众,放荡不羁的土匪群伙以及用来削弱政敌的不安局势反而促成了新的土匪群伙的发作等,所有这些都成了二十世纪中国政治的基本议题。②

① [英]埃瑞克·霍布斯鲍姆:《匪徒:秩序化生活的异类》,李立玮、谷晓静译,北京:中国友谊出版公司,2001 年,第 13 页。
② G. T. 坎特林:《中国小说》,转引自[美]菲尔·比林斯利《民国时期的土匪》,王贤知等译,北京:中国青年出版社,1991 年,第 11—12 页。

1925 年，一位绅士土匪对被绑架的传教士如此表达歉意："别怪我们，要不是大局如此糟糕，我们不会干这种勾当，我们绑票只因为我们除此之外，别无生路。"①

这大局是什么呢？就是沈从文在军队中所目击的一切：握枪的便拥有权势，可以得到金钱、食物、地位和享乐，否则就任人冤枉、拷打和勒索，从军也好，从匪也罢，那好处远远超过其他任何职业。沈从文对这些暴力手法毫无兴趣，在怀化镇的一年多时间，他不是为营长炖地羊肉，就是跑到附近的炼铁厂看打铁、玩车盘，或者在铁板上钻小孔，同时，还做着游侠的梦：

今天落了雨，各处是泥浆，走到修械处去玩，仍然扯炉，看到那些比我年纪还小的工人打铁。打铁实在是有趣味的事情，我要他们告我使铁淬水变钢的方法，因为我从他们处讨得了一支钢镖，无事时将学打镖玩。我的希望自然不必隐瞒，从兵士地位变成侠客，我自己无理由否认这向上的欲望。②

沈从文的观察与传教士笔下的悲苦不同，据他回忆，土匪从不在本县抢人勒索，而是至少要隔一个县的距离。有时，这一县之隔的距离还会演出身份错置的悲喜剧。1938 年，在轰动一时的保靖劫城事件中，村民请了军队来赶走土匪，不料军队也大肆劫掠，村

① ［美］金介甫：《沈从文传》，符家钦译，北京：国际文化出版公司，2006 年，第 58 页。
② 沈从文：《我的教育》，载《沈从文文集第三卷·小说》，广州：花城出版社，1982 年，第 128—129 页。

民们只好把土匪请回来赶走军队。①

民国就是个"匪国"。到 1930 年,据保守的估计,在中国四亿人口中,全国的土匪总人数达到两千万左右。土匪的种种暴行甚至为"外国干涉"提供了借口。美国和日本的中国问题专家们甚至异口同声地宣称,当时的"中华民国"不过是一个由土匪组成的社会群体,四亿中国人都是"罪犯"。

这些有文化的山大王大多患有压抑的暴力病。如《一个大王》中那位黑矮弁目刘云亭,本是种田良民,被外来军人充作土匪枪决,居然逃脱了。于是,这个又怕事又怕官的乡下人一赌气干脆做了山大王。

刘云亭强悍的灵魂中隐伏着古怪的犯罪记录:毙过二百个左右敌人,娶过十七位压寨夫人,却也会唱戏,能写书法,画得两笔兰草。

这个曾经的山大王偏偏喜欢找沈从文聊天,教他一些烧房子或杀人的古怪课程,当然,这位曾经的山大王还常常拉着沈从文去赌钱、喝酒。

当时军队中的情况很有些梁山好汉的慷慨义气,"军队中交亲原是一场扑克一壶酒就可以拜把的",而义气这东西和酒一样,是可以"喂养灵魂"的。最后,这位"贪嗔犹在尚余痴"的山大王同一个叫"么妹"的女大王有了"近于夫妻的关系",二人就都被砍了头。

沈从文在很年轻的时候就是这样的性情,他像原谅孩子那样,原谅着身边的每一个人。土匪的雄悍虽然让沈从文感到震惊,但

---

① [美]金介甫:《沈从文传》,符家钦译,北京:国际文化出版公司,2006 年,第 58—59 页。

他以那些"山大王"为题材写下来的故事却有着梦境一般的轻巧:

> 那弁目还不等我下楼已被兵士拥去了。一分钟以后我不但清楚了一切,并且说不出为什么胆寒起来,这说故事的人忽然成了故事,完全是我料不到的。还仿佛是目前情形,是我站在那廊下望到那女人把鞋面给弁目看,一个极纤细的身影为灯光画到墙上,也成了像梦一样的故事了。①

从沈从文自己的想法来看,他这个乡下人确实有这个长处,是巫山巫峡的神女给他的笔注入了某种似水如雾的力量:

> 我那时所需要的似乎只是上司方面认识我的长处,我总以为我有份长处,待培养,待开发,待成熟。另外还有一个秘密理由,就是我很想看看巫峡。我有两个朋友为了从书上知道了巫峡的名字后,便徒步从宜昌沿江上重庆走过一次。我听他们说起巫峡的大处,高处和险处,有趣味处,实在神往倾心。乡下人所想的,就正是把自己全个生命押到极危险的注上去,玩一个尽兴!我们当时的防地同川军长官汤子模、石青阳事先约好了的,是酉阳,龙潭,彭水,龚滩,统由算军接防,前卫则到涪州为止。我以为既然到了那边,再过巫峡当然很方便了。②

---

① 沈从文:《说故事人的故事》,载《沈从文文集第二卷·小说》,广州:花城出版社,1982年,第428页。
② 沈从文:《从文自传》,长沙:湖南美术出版社,2006年,第143页。

第十三章　诡道

1944 年春节,胡宗南在西安设宴。席间,胡与众人笑谈兵法、《三国》、江湖智慧,还有人谈起克劳塞维茨。据在场人回忆,座中一人奉《孙子兵法》为"篇篇句句都好"的"武经",其中,"攻心为上,攻城为下"八字最得要领。这个目光锐利的中年人起初不愿多说,还装出一副不懂经典的样子,但在众人鼓励下,也兴致勃勃地谈起治军之道。他说《孙子兵法》结束于《得间》篇,这正是此书的妙处所在。兵法的精髓在于攻心,"得间为主","善间者为王","能以上智为间者,必成大功"。① 他心目中的大英雄是中国最早的"间谍王",那个有"神出鬼没之机",令司马懿仰天长叹的军师孔明。

这位迷恋兵法的中年男子有许多化名,最为人熟知的一个,是"戴笠"。

---

① 沈醉、文强:《戴笠其人》,北京:文史资料出版社,1980 年,第 186—189 页。

《孙子兵法》说:"兵者,诡道也。故能而示之不能,用而示之不用,近而示之远,远而示之近。"为了扭转时局,用兵者要果断行动,以攻伐为贤,依权谋取位,乃至尔虞我诈,装神弄鬼。《三国》《水浒》的故事,就像家常茶饭,有中国人的地方,就有军师孔明与《孙子兵法》的传说。所谓乱世,是大盗与英雄并起的时代。其中有英雄,也有奸雄、枭雄。民间百姓爱听他们的故事,也时常把他们的趣事挂在嘴上,颇有点熟人好办事的意思。

在沈从文生活的时代,戴笠便是这样的乱世枭雄。

戴笠

戴笠和蒋介石是同乡,生于 1897 年(光绪二十三年)5 月 28 日,在家谱上的名字是春风。戴春风字子佩,号芳洲,14 岁进入高小时,取学名征兰。而立之年,戴笠进入黄埔军校,成为终生都没能毕业的第六期学员。

戴笠信命。他认为自己的生辰八字有缺水之象,进入黄埔后,便以"雨农"为字来弥补这个缺陷。成为秘密特工后,他常用笔画中带水的字作化名,如江汉青、江海涛、洪淼及金水等。① 戴笠这个名字更有来头,与其说是个名字,倒不如说是个独特的符号,像英雄好汉的江湖绰号。古人云:"贫者何处得穿绸纱,富者自不求戴笠。"笠者,斗笠也,即古时候最便宜、最简陋的雨具,同时还意指寒微的生活状态,有安贫乐道、随遇而安的意思。不过,从外表上看,

---

① [美]魏斐德:《间谍王:戴笠与中国特工》,梁禾译,北京:团结出版社,2004 年,第 17 页。

戴笠似乎并没有刻意张显他的寒微出身,"哪怕是俗艳廉价,他也总要保持衣冠楚楚"。在上海时,他"每晚都洗身上唯一的那套西服,好在他睡觉时晾干"①。

　　"戴笠"二字的字面意思是"戴雨帽",即戴笠之交与贫贱之交,引申开来还有"忠臣"之意。魏晋名士周处有诗曰:

　　君乘车,我戴笠,他日相逢下车揖。
　　君担簦,我跨马,他日相逢为君下。
　　(晋·周处《风土记》)

　　中国人喜欢在与他人的关系中确认自我的价值。如君臣打天下,是以义和,无论贵贱,一旦遇到知己,甘愿效犬马之劳。《水浒》里的好汉们最重义气,而以儒家的标准来看,君子最应该依赖的法则是与"寅、年、友、世、乡"建立稳固关系。9 岁时,戴笠就读完四书五经,不过他最钟爱的书却是《水浒传》《三国演义》。北伐之后,他常以"裙、办、师、财、干"的五字诀处事。在部下面前,戴笠经常以三国时期的诸葛亮自比。三顾茅庐的故事终生激励着这位特工之王,也为他与蒋介石的关系注入"名君—忠臣"的古典式活力,谁看到如下一番对话而能无动于衷:

　　刘备哭道:"先生不出,如苍生何?"诸葛亮道:"将军既不相弃,愿效犬马之劳。"

---

① [美]魏斐德:《间谍王:戴笠与中国特工》,梁禾译,北京:团结出版社,2004 年,第 2
　章"打流"。

1922 年 6 月 16 日，陈炯明的军队围攻孙中山的总统府，远在上海的蒋介石闻讯后立刻奔赴广东营救。1936 年 12 月 12 日，蒋介石在西安被张学良、杨虎城软禁，国民党政府一度试图轰炸西安城。宋美龄阻止了轰炸，她决定飞往西安谈判。与蒋夫人同行的是行政院长宋子文、蒋介石的顾问端纳（Donald）和决意"赴难"的戴笠。临行前，戴笠含泪与部下告别。他随身带了两支左轮手枪，满怀与校长共生死的决心。12 月 21 日，戴笠与蒋介石相见，他一路小跑向前，跪在总司令脚下，抱住领袖的腿失声痛哭，不停地责骂自己保护领袖失职。蒋介石在《西安半月记》中多次提到戴笠的名字，多年后，还常常在众人面前称赞戴笠的忠诚。①

诸葛孔明从未被人称为"爪牙"，戴笠却因其职业的特殊性而臭名昭著，甚至为后人所不齿，那么，在部下眼中，戴笠是个什么样的人呢？且看一个"门徒"眼中兼具"儒佛侠"精神的"戴先生"：

戴先生这个人，实在是极理智，而又极富有感情的，由于他自小流浪，接触面异于常人的广泛，同时，又因为他勤勉苦学，读了很多的中国古书，所以他能将儒佛侠精神，兼而有之。戴先生的部属，对他无不既敬且畏，即使受过他的处分，人前人后，从不埋怨、怀恨，甚至于直到他死后 22 年的今天，也依旧对他毫无怨言。②

---

① 章微寒：《戴笠与军统局》，载《浙江文史资料选辑》第 23 辑，杭州：浙江人民出版社，1983 年，第 94 页；[美] 魏斐德：《间谍王：戴笠与中国特工》，梁禾译，北京：团结出版社，2004 年，第 16 章"裙带"。

② [美] 魏斐德：《间谍王：戴笠与中国特工》，梁禾译，北京：团结出版社，2004 年，第 23 页。

蒋介石不是刘备,对戴笠一直是半信半疑。戴笠从不以军阀自比,但其"施恩能力"绝不逊色于任何一位枭雄。蒋介石以嫡系的"CC派"来制衡戴笠派,在"嫡出"的陈果夫、陈立夫兄弟眼里,蒋介石权力结构中其他派系的人不过是假装孝顺的外来户而已。对中兴汉家天下的刘氏族人而言,诸葛亮又何尝不是一个"外人"呢?

巨蟒

为了读懂戴笠这位神秘特工和他所处的时代,汉学家魏斐德(Frederic Wakeman, Jr.)"整整二十年,每天都只睡四小时觉",之后才有《间谍王:戴笠与中国特工》一书的问世。① 魏斐德认为,戴笠是民国史上最核心而且最暧昧的人物,如同一条灵异的蟒蛇:

用同时代人的眼光来观察戴笠,则好比在一房之遥看一条眼镜蛇。渐渐地,我不得不意识到,我是在间接地面对一股力量、一个妖魔,它像某些道家法师那样,不论过去还是现在,都能治理中国社会特有的内乱。

这又使我认识到,我对中国历史如此大量的关注全都在于展示,从而理解和抵制那蛇眼的迷惑力。……描述那巨蟒的注视使

① [美]魏斐德:《间谍王:戴笠与中国特工》,梁禾译,北京:团结出版社,2004年,第4页。

我产生一种幻觉,好像我在同它搏斗。①

　　1946 年 3 月 17 日,戴笠坠机而死,时年 49 岁。魏斐德以"长星陨落"四字形容时人的慨叹,并以《三国》怀孔明诗悼之,"长星昨夜坠前营,讣报先生此日倾"。无巧不成书,戴的死讯正式发布于 4 月 1 日,既是军统大会纪念日,也是愚人节,以至于当时的国民甚至把它当作不可能的笑谈,他们相信谜一样的"间谍王"仍在享受着迷人的生活。

　　据说蒋介石得知戴笠的死讯时掉了眼泪。天意人为难辨,不过循着惯例,人既已亡,就得盖棺定论,至少要解决"他到底是坏人还是好人"的问题。魏斐德在慨叹"奈天意如此"之余,也只能把戴笠视为另类,没错,就是那种另类之中的另类:

　　像戴笠这样一个模糊不清的异种是无法用如此简单的语言来概括的。他曾一度是法西斯恐怖的象征,现代警察国家的化身,严格的儒家理想的执行者;在他永不休止的梦想中,他是传说中的中世纪那些在王朝颓落时应运而生的战略家们一个雄心勃勃的继承人。在所有这些形象下面,戴笠在很大程度上是他所处的复杂时代的产物,身居传统与现代政治斗争的顶峰,坚信自己生必逢时,但终究难以摆脱命运的叵测无常。②

----

① [美]魏斐德:《间谍王:戴笠与中国特工》,梁禾译,北京:团结出版社,2004 年,第 365 页。
② [美]魏斐德:《间谍王:戴笠与中国特工》,梁禾译,北京:团结出版社,2004 年,第 364 页。

历史无情,人民有力。时间到了 1971 年,中美关系日渐转暖,料定五星红旗即将恢复在联合国的位置,为壮士气,蒋介石于 6 月 15 日发表了《壮敬自强》文告,他说:"'天下之事,在乎人为,决不可以一时之波澜,遂自毁其壮志'……只要大家都能够庄敬自强,处变不惊,慎谋能断,'坚持国家及国民独立不挠之精神',那就没有经不起的考验。"撰写此文时,蒋介石可曾回想起那位忠诚的戴雨农? 没人能回答这样的问题。不过,如果戴笠仍在人世恭聆领袖训诫,他一定会被这些词句吸引。所谓的"庄敬自强""处变不惊""慎谋能断",与戴笠主持的特务训练营军歌可谓惺惺相惜,同气连枝,其歌曰:"革命的青年,快准备,智仁勇都健全!"

蒋、戴二人的时代落幕了,随之消逝的,还有那些古色古香的训诫、文告、电文。其实,真正落幕的,是只讲义气,不问是非的派系规则。外表鲜亮光华,内里毒如蛇蝎,无论戴笠冠纱,这样的角色是早该退场了。

魏斐德笔下的戴笠"能清楚地看到别人内心的阴暗面,而他对自己内心的阴暗面则处之泰然"①。言下之意,他已经修炼出无善无恶的强大内心境界:

戴笠不达目的死不罢休的毅力和狡猾机敏,而非政治偶然或官僚政治的需要,在那个革命的时代把他推上了中国政治的顶峰。当然,社会进程和经济发展永远是重要的世间变化的原因,但政治

---

① [美]魏斐德:《间谍王:戴笠与中国特工》,梁禾译,北京:团结出版社,2004 年,第 220 页。

绝非只是附带现象。尽管有一种群众创造历史的虔诚观念,个别男女生动而强大的个性一直是我们所了解的历史当中的关键因素。①

　　能在危难中"庄敬自强,处变不惊,慎谋能断"者,必定拥有生动而强大的个性,蒋、戴之间的惺惺相惜自在情理之中,他们是枭雄惜枭雄,恰似宋江与吴用之间的心知肚明。

　　戴笠的亦柔亦刚确有三国、水浒之风,若论其神秘性,最能与之匹配的,恐怕是蒲松龄笔下的狐仙画鬼。他(她)们身上有一种灵力,一种气质,似乎总能给人以一见如故的好感,所谓"惭愧故人远相访,此身虽异性灵存"。狐仙画鬼化了人形人名,愈发的彬彬有礼;戴雨农为客为卿,为间谍之王,"轻松地从一个角色转换成另一个角色",就像国画里独自垂钓的老者,头戴斗笠端坐一叶轻舟之上,永远背对着看画之人。他是一位与我们有着时空阻隔的故人,隐在历史的图景中,却与世界有着丝丝缕缕的关联。

　　陈志让(Jerome Chen)教授在《军绅政权》②中指出,蒋介石的政权基本上还是"军—绅政权",再加上一些资产阶级领袖们的支持。魏斐德教授在戴笠身上发现了军—绅之外的一个关键因素:师。这个"师"并不是传统意义上"传道、授业、解惑"的夫子,也不是以驯化君主为己任的帝王师,而是为军—绅政权效犬马之劳的

---

① [美]魏斐德:《间谍王:戴笠与中国特工》,梁禾译,北京:团结出版社,2004年,第2页。
② [加]陈志让:《军绅政权——近代中国的军阀时期》,北京:生活·读书·新知三联书店,1980年。

军师或师爷,用现代一点的说法就是"新兴的文官阶层"。他们形成了一股神秘而强大的力量,"像某些道家法师那样,不论过去还是现在都能治理中国社会特有的内乱"。《间谍王》所要理解和描述的正是这样一股力量,像巨蟒那样固定猎物,眼神中带着强大无比的魅惑力量。魏斐德与它对视,仿佛穿越了人类理解力的黑洞,与蛇眼进行心理数据上的同步:

　　我对中国历史如此大量的关注全都在于展示,从而理解和抑制那蛇眼的迷惑力。"社会动乱"、"冲突和控制"、"重建帝制"、"管辖上海"和"毛主席的宏伟意志"——对这些命题的选择,此刻在我眼里都显得合情合理。①

妖魔

　　在魏斐德教授笔下,戴笠与毛泽东同为民国史上的"二号人物"。他们随着帝王与儒家的消亡而闯入历史,是"闭塞的'中等县城'里的精华"。
　　在离开了世代居住、树荫稀疏的村子后,他们成为年轻的冒险家,却好比社会弃儿,"虽然缺乏引导,但却雄心勃勃,受着'天生我材必有用'的民族使命的驱使"②。所不同的是,戴笠相信"无论如

---

① [美]魏斐德:《间谍王:戴笠与中国特工》,梁禾译,北京:团结出版社,2004年,第365页。
② [美]魏斐德:《间谍王:戴笠与中国特工》,梁禾译,北京:团结出版社,2004年,第1页。

何，自己的前途在蒋那里"①，而毛泽东则获得更为坚定的信仰。前
者成为中国"相对人数较少，但有组织、可以信赖、掌握着现代技术
和雄厚的物质基础，具有很强控制能力的信徒"，而后者则依靠苦
难的众生获得更广泛的支持。这两条路线从表面上看是时间性差
异，而其背后涌动着的，是强大的历史推动力：

　　在戴笠和蒋介石所经历的时期，政治统治的关键似乎既在于
通过现代技术和组织纪律来保证效率，也在于建立或者培养文化
和政治上的一致性。要想迅速有效地达到政治目的，与其靠一群
目不识丁的贫农大军，还不如拥有一批相对人数较少，但有组织、
可以信赖、掌握着现代技术和雄厚的物质基础，具有很强控制能力
的信徒。②

　　蒋介石与戴笠的行事方式既忽视群众，对众生也缺少慈悲之
心。他们要集权，要控制不同的派系，主要的精力自然是在集权与
思想控制上。如何培养自己的势力？他们靠的是旧传统与新技
术，从未想过要忠诚于一部法典。对此，陈志让教授在《军绅政权》
一书中说得透彻明白："法和统在近代中国基本上是冲突的，不可
调和的。冲突发生的时候，护法的人要护法，卫道的人要卫道。护

---

① ［美］魏斐德：《间谍王：戴笠与中国特工》，梁禾译，北京：团结出版社，2004 年，第
　 58 页。
② ［美］魏斐德：《间谍王：戴笠与中国特工》，梁禾译，北京：团结出版社，2004 年，第
　 199 页。

法和卫道都靠军—绅集团的人,这几乎等于派罪犯当警员。"①

　　军阀、绅士也好,军师、师爷也罢,都是既不护法,也不卫道。他们是雄心勃勃的"妖魔",或者说是魏斐德笔下王朝衰落时应运而生的一类人。邦有难,他们起而行之,加入不同阵营,形成大小派系,忠于各自宗主。他们胸中的元气太盛,怎能心甘情愿地奉持一部常常令他们难堪的法典宪章。在此意义上,陈志让先生的另一个评断才更加地发人深省:在近代中国的军阀时期,"派系的斗争到处都有,但是不受规章、纪律、宪法约束的派系斗争是近代中国历史上的一大特色"②。

　　据戴笠的私人秘书毛万里回忆,戴笠为了给蒋介石写一个几百字的报告,要花费整整一夜时间,从傍晚到天亮,一笔一画地写。难怪魏斐德对戴笠这条"大眼镜蛇"如此钟情,甚至还有几分"疼爱或尊崇"。不过,魏斐德也坦言,戴笠绝对不是"时代精神的折射",而只是"被扭曲了的时代的一个粗糙反射"。③

　　史家笔下,只有好汉熊汉,没有混蛋与罪犯。他们都是讲故事的高手,像魏斐德教授那样,以令人沉醉的叙事方式呈现历史写作的优势:高明的史家能把悬案化为常识,且不失其神秘。如果说戴笠是一条迷人的大蛇,那么魏斐德教授就是一位耐心而沉静的捕蛇者。纵使有历史与时空的迷雾阻隔,二人终究在《间谍王》的书

---

① [加]陈志让:《军绅政权——近代中国的军阀时期》,北京:生活·读书·新知三联书店,1980 年,第 112 页。

② [加]陈志让:《军绅政权——近代中国的军阀时期》,北京:生活·读书·新知三联书店,1980 年,第 163 页。

③ [美]魏斐德:《间谍王:戴笠与中国特工》,梁禾译,北京:团结出版社,2004 年,第 21 页。

页中四目相对,而我这个看客则恍然醒悟:历代酷吏哪个不忠?!

麦田

有些人的一生,就是一种理念,一种短暂的理念。从他离世的那一刻开始,他就开始化成那种理念了。突然有一天,人们会抓住这个理念,记起这个人。这时,人们或许会不约而同地惊叹,原来那个他为之而生,也为之而死的理念,不过是虚构出来的,这个人的一生亦是一场虚妄的盛宴。

"臣仆信士"尽忠信,"帝王神仙"施恩惠,沈从文认为中国人的自私病全在这样一种旧观念。"一切义务仿佛皆是必需的,权利则完全出于帝王以及天上神佛的恩惠。"于是,在"对立的社会组织下,国民虽容易统治,同时就失去了它的创造性与独立性"①。

戴笠是这旧式社会的忠仆,"尊帝王""信天命",也像个雇佣兵那样,把一切都看作技术。沈从文见过他们的同类,也在作品中表达过惋惜之情,但他拒绝加入这个强人的行列,就像他 18 岁离开湘西时所做的那样,果断,坚决。

军阀、山大王、雇佣兵、间谍王,都是只手遮天的厉害角色,但他们是可怜的无可承继者。沈从文扮演的,是软弱而有福的作家,用一支笔审判那些握有权柄的,他说"责任主要应归当权的"。

沈从文加入雨果、契诃夫的队列,信奉言辞的力量,自信亦能服人。他们在书页间耕种,勇敢而宁静地劳作后,留下一片片虚构

---

① 沈从文:《中国人的病》,载《沈从文文集第十二卷·文论》,广州:花城出版社,1984年,第 349—352 页。

的麦田,无论哪一片,都有雨果的味道:

　　值此文明的鼎盛时期,只要还存在社会压迫,只要还借助于法律和习俗硬把人间变成地狱,给人类的神圣命运制造苦难;只要本世纪的三大问题:男人因穷困而道德败坏,女人因饥饿而生活堕落,儿童因黑暗而身体孱弱,还不能全部解决;只要在一些地区,还可能产生社会压抑,即从更广泛的意义来看,只要这个世界还存在愚昧和贫穷,那么,这一类书籍就不是虚设无用的。(雨果:《悲惨世界·序》)

第十四章　新与旧

　　沈从文的文字中渗透着一种"液体性"。透过水的意象,他营造出一种只有水边才有的边界感。那是一种判然分明的感觉,靠近它,会生出一种把一切都置之度外,置之法外的气氛,时而一派天真,时而可怖可惊。

　　对于水的记忆是沈从文生平中"极少有的舒适",让他可以从从容容地写作。他说他不参加文学会,不看时髦电影,不会跳舞,只听从水的指引。在《来客》中,沈从文极庄严地对他面前的虚伪绅士说,他的小说都是河水赠予的:

　　我的教育全是水上得来的,我的智慧中有水气,我的性格仿佛一道小小的河流。我创作,谁告我的创作?就只是各种地方各样

的流水,它告我思索,告我如何去……①

对强大无比的时间而言,水的意象往往能形成一种穿透性力量,将所有新旧记忆连通起来。在那些带着"水气"的小说世界里,沈从文并不渴求营造的力量,他只是顺流而下,一直生活在这个气氛里。然后,他的作品也顺流而下,翻山越岭地来众人面前,一起到来的,是米酒、山核桃、虎耳草、小野猪,当然,还有他对死亡的思索。

爹爹

《爹爹》讲述的是一位父亲的人生遭遇,写旧式的死亡与悲哀。旧式的意思是围绕着乡下人的一切:纤夫,中药铺,玉皇阁,子午钟,"懂味"的高僧,打醮的道场等。

故事仍旧发生在河边,河上有渔歌、纤歌,靠近凤凰县城。中年丧子的药铺掌柜"傩寿"歇了业,终日与玉皇阁的老和尚待在一处,不久后,这位父亲也因悲伤过度而死。

死亡既是命运,也是一份悲哀的厚礼,铸在人心上:"这里有了这样一条河,天生就的又是许多滩,就已经把这个地方的许多人的命运铸定了。""爹爹"的那份悲哀,像"中毒",一切文明的药都无法救治:

---

① 沈从文:《来客》,载《沈从文文集第六卷·小说》,广州:花城出版社,1983 年,第198 页。

悲哀这东西，中于人，像中毒。血气方刚的少年，亦有不知这是怎么一回事者，这从许多许多例子上可以得到凭据。纵也免不了有一时中毒，抵抗力量异常强，过一会，就复元了。有人说，发狂之事多半为青年人所独有，这发狂来源，则过分悲哀与过分忧郁足以致之。然而年青人，因中毒而能发狂，高度的烧热，血在管子里奔窜，过一阵，人就恢复平常状态了。老人到纵阳阳若平时，并不稍露中毒模样，可是身体内部为悲哀所蚀，精神为刺激所予的沉重打击，表面上即不露痕迹，中心全空了。老年人感情中毒，不发狂，不显现病状，却从此哀颓萎靡下去，无药可治。①

傩寿为儿子的死亡而陷入一种顶伟大的悲哀，他逃到玉皇阁与孤魂野鬼为邻，在长长的钟声下哭着过日子：

玉皇阁，是有着那所谓子午钟，每天每夜有和尚在钟下敲打，到子午二时则把钟声加密，在钟楼的四面，全是那些本地人在异乡死去魂魄无归的灵牌子，地方算是为孤魂野鬼预备的。傩寿先生把儿子一死，也成了与孤魂野鬼相近的一个人了，所以来到这里觉得十分合适。来此则自己反而好过一点了。不期然而来的事，应归于命运项下，傩寿先生命运是坏到这个样子的。行善有"好报应"，那不过是鼓励本不想行善而钱多的人，从"好报应"上去行善罢了，傩寿先生是曾经作着那真的善事多年，给了全县城人以许多

---

① 沈从文：《爹爹》，载刘一友等编《沈从文别集·新与旧》，长沙：岳麓书社，1992年，第164页。

好处,又结果如此,却并不怨天怨人的。①

　　沈从文对象牙塔并不迷恋,反映在傩寿先生的形象上,是他生命中的某一部分碎掉了之后,并不去投靠书本上的力量来维系生命。他只是像个普通人那样不再挣扎求生了,像每个村庄都会有一两个疯魔的人那样,把性命投进水中,任其漂泊到何处。

　　自古以来,"读书人"这个群体都推崇"学"的重要性,于是,形成一种共识:真的玲珑宝塔,还得是象牙塔。有了这座塔,人便不会失魂落魄。即便偶尔失意落魄,总还有个样子,有个姿态。或者,他可以盼望在途中遇到一只狐仙,在同病相怜的情感映照中,"不伦不类"的身份挫折与名利失败转化为一种有神明仙界垂怜的心理优势,旧式的志怪小说常常以此为故事主线。

　　傩寿的人生仿佛永远也不会山穷水尽,那里总有无尽的山,无尽的水,他的死亡为这些山水环绕着,何况还有钟声与老僧为伴。

菜园

　　《菜园》,由始至终都飘荡着死亡的气息。小说开篇就诉说菜园主人"玉太爷"的死。这是一位在朝廷等待候补官缺的满人,他的死,意味着前清的"死亡"、旗人特权的"死亡"。与之相对应,在故事结束时,我们看到的是有关菜园的一切生命都笼罩在死亡的

---

① 沈从文:《爹爹》,载刘一友等编《沈从文别集·新与旧》,长沙:岳麓书社,1992 年,
　第 156—157 页。

气氛中。这气氛就是命运，是新旧更替的时代中，与弃旧革新相关联的那一类人的命运。具体而言，是在荒败的菜园中上演的，旗人的生命挽歌。

沈从文在一片菜园中植入种子，负责种植经营的是一位母亲和她的儿子，他们在辛亥革命以前就来到这座小城。

后来，时局变了，旗人失势，母子二人无以为生，竟倚赖着从京城带来的菜籽养成个菜园来生活，并且也相当受当地人尊敬。遇到好天气、好景致，母子二人能以古诗互相应和，这是旧时代的影子。什么是旧时代呢？"超乎言语，正如佛法，只能心印默契，不可言传。"儿子钟爱笔记小说，在古典教养之外，还有着来自母亲的那种慈悲心肠：

年青人，心地洁白如鸽子毛，需要工作，需要游戏，所以菜园不是使他厌倦的地方。他不能同人锱铢必较的算账，不过单是这缺点，也就使这人变成更可爱的人了。

他不因为认识了字就不做工，也不因为有了钱就增加骄傲。对于本地人凡有过从的，不拘是小贩他也能用平等相待。他应当属于知识阶级，却并不觉得在做人意义上，自己有特别尊重读书人必要。他自己对人诚实，他所要求于人的也是诚实。他把诚实这一件事看做人生美德，这种品性同趣味却全出之于母亲的陶冶。①

革命之后，公理未明，旧俗俱在。随同革命、北伐的影响，地方

---

① 沈从文：《菜园》，载刘一友等编《沈从文别集·新与旧》，长沙：岳麓书社，1992年，第180页。

338

上也出现了新的变故："许多青壮年死到野外。在这过程中也成长了一些志士英烈，也出现一批新官旧官……于是地方的党部工会成立了……于是'马日事变'年青人杀死了，工会解散，党部换了人……于是北京改成了北平。"①恰恰在此时，儿子少琛在二十二岁生日时决定去北京读书，母亲没有阻拦，只是对"知识"的价值有种特殊的担心：

"我想读点书。"

"我们这人家还读什么书？世界天天变，我真怕。"

"那我们俩去！"

"这里放得下吗？"

"我去三个月又回来，也说不定。"

"要去，三年五年也去了。我不妨碍你。你希望走走就走走，只是书，不读也不什么要紧。做人不一定要多少书本知识。像我们这种人，知识多，也是灾难！"②

少琛终究是去了京城，五四前后，谁不渴望着去那里求学求新知呢？

三年之后，儿子从京城归来，同时带回一位新妇。二人的美丽与美德传遍了小城，在令人倾慕的同时，也似乎在改变着这个世

① 沈从文：《菜园》，载刘一友等编《沈从文别集·新与旧》，长沙：岳麓书社，1992年，第185页。
② 沈从文：《菜园》，载刘一友等编《沈从文别集·新与旧》，长沙：岳麓书社，1992年，第183页。

界,当然,最欣慰的还是母亲:

> 从母亲方面看来,儿子的外表还完全如未出门以前,儿子已慢慢是个把生活插到社会中去的人了。许多事皆仿佛天真烂漫,凡是一切往日的好处完全还保留在身上,所有新获得的知识,却融入了生活里,找不出所谓痕迹。媳妇则除了像是过分美丽不适宜于做媳妇值得忧心以外,简直没有疵点可寻。①

然而,在一个听水、听蝉、看得见晚霞的黄昏,儿子、儿媳被请去县里谈话,之后便陈尸教场。三天后贴了告示,原来两个年轻人是共产党。

三年后,母亲在一个大雪天自缢而死。菜园自然不再种菜,而是变作花园,专供有势力的绅士宴客,那份热闹像个旧式的梦,一味感时伤情,不知反省:

> 玉家菜园从此简直成了玉家花园。内战不兴,天下太平,到秋天来地方有势力的绅士在园中宴客,吃的是园中所出产的蔬菜,喝着好酒,同赏菊花。因为赏菊,大家在兴头中必赋诗,有祝主人有功国家,多福多寿,比之于古人某某典雅切题的好诗,有把本园主人写作卖菜媪对于旧事加以感叹的好诗,地方绅士有一种习惯,多会做点诗,自以为好的必题壁,或花钱找石匠来镌石,预备嵌墙中作纪念。名士伟人,相聚一堂,人人尽欢而散,扶醉归去。各人回

---

① 沈从文:《菜园》,载刘一友等编《沈从文别集·新与旧》,长沙:岳麓书社,1992年,第187页。

到家中,一定还有机会作与五柳先生猜拳照杯的梦。[1]

在《菜园》中,只有死亡是理性的,死亡之外的一切都显得荒唐、疯狂、怪诞,尤其是夹在中间状态的那种不合时宜。

文言、诗赋、题壁、镌石,皆是旧势力的象征。沈从文从童年时就开始厌倦私塾及与私塾有关的一切兴味,他成了他所厌恶的经书与体罚的囚犯。

在那个旧时代的尾声,几乎所有孩童都曾是这样的囚犯,他们必须接受这份一半是命运的,一半是习俗的监禁。由于年龄的原因,他无法反抗,直到 20 岁时,这个无权势的青年要起来打倒它了。

回忆好似蛇蝎,伴着悔恨将人咬啮。1922 年,大病了 40 天后,沈从文历数了先他而去的战友,有些是他亲手埋入黄土中。他知道自己不属于那些"势孤"的军阀,远走高飞才是他的营盘。

他决心变更自己的生活,去冒险,去拥抱飘着油墨香味的都市。那味道属于一座名为北京的都市,一座正在被《新潮》《改造》《新青年》重塑的城市。于是,他告别"湘西王"陈渠珍——他知道自己无法成为那样的传奇军人——告别了他小心擦拭的枪。枪弹救不了自己,也无法为自己复仇——他想到用笔向那些囚禁他的监狱看守们复仇。

在京城的旅客登记簿上,这个乡下人用力写下自己的身份:

---

[1] 沈从文:《菜园》,载刘一友等编《沈从文别集·新与旧》,长沙:岳麓书社,1992 年,第 189—190 页。

"沈从文,年二十岁,学生,湖南凤凰县人。"①他一定是极兴奋地写下这一行字,笔墨尽处,他与那些绅士、老爷、军阀、欺骗、杀戮一刀两断了。

人在某一个时期,譬如十七八岁的年纪,会突然发现心里有些部分在一刹那间碎掉了,也更坚硬了。

沈从文的六年从军生活,是外面的世界把他吞没的一段时光,当这种生活几乎要毁掉他的时候,他开始写作了。

像杜拉斯所说的那样,写作就是哭泣。写作是一种走入的行为,一种从外部走入内部的行为。当外界要把人吞没的时候,当大街上的事情即将把人变得疯狂的时候,只有写作能够拯救自己。即便写作者知道写作挽回不了任何东西,就像哭泣挽回不了任何东西一样。

作家是人群中最难安慰的一类人,他们总是难以适应"时光",无法像正常人那样看待逝去的一切。他动笔写作,他把这件事当作一种奢侈的享受。没错,写作,是一件奢侈的事情,尤其是在黄昏时分。

如果在黄昏,一个人仍有余裕来写几行字,那状态足以让人染病,染上写作的奢侈病。我知道,那是一种狂热状态,只有靠不停地写作来克服。

菜园中人淡淡地死去,甚至没有枪声划破天空的声音。然而,我们能体会到另外一种比死亡还可怕的呻吟,那是青春与生命的横遭践踏。

---

① 沈从文:《从文自传》,长沙:湖南美术出版社,2006 年,第 169 页。

母亲,菜园,菜籽,有待成熟的青春,皆是象征着孕育未来的母体,有人谋杀了她们。凶手不是别人,正是那些有文化且有权势的一群人。他们打压同类,糟蹋文化,攫取他人的信仰,就如同杜拉斯笔下的冷血蟒蛇,赤裸裸地攫取一切,猎食一切:

蟒蛇盘成一团,黝黑,闪烁出比清晨山楂树叶上的露珠更纯净的光泽,令人赞叹,丰满滚圆,柔软而肌肉发达,如同一根黑色的大理石柱,突然会在千年的怠惰中翻翻身,然后,又突然厌倦了这沉重的自豪,缓慢地起伏,周身因这蕴含的力量而发出一阵颤栗后,最终又盘蜷成一团。

蟒蛇通过它那宁静惬意的消化过程,将这只鸡融入自身,恰似沙漠中滚烫的沙砾饱吸水分,恰似在神圣的平静中面包与葡萄酒转变为圣子的身体与血液。

在这巨大的蛇体内沉沉的静寂之中,鸡正变成蛇。

伴随着一种让你眩晕的幸福,两足动物的血肉经这长长粗细均匀的管道,被融入爬行动物的血肉中。

它单凭自己的外形便令人惊讶,圆滚滚的,体外没有可见的猎食工具,然而却比鹰爪,手掌,兽爪,尖角或獠牙更善攫取,整个躯体像水一般,赤裸裸的,众多的物种中有谁是这样赤裸的?①

沈从文凭着善良的直觉带领读者走向一条双向的大路,很明显,人们需要在二者之间做出明确的选择:要么站在凶手一边,要

---

① ［法］杜拉斯:《蟒蛇》,载《杜拉斯文集·树上的岁月》,李末等译,沈阳:春风文艺出版社,2000年,第72页。

么站在良心一边。

《菜园》有着电影画面的凝视感,四周一片黑暗,你只能去凝视前方的光芒。那种一以贯之的旁白式叙述,像光的穿透性,这正是他的独到之处。

沈从文知道说服读者的最佳方式:理智上、逻辑上的争辩,远远不如情感上、直觉上的震慑同刺激。

火夫

乡下人最具人性的一面在哪里呢?

沈从文说,《柏子》《丈夫》《夫妇》《会明》就是描写乡村平凡人物的,"写他们最人性的一面"。① 其中,又以《会明》最在平凡处见出光芒。

沈从文也懂得迂回的技巧,比如他向来是迂回地写战争,《会明》用的就是这种迂回的技巧。

在各色敌对阵营之外,在新奇的进化道路边缘,仍然聚集徘徊着数不清的芸芸众生,无法归类,我们只知道,是性情千差万别的各色人物。

小说的主角名叫"会明",是一个乡下人出身的火夫,为人却从不苟且。

他的生活全依靠着一只鸡,一杯酒,一支烟,完全是童年支配

---

① 沈从文:《横石和九溪》,载刘一友等编《沈从文别集·湘行集》,长沙:岳麓书社,1992年,第95页;吴世勇编著:《沈从文年谱(1902—1988)》,天津:天津人民出版社,2006年,第148页。

一切，一种无信仰的信仰。他并不怎么贪生，也不怕死，乃至心中住不下任何神明。不过，所有这一切特征并不妨碍会明去迷恋一面旗帜，一面伟人交赠的旗帜。

会明以前是种田养鸡的农人，后来从军，在军队中烧火，担水，煮饭，挑担子。照沈从文的说法，他是一个凡人中的凡人：

> 从讨袁到如今整十年。十年来，世界许多事情都变了样子，成千成百马弁、流氓都做了大官；在别人看来，他只长进了他的呆处，除此以外完全无变动。他正像一株极容易生长的大叶杨，生到这世界地面上，一切的风雨寒暑，不能摧残它，却反而促成它的坚实长大。他把一切戏弄放在脑后，眼前所望所想只是一幅阔大的树林，树林中没有会说笑话的军法，没有爱标致的中尉，没有勋章，没有钱，此外嘲笑同小气也没有。①

他尊敬上司，崇拜他的简朴，像一个人，而不像一个官。新时代的气氛是"流一些愚人的血，升一些聪明人的官"，会明两样都不沾。

会明做着一个火夫照例该做的事，至于为什么要打仗，他不用问也知道，自然是"打倒××军阀"。在一个火夫眼中，上前线是什么样的情形呢？

> 打仗并不是可怕的事情。民国以来在中国当兵，不拘如何胆

---

① 沈从文：《会明》，载刘一友等编《沈从文别集·新与旧》，长沙：岳麓书社，1992年，第107页。

小,都不免在一年中有到前线去的机会。这火夫,有了十多年内战的经验,这十多年来,是中国做官的在这新世纪别无所为、只成天互相战争的时代。新时代的纪录,是流一些愚人的血,升一些聪明人的官。他看到的事情太多,死人算不了什么大事。若他有机会知道"君子远庖厨"一类话,他将成天嘲笑读"子曰"的人说的"怜悯"是怎么一回事了。流汗、挨饿,以至于流血、腐烂,这生活,在军队以外的"子曰"配说同情吗? 他不为同情,不为国家迁都或政府的统一———他和许多人差不多一样,只为"冲上前去就可以发三个月的津贴",这呆子,他当真随了好些样子很聪明的官冲上前去了。①

对战争,会明甚至有些期待,因为在任何一次行动中,他总得到一些日常之外的收获,疲倦与饥渴,紧张与欢喜,逃亡与退却,当然,还有死神的样子:

他还记得去年在鄂西的那回事情,时间正是五黄六月,人一倒下,气还不断,糜烂处就发了臭;再过一天,全身就有小蛆虫爬行。死去的头脸发紫,胀大如斗,肚腹肿高,不几天就爆裂开来。②

停火的时候,会明喜欢找附近的乡下人做生意,囤积粮草、烟

---

① 沈从文:《会明》,载刘一友等编《沈从文别集·新与旧》,长沙:岳麓书社,1992年,第108—109页。
② 沈从文:《会明》,载刘一友等编《沈从文别集·新与旧》,长沙:岳麓书社,1992年,第112页。

叶和烧酒。除此之外,会明的最大爱好是向乡下人宣传他与一位伟人之间的慷慨故事:

> 当他提起蔡锷时,说到那伟人的声音颜色,说到那伟人的精神,他于是记起了腰间那面旗子,他就想了一想,又用小眼睛仔细老成的望了一望对方人的颜色。本来这一村,这时留下的全是有了些年纪的人,因为望到对方人眼睛是完全诚实的眼睛,他笑了。他随后做的事是把腰间缠的小小三角旗取了下来。"看,我这个家伙!"看的人眼睛露出吃惊的神气,他得意了。"看,这是他送我们的,他说'嗨,老兄,勇敢点,不要怕,插到那个地方去!'你明白插到哪个地方去吗?很高很高的地方!"听的人自然是摇头,而且有愿意明白"他"是谁,以及插到什么地方去的意思。①

有一次,有人赠送了一只母鸡给会明,战争和枪声就此远离了他。很快,母鸡孵出几十只小鸡,这些小儿女的出现使会明成了"非战主义者"。

战事停止后,会明过上居家的日子,庆幸没有一个弟兄腐烂:

> 在前线,会明是火夫,回到原防,会明仍然也是火夫。不打仗,他仿佛觉得去那大树林涯还很远,插旗子到堡子上,望到这一面旗子被风吹得拨拨作响的日子,一时还无希望证实。但他喂鸡,很细心的料理它们。多余的草烟至少能对付四十天。一切说来他是很

---

① 沈从文:《会明》,载刘一友等编《沈从文别集·新与旧》,长沙:岳麓书社,1992 年,第 115—116 页。

幸福的。六月来了,天气好热!这一连人幸好没有一个腐烂。会明望到这些兄弟呆呆的微笑时,那微笑的意义,没有一个人明白。再过些日子,秋老虎一过,那些小鸡就会扇着无毛翅膀,学着叫"勾勾喽"了。一切说来他是很幸福的,满意的。①

太像小说的小说往往不好,《会明》不是这样的小说,而是《佛譬喻经》中的禅意,就是不说破。

《会明》的出色之处在于故事性不强,文字也不华丽,如沈从文所说,"节制夸张也是一种能力"②。美丽是可以于辞藻之外去求得的,战场上有会明这样的乡下人,世界就不会腐烂。

《会明》也是一个细思极恐的隐喻场,它让我们第一次站在一个火夫面前思考战争。

老兵

《新与旧》,讲述一个刽子手被时代遗忘的故事,而遗忘,是我们看待民国的一种方式。

杨金标是个守城门的"老战兵"。六十岁那年,他受命杀了两个小学教员,然后发疯死掉了。在那个混沌的年代,处决两个共产党似家常便饭,前清"最后一个刽子手"被活活吓死,这些事尽是堪

---

① 沈从文:《会明》,载刘一友等编《沈从文别集·新与旧》,长沙:岳麓书社,1992年,第122页。

② 沈从文:《复古华》,载张兆和主编《沈从文全集第26卷·书信集》,太原:北岳文艺出版社,2002年,第295页。

疑处。

清光绪年间,有这么一个老战兵,名叫杨金标,隶属苗防屯务处第二队,驻地靠近苗乡,风景如画:

城下是一条长河,每天有无数妇人从城中背了竹笼出城洗衣,各蹲在河岸边,扬起木杵捣衣。或高卷裤管,露出个白白的脚肚子,站在流水中冲洗棉纱。河上游一点有一列过河的跳石,横亘河中,同条蜈蚣一样。凡从苗乡来作买卖的,下乡催租上城算命的,割马草的,贩鱼秧的,跑差的,收粪的,连牵不断从跳石上通过,终日不息。对河一片菜园,全是苗人的产业,绿油油的菜圃,分成若干整齐的方块,非常美观。菜园尽头就是一段山冈,树木郁郁苍苍。有两条大路,一条翻山走去,一条沿河上行,皆进逼苗乡。[1]

杨金标不止马上、平地有好本领,还是个极优秀的刽子手。他的绝技是使得一手"独传拐子刀法",用之行刑砍头,军民人等莫不齐声喝彩:

这战兵把鬼头刀藏在手拐子后,走过凉棚公案边去向监斩官打了个千,请示旨意。得到许可,走近罪犯身后,稍稍估量,手拐子向犯人后颈窝一擦,发出个木然的钝声,那汉子头便落地了。[2]

---

[1] 沈从文:《新与旧》,载刘一友等编《沈从文别集·新与旧》,长沙:岳麓书社,1992年,第96页。
[2] 沈从文:《新与旧》,载刘一友等编《沈从文别集·新与旧》,长沙:岳麓书社,1992年,第90—91页。

死这件事,横跨阴阳两界,法律与神明都有管辖权,刽子手杀人也不能算作例外。"这件事既已成为当地习惯,自然会好好的保存下来,直到社会一切组织崩溃改革时为止。"话虽如此,要不是沈从文的记录,恐怕人们早已忘记这些宗教意味十足的赎罪仪式了。

砍下人犯头颅后,刽子手会径直跑进城隍庙,照规矩在菩萨面前磕了三个头,然后藏到神前香案下,静静等候发落。

稍后,县太爷也照规矩带领差役鸣锣开道前来进香。上完香,探子跪下来回事:"禀告太爷,西门城外小河边有一平民被杀,尸首异处,流血遍地,凶手去向不明。"

县太爷会装成毫不知情的神气,把惊堂木一拍,大声说:"青天白日之下,有这等事,还了得!"即刻差派员役城厢各处搜索,且限令出差人员,得即刻把人犯捉来。又令人排好公案,预备人犯来时在神前审讯。

刽子手估计太爷已坐好堂,就从神桌下爬出来,跪在太爷面前请罪。禀告履历籍贯,声明西门城外那人是为他所杀,有一把杀人血刀可以证明。

县太爷懂得官场如戏场的把戏,就打起官腔来问案。刽子手一面对杀人事加以种种分辩,一面就叩头请求太爷开恩。

太爷却连拍惊堂木,喝叫差役:"与我重责这无知乡愚四十红棍!"差役把刽子手揪住按在地下,胡乱打七八下,便禀告县太爷棍责已毕。

最后,县太爷将一小包封银子扔给刽子手作为赏号,刽子手叩头谢恩:"青天大人禄位高升。"在城隍爷爷面前履行了手续后,县太爷便打道回衙去了。

在法律同宗教仪式联合排演的死亡戏剧中,作为惩罚的四十杀威棍非常重要。在神明面前,经过这一番责打,杀人者之罪过便可以襀除了。

刽子手砍下一个人头,便可得三钱二分银子,回转营上时必打酒买肉,邀请队中兄弟同吃同喝,且与众人讨论刀法。

到了"民国十八年",杀人的方式改变了,砍头被枪决代替,如此便利的杀人仿佛成了法律进步事业的一项功绩:

> 时代一变化,"朝廷"改称"政府",当地统治人民方式更加残酷,这个小地方毙人时常是十个八个。因此一来,任你怎么英雄好汉,切胡瓜也没那么好本领干得下。被排的全用枪毙代替斩首,于是杨金标变成了一个把守北门城上闩下锁的老士兵。他的光荣时代已经过去,全城人在寒暑交替中,把这个人同这个人的事业慢慢的完全忘掉了。①

霜降节前,老战兵接到当地军部命令,处决两个共产党。他们为了寻求刺激,决定不用枪决,来一个斩首示众的非常手段。

老战兵认出这对面善的夫妇,就是自己经常观望的小学校里的先生,而且"小学生好像很欢喜他们的先生,先生也很欢喜学生"。

一个兵士呵道:"老家伙,一刀一个,赶快赶快!"一切都那么仓

---

① 沈从文:《新与旧》,载刘一友等编《沈从文别集·新与旧》,长沙:岳麓书社,1992年,第94页。

促，那么混乱，甚至连观看行刑的人都没有。老战兵以为是在梦里，但还是迅速地执行了军令：

> 他便走到人犯身边去，擦擦两下，两颗头颅都落了地。见了喷出的血，他觉得这梦快要完结了，一种习惯的力量使他记起三十年前的老规矩，头也不回，拔脚就跑。跑到城隍庙，正有一群妇女在那里敬神，庙祝哗哗的摇着签筒。老战兵不管如何，一冲进来爬在地下就只是磕头，且向神桌下钻去。庙里人见着那么一个人，手执一把血淋淋的大刀，以为不是谋杀犯也就是杀老婆的疯子，吓得要命，忙跑到大街上去喊叫街坊。

老规矩和那些杀人赎罪仪式已被人遗忘，老战兵被结结实实地羞辱、殴打了一番，五花大绑起来吊在廊柱上，围观者有数百人。人们都认为这个老人是疯子，而老战兵的想法是，这世界疯了，他面前的副官、兵士、百姓才是真的染了病，疯魔了：

> 有个人闪不知从老战兵背后倾了一桶脏水，从头到脚都被脏水淋透。大家哄然大笑起来。老战兵又惊又气，回头一看，原来捉弄他的正是本城卖臭豆豉的王跛子，倒了水还正咧着嘴得意哩。老战兵十分愤怒，破口大骂："王五，你个狗肏的，今天你也来欺侮老祖宗！"
> 大家又哄然笑将起来。副官听他的说话，以为这疯子被水浇醒，已不再痰迷心窍了，方走近他身边，问他为什么杀了人，就发疯跑到城隍庙里来，究竟见什么鬼，撞了什么邪气。

"为什么？你不明白规矩？你们叫我办案,办了案我照规矩来自首,你们一群人追来,要枪毙我,差点儿我不被乱枪打死！你们做得好,做得好,把我当疯子！你们就是一群鬼。"①

在这个杀人与赎罪的故事中,人面对神明的场所是"城隍庙"。这个庙宇与其说是神殿,不如说是人寻找良知的密室,当然,有时候,帝王将相会极严肃地尊奉,视之为制度存亡的象征。

"城隍"二字,始见于《周易》:"城复于隍,勿用师。自邑告命,贞吝。象曰:城复于隍:其命乱也。"意思是说,一座坚固的城墙,因久了,覆崩溃为土,这是内外失守的乱局。这时候不可以用兵于外,在自己的城邑里教训处罚臣民,即使是合乎正道,也显得羞吝勉强。

文明初建时,都有那么一点新气象,似初出茅庐般谨言慎行,凡事有章有法。待到制度、人事、律令都驯熟,乃至烂熟的阶段,就真的如俗话所说的"官场如戏场"了。民间都说皇帝是新手好,而宰相臣公,倒是些旧人熟手才吃得开。

《新与旧》写的就是"城复于隍"的那份"羞吝":固守旧物,徒增羞吝;粗鄙之新,亦招致羞吝。抛开法律与宗教,或者说,仅仅从人性的角度来看,这份羞吝集中地显现于人们对待"死亡"的方式与态度。

在这个故事中,没有一个人在死这件事上获得足够的尊重,我们看到的是人的漠然、呆板、冷酷、焦躁、粗鲁:

① 沈从文:《新与旧》,载刘一友等编《沈从文别集·新与旧》,长沙:岳麓书社,1992年,第102—103页。

正预备回城里去看看,还不到城门边,只听得有喇叭吹冲锋号,当真要杀人了。队伍已出城,一转弯就快到了。老战兵迷迷糊糊赶忙向坪子中央跑去。一会子队伍到了地,匆促而沉默的散开成一大圈,各人皆举起枪来向外作预备放姿势,果然有两个年纪轻轻的人被绑着跪在坪子里。并且一个是男人,一个是女人,脸色白僵僵的。一瞥之下,这两个人脸孔都似乎很熟悉,匆遽间想不起这两人如此面善的理由。一个骑马的官员,手持令箭在圈子外土阜下监斩。老战兵还以为是梦,迷迷糊糊走过去向监斩官请示。另外一个兵士,却拖他的手,"老家伙,一刀一个,赶快赶快!"

这个称呼老战兵为"老家伙"的兵士,必定是个杀人的老手,对跪在地上的将死之人,对行将就木的老人,没有慈悲,也没有怜悯。对死亡,他表现得粗鲁,市侩,懒散,无情,其实是那个时代的一个样貌,也是人世间所有罪人的一个样貌。

在《我的教育》中,沈从文对军队中的刽子手和杀人惯例有着更为纪实性的描写。他把更多细节注入这些日记体的回忆中,我们能看到杀人几乎成为军营中的一种"节庆"。

有些规矩也是源于"前清",不过并没有《新与旧》那样的戏剧化,而是具体到食物,具体到人人有份好处的那种"袖手旁观":

今天杀人,司令部的副官,书记官,军法,全到看。他们实在太没有事情可作了,清闲到无聊,所以他们从后门赶到桥上看。那军法还拿一枝水烟袋,穿长袍,很跑了一些路。

　　大家全佩服刽子手的刀法,因为一刀一个,真有了不得的本领。这个人是卫队的兵士,把人杀完后,就拿了刀大踏步走到场中卖猪肉屠桌边去,照规矩在各处割肉,一共割了七十多斤肉,这肉到后是由两个兵士用大杠抬回营来的。这规矩我先是就听人说过,在前清就有了的。上场大约也割过了,今天我才亲眼见到。这肉虽应归刽子手一人所有,到后因为分量太多了,还是各处分摊,司令部职员自然有分,我们也各有分。

　　吃晚饭,各人得肉一大片,重约四两,不消说就是用那杀人的刀所割来的肉了。吃到这肉时免不了仍然谈到杀头的话,一面佩服刽子手的精练刀法,一面也同时不吝惜夸奖到把脖子伸长了被杀的那一位。这又转到民族性一件事上来了,因为如果是别地方的人,对于死,总缺少勇敢的接近。一个软巴巴的缩颈龟,是纵有快刀好脚色,也不容易奏功的。这一点,芷江东部地方土匪真可佩服,他们全不把嘲笑机会给人。

　　因为有肉,喝了些酒,醉了三分的,免不了有忽然站起用手当刀拍的砍到那正蹲着喝酒的人颈后的事。被砍的一面骂娘一面也挣扎起来,大家就揪到一处揉打不休。我们的班长,对这个完全无节制方法。因为到了那时节,他自己也正想揪一个火夫过来试试了。

　　杀了一个人以后,他们大家全都像是过节,醉酒饱肉,其乐无涯。①

---

① 沈从文:《我的教育》,载《沈从文文集第三卷·小说》,广州:花城出版社,1982年,第132—133页。

无论新与旧,任何律法,任何道德,其实都无法改变人类喜欢袖手旁观的本性。

读沈从文的小说或者随手翻开他的那些回忆性文字,有时仿佛是从楚地、湘西、巫山这样的侧翼包抄,曲曲折折地去望见树墙灯影中的鲁迅。鲁迅是城中的一眼井,根源悠长,好在是活水。沈从文是山中的一只小鹿,他的"梅花蹄"走不得城市的柏油路。他们二人,互相渴慕着吗?现实中不必,作品中亦不必。

鲁迅,情愿抛开一切理性,撕裂那个我们痛恨、咒骂的旧中国的伤疤;而沈从文,则为我们依恋的、神秘的中国,注入巫山神女的血。

《新与旧》的气氛是"雾"的气氛,介于清朗与阴霾之间,似小说中的霜降时节,有着逻辑之外的美好。

第十五章　乡评

乡下人接受了自然的馈赠,从山林土地间得到谷物、瓜果、鱼虾等食物,而都市中人则因"生存竞争"而为金钱左右。

乡下人不是纯粹的物质性存在,他们几近赤贫,却得以存活,身份卑微,仍心存善念,彼此关心。他们所到之处,散发着自然的气味,对于心灵的温度,也从不刻意遮掩。他们并不羡慕那些常常处于某种"亏欠状态"的城市中人,一切只为金钱与物质衡量,自然会成为可怜的物质性存在。

繁荣是社会达尔文主义的共生物种,而要达至繁荣,势必要牺牲一部分精神世界的尊严与健康。城市是卫生、财富和气派的象征,而在沈从文看来,城市中的资产阶级会与乡村的权势阶层"勾结",一起走向堕落。他在《贵生》里愤怒于这种堕落,也真的用怒火反抗了这种堕落。

樵夫

《贵生》的故事看似与朦胧的"爱情"有关,实际上是一篇写给"樵夫"这一类乡下人的墓志铭——贵生或许是中国最后一个樵夫。

贵生是个樵夫,是不愿给老爷做长工的乡下人,"虽是个干穷人,可穷得极硬朗自重"。他的生存一半靠山林,一半靠身体。平时砍柴割草,农忙时打短工。

贵生和地主"五老爷"的关系看起来不错,他们之间维持着一种"借"的关系:

自己用镰刀砍竹子,剥树皮,搬石头,在一个小土坡下,去溪水不远处,借五老爷土地砌了一栋小房子,帮五老爷看守两个种桐子的山坡,作为借地住家的交换。①

远近几里村子上的人,都和贵生相熟,都欢喜他,五老爷也不例外。有时,五老爷会赠送些衣物、盐巴之类的东西,贵生必定会以山里的野味、野果来补偿,互不相欠。

村子里住的人,因"城里东西样样贵,生活已大不如从前",而贵生靠着自然的馈赠并未受影响。他过着以物易物的原始生活,"两手一肩,快乐神仙":

① 沈从文:《贵生》,载刘一友等编《沈从文别集·贵生集》,长沙:岳麓书社,1992年,第14页。

五担草就能换个猪头,揉四两盐腌起来,那对猪耳朵,也够下酒两三次!一个月前打谷子时,各家田里放水,人人用鸡笼在田里罩肥鲤鱼,贵生却磨快了他的镰刀,点上火把,半夜里一个人在溪沟里砍了十来条大鲤鱼,全用盐揉了,挂在灶头用柴烟熏得干干的。现在磨刀,就准备割草,挑上城去换年货。①

贵生似乎不愿直接与金钱打交道,给城市里舅舅的礼物亦常常是取自山林,"不是一袋胡桃,一袋栗子,就是一只山上装套捕住的黄鼠狼,或是一只野鸡"。当然,这也决定了他向异性示好的方式:

贵生和铺子里人大小都合得来,手脚又勤快,几年来,那杂货铺老板娘待他很好,他对那个女儿也很好。山上多的是野生瓜果,栗子榛子不出奇,三月里他给她摘大莓,六月里送她地枇杷,八九月里还有出名当地、样子像干海参、瓤白如玉如雪的八月瓜,尤其逗那女孩子欢喜。②

与贵生不同,地主四爷好色,五爷好赌,都为了有钱。五爷一夜输掉三万,气死了老太太,"尘归尘,土归土"的丧事却赚尽了

① 沈从文:《贵生》,载刘一友等编《沈从文别集·贵生集》,长沙:岳麓书社,1992 年,第 13—14 页。
② 沈从文:《贵生》,载刘一友等编《沈从文别集·贵生集》,长沙:岳麓书社,1992 年,第 16 页。

面子:

　　丧事做了七七四十九天道场,花了一万六千块钱,谁不知道这件事! 都说老太太心好命好,活时享受不尽,死后还带了万千元宝锞子,四十个丫头老妈子照管箱笼,服侍她老人家一路往西天,热闹得比段老太太出丧还人多,执事挽联一里路长。有个孝子尽孝,死而无憾。①

　　贵生与四爷、五爷见面时,揣着小心,"担心把五爷地板弄脏,赶忙脱隄了草鞋,赤着脚去见五爷"。对五爷这样的人,贵生并不怕,他只是像山里的小动物那样,有一份警觉。而四爷、五爷是一直从肉体上的欢悦来看待贵生:他有一具用金钱买不来的年轻身体,"相貌不错","一个大憨子"。此时被观赏的贵生,就如同城里人找寻的野味。绅士们对"城里大鱼大肉吃厌烦了",才流行起到乡下去"注意野味"的娱乐。

　　金凤也是城市人眼中的野味,在她成为妾的怪异"程序"中,所有人都在谈论钱。贵生身边还有舅舅借给他的十六块钱,"紧紧的压在腰板上",金凤的父亲杜老板"在柜台前用红纸封赏号",抬轿的长工惦记着这些包封和记在水牌上的二百文欠账,年纪大一点的火夫鸭毛伯伯,替贵生说明了整件事的缘由:

　　贵生,一切真有个命定,勉强不来。看相的说邓通是饿死的

---

① 沈从文:《贵生》,载刘一友等编《沈从文别集·贵生集》,长沙:岳麓书社,1992年,第20页。

相,皇帝不服气,送他一座铜山,让他自己造钱,到后还是饿死。城里王财主,原本挑担子卖铰饵营生,气运来了,住身在那个小庙里,墙倒坍了,两夫妇差点儿压死,待到两人从泥灰里爬出来一看,原来墙里有两坛银子,从此就起了家……不是命是什么?

桥头上那杂货铺小丫头,谁料到会作我们围子里的人?五爷是读书人,懂科学,平时什么都不相信,除了洋鬼子看病,照什么"挨挨试试"光,此外都不相信。上次进城一输又是两千,被四爷把心说活了。四爷说,"五爷,你玩不得了,手气痞,再玩还是输。找个'原汤货'来冲一冲运气看,保准好。城里那些毛母鸡,谁不知道用猪肠子灌鸡血,到时假充黄花女。乡下有的是人,你想想看"。五爷认真了,凑巧就看上了那杂货铺女儿,一说就成,不是命是什么。①

贵生放火烧了"认货(钱)不认人"铺子,可能去做了土匪,成为一个法外之人。"一把火两处烧"——劫掠金钱和娶压寨夫人。贵生也可能就这样死在他亲手搭建的林中小屋,化作只有他一个人害怕的"精怪"。"贵生和一切乡下人差不多,心上有那么一点迷信",他怕金凤的"克夫命",怕她那个真名"观音"。

贵生这个乡下人,"宁信巫,不信人",然而,他被骗了,除了他,没人相信这些命定,也没人相信"精怪","城里来的东西"主宰着乡下人的命运。

贵生的平凡处,也是沈从文的平凡处。贵生和沈从文的不平

---

① 沈从文:《贵生》,载刘一友等编《沈从文别集·贵生集》,长沙:岳麓书社,1992年,第44页。

凡处,却有不同。贵生是放了一把火烧掉象征着金钱、货币和城市秩序的"铺子",而沈从文是以笔为火把,为整个"文坛"烧荒。他手持寂寞的火把,像牧羊人那样,点燃野火,把乡下人的梦传递出去。

贵生也烧掉了林中木屋,那是"不受管束"的樵夫身份的象征。我们不能欣赏一种从未见过的景象,但可以借助"火"来一番扩大的遐想。

贵生通过完全的、不留痕迹的"死亡"奔向另一个世界。在火焰中死去,是一切死亡中最不孤独的一种方式。

樵夫贵生死了,另一个贵生在火焰中凝视、思索,如巴什拉所说,这是一种自然之死。柴草的呻吟,烈火的煎熬,会带来变化:

> 火对于凝视着它的人来说是一种迅变的范例,千变万化的范例。同流水相比,火不那么单调,不那么抽象,它比丛林中时时受到窥测的鸟窝里的鸟生长得更快,变化更大,火让人产生变化的欲望,产生加快时间的欲望,使整个生命告终、了结的欲望。……受到迷惑的人听到樵夫的呼唤声。对于樵夫来说,砍伐不只是一种变化,而是更新。①

火了结了一切,带来变化与新生。火有洁净的功能,火使一切变得纯洁,火还能去除腐臭的味道。

沈从文在故事的最后,是让那些腐臭的人奔向火。夜空中燃起的巨大火光会让每一个人遭受重创,他们围在一处,看着火,都

---

① [法]加斯东·巴什拉:《火的精神分析》,杜小真、顾嘉琛译,长沙:岳麓书社,2005年,第22页。

是极狼狈的样子。

猎人

　　1929 年 9 月 15 日,沈从文在一封致友人王际真的信中写道:
"若是事势许可,能够返到苗乡去住真是幸福,不可讳的是我真已
近于落伍人,大都会生活使我感到厌倦;就是写文章,也只是回到
乡下去好,因为要明白中国,也只有混在老国民去一处过日子才
是事。"①

　　对苗乡的情况,沈从文比任何一位都市作家都更为熟悉,当
然,也没有人比他更清楚那片土地和那些"老国民"所遭受的苦难。

　　就在给王际真写信不久之前,沈从文在贫病中写下《七个野人
与最后一个迎春节》,同年 5 月 10 日在《红黑》刊出。这是一个由
沈从文、丁玲、胡也频创立的月刊,在《释名》一文中,编者对刊物取
名"红黑"的缘由是这样解释的,"红黑"本是湖南湘西土语,有"横
直"的意思,因对"红黑都得吃饭"的土语有切身之感,故而得名。
照沈从文的说法,这个名字既比喻创作之艰辛,亦可以慰藉怀乡之
苦闷。

　　《七个野人与最后一个迎春节》的故事发生在"北溪",野人在
溪边捕鱼,并且住在洞中,自在情理之中。

　　沈从文在小说的开篇便抛出城市与乡村判然有别,用的媒介

① 沈从文:《沈从文全集第 18 卷·书信集》,太原:北岳文艺出版社,2002 年,第 19
　页;吴世勇编著:《沈从文年谱(1902—1988)》,天津:天津人民出版社,2006 年,第
　77 页。

很特别，是酒。乡下人最期待的迎春节到了，"北溪村中的男子，全为家酿烧酒醉倒了"，而在某城，"痛饮是已成为有干禁例的事了，因为那里有官，有了官，凡是近于荒唐的事是全不许可了"。

进化的影响通过"官"的设立显现出来，"新的习惯行将在人心中生长，代替那旧的一切"，乡下人的美德会受到侵害。他们对官和兵，对纳捐税，公债，乃至对法律都怀着一种天然的惧怕：

　　将来的北溪，也许有设官的一天吧？到那时人人成天纳税，成天缴公债，成天办站，小孩子懂到见了兵就害怕，家犬懂到不敢向穿灰衣人乱吠，地方上每个人皆知道了一些禁律，为了逃避法律，人人全学会了欺诈，这一天终究会要来吧。[1]

除此之外，一向不必交税的家酿烧酒也会消失，于是，人们在酒醉之后唱起了凄凉的哀歌。这些人在平时都是守着各自产业，知晓分寸的正派人，只是到了迎春节这天，才享受着"历来为神核准的放纵，仅有的荒唐"。然而，"过去的不能挽回，未来的无从抵挡"，眼前的世界足以令这些老实生活的乡下人惊惧怀疑。人们仍然在耕田，仍然在砍柴栽菜，"新的进步只是要他们纳捐，要他们在一切极琐碎极难记忆的规则下走路吃饭"，对此，人们开始质疑这些规则究竟有什么好处：

　　有了内战时，便把他们壮年能作工的男子拉去打仗，这是有政

----

① 沈从文：《七个野人与最后一个迎春节》，载《沈从文文集第八卷·小说》，广州：花城出版社，1983 年，第 316 页。

府时对于平民的好处。什么人要这好处没有？族长，乡约或经纪人，卖肉的屠户，卖酒的老板，有了政府他就得到幸福没有？做田的，打鱼的，行巫术的，卖药卖布的，政府能使他们生活得更安稳一点没有？①

这时，故事的主角出场了。他们是七个没有喝酒的"质朴面孔"，"七个之中有六个年纪青青的，只有一个约莫有四十五岁左右"。他们心情沉闷，围坐在篝火旁，年长的汉子愤愤地说道："一切是完了，这一个迎春节应当是最后一个了。"

原来这七个人皆是猎户，六个年轻人是这中年汉子的徒弟，他们是"属于另一世界的人"，也是行将消亡的独特人群。现在看来，猎户这类人是已然远离我们的生活经验了，为此，我们不妨细细地来品味一下沈从文眼中的猎户生活：

徒弟从各族有身分的家庭中走来，学习设阱以及一切拳棍医药，这有学问的人则略无厌倦的在作师傅时光中消磨了自己壮年。他每天引这些年青人上山，在家中时则把年青人聚在一处来说一切有益的知识。他凡事以身作则，忍耐劳苦，使年青人也各能将性情训练得极其有用。他不禁止年青人喝酒唱歌，但他在责任上教给了年青人一切向上的努力，酒与妇人是在节制中始能接近的。至于徒弟六人呢？勇敢诚实，原有的天赋，经过师傅德行的琢磨，智慧的陶冶，一个完人应具的一切，在任何一个徒弟中全不缺少。

---

① 沈从文：《七个野人与最后一个迎春节》，载《沈从文文集第八卷·小说》，广州：花城出版社，1983年，第317页。

他们把这年长人当作父亲,把同伴当作兄弟,遵守一切的约束,和睦无所猜忌,在欢喜中过着日子。他们上山打猎,下山与人作公平的交易。他们把山上的鸟兽打来换一切所需要的东西:枪弹,火药,箭头,药酒,无一不是用所获得的鸟兽换来。他们运气好时,还可以换取从远方运来的戒子绒帽之类。他们做工吃饭,在世界上自由的生活,全无一切苦楚。他们用枪弹把鸟兽猎来,复用歌声把女人引到山中。①

在猎人眼中,地方上的那些不好的变化全都发生在"有了法律以后"。因此,师傅心中的愤慨,几个年轻徒弟的愤慨,都转化为"此时对法律有一种漠然反感"。

他们一致认为官是没有用的东西,既无力驱虎,也灭不了蝗虫,只会带来麻烦。"他们愿意自己自由平等的生活下来,宁可使主宰的为无识无知的神,也不要官。因为神永远是公正的,官则总不大可靠。"最可怕的是,这些法律和官会使人性堕落败坏:

我们在此没有赖债的人,有官的地方却有赖债的事情发生。我们在此不知道欺骗可以生活,有官地方每一个人可全靠学会骗人方法生活了。我们在此年青男女全得做工,有官地方可完全不同了。我们在此没有乞丐盗贼,有官地方是全然相反,他们就用保

---

① 沈从文:《七个野人与最后一个迎春节》,载《沈从文文集第八卷·小说》,广州:花城出版社,1983年,第319页。

护平民把捐税加在我们头上了。①

于是,七个人约定一起反抗设官之事。可是,一切反抗归于无效,在三月底税局与衙门全布置妥了。这七个人便一同搬到山洞中去,成了野人,"照例住山洞的可以作为野人论,不纳粮税,不派公债,不为地保管辖"。

自从逃进山洞以后,他们的生活仍然是打猎。打猎得到的一切猎物,也不拿到市上去卖,只有拿来换取油盐、布匹、衣服等必需品。这种以物易物的交易方式就在山洞前进行,公平交换,简单明了,也不需要税吏的协助管理。

他们还用自酿的烧酒款待客人,把多余的猎物赠给全乡村顶勇敢美丽的男子和女子。总之,他们既不迷信,也不说谎,远离审判和牢狱,同官员也互不相扰,任由这些"上等人"支配,"成天坐在大瓦屋堂上审案、罚钱、打屁股"。

七位猎人住在神仙洞府中,北溪人的生活却发生了变化,人们学会了说谎、拜偶像,当然,也学会了吸鸦片:

北溪改了司,一切地方是皇上的土地,一切人民是皇上的子民了,的确很快的便与以前不同了。迎春节醉酒的事真为官方禁止了,别的集社也禁止了。平时信仰天的,如今却勒令一律信仰大王,因为天的报应不可靠,大王却带了无数做官当兵的人,坐在极

---

① 沈从文:《七个野人与最后一个迎春节》,载《沈从文文集第八卷·小说》,广州:花城出版社,1983年,第320页。

高大极阔气的皇城里,要谁的心子下酒只轻轻哼一声,就可以把谁立刻破了肚子挖心,所以不信仰大王也不行了。

还有不同的,是这里渐渐同别地方一个样子,不久就有种不必做工也可以吃饭的人了。又有靠说谎话骗人的大绅士了。又有靠狡诈杀人得名得利的伟人了。又有人口的买卖行市,与大规模官立鸦片烟馆了。①

一年之后,北溪就兴隆起来了,进步起来了。但是,人人皆有遵守法令的义务,迎春节的酒宴被国家法令禁止了,凡不服从者皆严惩,绝无宽纵。于是,人们开始羡慕起猎人的生活,有近两百人跑到山洞里来欢庆节日。

七位猎人拿出酒肉款待,大家唱歌,喝酒,并且嘲笑起做皇帝的那位。第二天无事,到了第三天清晨,带刀枪的执法者出场,可怕的事情发生了:

七十个持枪带刀的军人,由一个统兵官用指挥刀调度,把野人洞一围。用十个军人伏侍一个野人,于是将七个尸身留在洞中,七颗头颅就被带回北溪,挂到税关门前大树上了。出告示是图谋倾覆政府,有造反心,所以杀了。凡到吃酒的,自首则酌量罚款,自首不速察出者,抄家,本人充军,儿女发官媒卖作奴隶。②

---

① 沈从文:《七个野人与最后一个迎春节》,载《沈从文文集第八卷·小说》,广州:花城出版社,1983 年,第 325 页。

② 沈从文:《七个野人与最后一个迎春节》,载《沈从文文集第八卷·小说》,广州:花城出版社,1983 年,第 326 页。

七个野人，这些猎人，他们的尸体消失在其他一大堆尸体之中，没有姓名，也没有墓地供人纪念。与消失的猎人一样，没过多久，这个恃强凌弱的野蛮事件也被人遗忘了，"因为地方进步了"。

沈从文看到了那些连续的"进步"，却再也看不到森林的连续性。法律的闯入使"猎人"这一人类物种消失了，北溪人却不以为意，因为他们害怕生活的连续性再度被打破。

在这个故事里，所谓进步，就是那七个猎人的七个尸身，七颗头颅。

在最后一个迎春节，没有任何事情能与这个事件相提并论，关于七个猎人之死的一切都很清楚，但是，我却不知道该如何称呼这个故事。

措辞威严的告示没有留在历史上，它没有召唤作家的能力。作家的本能是追随某种特殊的召唤，追随一种声音，然后，在一个不可逾越的地方竖立起路标。

在这个故事中，只有那个猎人的房间能发出这种声音。那种独特的布置，那房间里的一切，都散发着家园的气味。如果它是某种象征的话，我想那就是人类最初栖居的地方，它曾经使人类与野兽区别开来，它曾经是人类获得居家感的源头。在那样的一个有光的地方，人类拥有了不可侵犯的首领，在他的带领下，人类拥有了某种无法侵犯、无法参透而又具有决定意义的品性。

最后，让我们再次走进首领的家，那个诞生人类最初信仰的地方，那个节庆的中心，很遗憾，现在我们只能以这种文学的方式来想象它的存在了：

屋为土窑屋,高大像衙门,宽敞如公所。屋顶高耸为泄烟窗,屋中火堆的烟即向上窜去。屋之三面为大土砖封合,其一面则用生牛皮作帘,帘外是大坪。屋中除有四铺木床数件粗木家具及一大木柜外,壁上全是军器与兽皮。一新剥虎皮挂在壁当中,虎头已达屋顶尾则拖到地上。尚有野鸡与兔,一大堆,悬在从屋顶垂下的大藤钩上。从一切的陈设上看来,则这人家是猎户无疑了。①

山鬼

布满灯饰的大都市几乎让人类失去理智,人们普遍相信世界的中心在城市,主宰这个世界的,是城市文明所代表的教养,科学及生活方式。

来到城市后,沈从文感受到乡下人与"粗鄙"这个词有密切的关联,他们受到排斥,被置于边缘,这激发了他的愤怒与悲痛。于是,他拿起笔,坐下来,通常是坐在院子里,槐树下,去书写一个更为完整的世界,在这个世界里,乡下人才是世界的中心。

沈从文迷恋乡下人的一切,认为乡下人自有一份清好,这与自然的恩赐相关。那不是一种教诲出的清好,而是天生的清好。

都市中人享受不到这份清好,他们太过滞重,似《红楼梦》《金瓶梅》的迷恋生存的细节到病态的地步,需要长长的菜单和药方来书写人生的华丽。

---

① 沈从文:《七个野人与最后一个迎春节》,载《沈从文文集第八卷·小说》,广州:花城出版社,1983 年,第 318—319 页。

淡泊,是大自然的品格,也是乡下人的日常,如《山鬼》中毛弟母亲的样子,人们也亲热地唤她作"伍娘":

毛弟的妈就是我们常常夸奖那类可爱的乡下伯妈样子的,会用藠头作酸菜,会做豆腐乳,会做江米酒,会捏粑粑——此外还会做许多吃货,做得又干净,又好吃。天生着爱洁净的好习惯,使人见了不讨厌。身子不过高,瘦瘦的。脸是保有为干净空气同不饶人的日光所炙成的健康红色的。年四十五岁,照规矩,头上的发就有一些花的白的了。装束呢,按照湖南西部乡下小富农的主妇章法,头上不拘何时都搭一块花格子布帕。衣裳材料冬天是棉夏天是山葛同苎麻,颜色冬天用蓝青,夏天则白的——这衣服,又全是家机织成,虽然粗,却结实。袖子平时是十九卷到肘以上,那一双能推磨的强健的手腕,便因了裸露在外同脸是一个颜色。是的,这老娘子生有一对能作工的手,手以外,还有一双翻山越岭的大脚,也是可贵的!人虽近中年,却无城里人的中年妇人的毛病,不病,不疼,身体纵有小小不适时,吃一点姜汤,内加上点胡椒末,加上点红糖乘热吃下蒙头睡半天,也就全好了。腰是硬朗的,这从每天必到井坎去担水可以知道的。说话时,声音略急促,但这无妨于一个家长的尊严。脸庞上,就是我说的那红红的瘦瘦的脸庞上,虽不像那类在梨林场上一带开饭店的内掌柜那么永远有笑涡存在,不过不拘一个大人一个小孩见了这妇人,总都很满意。①

---

① 沈从文:《山鬼》,载《沈从文文集第二卷·小说》,广州:花城出版社,1982 年,第147—148 页。

　　沈从文小说中的母亲或伯妈形象都是平凡的乡下女人,她们未必受过良好的教育,但从不缺少美德,甚至"凡是天上的神给了中国南部接近苗乡一带乡下妇人的美德"都具备。

　　譬如这位毛弟的妈妈,"强健,耐劳,俭省治家,对外复大方,在这个人身上全可以发现。他(她)说话的天才,也并不缺少"。沈从文说她拥有"全份"乡下人的美德,这是一种乡下人的标准,带有"乡评"意味,与都市中的标准自然不同。

　　沈从文常写他在行军或赶路时住的户外或船上,而很少写乡下人户内的布置,《山鬼》是个例外,沈从文详细描写了乡下人有着独特"风味"的灶房:

　　一切按照习惯的铺排,都完全。这间屋,有灶,有桶,有大小缸子,及一切竹木器皿,为毛弟的妈将这些动用东西处理得井井有条,真有说不出的风味在。一个三眼灶位置在当中略偏左一点,一面靠着墙,墙边一个很大砖烟囱。灶旁边,放有两个大水缸,三个空木桶,一个碗柜,一个竹子作的悬橱。墙壁上,就是那为历年烧柴烧草从灶口逸出的烟子熏得漆黑的墙上,还悬挂有各式各样的铁铲,以及木棒槌、木杈子。……还有些木钩子——从梁上用葛藤捆好垂下的粗大木钩子,都上了年纪,已不露木纹,色全黑,已经分不出是茶树是柚子木了(这些钩子是专为冬天挂腊肉同干野猪肉山羊肉一类东西的,到如今,却只用来挂辣子篮了)。还有猪食桶,是在门外边,虽然不算灶房以内的陈设,可是常常总从那桶内发挥一些糟味儿到灶房来。还有天窗,在房屋顶上,大小同一个量谷斛一样,一到下午就有一方块太阳从那里进到灶房来,慢慢的移动,先是伏在一个木桶上,接着就过水缸上,接着就下地,一到冬天,还可以到灶口那烧火凳上停留一会儿。①

日光照耀着那些竹的、木的、砖的、铁的家当——沈从文没有明写还有金属的锅。

在这个空间里,火再次成为主角,它成为解释乡下人生活的特殊现象和普遍原则。

灶、烟囱、烟尘、柴草、烧火凳……仿佛回到史前文明的刀耕火种年代。

一切都散发着火焰熏炙的气味,绵长,悠远,这样的灶房,这样的风味,这样的居家感,今又何在呢?

人类的记忆已经塞满了"商业价值",比如都市中设计感十足却令人拘束的那些房间、家具,把人置于一种安稳平庸的豢养状态。

这时,楚人沈从文想起了屈原和他的《山鬼》,在"若有人兮山之阿"的楚山楚地,在三眼灶台的微暗之火中,还有许多如他一般的乡下人,对城居生活,对都市文明存着大大的疑惑。

每个乡下人的童年,都是从这样的一间房子开始的。

那是一个用火把"生的食物"变成"熟的食物"的地方,是孩子们可以在炉火旁遐想的地方。沈从文想起它,不是因为它是一幢漂亮的楼宇,而是因为它是那个被称为"家"的地方。

---

① 沈从文:《山鬼》,载《沈从文文集第二卷·小说》,广州:花城出版社,1982年,第145—146页。

用火点燃柴草,炉火就温暖家庭。围绕着三眼灶台展开的,是母亲的生活艺术,是生火、拨火的艺术,它培养人的耐心、胆量和幻想的能力。

巴什拉在《火的精神分析》中说,"我宁可旷一节哲学课,也不愿错过早晨起来生火"。他的关于拨火的幸福回忆令人惊叹,童年、炉火、柴草,无不散发着永恒的安定感,这或许可以解释为什么沈从文如此的以乡下人为荣:

> 我在别人家或别人在我家时,我常常这样自娱:炉中火乏了下去,必须冒着浓烟、徒劳地、灵巧地久久拨弄它,最后还要用小劈柴、木炭,这些东西总能及时找到。当别人把烧焦的劈柴翻弄一番之后,我常常操起了火夹,这是件意味着耐心、大胆和幸福的事情。我使炉火不灭以施展法术,这就像江湖医生——医学院把一个无可救药的病人推给了他;然后,我只不过拨弄几根未燃尽的柴火,旁人往往没察觉到我动了什么。我闲呆着并不动手,别人注视着我,像是要我动手,可是火苗上来了,燃着了木柴,于是人们说我往火里扔了锯末什么的,最后总是承认我使气流畅通。①

我相信,这是一种从人类的童年时代闯进来的情感,人练习着生火、拨火、不让火熄灭的技巧,儿童也加入其中,家在记记也在火中传递下去。

沈从文在《山鬼》中也赋予"毛弟"同样的童年记忆:

---

① [法]加斯东·巴什拉:《火的精神分析》,杜小真、顾嘉琛译,长沙:岳麓书社,2005年,第15页。

这地方,是毛弟的游艺室,又是各样的收藏库,一些权利,一些家产(毛弟个人的家产,如像蛐蛐罐、钓竿、陀螺之类)全都在此。又可以说这里原是毛弟一个工作室,凡是应得背了妈做的东西,拿到这来做,就不会挨骂。并且刀凿全在这里,要用烧红的火箸在玩具上烫一个眼也以此处为方便。

到冬天,坐在灶边烧火烤脚另外吃烧栗子自然最便利,夏天则到那张老的大的矮脚烧火凳上睡觉又怎样凉快! 还有,到灶上去捕灶马,或者看灶马散步。

总之,灶房对于毛弟是太重要了。毛弟到外面放牛,倘若说那算受自然教育,则灶房于毛弟,便可以算是一个设备完整家庭教育的课室了。①

这里有烧栗子的噼啪声,有蛐蛐罐、钓竿、陀螺,用沈从文的话来说,是童年的权利和家产。

要不是这篇《山鬼》,那些消逝的童年就仿佛是真的遗失了。

在灶台边,沈从文接着写道:"人总是在欢快中,而不是在痛苦中发现自己的精神。"对大多数人而言,最高雅欢快的乐趣,不就是童年吗?

沈从文对表面和神韵的关注,总是超过对生活和世界规则的关注,他从不直接地去挖掘支配世界的基本规则与结构化之物。他是引人遐想的炉火,闪耀、跳跃、温暖,让人在烘熟的食物和舒适

---

① 沈从文:《山鬼》,载《沈从文文集第二卷·小说》,广州:花城出版社,1982 年,第146 页。

在状态中重拾人生，重回童年，或者渴望变成另一个人。

阅读沈从文的快乐，不在于挖掘他头脑中的伟大想法，而是在细节中，在出色的叙述中，我们又重新找回了记忆。在他笔下流淌的水，是可以在不同精神世界穿梭的液体，明亮、透光、易逝。火也常常出现在他的作品中，那是一种"存储设备"，用来存放永恒之物，如灰烬、恐惧、死亡，当然，还有光与热的持续影响，它洁净一切，像火山灰呈现出的那种状态。

我清楚地记得那个黄昏，在灶台边，在我十岁那年的冬天。总之，是三十年前的事情。太阳刚刚落山，仍有余晖照进房间。母亲在煮饭，我在灶台前负责看管火。我承认我是拨火的高手，而且我乐于观察火，靠近火，从不错过任何一次与火对视的机会。在火中煨地瓜，烤稻谷，发呆，呼吸米粥的香气。或者是在冬夜里，我和弟弟们踩着雪，去河边放野火，即便在成年后仍然乐此不疲，而且从来没有失控。

我们会带上斧头，用以斩获树枝、树桩，野草和芦苇是可以徒手收集的。在一个避风的角落，我们会点燃干草，铺在最底层的永远是一种绵软的枯草。它们细小，有韧劲，数量众多。草的上面一层是芦苇与蒲草，干脆的芦苇会燃起响亮的噼啪声。之后，是干树枝，折成一尺左右长短，搭建成塔状的样子。等这些都点燃了，最后才把粗大的树枝或树根架在火堆上，它们会带来温暖、持久的燃烧与温度。

这一切都无法用数字来计算衡量，是无数次的经验炼成的技艺。整个过程叠加成有关火的存储器，保存着我的童年记忆。每次见到火，我便可以提取那些童年的温度和影像。

火加热了时间,让它们加速,让它们跳跃起来,同时,给我一种变化的错觉。我清楚地记得,或者说,我能非常清晰地提取在灶台前拨火的那个黄昏时分。那是我对死亡的第一次记忆,是我一生中最靠近死神的一次,当然,也是我一生中最悲伤的黄昏。

我无法形容那种感觉,只记得那个凝望火的孩子,他突然间浑身发抖。

当时的情形是冰冷的。宇宙的无尽广大,我的整个童年时光,黑暗与光明,恐惧与战栗,统统压在我瘦弱的身体上。我不记得有泪水被压榨出来,只记得那一刻是宇宙深处的极寒温度传递到我的身体里,蔓延到属于我和母亲的灶台里。在火堆旁边,我仍然觉得无比寒冷。

那是一个冬日的黄昏,灶台,母亲和我。那一刻是童年的分界线。我知道我再也没办法与时光和睦相处了。时间这个饿鬼开始纠缠上我,他不停地偷走我的生命,而我只能眼睁睁地看着这事发生。在此之前,我和所有孩子一样,一直认为时光是没有穷尽的,总有花不完的童年支票。

我知道,在那个黄昏,在那个灶台前,我失去了童年。

我无从选择。对"童年"这个词语,我必须补充这个时刻。这个冷热交汇的时刻也是"童年"这个字眼的一部分。我想说的是,那是人类所有童年记忆的一部分,也是人类对死亡记忆的一部分。

三十年过去了,我不知道向谁述说这件事,直到《山鬼》中拨火的一段文字出现在眼前。

《山鬼》的主角是毛弟的哥哥,在他成为众人眼中的癫子之前,也享有自然、健康的童年:

毛弟家癫子,当时亦只不过十二岁,并不痴,伶精的如同此时毛弟一模样,终日快快活活的放牛,耕田插秧晒谷子时候还能帮点忙,割穗时候能给长工送午饭。会用细蔑织鸡罩;鸡罩织就又可拿了去到溪里捉鲫鱼。会制簟席,会削木陀螺,会唱歌,有时还会对娘发一点脾气,给娘一些不愉快。[1]

癫子是吃了"官事"的冤屈才变得癫了,在这件事上,他经历了人所能经受的所有精神和意识状态,无论是愤怒,还是理智,都解释不了他的遭遇,神明和命运也对他的不幸无能为力:

一个忠厚老实人,一个纯粹乡下做田汉子,忽然碰官事,为官派人抓去,强说是与山上强盗有来往,要罚钱,要杀头,这比霄神来得还威风,还无端,大坳人却认这是命运。

命运不太坏,出了钱,救了人,算罢了。否则更坏也只是命运,没办法。

命里是癫子,神也难保佑,因此伍娘在积极方面,也不再设法,癫子要癫就任他去了。

幸好癫子是文癫,他平白无故又不打过人。

乡下人不比城里人聪明,也不会想方设法来作弄癫子取乐,所

---

[1] 沈从文:《山鬼》,载《沈从文文集第二卷·小说》,广州:花城出版社,1982年,第149页。

以也见不出癫子是怎样不幸。①

每个作家似乎都有这么一个叫"文癫"的亲人,他们为文明的把戏残害,不再相信人有自我改善的希望,沉浸在自己的孤独、邋遢和气味之中:

> 他又依然能够做他自己的事情,砍柴割草不偷懒,看牛时节也不会故意放牛吃别人的青麦苗。
>
> 他的手,并不因癫把推磨本事就忘去;他的脚,春碓时力气也不弱于人。他比平常人要任性一点,要天真一点,(那是癫子的坏处?)他因了癫有一些乖癖,平空多了些无端而来的哀乐,笑不以时候,哭也很随便。
>
> 他凡事很大胆,不怕鬼,不怕猛兽。爱也爱得很奇怪,他爱花,爱月,爱唱歌,爱孤独向天。②

癫子成为一个并不躲避众人的孤独者,然而却保留着强大的自我意识,像《树上的男爵》中的科希莫,在与人疏离的生活中拥抱他人;或者,像《地下室手记》中的地下室人,心甘情愿地在痛苦中找寻快乐。

《山鬼》的标题会让人联想到湘西的奇异,它的不同,它的力

---

① 沈从文:《山鬼》,载《沈从文文集第二卷·小说》,广州:花城出版社,1982年,第150页。
② 沈从文:《山鬼》,载《沈从文文集第二卷·小说》,广州:花城出版社,1982年,第151页。

量,甚至是它的迷信。如沈从文所说的神巫的力量,是中国在儒、道二教以前,起支配作用的观念与信仰。① 而所有这一切在癫子眼中皆如童趣,是人生路上的一道好景致:

> 管理地方一切的,天王菩萨居第一,霄神居第二,保董乡约以及土地菩萨居第三,场上经记居第四:只是这些神同人,对于癫子可还没能行使其权威。
>
> 癫子当到高的胖的保董面前时,亦同面对一株有刺的桐树一样,树那么高,或者一头牛,牛是那么大,只睁眼来欣赏,无恶意的笑,看够后就走开了。
>
> 癫子上庙里去玩,奇怪大家拿了纸钱来当真的烧,又不是字纸。还有煮熟了的鸡,洒了盐,热热的,正好吃,人不吃,倒摆到这土偶前面让它冷,这又使癫子好笑。
>
> 大坳的神大约也是因了在乡下长大,很朴实,没有城中的神那样的小气,因此才不见怪于癫子。不然,为了保持它尊严,也早应当显一点威灵于这癫子身上了。②

这些巫与巫师同一般人一样天真,只是呼唤人们进入它的世界,并不形成奖惩人的秩序与制度。比如对癫子为什么会发癫这件疑案,巫师便是在天灾与人祸之间,在哭泣和疯癫之间贡献了真

---

① 吴世勇编著:《沈从文年谱(1902—1988)》,天津:天津人民出版社,2006年,第180页。
② 沈从文:《山鬼》,载《沈从文文集第二卷·小说》,广州:花城出版社,1982年,第152页。

诚的慰藉：

> 癫子癫,据巫师说,他是非常清楚的(且有法术可禳解)。
>
> 为了得罪了霄神,当神撒过尿,骂过神的娘,神一发气人就癫了。
>
> 但霄神在大坳地方,即以巫师平时的传说,也只能生人死人给人以祸福,使人癫,又像似乎非神本领办得到。
>
> 且如巫师言,禳是禳解了,还是癫(以每年毛弟家中谷、米收成人畜安宁为证据,神有灵,又像早已同毛弟家议了和),这显然知道癫子之所以癫,另有原因了。①

这是沈从文最令人欣赏的地方,他的故事总有某种欠缺,某种不完满,而这种状态就普遍地存在于任何不起眼的角落,那就是我们自身的状况。

我们没有办法理解这个世界的支配规律,但我们都得面对它的恐怖和不确定性,那些支配规则从来就不是十分清晰明了的。

沈从文和普通人,具体而言,是和像伍妈、毛弟这样的乡下人的处理方式一样,只是善意地用本地文化和卑微的传统来面对那些给他们带来不幸的强大力量——恶法、特权、战争等等。

他们不会轻易诉诸极端的手段来保卫自己的权利,而是在这种种不幸与灾祸中变得更加纯洁,更加坚定,变得更像一个乡下人——世上最软弱、最可怜的像伍娘那样的穷人：

---

① 沈从文:《山鬼》,载《沈从文文集第二卷·小说》,广州:花城出版社,1982 年,第149—150 页。

一向癫子虽然癫，但在那浑沌心中包含着的像是只有独得的快活，没有一点人世秋天模样的忧郁，毛弟的娘为这癫子的不幸，也就觉得很少。

到这时，她不但看出她过去的许多的委屈，而且那未来，可怕的，绝望的，老来的生活，在这妇人脑中不断的开拓延展了。

她似乎见到在她死去以后别人对癫子的虐待，逼癫子去吃死老鼠的情形。又似乎见癫子为人把他赶出这家中。又似乎见毛弟也因了癫子被人打。又似乎乡约因了知事老爷下乡的缘故，到猫猫山宣告，要把癫子关到一个地方去，免吓了亲兵。又似乎……①

沈从文的作品中充满了这种善对恶的戏剧性——打了左脸又给人打右脸，剥了外衣又给人剥去内衣，到最后，是令人狼狈的大火，疯癫的受害者，躲进群山的山大王，半夜中为儿子哭泣的母亲……所有这一切都会令那些有罪之人心生恐惧，至少在文学的国度里，沈从文为这些穷人发出声音，也为有罪者设立了"审判日"。

三三

沈从文小说中的城市人普遍地处于精神变态中，如失眠、偏执、性压抑等。而在另一方面，沈从文以湘西为题材的作品铺陈出一种牧歌式的生活风味。那里的自然还没有被人类劫掠，土地还

① 沈从文：《山鬼》，载《沈从文文集第二卷·小说》，广州：花城出版社，1982年，第165页。

没有被糟蹋,那里的水手挑战自然,勇斗激流,水中的鱼好像飘在空气里,细竹翠绿,逼人眼目。朗然入目的,是黄泥的墙,乌黑的瓦,木制的楼。

"凡有桃花处必有人家,凡有人家处必可沽酒。"这样的人家昔在,今在,永在,而这些时间之船上的永恒旅客,"他们并不靠日历时间来记录岁月的流逝,而是靠收获庄稼,靠民间节日、人的纪念日来说明季节的到来。因此,对年轻姑娘如翠翠、三三、萧萧她们来说,秋天不但是收获季节,也是结婚的季节"。①

沈从文的雄心不止于金介甫教授所说的"拒绝西方色彩"或者说纯粹的"中国气派",而是如长河一般流淌着"非时间性"的文字魔力。他的边城,沿河而生,是自然的边城,亦是时间的边城,它大胆,精巧,布满奇迹,带着与生俱来的天真与无辜。

有时,他的小说气氛会渐渐地转入黄昏,转入黑暗,走进无灯的荒蛮地带。在故事中,死亡无处不在——源于贫困,或受盗匪、官兵欺压,或由于恃强凌弱的悲剧,这些故事勾勒出民国世界的普遍绝望状态。

谁想看清尘世,谁就要同它保持适当的距离。沈从文的叙事小说很明显是专属于一个贫穷落后的国度的,他知道自己身处一个远离世界中心的地带,并在内心感受着这种距离。他在写作时总会想到这种距离,这不是地理意义上的偏远,而是一种精神状态,一种被排斥,排挤,永远是局外人的那种感觉。

他无法分享或参与前辈们的经验与技巧,他得找到专属于自

---

① [美]金介甫:《沈从文传》,符家钦译,北京:国际文化出版公司,2006年,第174页。

己的声音。后来,他发现这个"天真与无辜"的声音一直在他的身体里面,而很多以写作为生的人身上没有一点天真或无辜的东西。

沈从文从未刻意渲染"饥饿"问题,反倒认为干活,尤其是干辛苦的体力活给了乡下人健康的身体。这些乡下人"为生存竞争,子弟皆如虎如豹",孩童都会泅水打架,听声音辨别深山野兽,看星星或点燃香来计算时间。这时间是用来享受幻想的快乐的,谁说乡下人就没有这种幻想的潜在能力呢? 沈从文就是最好的证明,他为军阀礼送出境,进京求学而不成,绝境中拿起笔来,凭着天生一副"认人不认货"的硬骨头,为乡下人发声。

他的作品里有穷人,有孤独者、可怜的人、苦命的人,有职工宿舍,可是没有贫民窟,没有泥泞,没有饥饿,甚至连残羹剩饭都没有。那些乡下人的内心被他描绘成希望与忧虑的美丽混合,那里处处皆美,不必有泥涂、粪便,更不必有丑陋的腐烂之物。

在《三三》中,沈从文把城市生活描绘成布尔乔亚式的沾沾自喜。

城里有许多好房子,每一栋好房子里住了一位老爷同一群少爷小姐,坐在家里什么事也不做,屋子里还有许多跟班和丫头,"跟班的坐在大门前接客人的名片,丫头便为老爷剥莲心去燕窝毛"。

城里有长街,有洋人,还有大衙门,官员穿着包龙图一样的戏服,威风凛凛,日夜审案。城里的坏女人勾引人的方法是"向人打瞟瞟眼"。[1]

什么是城市? 那里有权有势有威严,却是心灵上的冰冻之地,

---

[1] 沈从文:《三三》,载刘一友等编《沈从文别集·萧萧集》,长沙:岳麓书社,1992年,第61页。

仿佛只存在于乡下人的想象中。在《三三》中,沈从文是以乡下人的自然纯朴来重新权衡眼前的世界:什么是正常？什么是美？什么是男性(女性)的美？什么是健康？什么是变革？边城意味着什么？

三三和母亲想象中的都市,像故事一样动人,而她们对进城这件事,也只停留在想象中。比如三三的心思,有时像男子汉的赌气,城里人说女人要念书,问她为什么不读书？

三三走到溪岸旁,望着清清的溪水,想象着自己像鱼儿一样游走到城里:

记起从前有人告诉她的话,说这水流下去,一直从山里流一百里,就流到城里了。她这时忖想……什么时候我一定也不让谁知道,就要流到城里去,一到城里就不回来了。但若果当真要流去时,她愿意那碾坊,那些鱼,那些鸭子,以及那一匹花猫,同她在一处流去。同时还有,她很想母亲永远和她在一处,她才能够安安静静的睡觉。①

母亲说天热,快回来。三三一面走回来,一面轻轻地说:"三三不回来了!"她的活泼性格与言谈分明是跳出水面的鱼儿的样子。

三三不是人,是溪水河畔的小兽物,只有鱼儿才知道她的心事:

---

① 沈从文:《三三》,载刘一友等编《沈从文别集·萧萧集》,长沙:岳麓书社,1992年,第48页。

　　当真说来,三三的事,鱼知道的比母亲应当还多一点……三三在母亲身旁,说的是母亲全听得懂的话,那些凡是母亲不明白的,差不多都在溪边说的。①

　　城里白脸男子的到来,惊动了三三养在湾里的鱼,母亲对这位病弱年轻人的热情也让三三害怕,她在梦中与城市中人有一番争吵。

　　管事先生对三三说要买鸡蛋,要多少钱把多少钱。那个城里人趾高气扬地说:"要多少金子把多少金子。"从乡下人的眼睛来看,就像"唱戏的小生"。三三因为人家用金子恐吓她,所以说:"可是我不卖给你,不想你的钱。你搬你家大块金子来,到场上去买老鸦蛋吧。"管事先生说做个人情,以后免不了要求他写庚帖。

　　城里人批评三三小气,激怒三三的正是这句话,她大声抗议:"我们不羡慕别人的金子宝贝。你同别人去说金子,恐吓别人吧。"

　　沈从文几乎是用童话故事的口吻完成了《三三》。

　　童话中通常都会有怪物、妖术、坏巫师之类的掠夺者形象,在《三三》中,识字的管事先生,染病的白脸男子,身份不明的白帽女人承担着这样的坏人角色。他们都不以劳作为生,带着布尔乔亚式的精明,其实在身体上,在心灵上都是"庸人",他们只关心物质生活,盲目地相信学校传授的一切,对碾坊、潭溪、水车、堰坝、花草一无所知,甚至天气热一点,就不愿出门,其实本质上就是对自然一无所知。

① 沈从文:《三三》,载刘一友等编《沈从文别集·萧萧集》,长沙:岳麓书社,1992年,第38页。

他们自愿放弃雄性气息，"脸儿白得如闺女"，像"唱戏的小生，忘了擦去脸上的粉"；女性也因为念书的缘故，完全失了灵性，像白帽女人一样，是"标签式""制服式"的人物。在三三母女眼中，她古怪得不像女人：

坐了一会儿，出来了一个穿白袍戴白帽装扮古怪的女人。三三先还以为是男子，不敢细细的望。到后听到这女人说话，且看她站到城里人身旁，用一根小小管子塞到那白脸男子口里去，又抓了男子的手捏着，捏了好一会，拿一枝好像笔的东西，在一张纸上写了些什么记号。那先生问"多少豆"，就听到回答说："同昨天一样。"且因为另外一句话听到这个人笑，才晓得那是一个女人。这时似乎妈妈那一方面，也刚刚才明白这是一个女人，且听到说"多少豆"，以为奇怪，所以两人望望，都抿着嘴笑了起来。①

他们生活在庸人之中，自己也是庸人，连生的病都显得十分鄙俗，这一点是从乡下人宋婶口中说出来的。她对养病的白脸年轻人有这样的讥讽：

谁知道是什么病？横顺成天吃那些甜甜的药，什么事情不做在床上躺着。在城里是享福，到乡里也是享福。老庚说，害第三期的病，又说是痨病，说也说不清楚。谁清楚城里人那些病名字。依我想，城里人欢喜害病，所以病的名字特别多；我们不能因害病耽

---

① 沈从文：《三三》，载刘一友等编《沈从文别集·萧萧集》，长沙：岳麓书社，1992年，第53页。

搁事情,所以除打摆子就只发烧肚泻,别的名字的病,也就从不到乡下来了。①

　　这些病好像是专门为城里人准备的,在乡下人看来,他们的生活本身就是一种病态。白脸年轻人苍白的脸色与他的病弱身体正好表里一致,白帽女子怕晒太阳而不敢出门,是心灵上的病症,导致这一切不同的关键是"劳动"。

　　在俄国,劳动的概念获得了升华,成为衡量生活与美的标尺。比如,车尔尼雪夫斯基认为,人类文明的火种是在劳动中被发现并留存下来的。从一开始,劳动就是文明的标志,也是美的首要条件,没有劳动的生活不能被称为生活。

　　对乡下人而言,"生活"这个概念同时也是劳动的概念,没有劳动的生活是令人烦闷的。辛勤的劳动塑造了青年农民或农家少女的姿态与面容,他们都有鲜嫩红润的面色,这是美的第一个条件。农家少女体格强壮,长得很结实,这是乡下美人的标准样貌。

　　这位俄国"普罗米修斯"在《艺术与现实的审美关系》中写道:

　　"弱不禁风"的上流社会美人在乡下人看来是断然"不漂亮的",甚至给他不愉快的印象,因为他一向认为"消瘦"不是疾病就是"苦命"的结果。但是劳动不会让人发胖,假如一个农家少女长得很胖,这就是一种疾病,体格"虚弱"的标志。人民认为过分肥胖是个缺点;乡下美人因为辛勤劳动,所以不能有纤细的手足。——

---

① 沈从文:《三三》,载刘一友等编《沈从文别集·萧萧集》,长沙:岳麓书社,1992 年,第 43 页。

在我们的民歌里是不歌咏这种美的属性的。总之,民歌中关于美人的描写,没有一个美的特征不是表现着旺盛的健康和均衡的体格,而这永远是生活富足而又经常地、认真地、但并不过度地劳动的结果。上流社会的美人就完全不同了,她的历代祖先都是不靠双手劳动而生活过来的,由于无所事事的生活,血液很少流到四肢去;手足的筋肉一代弱似一代,骨骼也愈来愈小;而其必然的结果是纤细的手足——社会的上层阶级觉得唯一值得过的生活,即没有体力劳动的生活的标志。[1]

这篇称颂劳作之美的文字写于 1853 年,那是一个连贵族都厌弃了自己的时代。在托尔斯泰的小说中,痛苦的贵族往往喜欢到乡下去,甚至在"割草"这样的艰苦劳作中重拾人生。

在《三三》的故事中,三三和母亲一直过着农人的生活,父亲、母亲都在碾坊中劳作:

一个堡子里只有这样一座碾坊,所以凡是堡子里碾米的事都归这碾坊包办,成天有人轮流挑了仓谷来,把谷子倒到石槽里去后,抽去水闸的板,枧槽里水冲动了下面的暗轮,石磨盘带着动情的声音,即刻就转动起来了。于是主人一面谈着一件事情,一面清理到簸箩筛子,到后头上包了一块白布,拿着个长把的扫帚,追逐

---

[1] [俄]车尔尼雪夫斯基:《艺术与现实的审美关系》,周扬译,北京:人民文学出版社,1957 年,第 5—7 页。

着磨盘,跟着打圈儿,扫除溢出槽外的谷米,再到后,谷子便成白米了。①

三三五岁时,父亲去世了,母亲仍旧在碾坊中劳作:

爸爸死去后,母亲作了碾坊的主人,三三还是活在碾坊里,吃米饭同青菜小鱼鸡蛋过日子,生活毫无什么不同处。三三先是望到爸爸成天全身是糠灰,到后爸爸不见了,妈妈又成天全身是糠灰……

妈妈随着碾槽转,提着小小油瓶,为碾盘的木轴铁心上油,或者很兴奋的坐在屋角拉动架上的筛子时,三三总很安静的自己坐在另一角玩。热天坐到有风凉处吹风,用包谷秆子作小笼,冬天则伴同猫儿蹲到火桶里,剥灰煨栗子吃。或者有时候从碾米人手上得到一个芦管作成的唢呐,就学着打大傩的法师神气,屋前屋后吹着,半天还玩不厌倦。②

人们都说三三是个在糠灰里长大的小孩,"换几回新衣,过几回节,看几回狮子龙灯,就长大了"。她像新出的竹笋一样苗条,新鲜,充满活力。

戴白帽的城市女子羡慕三三的身体和兴趣,她跟着三三去看

---

① 沈从文:《三三》,载刘一友等编《沈从文别集·萧萧集》,长沙:岳麓书社,1992年,第33—34页。
② 沈从文:《三三》,载刘一友等编《沈从文别集·萧萧集》,长沙:岳麓书社,1992年,第34—35页。

水车,采金针花,钓鱼,看新娘的嫁妆,看三三炫耀母亲为自己手制的围裙,总之,是几乎了解了"乡下的一切"。

尽管城里的两个年轻人对三三母女有一份想念,但三三始终本能地躲避着,像山中的小兽物,只同潭溪交谈,向鱼儿吐露心事,随时做好逃入深山的准备。当然,故事的结局是城里的年轻人死掉了,善良的三三"站立溪边,望到一泓碧流,心里好像掉了什么东西,极力去记忆这失去的东西的名称,却数不出"。

之后发生的事,像水一样静静流淌,像磨盘一样静静转动,岁月与生活如时间一般持续着:

> 水闸门的闸板已提起,磨盘正开始在转动,母亲各处找寻油瓶,为碾盘轴木加油,三三知道那个油瓶挂在门背后,却不做声,尽母亲各处去找。

> 三三望着那篮子,就蹲到地下去数着那篮里的鸡蛋,数了半天,到后碾米的人,问为什么那么早拿鸡蛋到别处去,送谁,三三好像不曾听到这个话,站起身来又跑出去了。①

故事写到此处就结束了,三三跑到哪里去了?沈从文没有再写,推测起来,应该是像平时一样,一有心事就跑到水边去想。好山同好水既是乡下人的食粮,也是他们的灵丹妙药。他们能幸存,是因为他们并不仅仅是物质的、社会的存在。人们往往过度关注如"饥饿""贫穷"这样的物质匮乏病,对布尔乔亚式的心灵病症似

---

① 沈从文:《三三》,载刘一友等编《沈从文别集·萧萧集》,长沙:岳麓书社,1992 年,第 73 页。

乎无从下手。

在这个"治病"的故事里,三三同母亲(乡下人)当然扮演着医治人的角色。城里人的病,根源在远离自然,以至于他们的所谓教养,也是拿来应酬的。三三同母亲和其他乡下人一样,不善应酬,或者说,她们没有应酬的心思。她们的态度里,是从不把白脸小生(城里人)当作病人,他和白帽女人是客人,是必要用好鸡蛋和肥母鸡款待的客。这份款待之情,有点像人类对受了伤的小动物或孩子的怜悯。

在最后的死亡时刻,三三同母亲并没有来到死者面前。死亡的消息是散播开来的,母亲听到这消息时,"脸儿白白的",手上篮子里还盛着预备送给白脸先生的鸡蛋。她怕人家知道这礼物,"不敢"进门去问白帽女人。为什么要怕?其实未必是怕,而是惊,是充满母性色彩的一惊。

在这个柔软的故事里,三三同母亲都是充满母性色彩的形象。

母亲欢喜读过书的城里女子,觉得"体面",有意认她做女儿,是母性色彩;母亲看到养病少爷是"姑娘样子",怜惜他的病态的标致,是母性色彩;三三赶逐横蛮的鸡,看护潭中的鱼,也是母性色彩。她们像所有女性那样,爱悦世间的好颜色,她们也像所有母亲那样,怜惜着每一个有生命的"孩子"。

我们看到的不仅仅是一个城市少爷的病与死,还是一个在二十岁左右年纪死去的"人"。他过早地经历了死亡,这是他的不幸;而从一个"小说人物"的角度来看,他的"生命意义"只有在死亡的一瞬才显露出来,作为小说的结局,"死亡"无需解释。

人人彼此相似,一个确切的死亡在等待着所有人,讲故事的人分享故事人物的死亡经验,读小说的人从中获得温暖。在本雅明看来,这份温暖是双向的。对叙事者而言,死亡是讲故事的人能叙说世间万物的许可,他从死亡那里借得权威,满足他向同类述说的欲望。同时,借助"死亡"这个最不可辩驳的自然流程,叙事者传递着生命之火的温暖。另一方面,对必定孤独的小说读者来说,死,犹如一团燃尽的火,在死亡的微暗之火中,人们遇见的不是别人,正是颤抖的自我:

> 小说富于意义,并不是因为它时常稍带教诲,向我们描绘了某人的命运,而是因为此人的命运借助烈焰而燃尽,给予我们从自身命运中无法获得的温暖。吸引读者去读小说的是这么一个愿望:以读到的某人的死来暖和自己寒颤的生命。①

讲故事的人,是"一个让其生命之灯芯由他的故事的柔和的烛光徐徐燃尽的人"——本雅明贡献了这个无可比拟的小说家形象。可是,他也极度悲观地认为,第一次世界大战后,人类正进入一个没有故事的时代。那是一个讲故事的艺术行将消亡的时代,一个死亡经验日益贬值为消息、新闻的时代:

> 随着第一次世界大战一种现象愈发显著,至今未有停顿之势。战后将士们从战场回归,个个沉默寡言,可交流的经验不是更丰富

---

① [德]本雅明:《讲故事的人:论尼古拉·列斯克夫》,载[德]阿伦特(Arendt, H.)主编《启迪:本雅明文选》,张旭东、王斑译,北京:生活·读书·新知三联书店,2012年,第111页。

而是更匮乏,这不是显而易见的吗? 十年之后潮涌般的描写战争的书籍中倾泻的内容,绝不是口口相传的经验,这毫不足怪。因为经验从未像现在这样惨遭挫折:战略性的经验为战术性的战役所取代,经济经验为通货膨胀代替,身体经验沦为机械性的冲突,道德经验被当权者操纵。乘坐马拉车上学的一代人现在伫立于荒郊野地,头顶上苍茫的天穹早已物换星移,唯独白云依旧。孑立于白云之下,身陷天摧地塌暴力场中的,是那渺小、孱弱的人的躯体。①

讲故事的人避免诠释,这是小说艺术的奥妙所在。小说家用丰满、充实的细节叙述故事,而不把事件在心理上的因果联系强加于读者,作品由读者以自己的方式见仁见智。在本雅明所说的叙事艺术消亡的时代,沈从文以他独有的天才性贡献了《三三》这样的小说。

不幸的事总是与死亡相关。三三同母亲没有失去彼此,她们没有什么不幸。她们也曾为没有生在城里而感到庆幸,三三说,"城里天生是为城里人预备的,我们有我们的碾坊"。碾坊、水车、农田象征着生命的延续,也象征着"兴旺":

从碾坊往上看,看到堡子里比屋连墙,嘉树成荫,正是十分兴旺的样子。往下看,夹溪有无数山田,如堆积蒸糕,因此种田人借用水力,用大竹扎了无数水车,用椿木做成横轴同撑柱,圆圆的如

---

① [德]本雅明:《讲故事的人:论尼古拉·列斯克夫》,载[德]阿伦特(Arendt,H.)主编《启迪:本雅明文选》,张旭东、王斑译,北京:生活·读书·新知三联书店,2012年,第96页。

一面锣,大小不等竖立在水边。这一群水车,就同一群游手好闲的人一样,成日成夜不知疲倦的咿咿呀呀唱着意义含糊的歌。①

让城市的归城市,乡下人则睡在自然的怀抱中,这是沈从文对城里人的另一个讥讽。对白脸的城里人来说,他的女性长相,病弱身体,莫名其妙的病症,乃至最后的突然死去,这些掩盖了他真正的不幸。

或许,闯入乡下人生活的"苍白"的男女才是《三三》这个童话故事的主角,尽管沈从文对他们极尽讽刺,但这种讥讽笔调才是化解苦难的魔法,同时,也非常巧妙地加强了故事的哀戚一面。毕竟,这是一篇写给成年人的童话。

---

① 沈从文:《三三》,载刘一友等编《沈从文别集·萧萧集》,长沙:岳麓书社,1992 年,第 33 页。

第十六章　食色

食与色,皆是大事,事关人性与人心,乃至与族性、国性都牵涉在一处。从古至今,不知多少人为之流泪,受苦,涉险,送命。对这样的危险欲望,古人早已设定了许多安放方式,最为人熟知的一种,是以社会规范来限制,如《礼记·礼运》的解释:

> 饮食男女,人之大欲存焉;死亡贫苦,人之大恶存焉。故欲恶者,心之大端也。人藏其心,不可测度也;美恶皆在其心,不见其色也。欲一以穷之,舍礼何以哉?

民间常说"来者不善,善者不来",说的就是食色之中的接引之难;而在《节日》《厨子》《小砦》《更夫阿韩》《都市一妇人》等作品中,沈从文轻描淡写的几笔,就给化解了。

据说观音大士曾化身为"尤物"美妓,凡男子遇之,莫不顿欲归真。后无疾而终,归葬道旁。有一胡僧路过,于墓侧连呼"善哉善哉"。众人笑他癫狂,劝说道:师父错了,此墓中乃娼妓耳。胡僧道:汝等愚痴,此乃观音化身度世也。众人开棺,见尸骨化为黄金闪耀。自此筑庙礼拜,称之为"黄金锁骨菩萨"。

这个故事好看,菩萨低眉,最是好看。眼前的一切太苦,不忍直视,于是低眉,慈悲中有正大庄严。对普通人而言,苦也是人生一味,是民间百姓的共同经验。

节庆

和人一样,节日也有性格,而且会随着岁月变换颜面,有时孩子气十足,有时苍老又悲伤。

沈从文有个天真的想法,中国的良辰佳节都是为孩子而设的,是孩子们的糖果。人生如戏,在众神面前,乡下人才是主角,才是贵客。在每个例行的节日里,众神仿佛是真的立在人前,人也仿佛是"入了神"。

在节日里,神人共处,分不清是神与人狂欢,还是人融入了仙界的气氛;也分不清到底是神主宰着人生,还是人间主宰了仙界。

1937 年 7 月,沈从文专门写信给在湘西老家的大哥沈云麓,希望他以湘西的节日为题来撰写文章,尤其是凤凰的种种节日民俗。在他列举的选题中,我们能看到令人惊奇的楚地民风,在结婚仪式、生活禁忌、死亡丧葬、生男育女之事上,在出门、过年、动土、打猎、捕鱼等日常生活中,都有许多独特的纪念方式。此外,还有如打禄、扛仙、打波司、还愿、做斋等酬神仪式。

所谓打禄,是苗族的一种还愿法事,也有其他民族请苗族巫师主持的。所谓扛仙,方言说"gàng 仙",是由"仙娘"举行的降神活动,借鬼神之言,答问仙人,以断吉凶祸福。所谓打波司,亦作"打波斯",是凤凰地区流行的为病人"赎魂"的活动,通常在河边举行,就地挖灶,烹制羊肉,并请巫师作法。事毕,巫师和帮忙的人在河边宴饮。所谓还愿,亦称还傩愿,是凤凰地区普遍流行的一种酬神活动。通常是请道教巫师设坛位,供奉傩公、傩娘,以猪羊敬祭。巫师行法三五日,名目繁多,并唱傩戏娱神,昼夜锣鼓喧天。①

在沈从文的作品中,自然就意味着仙境,仙境就是节日的气氛。他以虔诚的文字书写地方出产,大河小溪,婚丧习俗,乃至妓女唱的歌谣,而他最不厌其烦的仍是那从不间断的年庆:

小孩子们谁个不愿意过年呢。有人说中国许多美丽佳节,都是为小孩的,这话一点不错。但我想有许多佳节小孩子还不会领会,而过年则任何小孩都会承认是真有趣的事!

端午可以吃雄黄酒,看龙船;中秋可以有月饼吃;清明可以到坡上去玩;接亲的可以见到许多红红绿绿的嫁妆,可以看那个吹唢呐的吹鼓手胀成一个小球的嘴巴,可以吃大四喜圆子;死人的可以包白帕子,可以在跪经当儿偷偷的去敲一下大师傅那个油光水滑的木鱼,可以做梦也梦到吃黄花耳子;请客的可以逃一天学;还愿的可以看到光兴老师傅穿起红缎子大法衣大打其觔斗,可以偷小

---

① 沈从文:《致沈云麓》,载张兆和主编《沈从文全集第 18 卷·书信集》,太原:北岳文艺出版社,2002 年,第 234—235 页。

爆仗放——但毕竟过年的趣味要来的浓一点且久一点。①

　　人就是这样，常常忽略身边最熟悉的物事，突然意识到，会生出某种类似"狂欢"或"哀悼"的情绪。近乡情怯也是同样的心境，比如在描写乡下人纯朴年节气氛的《雪》中，重回故乡的沈从文说"望到雪，我委实慌了"②。他的内心在城市与故乡之间来回撕扯，有些慌乱，节日的气氛舒缓了这种情绪。他的《节日》《雪晴》《巧秀和冬生》《传奇不奇》《七个野人与最后一个迎春节》写的都是人在节庆时受到激烈而"离奇的教育"。当节日与杀戮、劫掠、死亡相遇时，会形成心理落差，生出悲剧气氛，控诉的力量也随之爆发出来。

　　在《节日》中，沈从文赤手空拳地与"牢狱"厮杀，为的是讨伐侵害乡下人尊严的一切人事。很明显，监狱与家园、刑罚与节庆是相互对立的时空概念，在象征团圆的中秋时节，这种对立关系呈现出强烈的批判效果。

　　中秋之夜，"一切皆有点朦胧，一切皆显得寂寞"，雨中的城市模糊暗淡，毫无生气，到处弥漫着忧郁的节日情调。是什么令人忧郁呢？是监狱的围墙和它象征的腐烂与死亡气息，沈从文在《节日》的开篇处写道：

① 沈从文:《更夫阿韩》,载刘一友等编《沈从文别集·新与旧》,长沙:岳麓书社,1992年,第129—130页。
② 沈从文:《雪》,载《沈从文文集第一卷·小说》,广州:花城出版社,1982年,第139页。

围墙内就是被 X 城人长远以来称为"花园"的牢狱。往些年份地方还保留了一种习惯，把活人放在一个木笼里站死示众时，花园门前曾经安置过八个木笼。看被站死人有一个雅致的称号，名为"观花"。站笼本身也似乎是一个花瓶，因此，X 城人就叫这地方为"花园"。现在这花园多年来已经有名无实，捉来的乡下人，要杀的，多数剥了衣服很潇洒方便的牵到城外去砍头，木笼因为无用，早已不知去向，故地方虽仍然称为花园，渐渐的也无人明白这称呼的意义了。①

在这座城市里，刑罚是一种另类节庆。透过沈从文的眼睛，我们看到旧式刑罚的影像，也感受到普通民众既无奈又滑稽的神情与心态。法律的惩戒方式通常具有"示众"的意义，即通过展示对执行对象一切生命特征的毁损来表达罪与罚的对等性，同时也对其他共同体成员进行教化。由于行刑场所的公开性，执行方式的独特性，通常会引发围观效应，形成某种类似节庆的另类气氛。历史上不乏对这种事件的记载，比如欧洲宗教法庭处罚异端的火刑柱，处罚背德之人的绞刑架等。有时围观人群因踩踏事件导致的伤亡数字远远多于受刑者，司汤达在《意大利遗事》中有过详细的描写。

晚清帝国一直饱受叛乱困扰，清政府使用了凌迟等酷刑来应对危机。在这个时间节点上，鸦片战争的爆发及战败的影响使西方人得以深入中国社会的各个层面。传教士、外交官、记者等目睹

---

① 沈从文：《节日》，载《沈从文文集第五卷·小说》，广州：花城出版社，1982 年，第348—349 页。

了残酷肉刑的场景,随之而来的是一套殖民话语的建构。事实上,废止酷刑的人道观念在欧洲也是从 18 世纪才逐渐萌芽的,直到鸦片战争前夕,欧洲才逐渐废止酷刑。而在此之前,各种酷刑在欧美世界同样有着不证自明的合法性。

当观看行为透过照片与影像传递到西方世界时,"历史时差"便产生了。19 世纪以来,以凌迟为代表的酷刑成为中国落后于世界的野蛮罪证,参与建构了东方专制国家的形象。进化主义及其线形前进的历史观念,让中国成了欧洲前现代历史的"博物馆",因此,西方现代文明"拯救"东方野蛮文明的行动就变得非常"合理"了。在进化语境的指引之下,帝国主义必须将中国自己的统治统治摧毁并在中国实行新的统治,就如同刽子手切割犯人的方式。

酷刑,是对"家园"的彻底摧毁。据卜正民的考证,凌迟即"陵迟",本意指山丘的缓延的斜坡。荀子说:"三尺之岸,而虚车不能登也。百仞之山,任负车登焉。何则? 陵迟故也。""凌迟"在词源学上有"夷平坟头"的象征性,正如族诛等刑罚所具有的功能,这些酷刑在抹杀犯人及其亲属生命的同时,也一并取消了他们延续血脉香火乃至在来世轮回的可能性。

这类刑罚最意味深长的时刻既不是观看者担惊受怕的剜剐肉体之时,也不是犯人毙命的瞬间。它发生在凌迟之后,准确地说,是尸首零碎地散落在污秽的刑场时。此时"坟头"被"夷平",犯人的尊严扫地,身体也不能复原,肉身的受辱象征着家族名誉荡然无存。伴随着坟茔被"夷平",家族的延续性走到了尽头。通过凌迟一人,继而在族谱与文书中终止整个家族的记录,受刑者的生命与尊严受到最大程度的贬损,执行刑罚的公共仪式于是扩展成了一种文化—政治行为。①

在沈从文的印象中,监狱同刑场一样面目可憎,而且有着千篇一律的残忍属性。那里的一切都仿佛是在做无意义的轮回,"放了一批,杀了一批,随即又会加一批新来的人"。在《节日》中,被当地人称作"花园"的监狱生活是这样的:

花园里容纳了一百左右的犯人,同关鸡一样,把他们混合的关在一处。这些从各个乡村各种案件里捕捉来的愚蠢东西,多数是那么老实,那么瘦弱,糊里糊涂的到了这个地方,拥挤在一处打发着命里注定的每个日子。有些等候家中的罚款,有些等候衙门的死刑宣布,在等候中,人还是什么也不明白,只看到日影上墙,黄昏后黑暗如何占领屋角,吃一点粗糙囚粮,遇闹监时就拉出来,各趴伏到粗石板的廊道上,卸下了裤子,露出一个肮脏的屁股,挨那么二十、三十板子。打完了,爬起来向座上那一个胡子磕一个头,算是谢恩,仍然又回到原来地方去等候。②

人与家园分离,在失去居家感的同时也丧失了人性。他们走进监狱,来到传播不幸与仇恨的舞台。依当时的风气,一切官吏的职位都可以用钱来买,故事中的一位主角"阎王"就是这样成为狱吏的。他坐过牢,挨过鞭子,于是就在一切犯人身上施虐复仇,"支

---

① [加]卜正民、[法]巩涛、[加]格力高利·布鲁著:《杀千刀——中西视野下的凌迟处死》,张光润、乐凌、伍洁静译,北京:商务印书馆,2013年,第三章、第七章。
② 沈从文:《节日》,载《沈从文文集第五卷·小说》,广州:花城出版社,1982年,第349页。

取一种多年以前痛苦的子息"。

中秋之夜,监狱中也多了些"囫囵"的节日气氛。犯人的好处是糙米饭上多了一片肥肉,于是"囫囵"地吞下去;"阎王"的杀威棒因为醉酒的缘故打得比往日"囫囵"些;两个醉酒的犯人打起架来,"囫囵"地死掉了,明天"应得从墙洞里倒拖出去";最令人莫名其妙的"囫囵"是"阎王"对乡下人的一番训骂,他带着一身酒气对乡下人吼道:

该死的,你并不睡,你并不睡。你装睡,你在想你的家中,想月亮,想酒喝。你是抢犯,你正在想你过去到山坳里剥人衣服的情形。……不要想这些,明天就得割你的头颅,把你会做梦的大头澉到田中去,让野猪吃你!①

在节日里,想家仿佛是某种犯罪行为,想月亮,想喝酒和抢劫一样"该死"。事实上,被骂的乡下人并没有犯下这些罪行,"阎王"只是习惯性地享用着他的权力,尤其是放肆地说话的权力。他任意杜撰些像判词一样的东西,然后野蛮地宣判。这位辱骂者同时也是受辱者,他对包括自己在内的每个人都怀着憎恨。此时,节日里,在月光下,"阎王"与这些冤屈的乡下人之间处于一种"囫囵"的关系之中。

像施暴之人面对废墟时的茫然,"阎王"对罪行,对杀人、劫掠、屠宰、凌辱、谩骂有一种盲目的欲望。罪行帮助他呼吸,却无法重

---

① 沈从文:《节日》,载《沈从文文集第五卷·小说》,广州:花城出版社,1982年,第355页。

建自己的生活,他就是这样被毁掉了,不会哭,也不会震惊于自己的暴行。他唯一的出路是迎合他眼前的恐怖世界,去毁灭,去做坏事。沈从文曾经靠近过他们,和他们生活在一处,他知道任何正常的心理学都无法运用到他们身上,于是,就有了这篇出自"阎王"之口的古怪判词。

沈从文,一个作家,通过写作"审判"了"阎王"的罪行。一个人无法剔除往昔的折磨,又对现实无能为力,确切地说,他被搅了进去,被侵害了,像沈从文那样。他不愿在布满残忍与暴行的记忆中遗失身份,这时,他用写作征服罪行,压倒死亡。他把一切都写得清清楚楚,像公正的审判,像一本书的样子。

逢到节庆之日,乡下人连同他们的家园会生出一种不可冒犯的天然气氛。人间的律法仿佛失效了,立在天地之间的,是礼敬时间与自然的软弱生灵。人们饮酒,欢宴,高歌,或者在守岁的不眠之夜中默默闯过年关。我也有个天真的想法,但愿有那么一天,世上多出一个专门为沈从文而设的节庆,在那一天里,所有人都会想起他。吃什么呢? 就吃他热烈称赞过的腊八粥吧:

初学喊爸爸的小孩子,会出门叫洋车了的大孩子,嘴巴上长了许多白胡胡的老孩子,提到腊八粥,谁不口上就立时生一种甜甜的腻腻的感觉呢。把小米,饭豆,枣,栗,白糖,花生仁儿合并拢来糊糊涂涂煮成一锅,让它在锅中叹气似的沸腾着,单看它那叹气样儿,闻闻那种香味,就够咽三口以上的唾沫了,何况是,大碗大碗的装着,大匙大匙朝口里塞灌呢!①

控诉

1932 年 5 月 31 日,沈从文在校阅《都市一妇人》样书时,于《厨子》文前留下几行题识:"这个值得重写,需要重写,方可收入新集","应从厨子的口述中,看到听到的有分寸——写下来。是一种新的控诉,方法上也可取"。②

一个厨师会想到要有一种新的控诉吗? 他要控诉什么呢?

沈从文要控诉的是时代的一切病症,在《厨子》的世界里,那时代的特点是"当下人的不常常挨一顿打,心里就不习惯"③。这怪异的气氛在人群中传染开来,于是,人们的"生活永远是猪狗的生活,脾气永远是大王的脾气"④。

真正把沈从文心头那种大大的悲哀倾泻出来的,正是写于同年的《都市一妇人》。

沈从文在这篇遍布着悲伤情绪的作品中,为那些青春、才情、爱情、信仰、好性情皆为"投机迎合"风气毁掉的一代人发出控诉。有时,这毁坏来自"军人无意识的内战",有时,这毁坏来自"不近人

① 沈从文:《腊八粥》,载《沈从文文集第一卷·小说》,广州:花城出版社,1982 年,第 23 页。
② 吴世勇编著:《沈从文年谱(1902—1988)》,天津:天津人民出版社,2006 年,第 121 页。
③ 沈从文:《厨子》,载《沈从文文集第四卷·小说》,广州:花城出版社,1982 年,第 247 页。
④ 沈从文:《厨子》,载《沈从文文集第四卷·小说》,广州:花城出版社,1982 年,第 254 页。

情的官场"。而沈从文的解释是,这一切都与"古怪的野蛮的宝物"关联着,它毒瞎了年轻军人的眼,让这位黄埔军官成了"光华眩目的流星"。最后,命运让他和他命途多舛的妻子一同沉入江中,人船俱尽。

《都市一妇人》的故事来自一位不得志的"少将参议"。"我"同这老军校"极其投契",才知道故事中人的曲折经历。对这位军官的情况,沈从文是这样描述的:

这是一个品德学问在军官中都极其稀有罕见的人物,说到才具和资格,这种人作一军长而有余。但时代风气正奖励到一种恶德,执权者需要投机迎合比需要学识德性的机会较多,故这个老军校命运,就只许他在那种散职上,用一个少将参议名义,向清乡督办公署,按月领一份数目不多不少的薪俸,消磨他闲散的日子。①

这少将有着与世无争的性格,以及高尚、洒脱、可爱的性情。他把自己的不得升迁归结为喜爱《庄子》,因此,除了参议的散职,没有什么更适当的事务可做。

故事中的"我"仍然是一个书呆子,在码头偶遇为朋友送行的少将。女主角第一次出现在"我"眼前,那是一位"风度动人"的少妇,"华贵而不俗气","态度秀媚而高贵"。陪伴在身边的,是一位二十左右的军人,"英俊挺拔","那副身材,那种神气,一望而知这青年应是在军营中混过的人物"。"我"从远处观望着,因送友人并

---

① 沈从文:《都市一妇人》,《沈从文文集第四卷·小说》,广州;花城出版社,1982年,第214页。

没有与这青年和妇人见面交谈。

从"我"的视角来看,他们既不像母子,也不像夫妇。这样的开篇,像侦探小说,像《漫长的告别》那样的小说,那酒和咖啡的味道是要慢慢地散发出来。接下来,二人的命运就交由靠着"《庄子》同一瓶白酒"度日的少将续写了。

少将说,"这是个很不近人情的故事",原来那体面男子是一个盲人,而那美丽妇人是盲人的太太。他先是以叹息的语调介绍青年军人的出身:

男子是湘南××一个大地主的儿子,在广东黄埔军校时,同我的兄弟在一队里生活过一些日子,女人则从前一些日子曾出过大名,现在人已老了,把旧的生活结束到这新的婚姻上,正预备一同返乡下去,打发此后的日子,以后恐不容易再见到了。①

"我"因为"经历了太多不近人情的故事",也没有再追问,直到两个星期后,"我"在报纸上看到妇人同青年军人在船难中死去的消息,才带着悲伤的、幻灭的心绪去通知少将。"我觉得这件事使我受了一种不可忍受的打击。我心中十分悲哀,却不知我损失的是些什么。"少将的态度足以让普通人感到困惑,不过确实有着"庄周妻死,鼓盆而歌"的洒脱。他的一番言语既是对生活与死亡的深刻理解,也道出了沈从文对那个混乱时代的控诉:

---

① 沈从文:《都市一妇人》,载《沈从文文集第四卷·小说》,广州:花城出版社,1982年,第216—217页。

可是我的朋友到后来笑了,若果我的听觉是并不很坏的,我实在还听到他轻轻的在说:"死了是好的,这收场不恶。"我很觉得奇异,由于他的意外态度,引起了我说话的勇气。我问他这是怎么一回事。怎么一回事? 只有天知道! 这件事可以去追究它的证据和根源,可以明白那些沉到水底去的人,他们的期望,他们的打算,应当受什么一种裁判,才算是最公正的裁判,这当真只有天知道了!①

为什么说一个年轻人陈尸江心的结局并不坏? 这是让人费解的态度。悲剧的发生总有个铺垫的过程,或者说,悲剧来自比较,就像自由、幸福等词同样来自比较一样。先说这青年军官的情况,他几乎是那时代的希望,简直是个"理想的军人":

这青年从大学校脱身而转到军校,对军事有了深的信仰,如其余许多年轻大学生一样,抱了牺牲决心而改图,出身膏腴,脸白身长,体魄壮健,思想正确,从相人术方法上看来,是一个具有毅力与正直的灵魂极合于理想的军人。年青人在时代兴味中,有他自己哲学同观念,即在革命队伍里,大众同志之间,见解也不免常常发生分歧,引起争持。即或是错误,但那种诚实无伪的纯洁处,正显得这种年青人灵魂的完美无疵。到了参谋处服务以后,不久他就同一些同志,为了意见不合,发了几次热诚的辩论。忍耐,诚实,服从,尽职,这些美德一个下级军官所不可缺少的,在这年青人方面皆完全无缺,再加上那种可以说是华贵的气度,使他在一般年青人

① 沈从文:《都市一妇人》,载《沈从文文集第四卷·小说》,广州:花城出版社,1982年,第218—219页。

之间,乃如群鸡中一只白鹤,超拔挺特,独立高举。①

世间并不缺少这种天生的好性情,可是,就因为这性情与常人不同,与军人身份不称,对他反倒成了一种羁绊。同学同事皆向上高升,做了省长督办,而他仍然认真克己地活着,守着那份卑微的参谋职务。不过,因为这好性情,青年军官与一位将军成了忘年交,而那妇人恰是将军的情妇。

将军死后,妇人又与这青年军官结婚,似乎真正拥有了爱情与人生。在少将眼中,这故事简直像童话世界里王子与公主的传说。值得一提的是,这童话般的爱情与生活在沈从文笔下显得无比真实:

> 女人把上尉看得同神话中的王子,女人近来的生活,使我把过去一时所担心的都忘掉了。至于那个没有同老友商量就作了这件冒险事情的上尉呢? 不必他来信说到,我也相信,在他的生活里,所得到的体贴与柔情,应当比作驸马还幸福一点。因为照我想来,一个年纪十九岁的公主,在爱情上,在身体上,所能给男子的幸福,会比那个三十五岁的女人更好更多点,这理由我还找寻不出的。②

妇人的命运一直在都市里起伏,"时代风气正在那里时时有所

---

① 沈从文:《都市一妇人》,载《沈从文文集第四卷·小说》,广州:花城出版社,1982年,第219—220页。
② 沈从文:《都市一妇人》,载《沈从文文集第四卷·小说》,广州:花城出版社,1982年,第234—235页。

变革,每一种新的风气,皆在那里把一些旧的淘汰,把一些新的举起”。她在民国初年间,曾是京城社交界的“名媛”,做过老外交家的养女,科长的妻子,阁员的姨媵,之后又辗转到上海,成为妓女中的“名花之王”。一场大病之后,她又离了上海,到汉口成了那位老兵将军的“别室”,最后,是她与青年军官的传奇爱情和报纸上的死亡宣告。

每个人的一生都是摆在他面前的从出生到死亡的全部,一切书写都只是旁观者的杜撰,是对死者生平的一次谋杀。所以这世上的大多数人,大多数女子,是没有人来为她写一部传记的。

沈从文也困惑于这个问题,他在小说结尾处写下了这样的话:“我所见到的妇人,都只像一只蚱蜢,一粒甲虫,生来小小的,伶便的,无思无虑的。”她们像《厨子》中的那些“下等土娼”,仿佛只存活在沈从文的小说里——她们也会哭,也会笑,也会忧愁,也会为同类的死而眼睛湿润。透过沈从文的慈心高眼,我们在土娼“五桂”身上能看到一种低到尘埃里的高贵人性:

五桂一会儿就转身了,忙忙匆匆的,像被谁追赶似的,期期艾艾的说:“裁缝铺出了命案,妇人吞烟死了,万千人围到大门前看热闹,裁缝四处向人作揖,又拿熨斗打人!”

妇人似乎不甚相信这件事,匆匆遽遽的站起身来,同五桂看热闹去了。二圆就低低的带点忧愁神气说:“这个月街子里死了四个妇人,全不是一块钱以上的事情。”

男子说:“见你妈的鬼,你们这街上的人,生活永远是猪狗的生活,脾气永远是大王的脾气。”

女人唱着《叹烟花》的曲子,唱了三句低下头去,想起什么又咕咕的笑着,可是到后来,不知不觉眼睛就湿了。①

　　《叹烟花》的土娼浸在泪水中,而《都市一妇人》中的妇人最终没入水中,淹没了自己的一切。"我"却仍旧生活在这妇人给我的印象里,她"总是那么新鲜,那么有力,一年来还不消灭"。为什么会这样呢? 因为从不说谎的少将讲述了一些"稍稍特别点的东西","使回忆可以润泽光辉到这生命所必经的过去"。原来这"气派较大,生活较宽,性格较强"的妇人还有一项"罪恶",就是这件事,让这妇人"在我眼前只那一瞥","就似乎比许多女人活到世界上还更真实一点"。

　　少将看得出"毒药"这两个字同那妇人有着非同寻常的关系,并且,在缺少人生阅历的"我"的衬托下,这种关系更显得"真实":

　　"这谁明白? 但照我最近听到一个广西军官说的话看来,瑶人用草木制成的毒药,它的力量是可惊的,一点点可以死人,一点点也可以失明。这朋友所受的毒,我疑心就是那方面得来的东西。因为汉口方面,直到这时还可以买到那古怪的野蛮的宝物。至于为什么被人暗算,你试想想,你不妨从较近的几个人去……"

　　我实在就想不出什么人来。因为这上尉我并不熟习,也不大明白他的生活。

　　少将在我耳边轻轻的说:"你为什么不疑心那个女人,因为爱

---

① 沈从文:《厨子》,载《沈从文文集第四卷·小说》,广州:花城出版社,1982 年,第253—254 页。

她的男子,因为自己的渐渐老去,恐怕又复被弃,作出这件事情?"①

这是不是一件离奇的事情?尤其是那女人……沈从文记录下这故事,就如同司汤达写下《意大利遗事》,像是在亲人墓前长跪不起的追思者,像是为人类彻夜祈祷的僧尼教士,对一切经历磨难的同类怀着无可指责的爱与同情。

"我"并不是一个无关紧要的旁观者,而是把故事写成作品的"作家"。"我"处于世界的中心,使人及事物具有意义。这些作品就是历史,如果没有这些美妙的不幸,人们走过那里时会说:"不,我什么也没看到,什么也没有!"

同捕猎一样,在作品里,沈从文拥有猎人的自由,猎人的嗅觉,像一位首领,带着他的族人卷入一场反对陈规陋习和冷漠顺从的斗争。他让我们去贴近故事中的人物,像猎人观察猎物那样,始终保持一种警觉。他让我们以一种独特的方式去看,去思考,他激励我们与那些强大的习惯决裂,提醒我们不要为日常的平庸吞噬。

在堕落、毁灭、爱情、孤独和个人悲剧背后,隐藏着更为可怕的一种力量,隐藏着另一个悲剧之源,那是一种比恃强凌弱还要可怕的力量。两部小说中出现了三位特殊的女性形象,她们的年龄、经历、地位、命运都不同,但都处在社会的边缘,正是她们构成了沈从文写作主题的一个源头。

沈从文长久地凝视着那些软弱的凡人,如同一个人长久地凝

---

① 沈从文:《都市一妇人》,载《沈从文文集第四卷·小说》,广州:花城出版社,1982年,第 236—237 页。

视童年时为之着迷的小河,它缓缓流淌的样子,就是特意为了让人心变得更加柔软。他为这些绵绵久远的乡下人写下故事,像《叹烟花》的调子,为爱而控诉,怨念深处,爱也更深。

笛子

1933 年底,离家十年的沈从文重返湘西,之后,写下幻灭感十足的《湘行散记》。就在写《湘行散记》不久前,沈从文还在院中槐树的清凉光影中一字一句地雕刻他的《边城》。

沈从文曾坦言自己终生都活在对边城的印象里,此次湘西之行,这个童真美好的印象被打散了,重塑了。凶手不是军阀政客,不是那个叫作"文明"的新吸血鬼,而是无法再以置身事外的姿态来面对湘西的作家自己。

在《湘行散记》中,沈从文不再天真,他发现自己成了"城里人",而边城已面目全非。他生出了与湘西产生隔膜的疏离之愁,真正面目全非的不是湘西,而恰恰就是他自己。望着流逝的江水,想到人与人"相斫相杀"的历史,沈从文在夜行船上默默书写着"无言的哀戚":

看到日夜不断、千古长流的河水里的石头和砂子,以及水面腐烂的草木、破碎的船板,使我触着了一个使人感觉惆怅的名词。

我想起"历史"。一套用文字写成的历史,除了告给我们一些另一时代另一群人在这地面上相斫相杀的故事以外,我们决不会再多知道一些要知道的事情。但这条河流,却告给了我若干年来若干人类的哀乐！小小灰色的渔船,船舷船顶站满了黑色沉默的鸬鹚,向下游缓缓划去了。石滩上走着脊梁略弯的拉船人。这些东西于历史似乎毫无关系,百年前或百年后皆仿佛同目前一样。他们那么忠实庄严的生活,担负了自己那份命运,为自己,为儿女,继续在这世界中活下去。不问所过的是如何贫贱艰难的日子,却从不逃避为了求生而应有的一切努力。在他们生活、爱憎、得失里,也依然摊派了哭、笑、吃、喝。对于寒暑的来临,他们便更比其他世界上人感到四时交替的严肃。历史对于他们俨然毫无意义,然而提到他们这点千年不变无可记载的历史,却使人引起无言的哀戚。

我有点担心,地方一切虽没有甚么变动。我或者变得太多了一点。①

孤独是最好的止痛剂,此次湘西之行,除了侍奉母亲,沈从文不敢去拜访亲友。他只是孤独地写信,写信。在信的独白世界里,"重逢缺席,过去之心与现在之心却似初遇"。

如果将《边城》与《湘行散记》并置起来观看,我们会轻易地发现沈从文的记忆之痛。对于已成为作家的这位湘西人来说,故乡是他"熟习的旧地方",也是他创作的灵感泉源。那里有他年少时一见钟情的姑娘,生死与共的战友,千百年来一成不变的木质渡船,绵绵不尽的细雨……"河边妓女在咒骂她的常客,乡下人和山

---

① 沈从文:《湘行散记》,载刘一友等编《沈从文别集·湘行集》,长沙:岳麓书社,1992年,第185—186页。

洪搏斗,萦绕心头的军号声,山歌,以及老人吹笛子的乐调。"[1]

"听着笛子就下泪,那是儿时的事",沈从文在《生之记录》中说,笛子是童年的印证,"孩子们的嘴上,所吹得出的是天真"。这篇文字写于 1926 年初,3 月 27 日、29 日发表在《晨报副刊》上。3月 28 日,沈从文才正式成为香山慈幼院图书馆编辑,《生之记录》就是这段漂泊无依时光的终曲。[2]

他放弃了进入大学求学的梦想,燃起了以"思想管领这世界"的雄心,也就是说,从这时起,沈从文真正开始依赖思想而生了。他说"凡是在我眼面前生过的,将再在我思想中活起来了"。

笛声激起沈从文留存思想的欲望,笛声给了他仅仅活在思想中的勇气,最为重要的是,笛声道出了他的天真与纯良。他仿佛重回童年,任意述说,无所顾忌:

我要再来受一道你们世上人所给我的侮辱。

我要再见一次所见过人类的残酷。

我要追出那些眼泪同笑声的损失。

我要捉住那些过去的每一个天上的月亮拿来比较。

我要称称我朋友们送我的感情的分量。

我要摩摩那个把我心碰成永远伤创的人的眼。

我要哈哈的笑,像我小时的笑。

① [美]金介甫:《沈从文传》,符家钦译,北京:国际文化出版公司,2006 年,第 242 页。
② 吴世勇编著:《沈从文年谱(1902—1988)》,天津:天津人民出版社,2006 年,第 36 页。

我要在地下打起滚来哭,像我小时的哭!①

笛子令人悲伤的印象来自沈从文儿时的记忆,确切地说,是来自一位苗族老阿妈讲的故事。

从前有个皇帝,喜欢哈哈大笑,竟变成了疯子。皇后发出悬赏,说谁治得好皇帝的病,就把公主嫁给他。应聘的人蜂拥而来,用尽各种办法。有人甚至当场切去儿子的四肢,皇帝却仍是疯笑。后来,一个手拿竹子的乡下人出现了。他把竹子放在嘴边吹起来,那声音真的治好了皇帝的笑病。大家欢喜得不得了,皇后果然把公主嫁给了他。不过,公主学会吹笛子后,乡下人也被皇后砍了头颅。"从此笛子就传下来,因为有这样一段惨事,笛子的声音听起来就很悲伤。"②

为什么故事的主角是个乡下人?为什么只有乡下人才懂得吹笛子?原因很简单,他们的生活就是竹制的,一派天然。竹子为乐器,是最"廉价"的一种,而作为昂贵的礼物,乡下人怎能不感激大自然的慷慨馈赠。

皇后的做法既不道义,也显得愚蠢,令人愤恨。很显然,这是一个"乱自上作"的寓言,与《水浒传》中"高俅发迹"的故事类似,都是笑中带泪的讽刺,写出苗民对权力的恐惧、戒备与嘲笑。

重返湘西的沈从文没有忘记这个童年故事,如今他成年了,可

---

① 沈从文:《生之记录》,载《沈从文文集第九卷·散文》,广州:花城出版社,1984年,第41页。
② 沈从文:《生之记录》,载《沈从文文集第九卷·散文》,广州:花城出版社,1984年,第42页。

令他愤怒的情形一再出现。于是,沈从文记录下眼目所及的一切,续写着乡下人的忧伤寓言。

凤凰的情形尤其令人痛心。沈从文回到镇上,从滕家大哥那里得知儿时朋友因"涉嫌通共"的罪名被杀害。街上有十家鸦片烟馆,其中有三家卖吗啡,卖鸦片烟具的杂货铺子有五家。"一出铺子到城边时,我就碰到一个烟帮过身,两连护送兵各背了本地制最新半自动步枪,人马走一个长长的队伍,共约三百二十余担黑货,全是从贵州来的。"

沈从文本来想第二天在河边拍几张照片做纪念,一想到眼前情形,"照相的勇气同兴味全失去了"。湘西弥漫着堕落与灭亡的味道,对此,金介甫教授有着强烈的共鸣,他看到沈从文的童心受了伤害,在不同的角度,不同的位置都留下伤口:

沈在《散记》里嘲弄了那些来桃源县寻幽访胜而又寻花问柳的风雅游客。浦市和泸溪的商业汉子原是老兵,在江西边境同红军打过仗,受伤退伍后经营鸦片这个可以赚钱的非法买卖。

沈从文还见过他童年时的军中伙伴,《边城》中的傩送就是以他为原型。翠翠已经死了,鸦片也毁了傩送,使沈不愿告诉他,自己是傩送当年的老友。沈不知道,他哥哥的仆人虎雏,就是沈从文强迫他读书成为知识分子的小豹子,已变成流氓,当过土匪,杀过人;现在搭载他的船上水手也是这类人。

最令人沮丧的是和保靖的老友重逢。这位朋友在毛泽东身边做过事,曾经劝说沈从文跟红军走。后来他离开了革命,现在是税局局长,抽上了鸦片烟。这个人向沈解释说这样人家就不再怀疑他曾是红军了。①

　　他的"一个爱惜鼻子的朋友"写的就是这位绰号"印瞎子"的局长。这是年轻人腐烂与腐蚀的活的证据,对沈从文的心也伤害最大。据沈从文回忆,他初到北京时,曾收到印瞎子讽刺他用笔来奋斗的信:

　　大爷,你真是条好汉! 可是做好汉也有许多地方许多事业等着你,为什么尽捏紧那枝笔? 你记不记得起老朋友那条鼻子? 不要再在北京城写甚么小说,世界上已没有人再想看你那种小说了。到武汉来找老朋友,看看老朋友怎么过日子吧! 你放心,想唱戏,一来就有你戏唱。从前我用脚踢牛屎,现在一切不同了,我可以踢许多许多东西了。②

　　沈从文在湘西又见到了这位想当伟人,迷信大鼻子的年轻人。他穿着一件价值三百六十块袁大头的玄狐袍子,小心地包裹着他那条"横顺是捡来的性命"。沈从文同他谈了一整夜,好像读了另外一本《天方夜谭》,内容尽是些年轻人如何堕落的稀有故事。
　　印瞎子对沈从文说,他也曾经幻想着像沈从文一样也写起小说,同茅盾、老舍他们"抢一下命运"。可是脑子的信心敌不过手上的得过且过,六年来,他"除了兴起烟枪对准火口,小楷字也不写一

---

① [美]金介甫:《沈从文传》,符家钦译,北京:国际文化出版公司,2006年,第245页。
② 沈从文:《湘行散记》,载刘一友等编《沈从文别集·湘行集》,长沙:岳麓书社,1992年,第273页。

张了"。

对这位大鼻子朋友的古董烟枪,沈从文热热闹闹地写了一番:

那两支烟枪是贵州省主席李晓炎的,烟灯是川军将领汤子模的,烟匣是黔省军长王文华的,打火石是云南鸡足山……原来就是这些小东西,都各有出处,也各有历史或艺术价值,也是古董。至于提篮呢,还是贵州省一个烟帮首领特别定做送给局长的,试翻转篮底一看,原来还很精巧织得有几个字! 问他为什么会玩这个,他就老老实实的说明,北伐以后他对于鼻子的信仰已失去,因为吸这个,方不至于被人认为那个,胡乱捉去那个这个的。①

凤凰,在三十年代末,是个不折不扣的鸦片烟馆聚集地与毒品转运地,而为其提供保护的,正是当地驻军。军长、省主席、大小将领一起来合力,才造成了这杆令沈从文惊叹的烟枪。

烟枪终究是烟枪,无论制造得如何出神入化,不过是盛装毒物的器具而已。没有湮没消亡的,是握笔的雄心。三十年后,沈从文仍记得此次湘西之行,他还是倔强地不愿臣服于任何与枪或烟枪有关的世俗诱惑力,他说:"《湘行散记》作者究竟还是一个会写文章的作者。这么一只好手笔,听他隐姓埋名,真不是个办法。但是用什么办法就会让他再舞动手中一支笔? 简直是一种谜,不大好

---

① 沈从文:《湘行散记》,载刘一友等编《沈从文别集·湘行集》,长沙:岳麓书社,1992年,第277页。

猜,可惜可惜!"①

在写给张兆和的信中,沈从文谈起曹植与曹雪芹的境遇,他说:"或者文必穷而后工,因不穷而埋没无闻?"如此感怀真是如笛声一般既清澈悠远,令人哀伤,又仿佛置身于斑驳荒疏的深宅大院,生出许多悠远的想象。

小砦

自湘西返京后,沈从文开始创作《小砦》,1937 年 7 月 5 日至 8 月 9 日在《国闻周报》连载,原计划写成长篇,后来受战争的影响,只好忍痛放弃。

"七七事变"后,沈从文由教育部安排撤离,南下武昌,而张兆和因次子虎雏还未满月,故与两个孩子留在北平。时值中秋,"一家人分五六处同看中天圆月","遥怜小儿女,未解忆长安",看着家书中的这些字句,沈从文的笔为之动摇了。

《小砦》发表后,张兆和非常看重,她在信中对远在武昌的沈从文说:"文章还写不写? 我顶惦记着你那个中篇,这时候,接下去好呢,还是就任他停止了?"②的确,在战火面前,"写作"这件事似乎显得有点多余。

"市面萧条,人心沉郁",张兆和写道,广州、南京炸得不成样

<hr>

① 沈从文:《致张兆和》,载张兆和主编《沈从文全集第 20 卷·书信集》,太原:北岳文艺出版社,2002 年,第 111 页。
② 沈从文:《张兆和致沈从文》,载张兆和主编《沈从文全集第 18 卷·书信集》,太原:北岳文艺出版社,2002 年,第 246 页。

子,一天不知有多少年轻人死亡,自己却安全地活着,"实在心有所愧"。人皆有不忍之心,或者是《尚书》中所说的"惭德",离乱之际,更觉珍贵。关于战争,我们有太多惨痛的记忆,动人的故事,庄严的仪式,壮烈的牺牲……每一个都足以让后辈理解"战争"二字的含义。而在这封家信中,我们看到的所谓战争,是在 1937 年 9 月 24 日这天,一个纯良无辜的平民,一位两个孩子的母亲,为所有死亡感到愧疚。

《小砦》是边城的一个特殊的对立面。位于茶峒的边城,质朴,美好,简净;而小砦的世界,是彻彻底底的人间炼狱,那里的一切颜色都仿佛是炼狱之火烧红的。然而,"只有尽他腐烂,才会有转机"①,沈从文说。

故事的背景选在王村,距"边城"大约二百公里,位于酉水河边。王村也有如画的美景,而生活在这里的人们,现实,腐化,身心俱病。作品中呈现的幻灭感足以击溃人们对文明、进步的美好幻想。

小砦人多临河而居,在码头边泊船,交易,投宿。河上游的石壁上还有人家居住,像魔法变幻出来的人间,"住家在那石壁上洞穴石罅间的,还养鸡,养狗,在人语中夹杂鸡犬的鸣吠,听来真可说有仙家风味"。回到现实中又如何呢?可怜人往往生活在仙境美景中,正应了古书中的话:"欲洁何曾洁,云空未必空。"为了生存竞争,有毒之物会变得廉价,纯洁的东西也难幸免,人也好,物也好,都或多或少的染上了些毒性。

---

① 沈从文:《复张盛裕》,载张兆和主编《沈从文全集第 26 卷·书信集》,太原:北岳文艺出版社,2002 年,第 313 页。

"有毒"的小砦是个什么样子呢？对这个充满竞争的小码头，沈从文是这样描写的：

> 住洞穴的大多数人生活都极穷苦，极平凡，甚至于还极愚蠢，无望无助活下去。住码头街上的，除了几个庄头号上的江西籍坐庄人，和税关上的办事员司，其余多是作小生意人。这些人卖饮食供人吃喝，卖鸦片烟，麻醉人灵魂也毁坏人身体。卖下体，解除船上人疲乏，同时传播文明人所流行的淋病和梅毒。

> 食物中害天花死去的小猪肉，发臭了的牛内脏，还算是大荤。鸦片烟多标明云土川土，其实还只是本地货，加上一半用南瓜肉皮等物熬炼而成的料子。至于身体买卖的交易，妇女们四十岁以上，还有机会参加这种生活竞争。

> 女孩子一到十三四岁，就常常被当地的红人，花二十三十，叫去开苞，用意不在满足一种兽性，得到一点残忍的乐趣，多数却是借它来冲一冲晦气，或以为如此一来就可以把身体上某种肮脏病治愈。①

为了逃避税吏与官兵的欺压，许多当地人住在洞穴之中，靠采草药及砍柴，或者当纤夫、桨手来维持生活。山中出产食物和草药，水路也发达，按道理来讲，应该是促成一个富庶的市镇。现实往往就是这样充满讽刺意味，人们的体力与道德，都似乎在向不可救药的方向崩溃，那是仙草灵丹也救治不了的文明病：

---

① 沈从文：《小砦》，载刘一友等编《沈从文别集·柏子集》，长沙：岳麓书社，1992年，第17—18页。

　　这小地方因为是一条河流中部的码头,并且是一条驿道所经过的站口,前后已被焚烧过三次。因大军过道,和兵败后土匪的来去,把地方上一点精华,吮剥的干干净净,所有当地壮丁,老实的大多数已被军队强迫去充夫役,活跳的也多被土匪裹去作喽罗。剩下一点老弱渣滓,自然和其他地方差不多,活在这个小小区域里,拖下去,挨下去等待灭亡和腐烂。①

　　《小砦》中的桂枝和憨子就生活在这个仙魔交汇的世界里。

　　"桂枝"这个名字,像是用什么不知名的苦药熬煎出来的。她"同其他吃这碗饭的人一样,原本住在离此地十多里地一个小乡里,头发黄黄的,身子干干的,终日上山打猪草,挖葛根,干一顿稀一顿拖下来。天花,麻疹,霍乱,疟疾,各种厉害的传染病,轮流临到头上,木皮香灰乱服一通,侥幸都逃过了"②。

　　十几岁起,桂枝就吃上了"码头饭"。原因也简单,她是二十吊钱"绝卖"给一个小农户的,三年后,丈夫为了活命,当壮丁远走他乡,桂枝"总得想办法弄吃的"。她投认在"老娘"名下做了养女,认了"身不由己"的命运安排,也终于可以自己做了自己的主人。两个女子合作,重新"立了门户"。老娘活得明白,相信"人各有命","清明要晴,谷雨要雨","雷公不打吃饭人"。她"恰同中国一般老

---

① 沈从文:《小砦》,载刘一友等编《沈从文别集·柏子集》,长沙:岳麓书社,1992年,第19页。
② 沈从文:《小砦》,载刘一友等编《沈从文别集·柏子集》,长沙:岳麓书社,1992年,第39—40页。

辈人相似,记忆中充满了格言和警句,一部分生活也就受这种字句所熏陶所支配"。

　　老娘经历的风雨多了,便常常来开导桂枝,笑她不认命,她对桂枝说:"你哪能相信? 你们年轻人什么都不信,也就什么都不明白。"桂枝吃了三年"四方饭",算得上"老牌子",沿河弄船的水手,无人不知。大家也都知道,她另有一份心思,她的恩情结在当地一个傻小子"憨子"身上,有人笑话,也有人称赞。桂枝别有一双年轻人的眼睛,她相信"鲤鱼打个翻身变成龙"的传奇,认定住在洞窟的憨子早晚能发迹转运。民间讲"男有刚强,女有烈性","善心诚实男,法喜以为女",在沈从文看来,桂枝就是这样的乡下女子,像白蛇娘娘那样果断泼辣:

　　　桂枝呢,年纪轻,神在自己行动里,不在格言警句上。

　　桂枝与憨子也都有柔顺的一面,一个在江船上守着风雨,一个"憨人有憨福","坐在洞中望雨,打草鞋搓草绳子消磨长日"。憨子和桂枝相熟,同样苦命,但有一点不同,是个男儿身。于是,他干脆逃到洞中,偶尔下山与桂枝相会。盐客来了,憨子得守规矩,把桂枝让出来。两个年轻人明白,世间风雨,还是能躲则躲,不必挣扎。

　　桂枝的希望就是"人好心地好"的憨子,他"为人心子实,有包涵,可以信托,紧贴着心"。至于眼下的生活,她只是这样一天一天挨着,对什么都不做挣扎。桂枝相信什么呢? 桂枝心中那一点点像皈依的东西,同一般百姓一样,无非是那么一句"天纵无眼睛人总还有眼睛"的俗话。沈从文写桂枝的心思,有光有影,或明或暗,像挂在枝头的月亮：

　　桂枝呢,对生活实际上似乎并无什么希望,尤其是对于憨子。她只要活下去,怎么样子活下去就更有意思一点,她不明白。市面好,不闹兵荒匪荒,开心取乐的大爷手松性子好,来时有说有笑,不出乱子,就什么都觉得很好很好了。

　　至于憨子将来,男子汉要看世界,各处跑,当然走路。发财不发财,还不是"命"? 不过背时走运虽说是命,也要尽自己的力,尽自己的心。凡事胆子大,不怕难,做人正派,天纵无眼睛人总还有眼睛。憨子做人好,至少在她看来,是难得的。只要憨子养得起她,她就跟了他。要跑到远处去,她愿意跟去。①

　　有仙界的梦,便有魔界的符咒来映衬。在《小砦》这个天无眼睛,人亦大半无眼睛的小小世界,人们最惧怕的,也是战争。故事的最后,一个叫"秋生"的黑脸大肩膀水手出现了,他带来了远方的消息。人们以为他被抓去打红军了,其实是在龚滩就开了小差。他的想法很简单,"光棍打穷人,硬碰硬,谁愿意去?"当然,还有一个情感上的理由,秋生毕竟是个青年水手,他开小差的原因是"想起娇娇"。

　　人被卷入战争,日常的诱惑又把他拉回来。沈从文通常不正面写战争的残酷,他写战争中的日常,或者说,他更注意战争与日常生活之间的微妙关系。秋生从战争中逃出来,他的归来使故事

① 沈从文:《小砦》,载刘一友等编《沈从文别集·柏子集》,长沙:岳麓书社,1992 年,第 46—47 页。

在一片"食色性也"的气氛中回归日常:

> 桂枝说:"什么娇娇肉肉,你想起你干妈。"
>
> 这水手不再说什么,扛了红粉条一捆,攀船舷上了岸。桂枝忙去灶边烧火,预备倒水为这水手洗脚。
>
> 盐客听桂枝说话,问:"是谁?"
>
> 老娘答话说:"是秋生。"
>
> 秋生又是谁? 没有再说及。因为老娘想到的是把鸡颈鸡头给秋生,所以又说:"姐夫,这鸡好肥!"①

历史上不乏红颜祸水的歧视,人们斥责女性的堕落,让她们为国族的衰败担责。妓女自然被塑造成母性形象的对立面,指向疾病与死亡,而不是生育、抚养、仁慈等柔美气质。她们没有任何清白的征兆,比如《尤利西斯》中的"裹尸布"形象:

> 妓女走街串巷到处高呼,
> 为老英格兰织起裹尸布。②

沈从文的"桂枝"自然不是什么文明的裹尸布,她和沈从文小说中的众多女性一样,都是隐匿的受害者。1938 年春,沈从文随长

---

① 沈从文:《小砦》,载刘一友等编《沈从文别集·柏子集》,长沙:岳麓书社,1992 年,第 47—48 页。
② [爱尔兰]詹姆斯·乔伊斯:《尤利西斯》,萧乾、文洁若译,南京:译林出版社,2002 年,第 76 页。

沙临时大学师生向昆明转移,途经沅陵尤家巷,在 4 月 13 日写给张兆和的信中,沈从文说在当地至少有五百个"桂枝"那样的年轻女子,他带着悲悯的心情写道:

好几次在渡船上见到这种女子,默默的站在船中,不知想些什么,生活是不是在行为以外还有感想,有梦想。谁待得她最好?谁负了心?谁欺骗过她?过去是什么?未来是什么?唉,人生。每个女子就是一个大海,深广宽泛,无边无岸。①

这些母性色彩浓烈的女子有着传奇的经历,大多隐没于红尘,亦间或在污泥中开出莲花,如白行简笔下的长安娼女"李娃",以"节行瑰奇"接引颓丧的男性。

《李娃传》等唐代传奇小说为女性开拓出一个"第三度空间",欲望的危险性也从伦常中剥离出来,在日常生活的层面安放。传奇(小说)有弱化孔子,弱化传统的作用,这种通过"制作"而成的说话技艺形成了一个自为的空间,为社会的变革提供讽喻性的建议。

在倪豪士教授讨论中国小说起源的著作《传奇与小说》中,他把这种"文学性的制作"描绘成一种叙事者(说话人)的机智,而促成机智得以发挥的话题或场域,正是食色之事:

一旦某个丈夫发现他"制作"出来的故事更能完美无缺地瞒天过海时,或是某枝出墙的红杏学习到成功地遮掩真相时,应该就是

---

① 沈从文:《致张兆和》,载张兆和主编《沈从文全集第 18 卷·书信集》,太原:北岳文艺出版社,2002 年,第 310 页。

小说的开始了。或者,在这对半斤八两夫妇的邻人开始在村中蜚短流长时,我们就有了最原始的口头报导。而当这个村落里某个好事的人邀请伶牙俐齿的邻人吃晚餐,为了想听一段加油添醋的故事时,我们就可能进入说话人的领域了。①

沈从文年轻时非常喜爱这些作品,他说,唐人传奇"处理故事极高明"②。

中国传统中的志、传、说、奇等都有小说的成分,借助寓言、比喻、神怪等方式,叙事者创造出一个"自在自为"的故事空间,向人们展示官修历史之外的"人"的内心与生活状态。倪豪士认为,周朝的作品就可以纳入中国小说起源的阶段,从《左传》到唐传奇的中国小说,在技巧上一步步发展,足可与西方传统中三种典型的小说式样——模拟(mimetic)、教诲(didactic)和娱乐(ludic)做一番比较。③

美丽的女性是"尤物",或者在某些"移魂转运"的小说中以妖、狐精等形象出现,她们潜藏的力量会威胁维持社会秩序的基本教条。欲望使女性与社会处于某种微妙的紧张状态,唐传奇有两种不同的方式来解决:一是如《莺莺传》的抵抗式果敢,通常会以悲剧的方式收场;二是如《李娃传》的母性式转化,名妓换位为良师,于

① ［美］倪豪士:《传记与小说——唐代文学比较论集》,北京:中华书局,2007年,第3页。
② 沈从文:《答〈日本与中国〉编辑部》,载张兆和《沈从文全集第27卷·书信集》,太原:北岳文艺出版社,2002年,第333页。
③ ［美］倪豪士:《传记与小说——唐代文学比较论集》,北京:中华书局,2007年,第15页。

是,二人的命运彻底改变,男女两性的生活都得以重塑。①

纪晓岚在《阅微草堂笔记》中说,唐代是一个狐媚的时代,所谓"无狐媚,不为村"。狐,以各种方式闯入人的生活,比如,在传奇作品中,士人把她(他)们迎入书斋,赋予她(他)们翻阅简册的权力。于是,狐成了不具名的"诸子",获得了影响人类精神生活的"属人的资格",像圣人那样引导人们的思维与行动。也就是说,她(他)们是不是一种物理性的存在已不重要,人们在更为整体性的意义上把她(他)们纳入生活中。

狐,是一种文化存在,文化事实,她(他)们闯入人间,管理家宅,说服主人,谋求与礼法共存的权力。有时,她(他)们会质疑男性,挑战法度,甚至戏弄那些来自各界的权威人士——官长、吏役、家主、仙人、僧儒等等。

史官文化,是主流,重要性不言而喻。当然,最为根本的作用是让人不去怀疑生活的真切,所谓的"春秋大义",是"传信不传疑"。狐闯入人间,拒不承认人类生活的固定程式,她(他)们试图说服人们自己来做决断。确切地说,是如同她(他)们的住所——地点毫无例外地处于林中、洞穴中,而且总是在郊外——意味着城市之外的自然生活,带着野性、游猎性,缺少人类足印,处处散发着土壤的味道。

史官文化是男性的,父性的,规训式的。狐媚传奇是与之相对、相反的文化,她(他)们是女性的,母性的,自主式的。相应地,

---

① [美]倪豪士:《传记与小说——唐代文学比较论集》,北京:中华书局,2007 年,第50—51 页。

人不仅仅是一种礼法的、道德的、善恶的存在，还是个生育的、哺乳的、洒扫应对的存在。

她（他）们因生育而受苦，喊叫，为爱的欲望而不惧生死法则，也因不公正对待而以反抗、反省的姿态走到众人面前。总之，她（他）们不接受历史世界的深远、悠久与绵长，只承认眼前的天地人情。

《小砦》中的桂枝或许是另一个式样的受难女性，她的每一步都无从选择，满足于"不出乱子"的人生，为一壶水，一只鸡，一个男人忙前忙后。她不是"三史""五经"的回响，而是个渴求明天没有忧虑的人，像湘西山中的无数"小兽物"那样，度过无人怜悯也不乞求人间怜悯的一生。

像唐代传奇，或《阅微草堂笔记》讲述的苦人苦事，绝不仅仅是文人幻想，而是某种普遍的"记忆"。记得儿时有一发小，家穷，初一便辍学。其父懒而好赌，竟令其为娼。几年光景，人就"没了"。人的样子已经模糊，童年记忆还在，至今仍记得与她俯身于菜地中捉蟋蟀的情景。她听过这个菩萨的故事吗？桂枝听过这个故事吗？现实中不必，在另外一个世界里，更不需要。书中之人总是圆满的，生者有心，逝者安息。也许最好的纪念就是几行文字，半页心思，一则传奇，都记下来，如从文先生所说，让她们在人性的神庙里也有个归宿。

《维摩诘经》中有一则故事，也好看。某日，天女到维摩诘处听众菩萨演说佛法，将天花散于室中。飘在菩萨身上的天花纷纷坠落，而落在众弟子身上时，却沾衣不落。众弟子使尽神力法术，亦不能拂去。天女问舍利弗："拂花何意？"舍利弗答道："天花不如佛法,理当拂去。"天女说:"分别心也,未得解脱。结习未尽,华著身耳;结习尽者,华不著也。"随后天女变换法身,化为舍利弗,变舍利弗为天女,曰:"一切诸法,亦复如是,无在无不在。"于是,维摩诘对舍利弗说:"此天女已经供养过九十二亿诸佛,已能游戏菩萨神通,所愿俱足,得无生忍,住不退转;以本愿故,随意能现,教化众生。"

"九十二亿",这样的天文数字真令人惊讶,可讲说出来,却是天女散花的轻灵意象。原来佛法之广大,只在拂花一指,亦不过是心间一念。这心念是什么?是一刹那间,没了情绪(分别心)。俗话说,度人易,自度难。谁还没个难处呢?佛性,给人超脱感,在善恶是非之外,在法度之外,在喜怒哀乐的情绪之外。从《小砦》的故事来看,这心念是对个人生命经验的尊重,是对人性的一份尊重。有了这份尊重,人就不会那么急着去替别人做选择,当然,也不会高高在上地叫嚷。在沈从文这里,是他顶欣赏的契诃夫的一句话:"好与坏都不要叫出声来。"

桂枝、憨子、秋生的命运如何?沈从文本打算写成一个长篇小说,可他没有再写下去。根据当时的情况来推测,他们可能会成为土匪,会成为压寨夫人。其实,他们有成为任何好人与坏人的可能性,但不会成为像"税吏"那样的恶人。他们终归是纯良的穷人,不是"从文明地区闯到乡下人中间的新吸血鬼"。我们不妨把自己想象为生活在桂枝、憨子、秋生身边的一位乡邻,再来体味他们的生活,而在沈从文心中,这些故事是那个时代中所有乡下人同城里人的一幅肖像:

如《柏子》、《萧萧》、《丈夫》,以及《湘行散记》中若干篇章,对

乡下人、土娼,写得即或粗野,却充满了好意,近于工笔画,总不失
严肃,不怀丝毫嘲谑感。但对于社会中上层,或所谓"城里人",却
总不忘要捎带一点嘲笑褒贬,有的还是漫画。或表面庄严,底子还
是漫画。记得写《八骏图》发表时,许多人都看不懂,其实包含本
人,八匹马都近于漫画,只是各有不同表现和隐密不显意识而已。①

　　《小砦》,原来是沈从文的一幅工笔画,如他所说,严肃而充满
好意,"不怀丝毫嘲谑",像唐代传奇,像菩萨的故事。

---

① 沈从文:《复许杰》,载张兆和主编《沈从文全集第 24 卷·书信集》,太原:北岳文艺
　　出版社,2002 年,第 378 页。

第十七章　永年

"引人入胜"的作品未必伟大,怀恋平庸生活的故事却可感人至深。

沈从文作品的风格毋宁是在一种迷雾重重的气氛中,书写岁月无情与人世可亲。他既不愿意奉命写作,自然丢不开"批判"的锋芒。

世间最真实的情感,是人的感受。四十年代在每个人心头都闪过的那些雷电,汇成了沈从文依个人经历写成的自传体小说,比如《动静》(1943)、《芸庐纪事》(1947)、《雪晴》(1946—1947)。

卑湿阴雨

沈从文要打捞、保存的是一代人的心思,时而凝聚,时而开散,似山城的雾霭,一路蜿蜒升起。这湿雾见证了"屈原的疯狂,贾谊的早死",也包裹着"令人郁闷"的生活。在《动静》的开篇,沈从文

对楚地自古以来的"卑湿阴雨"气候是这样描写的:

> 冬日长晴,山城雾多。早晚全个山城都包裹在一片湿雾里。大清早雾气笼罩了一切,人家和长河,难于分辨……隔河山峰露出了头,庄严而妩媚,积翠堆蓝,如新经浣洗过一般。
>
> 雾气正被朝阳逼迫,敛缩浸润的范围。城中湿雾也慢慢的散开,城中较高处的房屋,在微阳中渐次出现时,各披上一层珍珠灰光泽,颜色奇异,很像梦魇中宫殿。
>
> ……
>
> 到城中雾气敛尽时,河面尚完全被这种湿雾所占领,顺随河身曲折,如一条宽阔的白色丝带,向东蜿蜒而去。其时虽看不见水面船只和木筏,但从蒙雾中却可听得出行船弄筏人的歌呼声和橹桡激水声。
>
> 河上湿雾完全消失,大河边巨大黑色岩石上,沙滩上,有扇尾形,和红颈脖,戴丝绒高冠,各种小小水鸟跳跃鸣叫……记载上常称长沙地方"卑湿阴雨,令人郁闷,且不永年"。屈原的疯狂,贾谊的早死,证实了这种地方气候的恶劣。[1]

贾谊心中的"卑湿阴雨"是什么样子呢? 沈从文的推测是"在寒气中被冻结"。当然,他所说的冻结是对心灵温度的测量。众人祭祀娱神,鼓瑟吹笙,而贾谊在阴雨笼罩的小屋中陷入一种无聊的情绪中。沈从文在给张兆和的信中写道:

---

[1] 沈从文:《动静》,载刘一友等编《沈从文别集·龙朱集》,长沙:岳麓书社,1992年,第217—219页。

　　贾谊以三十来岁的盛年,作为长沙王师傅,在郊外楚国废毁的祠堂庙宇间徘徊瞻眺,低低讽咏楚辞,听萧萧风声,吹送本地人举行祭祀歌舞娱神节目中远远送来的笙竽歌呼声。

　　生当明时而去帝乡万里,阴雨中迎接黄昏,回到他的长沙王傅所住小屋时,他的无聊应当是一种什么情景!①

　　屈原经历的"卑湿阴雨"又当如何呢?沈从文说他眼前应当是《长河》中的橘子树林,否则不会有《橘颂》的传世。这位逐臣乘了小小白木船或"桃源划子",与他同船的,是竹简、玉剑、郢锾、文具匣子,还有他在朝时亲手编的楚国"宪法"。经过橘林时,两岸绿雾苍茫,隐约传来祝神的歌声。在一片火红中,屈原也感到"无聊":

　　就在这种雾雨沉沉秋冬间,终于被放逐出国,收拾行李,搭上一叶小舟,直放常德,转赴沅水上游。坐的也许正像我卅年前上行那种小小的"桃源划子"。身上虽还有一口袋楚国特制的黄金"郢锾",和一把价值千金的"玉具剑"。两担竹简书,和一挑行李。行李中且有个竹篾编的极其精细的文具匣子,内中文房四宝一应俱全,可以供他随意写点什么。在朝时亲手编的楚国宪法,也早已用白绢书写成十卷,裹成大卷,搁在身边。自己的许多抒情感世作品,也同样分别誊写成卷,随手取来作了些校订,改动了几个错字。船在两岸绿雾苍茫中进行,想到国家的种种,听到岸上的祝神歌呼

---

① 沈从文:《由长沙致张兆和》,载张兆和主编《沈从文全集第21卷·书信集》,太原:北岳文艺出版社,2002年,第390页。

和火燎,他觉得好无聊!①

两千年后,现代事物迅猛地冲刷着乡下人的素朴风气,如同外来洋布、煤油、鸦片的破坏力。沈从文内心的感受是什么呢?他说"人生可悯",他说"由于寂寞,我会写出好多好多这种动人东西"。②

《雪晴》以写实的风格追索外来人对乡下人生活方式的影响。小丑式的县长用清乡名义盘剥农民,而《湘西》中的游侠好汉已堕落成吃血酒、盟神誓的精明人。沈从文把这类人称为崭新的无根无底阶层,他们"不懂得劳动却熟谙发财的路子"。

暴力强权是祸患之源,正是"优胜劣败"的观念"造成社会的慢慢分解"。悲剧的人生随处可见,而它的背景是"全民族社会经济的腐朽"。

沈从文认为这种生存竞争的结果是另一个无解的困局:偌大的国家"要靠军队来维持和平,靠鸦片来增加收入,同时正如倚仗武装力量一样,科学技术的发展只能为剥削者创造新的机会"③。

在抗战的艰难岁月中,沈从文大部分时间居住在龙云控制的昆明。国民政府查禁了《长河》等作品,同时,他的近三十种文集也不许再印刷出版,理由是"与抗战无关""不知所云""晦涩难懂"。

---

① 沈从文:《由长沙致张兆和》,载张兆和主编《沈从文全集第 21 卷·书信集》,太原:北岳文艺出版社,2002 年,第 390 页。
② 沈从文:《由长沙致张兆和》,载张兆和主编《沈从文全集第 21 卷·书信集》,太原:北岳文艺出版社,2002 年,第 391 页。
③ [美]金介甫:《沈从文传》,符家钦译,北京:国际文化出版公司,2006 年,第 257 页。

湘西的腐烂味道被沈从文塑造成发人深省的故事,就如同一面刚擦拭过的镜子。不幸的是,人们经过了很长的一段时间才看到沈从文练就的"镜子"。每个人都为这种腐烂味道付出了代价,而沈从文正是希望这种味道流淌在他的故事中。《长河》《湘西》等作品也并非纯粹的回忆录,而是对眼前现实的怨愤一瞥。

作家的孤独、敏感、惊奇、无助交替出现在沈从文的作品中,他在沉思中经历愁苦、锤炼,也展现出惊人的力量。他的"看不惯"姿态足以保存火种,击溃空虚与战争的侵扰。

他刻画了形形色色的新式湘西人:投机者、小公务员、烟鬼、市侩、水手、纨绔子弟、税吏和师爷……他们都没有能力把握自己的命运,却持续地残害着自己的同类。

不过,凡事皆有定时,正像《动静》中负伤的军官所说,"看大处,中国有前途的!"他对中国未来的惊人预言就出现在这几行书页中:

军官把话引到另一回事上去。"好天气!"他想起上次由火线上退回来时,同本团两百受伤同志,躺在向南昌开行的火车上,淋了两整天雨,吃喝都得不到。车到达一个小站上,警报来了,亏得站上服务人员和些铁路工人,七手八脚,把车上人拖拖抬抬到路旁田地里。一会儿,一列车和车站全炸光了。可是到了第二天,路轨修好,又可照常通车了,伤兵列车开行时,那学生出身的车站长,挺着瘦长的身子,在细雨里摇旗子,好像一切照常。那种冷静尽职的神态,俨然在向敌人说,"要炸你尽管炸,中国人还是不怕。中国有希望的,要翻身的!"想起这件事情时,军官皱了皱眉头,如同想挪去那点痛苦印象。

军官像是自言自语,答复自己那种问题,"看大处好,看大处,中国有前途的!"①

彼时的历史正是酝酿着这样的"大成大毁",只是时机未到,一切都像这篇故事结束时的邻水之城,为大雾环绕着,"一切房屋,一切声音,都包裹在夜雾里了"。

这湿重的雾气就是沈从文的心,我甚至找不到更合适的词汇来形容。但有一点可以肯定,这颗心绝不是站在"和平"的对立面,如金介甫教授所说:"沈从文在作品《烛虚》中写到上帝,写到战争,这些作品使他与文艺同行越来越疏远。他的论断是文学应该鼓舞人民藐视战争,当日本的威胁逐渐减弱时,沈就更加思考他一生看过的有组织的杀戮。他写了一些报刊文章,批评战时那种混乱局面在同胞中造成精神物质上投机取巧的风气。抗日战争结束时,他开始大声疾呼反对战争。在抗日战争结束转为内战局面后,他更成了和平主义者。"②

沈从文作品中贯穿始终的一条线索就是最好的人消失了,男人、女人、战士,水手都为时代的湿雾熏染得变了样子。

湘西的黄金时代也消失了,新知识、新生活、新道德只是在传播腐败,幸存的人也都是失败者,因为他们丧失了纯洁。

这一切并不都是沈从文绝望的幻想,他经历了很多,或许他是

---

① 沈从文:《动静》,载刘一友等编《沈从文别集·龙朱集》,长沙:岳麓书社,1992年,第240页。
② [美]金介甫:《沈从文传》,符家钦译,北京:国际文化出版公司,2006年,第261页。

那个时代作家中亲见"死亡"最多的一位。

他看不到清楚的结局,但他知道这些绝望只是时代的暗流,河面上的浓雾掩住了暗流,等到阳光照射进来的时候,人们会看到河中的水草像先前一样浓厚。

《长河》

悲剧发生的时候,恰好是六月飞雪的天气?这样的天人感应往往出现在古书上。当然,我们得原谅古人的某些"粗糙"想法,虽然不科学,但有一种朴素的美。他们喜欢做一些简单的比对,像小时候听说书人讲的套话,"光天化日之下,竟敢……",后面要说的,定是百姓身边的不平之事。

民间说善有善报,恶有恶报。善而不得善报,更显其善;恶而不得恶报,尤为可恶。造化弄人,越是美的东西,越是要把来毁掉,你却没奈何,悲剧性大抵如此。

持续两千年的龙舟赛似乎有永恒不易的力与美,而在沈从文心底,湘西的"黄金时代"随时会落幕,他"每走过沅河上的码头,都感到劫数即将来临"。在那样的一个时代里,湘西、长河、龙舟,美得令人生疑。

沈从文的"童心幻念"激发出文学上的创造力,却无法应对世事的纷争与绝境,劫难蔓延席卷着他的桃花源。这是湘西的劫数,也是国家民族的厄运。他在《湘行散记》中写道:"这个民族在这一堆长长日子里,为内战、毒物、饥饿、水灾,如何向堕落与灭亡大路走去。一切人的生活习惯,又如何在巨大压力下失去它原来的纯朴型范,形成一种难于设想的模式!"①

　　沈从文见到的年轻人都患上了精神上的营养不良症,都成了绵羊,都失去了信仰与希望,他说,总之"一句话,全完了"。

　　过辰州时,他遇到几个年轻军官,又燃起了另外一种希望。他们渴望改变,"界于生存与灭亡之间,必知有所选择!"②沈从文在《长河题记》中写下了对青年军人的无限期望与担忧:

　　当时我认为唯一有希望的,是几个年富力强,单纯头脑中还可培养点高尚理想的年青军官。然而在他们那个环境中,竟像是什么事都无从作。地方明日的困难,必须应付,大家看得明明白白,可毫无方法预先在人事上有所准备。……某种向上理想,好好移植到年青生命中,似乎还能发芽生根,然而刚到能发芽重要时又不免被急风猛雨摧折。③

　　人的姓名、绰号,标识了他的一切。湘西决定了沈从文的一切,他也用笔来命名了湘西的一切,历史、命运、习俗,季节的变迁,太阳的起落,大帮船拢码头时引起的期望,甚至一位水上姑娘脸红的神色。

　　麦田、香草、收获,这是与土地共同出现在北方人心中的安稳

---

① 沈从文:《湘行散记》,载刘一友等编《沈从文别集·湘行集》,长沙:岳麓书社,1992年,第219页。
② 沈从文:《湘行散记》,载刘一友等编《沈从文别集·湘行集》,长沙:岳麓书社,1992年,第274—275页。
③ 沈从文:《长河题记》,载刘一友等编《沈从文别集·长河集》,长沙:岳麓书社,1992年,第19—21页。

象征,而水则带来风险与机遇,湘西人明白,他们与水有着相似的命运。

柔顺之人忠诚于大地,而英勇之人则征服大江、大河乃至海洋,只有莽撞无心之人,才会心存征服城市之念。那个叫城市的地方除了财富和气派,什么都没有,总缺少些生意。

沈从文的童年,他对湘西的记忆,短暂的心碎的历史,沈从文着迷的正是为城市中人所不屑一顾的生命的渡船。为了建造这艘渡船,也为了摆脱世人对他的持续的羞辱、歧视,沈从文创作了两部杰作:《长河》(1930—1942)与《湘西》(1937—1938)。

在这两部作品中,沈从文笔端划过的是"历史"。湘西似乎一直在历史之外,他要用他的作品书写出湘西的《史记》。

《史记》的永恒之处并不以史为意,而是传情达意,是"茸于蚕室"的满腔情意,这情意无关"忧愤",是爱恨之外的绵绵无期。

《长河》《湘西》中流淌的便是此种绵绵无期,它如影随形,甚至是以一种"野蛮"的方式激励着沈从文。这位凤凰之子常常受到讥讽,他的美丽故乡有着"匪就是民,民就是匪"的野蛮名声,而他无论走到哪里,都有人称呼他是"湘西土匪"。为了提振故乡的声望,沈从文费尽心思,大到《边城》《长河》这样的颂歌,小到家乡特产,恨不得把湘西的山水都披挂在身上,一路分赠友朋。

抗战期间,沈从文一路南下,在信中常委托大哥沈云麓为梁思成、杨今甫等友人准备湘西特产,如菌油、板鸭、霉豆腐、暴腌肉、溆浦大开刀橘、保靖的皮蛋、龙山的大头菜、安江的柚子、家作的卤鸡等。在1940年2月26日写给沈云麓的信中,沈从文像孩子一样夸耀他的战绩,因为大哥寄来的家乡茶叶为湘西争了光,信中写道:

新茶上市，务望你为买去年那种顶细顶好的二十元寄来，过不久我寄钱来，因为现在无钱。上次大家印象都太好了，真是给湘西争脸。杨先生现在还当宝贝，留下一点点，有好客来时方冲一小撮。①

《长河》《湘西》是具有文学性的"地方志"，沈从文几乎是以一己之力使"地方"受到关注。他在作品中尽情嘲弄城市及其所代表的文明捍卫者、文明输出者的形象，他也瞧不起城市中的财富与气派，斥之为虚伪。沈从文作品中的主角往往是普通"乡下人"，他们乐观坚韧，常常取笑城里人的虚伪古怪。

在湘西，这些文明的吸血鬼多半来自长沙，以省主席何键为代表的新式官员对湘西并无感情："虽说民国来五族共和，城里人，城里事情，总之和乡下人都隔太远了。"②

他们既不能控制局势，便流于巧取盘剥，致使湘西日益凋谢衰落，"到处是寄食讨饭，以诈骗为生的人"，"世界既然老在变，变来变去，轮到乡下人，还只是出钱"。③ 寻常的男女，受人间三大苦：打铁、撑船、磨豆腐。近水人家多以此苦力为生，当然，还有个时代的苦他们也要去忍受：

---

① 沈从文：《复沈云麓》《致沈云麓》，载张兆和主编《沈从文全集第 18 卷·书信集》，太原：北岳文艺出版社，2002 年，第 259—260、381 页。
② 沈从文：《长河》，载刘一友等编《沈从文别集·长河集》，长沙：岳麓书社，1992 年，第 50 页。
③ 沈从文：《长河》，载刘一友等编《沈从文别集·长河集》，长沙：岳麓书社，1992 年，第 74 页。

自从民国以来,二十年中沅水流域不知经过几十次大小内战,许多人的水上事业,在内战时被拉船、封船、派捐、捉伕的结果,事业全毁了。许多油坊字号,也在兵匪派捐勒索各种不幸中,完全破了产。世界既然老在变,这地方自然也不免大有今昔,应了俗话说的,"十年兴败许多人"。①

故事中的乡下仍是物产丰富,却满是苦难的大地。乡下人在土地上劳作,收获各种食物,比如《长河》所描写的吕家坪萝卜溪,位于辰河中部,就出产萝卜、橘子、柚子、杨条鱼和鲫鱼等。

沈从文以"橘子"为线索,写保安队和有文化的官员为勒索一船橘子,极尽心机与口舌之才。他们想利用乡下人的大方与善良,又要伪装一副文化人的模样。

沈从文对这些城里来的人极尽讽刺的笔墨,如乡下人取笑城市人以橘子当补药,言下之意,城市文明是虚弱病态的。

乡下人就不同了,他们有着天然的健康,如夭夭这样的乡下小姑娘,对人事有着孩童式的糊涂,然而却不可欺侮。《长河》中的湘西色彩非常明显,而夭夭自然是故事中最鲜艳的一抹色彩。与南京、北京相比,吕家坪是偏远的,但是,从夭夭的角度来看,那些大都市才是偏远的,整个世界都是偏远的。至于其中的原因,沈从文不愿讲,夭夭也不愿讲。吕家坪的生活如水,队长、师爷这些"做官的"不明白。他们要快刀斩乱麻,要劫掠乡下人,孩子都看得出,他

---

① 沈从文:《长河》,载刘一友等编《沈从文别集·长河集》,长沙:岳麓书社,1992年,第74页。

们不值得相信:

队长一面吃橘子一面说:"好吃,好吃,真好吃。"又说,"我先不久到你家里,和你爹爹商量买橘子,他好像深怕我不给钱,白要他的。不肯卖把我。"

天天说:"那不会的。你要买多少?"

师爷抢口说:"队长要买一船。"

"一船橘子你们怎么吃得了?"

"队长预备带下省里去送人。"

"你们有多少人要送礼?"

天天语气中和爹爹的一样,有点不相信。师爷以为天天年纪小可欺,就为上司捧场说天话:"我们队长交游遍天下,南京北京到处有朋友,莫说一船橘子,真的送礼,就是十船橘子也不够!"

"一个人送多少?"

"一个人送二十三十个尝尝。让他们知道湘西橘子原来那么好,将来到湘西采办去进贡。"

天天笑将起来:"二十三十,好。做官的,我问你,一船有多少橘子,你知道不知道?"

师爷这一下可给天天问住了,话问得闷头,一时回答不来,只是憨笑。对队长皱了皱眉毛,解嘲似的反问天天:

"我不知道一船有多少,你说说看对不对。"

"你不明白,我说来还是不明白。"

天天,一个乡下小姑娘,一个人喝退了世上那些"做官的"。沈从文笔下的乡下人都有着坚韧的性格,他们懂得如何与生活周旋,也被迫与城里人周旋。像滕长顺、老水手、夭夭那样,守着长河,过着寻常人家的平常生活。一船橘子就是一船橘子,不是城里来的野蛮度量衡可以计算的。同样,一颗单纯的心,也不需要解释。夭夭、沈从文,以及他笔下的那些乡下人都守着一份天然的"童心幻念",在大部分时间里,他们都不愿向人明明白白地解释自己的生活。

他们心思纯净,凡事从俗,律法在他们面前倒成了多余的赘物。

他们相信一切人所应当相信的,遵守一切人所应当遵守的,每一天都是良辰吉日:

这一家人都俨然无宗教信仰,但观音生日、财神生日、药王生日,以及一切传说中的神佛生日,却从俗敬香或吃斋,出份子给当地办会首事人。一切附予农村社会传统的节会与禁忌,都遵守奉行,十分虔敬。正月里出行,必翻阅通书,选个良辰吉日。惊蛰节,必从俗做荞粑吃。寒食清明必上坟,煮腊肉社饭到野外去聚餐。端午必包裹粽子,门户上悬一束蒲艾,于五月五日午时造五毒八宝膏药,配六一散痧药,预备大六月天送人。全家喝过雄黄酒后,便换好了新衣服,上吕家坪去看赛船,为村中那条船呐喊助威。六月尝新,必吃鲤鱼、茄子和田地里新得包谷新米。收获期必为长年帮工酿一大缸江米酒,好在工作之余,淘凉水解渴。七月中元节,作佛事有盂兰盆会,必为亡人祖宗远亲近戚焚烧纸钱,女孩儿家为此事将有好一阵忙,大家兴致很好的封包,用锡箔折金银锞子,俟黄昏时方抬到河岸边去焚化。且作荷花灯放到河中漂去,照亡魂往升西天。八月敬月亮,必派人到镇上去买月饼,办节货,一家人团聚赏月。九月重阳登高,必用紫芽姜焖鸭子野餐,秋高气爽,又是一番风味。冬天冬蛰,在门限边用石灰撒成弓形,射杀百虫。腊八日煮腊八粥,做腊八豆……总之,凡事从俗,并遵照书上所有办理,毫不苟且,从应有情景中,一家人得到节日的解放欢乐和忌日的严肃心境。①

除了良辰佳节,乡下人并不需要更多的教诲。和城市里的知识"小伟人"相比,长河岸上的乡下人,或"坐在大石头上编排草鞋,或蹲在河坎上吸旱烟,寂寞和从容平分,另是一份神情"。② 沈从文懂得这份神情,也懂得这神情之下所深潜的寂寞、隐忍、从容、无惧,这些潜藏起来的情感就是《长河》的风味所在。

创作《长河》的时候,沈从文正居住在昆明。许多因战争而疏散到南方的人都把湘西当成"匪区",沈从文试图以一部长篇小说来改变人们的想法。③

在1938年7月28日写给张兆和的信中,沈从文谈起他写《长河》的情况:"我用的是辰河地方作故事背景,写橘园,以及附属于橘园生活的村民,如何活,如何活不下去;如何变,如何变成另外一

---

① 沈从文:《长河》,载刘一友等编《沈从文别集·长河集》,长沙:岳麓书社,1992年,第77—78页。
② 沈从文:《长河》,载刘一友等编《沈从文别集·长河集》,长沙:岳麓书社,1992年,第151页。
③ 吴世勇编著:《沈从文年谱(1902—1988)》,天津:天津人民出版社,2006年,第203页。

种人。"7 月 29 日,沈从文又在信中说《长河》令他感到悲哀:

> 已夜十一点,我写了《长河》五个页子,写一个乡村秋天的种
> 种。仿佛有各色的树叶在桌上纸上,有秋天阳光射在纸上……夜
> 已沉静,然而并不沉静。雨很大,打在瓦上和院中竹子上。闪电极
> 白,接着是一个比一个强的炸雷声,在左边右边,各处响着……这
> 洪大的声音,令人对历史感到悲哀,因为它在重造历史……我想写
> 雷雨后的《边城》,接着写翠翠如何离开她的家……①

《长河》《湘西》是历史性的,文学性的一面倒在其次。

对于文学的情,读者可以领受,也可以拒绝;而对于历史,每个
人都得领情,因为人人有份。

不同于鲁迅作品中的"文人视角",沈从文写作的不二法门就
是贴到人物的血肉来写,与人物共苦乐,这是他做小说的一份
诚意。

如果文字"贴不住人物",就会流于油滑,流于放诞,成为"浮、
泛、飘、滑"的调子。汪曾祺说从文先生"浸透了淳朴的现实主义精
神"②,也正是看到了他作品中的"历史性"。

一个人改变不了历史,又为历史哀伤,怎么办?沈从文的做法
是记录下这段历史的悲哀,召集万千读者去"重造历史"。

---

① 吴世勇编著:《沈从文年谱(1902—1988)》,天津:天津人民出版社,2006 年,第
205 页。
② 汪曾祺:《沈从文先生在西南联大》,载《蒲桥集》,北京:作家出版社,1994 年,第
41 页。

在《长河》中，沈从文像召集军队那样去标记他记忆中的员外、长工、水手、少女，围绕着他们搭建木制的堡垒。

他使用的材料是良辰吉日，日用饮食，是生活这株参天大树的枝叶，也就是他极敏感地贴近的那些细节，那些瞬间，表情，肤色，眼神，记忆片段，端然、憷然的样子。这样做的目的是把这座堡垒打扮成他"熟悉"的模样，好盛情地邀约那些为其作品所打动的大小读者，雄赳赳地与他联起手来重造历史。

从《边城》到《长河》《湘西》，沈从文所讲述的人生经验来自无数挣扎向上的"乡下人"和他们的千年沉默。他们"都一定比我知道的还要多还要深"，正如沈从文在《长河》题记中所说"个人所能做的，十年前是一件平常故事，过了将近十年，还依然只是一个平常故事"。① 这十年间的两次湘西之行点燃了沈从文的记忆，其中的哀伤甚至带着愤怒和惊恐。

在沈从文看到的历史中，真正霸蛮的，不是自食其力、无所畏惧的乡下人，而是来自城市文明的种种时髦思想，从新民说到达尔文主义、斯巴达主义，再到新生活运动，似乎都为人利用成欺压乡下人的工具。

1940年4月，沈从文在《"五四"二十年》中非常直白地批评了思想为人滥用的问题：

可是文学革命运动，从建设方面来看，固然影响大，成就多，从破坏方面看，也不可免有许多痛心现象。新工具既能广泛普遍的

---

① 沈从文:《长河·题记》，载刘一友等编《沈从文别集·长河集》，长沙：岳麓书社，1992年，第25页。

运用,由于"滥用"和"误用"结果,便引出许多问题。从大处言,譬如北伐成功后国内因思想分歧引起的内战,壮丁大规模的死亡,优秀青年大规模的死亡,以及国富国力无可计量破坏耗损,就无一不与工具滥用、误用有关。从小处言,"学术"或"文化"两个名辞,近十年来,在唯利是图的商贾和似通非通的文化人手中,常弄得非驴非马,由于误解曲解,分布了万千印刷物到各方面去,这些东西的流行,即说明真正的学术文化的发展,已受到了何等不良影响。所以纪念五四,最有意义的事,无过于从"工具"的检视入手。①

就在同一天,沈从文又写下《文运的重建》,说明文学作品商品化的毒害。他说办法只有一个,当前第一件要做的事就是重新建设文学的基础,打破商场、官场对作品的拘束,依靠学校这个阵地赢得文学、学术的自由与尊严。②

沈从文在《长河》中写"新生活运动"如州官放火,蔓延成强人政治的蛮横与可笑,如童子军干涉乡下人走路,要求他们一定要靠左,走错了膝关节要挨打,不扣衣扣也要挨罚:

常德府近来大街上走路,已经一点不儿戏,每逢一定日子,街上各段都有荷枪的兵士,枪口上插上小小红旗绿旗,写明"行人靠左",要大家向左走。一走错了就要受干涉。礼拜天各学校中的童

① 吴世勇编著:《沈从文年谱(1902—1988)》,天津:天津人民出版社,2006年,第227页。
② 吴世勇编著:《沈从文年谱(1902—1988)》,天津:天津人民出版社,2006年,第227—228页。

子军也一齐出发,手持齐眉棍拦路,教育上街市民,取缔衣装不整
齐的行路人。衙门机关学堂里的人要守规矩,划船的一上岸进城
也要守规矩。常德既是个水码头,整千整万的水手来来去去,照例
必入城观观光,办点零用货物,到得城中后,忙得这些乡下人真不
知如何是好。出城后来到码头边,许多人仿佛才算得救,恢复了
自由。①

沈从文借一个商铺小伙计的口吻来反映乡下人的委屈,他们
认为最会说谎话哄人就是"老蒋",这位委员长骑在大白马上,对民
众说:"诸位同志,诸位父老兄弟姐妹,我就是'新生活',我是司令
官,我要奋斗!"

官与民争利,是"新生活运动"的真面目,对此,乡下人自有一
份心知肚明,一眼就看穿:

"古人说:官不与民争利,有个道理。现在不同了,有利必争。"
说到这事话可长了。三十年前的官要面子,现在的官要面子也要
一点袁头孙头。往年的官做得好,百姓出份子造德政碑万民伞送
"青天",现在的官做不好,还是要民众出份子登报。"登了报,不怕
告",告也不准帐。把状纸送到专员衙门时,专员会说:"你这糊涂
乡下人,已经出名字登报,称扬德政,怎么又来禀告父母官?怕不

① 沈从文:《长河》,载刘一友等编《沈从文别集·长河集》,长沙:岳麓书社,1992年,第101页。

是受人愚弄刁唆吧!"①

　　千百年因袭下来的"父母官"逻辑还是那么顽强,它像一种寄生物,无论革命、立宪,也无论新旧党派,都成了它的宿主。之后,这个逻辑几经翻新,便成了"登了报,不怕告"的新式样。除此之外,还有各种如"新生活运动"之类的运动,不停地侵扰乡下人的生活。沈从文想要"重造历史",第一步的工作,就是清扫雷雨之后的淤泥和瓦砾。

　　我们可以大胆地设想,如果《长河》完成了,分量必定是可以同《战争与和平》或《静静的顿河》比肩。托尔斯泰掏出贵族内心的罪孽,然后跪在农民身前忏悔,而肖洛霍夫是让格利高里那样的顿河拥有者自己来决定顿河的归属,归根结底,是诚实的人在说话。在《长河》中,沈从文也是让乡下人自己来发出声音,他们会问,为什么乡下人总是受到"愚弄刁唆"? 是什么样的改变让"糊涂乡下人"活不下去? 当然,还有乡下人沈从文的声音:雷雨后的《边城》会是什么样子? 翠翠如何离开她的家? 她为什么离开?

《长河》未完

　　沈从文没能写完《长河》,没人能完成一部叫"长河"的作品。一个水性好的人,可以泅到长河对岸,或者顺流而下;一个胆量大

────────────

① 沈从文:《长河》,载刘一友等编《沈从文别集·长河集》,长沙:岳麓书社,1992年,第143页。

的人,可以乘船去闯荡,沿着长河从军、就食,可谁又能饮尽人世间的一江春水呢?

《景德传灯录》有一则禅宗公案:庞蕴居士初见马祖,开口便问:"不与万法为侣者是什么人?"马祖向前踏一步,说:"待汝一口吸尽西江水,即向汝道。"你没来由地去质疑别人吃的苦,尝的甜,人家自然还之以白眼与棒喝。所谓公案,是不愿表态的意思,内容大多是不同个人状态的个案,即"私案"。

以此推之,沈从文的小说,与其说是小说,不如说是他一个人的自传。他写下无数个分散的沈从文的生生死死,之后,这些"私案"顺长河而下,扩散开来,便是湘西的大小"公案"了。

中国历史的紧要处用"易",中国思想的活泼处却在"禅",二者皆在宿命论之外。"易"是在兴亡之外,对历史,对人事有个明白平易的理知,以心之常守去衔接世事的无常变化(无定在)。

禅宗于佛教之外少讲慈悲,重智不重礼,扶强不除弱。思想的机锋不宜说破,人要自悟,要访师行脚,在生活中去悟禅,如此才亲切明白。最懂生活禅的,自然是生于民间长于民间的乡下人。

沈从文小说的好,若要说出个式样来,是禅意杂民气。他所见的历史更替与杀戮催逼,残忍如游戏,而并不伤及他对民间,对湘西、湘民的礼敬。他是立于天地万物的成毁之机,不做殊死的抗争搏斗,而是安于一支笔,安于这笔下流淌出的渔樵闲话。

我于禅宗、禅意缘分疏浅,却爱看他们一棒打杀大义伦常的气魄。如姚广孝,本是一位禅僧,不言善哉善哉,而说成毁之机。他劝勉燕王朱棣举兵取天下,燕王心虚起来,说:"人心在彼,奈何?"姚广孝答:"臣知天道,遑论民心。"从来江山都是"打"下来的,大成与大毁,尽在一念之间,犹疑不得。老子亦言"天地不仁",接引强者,不接引弱者。所谓接引,毋宁就是百姓们常说的"相认"。

沈从文离开家,不是走进沼泽,而是在一个黄昏,一条河横在他面前。他的任务是观摩杀人、擦枪、写文书,这让他内心很不安,六年后,他不能再忍受那个人人都盼望死亡降临的地方。然后,他拿起笔,写出如水般的文字,写下未完的《长河》,突然间,他消失在人们的视线中,又随时出现在河岸的任何一个地方,像一粒长在石头中间的坚硬种子。在 1942 年写给大哥沈云麓的信中,沈从文对这粒生长在长河岸边的强韧种子是这样描写的:

> 我总若预感到我这工作,在另外一时,是不会为历史所忽略遗忘的,我的作品,在百年内会对于中国文学运动有影响的,我的读者,会从我作品中取得一点教育的。至于日子过得寒酸一点,事情小,不用注意的。眼看到并世许多人都受不住这个困难试验,改了业,或把一支笔用到为三等政客捧场技术上,谋个一官半职,以为得计,惟有我尚能充满骄傲,心怀宏愿与坚信,来从学习上讨经验,死紧捏住这支笔,且预备用这支笔来与流行风气和历史上陈旧习惯、腐败势力作战,虽对面是全个社会,我在俨然孤立中还能平平静静来从事我的事业。我倒很为我自己这点强韧气概慰快满意![1]

在这封长信中,沈从文对自己的写作充满期待。他说"最近印了本《长河》,用战前辰河吕家坪作背景,上卷约十四万字,不久或

---

[1] 沈从文:《致沈云麓——给云麓大哥》,载张兆和主编《沈从文全集第 18 卷·书信集》,太原:北岳文艺出版社,2002 年,第 410 页。

可出版",另有《芸庐纪事》《呈贡纪事》两本长篇作品也在写作计划中。事实上,《长河》的出版颇费周折,书稿被扣,后来又被删改,到1945年第一卷出版时,只剩下不到十一万字。[①]

　　沈从文偶尔也表达出一种留恋,一个少年享受军队生活的平等、刺激与天真无邪。在成年之前,他的成长与成熟一直伴随着军队、军装与暴力。这并非他一个人的浪漫的暴力成长史,而是一代人的记忆。他用一支笔让所有的东西都得了生命,活下来,而在这之前,他加入的军队不这么做,他们好像把遇到的所有乡下人都杀掉了。南方,融化在他的《长河》中,而北方,仍岿然不动——他只是在京城"逗留"而已。

　　在手握大小权力的官吏眼中,辰河与吕家坪的美,不过是一笔财富。《水浒传》中有句俗谚:"公人见钱,如蝇子见血。"无论什么名目,变法,"进贡","新生活运动","轮到乡下人,还只是出钱",背后总是权力在作怪。我们看到湘西的"自谋生路",推而广之,是中国所有那些以自存为目标而挣扎、困惑的村落、城寨。它们与"进化"从来就不是同谋者,却表现出野蛮竞争与残酷淘汰的蛮荒感。无论一个文明怎样"文明",都逃不脱曾经的那些兽性的前科,像嗜血的蝇子。沈从文不愿做流俗的"吃官饭文化人",用《长河》将这一切揭露出来,国民政府便行使权力来删除、禁毁。

　　沈从文说,他一生都觉得知识比权力重要,"所以放下一切取

----

① 沈从文:《致沈云麓——给云麓大哥》,载张兆和主编《沈从文全集第18卷·书信集》,太原:北岳文艺出版社,2002年,第413页。

得权力的打算(甚至于极厌恶一切官),始终只希望向知识进取"①。一个乡下人为什么要去追求知识?为什么要写作?为什么要创作《长河》这样的小说?他在长河边深切地感受到快乐与痛苦,后来,他在写作中真切地体会着时间的折磨,只有这样的痛苦才配得上与长河有关的一切苦难。《长河》是一部象牙塔中书写不出的历史,它的意义不是穷尽生活与历史,而是像马祖道一那样的棒喝众生。只有孩子,才敢于给整个世界来个当头棒喝。孩子们是最能深切地体会快乐的。至于痛苦,这份感知痛苦的荣耀,还是要赐予作家们。"看啊,那个可怜的人在写作!"作家伍尔芙说。写作,无疑是一场灾祸,同时,也是一件幸事,一个人只有在写作时,才能清醒地与时间相对。在《长河》中,我们能看到一个交织于两种身份之间的沈从文。他在孩子与作家之间跳跃,转换,跃跃欲试,有人看到他的勇气,而有些人,怕了。

《长河》未完,但沈从文对湘西,对中国已没有亏欠。没有亏欠的意思是,他不必让一切都表现得像不得不继续下去的样子。黄永玉先生说,他宁愿世上没有完成的《长河》。穿透现实的厚厚皮毛,一把匕首就够了,不必用尽洪荒之力,他的从文表叔哪用得着铸剑?

无心之恩

1948 年到 20 世纪 80 年代初,沈从文几乎从文坛消失了,他以

---

① 沈从文:《致凌宇》,载张兆和主编《沈从文全集第 25 卷·书信集》,太原:北岳文艺出版社,2002 年,第 451 页。

文学改造社会的梦醒了。他转而投身文物、服饰、器物的艺术领域,和花花草草、坛坛罐罐做了战友。

1950年秋,沈从文开始在故宫博物院做研究工作,他不愿再触碰大学讲坛。那想法简单,纯良,近于憨直,他说"我不能误人子弟,叫他们用落后的马车去走超级公路"。

1957年初,沈从文在《人民文学》发表了一篇名为《跑龙套》的文章,讽刺京剧的独角戏风格。开篇便以自嘲的口吻说,他自己就是个跑龙套的配角,一个拥有几十部伟大作品的小说家成了跑龙套的"桃红色作家"。

这位罗亭式的,或者说,堂吉诃德式的小说家用"引退"的方式走进了另一时空,那是他所喜爱的衣着华丽的世界。除了血压常常突破240,沈从文懂得以"平凡"二字来安顿生活,当然,在精神上仍然得益于自己在二十岁前养成的乡下人性格。在1973年4月写给友人的一封长信中,他这样回顾自己的一生:

> 人已过了七十岁,情绪年龄还停顿到廿岁以内!有许多地方且深受廿岁前习惯影响,同时还受地方传统性格影响。那是个二百年前才有城的苗区,至今还住苗人!保守褊持,胆小怕事,甚至于懦弱无能,家中亲友即当成笑话,举例取乐。……又恰在屈原溯江的五溪几条河中各码头边(居多还是船上)!过了六七年不易令人设想的怕人生活,见到的只是愚昧和残忍,却从不消极绝望,怀自杀意。如想跳水,真方便之至,我认为太蠢!相反,倒是不断顽强斗争,不受恶习惯影响,不为愚势力屈服。也不怕挨饿失业。一

定得站起来自己安排自己！①

　　沈从文对友人说，自己正处于一种"为人忘掉"的空气中，这样很好。他的泰然处之来自不久之前的一次购书奇遇，这位创作了几十部小说的作家走进书店，和普通读者一样，随意闲逛，无人相识。他感到前所未有的快乐，还同店员开起了玩笑：

　　前不多久到书店去买书，卖书的中年店员，卅卅岁的一位女同志，有一天因为见我买的书较杂，充满好意问我："你是做什么的？"别的人遇到这事，一定会相当难过。我反倒觉得满有意思，甚至于相当快乐开心。当时且告她："我是个'无业游民'。"她也笑了，彼此都开心。②

　　1978 年 4 月，沈从文正式调入中国社会科学院历史研究所工作，暂属图谱组，开始校订、重写《中国古代服饰研究》。三年后，此书终于出版面世，从初稿到成书，曲曲折折用了二十年时间。
　　对于一个仿佛不曾存在的作家，金介甫教授是怎样发现他的踪迹的？如何重建他的精神足印？1941 年 2 月 3 日，沈从文在写给施蛰存的信中写下两行字："新作家联大（西南联大）方面出了不

---

① 沈从文：《复两昆仲》，载张兆和主编《沈从文全集第 23 卷·书信集》，太原：北岳文艺出版社，2002 年，第 316 页。
② 沈从文：《复两昆仲》，载张兆和主编《沈从文全集第 23 卷·书信集》，太原：北岳文艺出版社，2002 年，第 319 页。

少,很有几个好的。有个汪曾祺,将来必有大成就。"①千里马常有,"千里人"难得。世间最大的恩,原是无心之恩。金介甫与沈从文的万里相认,沈从文对汪曾祺的慈心慧眼,就只在这两行字句里。

以史学为业的金介甫教授捕捉到沈从文生活的方方面面,从地方特色、民族性,乃至思想史、军事史方面的细节,几乎穷尽了一位中国作家身上的异域风情。不过,金介甫教授还是在湘西迷了路,他似乎错过了另外两条历史的溪流,而这样的错过,或者更准确一点来说,这样的误读是宿命地要与他擦肩而过的。

究其原因,我想大抵可以从两个角度来说明。其一,每个人都是一个大大的谜团,时代无法为个人提供谜底。沈从文似乎总与他的时代若即若离,他和他笔下的湘西,是不可避免地都带着些"世外桃源性"。对于这个神秘的所在,我们只能像对待别人的童年那样,靠想象力去惦念。其二,自我本身就是一种异国情调。沈从文和其他作家,或者说和所有人一样,在谈论自己时,总会把自己包裹起来,化装一番。他就如同群山环抱的篝火,在大山深处闪现光辉,等人们走近去观察它时,只能看到带着余温的灰烬。

沈从文用文字把自己包装成了另一个人,雕刻出万千个灵魂模样,时代不过是他那支笔的衬景。人们轻看他,无视他,把他归入"新月派"一类的作家之列。其实,他从未真正归属于一个宗派集团,当然,他对这些人与一切流派也都没有结成什么深仇大恨。

沈从文几乎是对政治无所思,这一点金介甫教授倒是看得很

---

① 吴世勇编著:《沈从文年谱(1902—1988)》,天津:天津人民出版社,2006 年,第236—237 页。

清楚,他和普通乡下人一样,怕战争,怕混乱,向往安宁日子。他不讨厌士兵,对看不见的皇帝没有大骂的习惯,也不抱着改朝换代的浪漫幻想,更不信任那些受西式教育的知识阶层。

概而言之,他的一生于"人生无常""政治无常"之类的智慧都很迟钝,对生命之谜怀着一份惊奇。换言之,他的作品是文学,文学的根是人,与"载道"无涉。在他笔下,人可以是五彩的幽灵,也可以是纯良的恶魔,但终究是软弱的凡人,各有各的活法。面对时代的巨变,人生的起伏,沈从文同大多数人一样,是怀着一种顺流而下的心态:

> 这真如过去旧话所谓"人各有衣禄",世界文学史许多篇章都有过一种情形,会努力的人,不太用力也可把事情作得好。不会努力的人,即用力再多,还是难望"成功"。我就是做什么总想做好,结果却还是做不好的一个典型。凡事作不好却不灰心,自己也很奇怪。①

沈从文只写一个小小的,不难管理的世界,他总是能看到人们的软弱,他也晓得自己的软弱,所以才如此渴求诉诸于"文学"的强韧与永恒力量。

"从一个湘西人的观点来审察全部中国现代史,就等于从边疆看中国,从沈从文的眼光看中国。"这是金介甫教授的知音之言。

《沈从文传》是一个外国历史学者架起的一座历史的竹桥,桥

---

① 沈从文:《致沈云麓》,载张兆和主编《沈从文全集第20卷·书信集》,太原:北岳文艺出版社,2002年,第140页。

的另一端是只闻其声，不见其人的一片丛林。这片丛林从未被人写进历史，沈从文做了这件事，给它取了个"茶峒"的名字。

边城茶峒的云蒸雾绕已经被许多人写成"文坛掌故"，但那里的人，那里的山水，封存在沈从文的小说中，他们的面貌、声音、恐惧和希望从此具有了历史的意义。

金介甫教授非常严肃地强调过一点，他是沈从文作品的俘虏，每次读沈从文的作品都会让他"大吃一惊"。这份来自异域的，带着异国情调的相知来得太晚，就像一份迟到了许久的无罪宣判。

沈从文的一生，他的作品汇聚在一位异域青年的书中，与不幸的奥德修斯并肩而行。没有人能真正体会他所经历的那些冒险，就像他在《传奇不奇》中所写的交战双方，隔开彼此的是山洞，是天险，而最难以跨越的，是人性与兽性交织而成的一道墙。

个人延续性的标记，只有动物才认得出。奥德修斯回到家中，唯一立即认出他的，是他的狗"阿尔戈斯"。

在湘西，人也是一种小兽物，保有原始的野性和灵敏，本能地准备着随时逃入山中、洞中。沈从文灵魂中也有着这样的机灵。

《沈从文传》一书注文字数几乎是占了全书字数的一半，金介甫教授力求"无证不信"，几乎拉来整个中国近代的历史来为沈从文做旁注。说句公道话，这位三十出头的美国人几乎是凭着阿尔戈斯式的直觉与耐心，完成了"以沈从文的眼目看中国历史"的奥德赛之旅。

《沈从文传》是一本离奇的书，是书与传主的双重离奇。沈从文写的离奇，金介甫教授读的离奇，而后汇聚成某种胸有成竹的神气，就是良知与人性所散发出的那种神气。汪曾祺在序言中说：

"需要有一本沈从文传,客观地介绍他的作品,现在有了一本沈从文传了,他的作者却是一位美国人,这件事本身也是离奇的。"①他的感慨在于,一位历史学的伯乐如何相中了一匹文学的千里马? 其实,这件事在空间上的差异并不为奇,二人是"心理时间"上的迎面走过,常有会心之处。

　　他们都在心理上流动着"民国"的意识流,那是一条贫穷的,没有航向的河流。河岸上既有火红的橘林,桃红色的吊脚楼,也有灰的、白的、枯的人类头颅。这些颜色叠加起来,就是夹杂着神性与魔性的人性。

---

① 汪曾祺:《沈从文传序》,载[美]金介甫《沈从文传》,符家钦译,北京:国际文化出版公司,2006 年。

第十八章　旧事

沈从文常说，要看自然的天性，得去湘西。

在生死攸关的大事面前，湘西人总是充满激情，这是他们的天性。从《巧秀和冬生》到《传奇不奇》，故事中的两代人承受着文明秩序的重压，却不愿随俗，悲剧也随之而来。在我们面前展开的，是二十年代那些淳朴而热情的人，当然，还有那些照亮人心的血腥。

在获得"文体家"的声誉前，沈从文是个连标点符号都不会用的算军士兵。入伍后，沈从文沿着沅水、辰河谋生，寄食，看荒唐的杀人场面，数次命悬一线。后来，这四年多的少年时光，成就了他作品中的"中国气派与牧歌风格"。

或许是人生经验的原因，沈从文的小说中总是元气饱满，有时还带着点毒性，像湘西的虎耳草。为此，金介甫教授把沈从文归结为"学问之外"的艺术家，像《边城》中的"爷爷"，神秘安详，内里却是藐视一切禁忌的原始力量：

生活如果是诗,那么可以说,"苗族"作家沈从文坎坷的一生,真正浸透了苗族的诗意。他捍卫的最高理想并不像有些评论家说的那样,是什么象牙塔,而是个人主义、性爱和宗教构成的"原始"王国,从政治上说,沈向往的也不是现代民主政治,而是"原始的无为而治"。接近这种文学禁区需要读者努力探索。但登上这座高峰只需要想象力,而不要什么学问。①

离题

生活的光辉,也可以浮在书本中,洒在文字上,一切都交托给作者来主宰。如果这个道理还说得通,所谓离题的缺陷,在作者那里就没有那么明显了,毕竟,读者才是那些离题文字的受益者。

有时,离题也会使作者陷入一种凄惨境地,他被某种东西绞住了,粘住了。他无法脱身,也不知道事件的整体性意义,但他就是那样写了,他有权力那么写。

沈从文曾经在正常的叙事之外,忽然跑开,去写一个老人的死。很遗憾,我没能找到这篇文章的具体名称与内容,但确信有这样的一次"离题"。

大约在夏秋之季,沈从文去某个集镇上拜访老友,一路行船。他在码头上撞见那位濒死的老人,第二天黎明时分,老人死了,沈从文把这件事写了下来。然而,正是由于这几行文字,或者说,正

---

① [美]金介甫:《沈从文传》,符家钦译,北京:国际文化出版公司,2006 年,第 287 页。

是由于他的在场,这次死亡似乎表现得比其他的死亡更为残酷。

他盯着河面上的一切,船上的一切,当然还有那个老者,就这样过了很久。离开之前,他送给老人一个梨。第二天,老人死了,身旁放着那只梨,一只完整的、新鲜如初的梨,那个濒死的老人已无法完成进食这一人类行为。这只梨,这个老人或许和他的作品没有关联,他又一次离题了。但是,只有这样写,这个人才仿佛真正存在过,这件事才仿佛真正发生过。

沈从文赋予老人一次秘密的葬礼,记录下他死亡的时间,面容,眼神,他身上的破旧衣服,还有那只完好的梨。于是,他的死在历史上有了确切的位置,在人类的地球生活图景中占据了某个确切的位置。

他死了整整一个晚上,死得那么迟钝,缓慢,像个受刑的人。人们从他身旁走过,人们谈论他,却没有留下任何记录。沈从文让他的死铁证如山,从此以后,全人类都有了谈论他的凭据,他的死与全人类发生了关联,就像耶稣的死一样,具有某种永恒的意义。

死,确切地说,是对死亡的记忆,为我们的存在增加了某种肃穆感,为我们的生命注入了某种严肃性——“爱”与“不忍”会使人不敢堕落,不能堕落——至少提到这个死亡事件,任何人都不会哈哈大笑。

杜拉斯也曾写过一篇不像是小说的“离题”作品,名为《年轻的英国飞行员之死》。这不是一个故事,而是一个死亡事件。在二战的最后阶段,也许是最后一天,W. J. 克利夫,一个调皮的孩子,一个二十岁的英国飞行员攻击了德国炮兵阵地。德国人进行了回击,他的飞机坠落在法国卡尔瓦多斯省沃维尔附近的一个村庄里。

确切地说,飞机落在森林中,但没有着陆,而是挂在一棵树上,飞行员的遗体和钢铁、树枝缠在了一起。

村里的人花了很长时间才把他从树上弄下来,在黄昏时分,人们把他送到墓地。整整一天一夜,沃维尔的所有居民都在为他守灵,他们在蜡烛、祈祷声、歌声、哭声、鲜花中为他守灵。人们认为,这个调皮的孩子一个人打赢了世界大战。

飞行员去世一年后,一个英国老人带着鲜花来到他的墓地,流泪、祈祷。他说出了这个孤儿的名字:W. J. 克利夫。老人是克利夫的中学老师,此后,他每年都来,前后共八年,每次他说起这个孩子时便泪流满面。杜拉斯也为这个二十岁的孩子哭泣,还写了这篇纪念死亡的文章。或许是泪水的原因,杜拉斯变得语无伦次,她这样写道:

> 任何一种死亡都是死亡。任何一个二十岁的孩子都是二十岁的孩子。
>
> 那已经不完全是任何人之死,那始终是一个孩子的死。任何人之死都是完全的死。任何人就是大家。[1]

死亡的绝对性让人肃穆起来,沃维尔的居民为飞行员之死创立了仪式。为了这个孩子,在沃维尔形成了一个哀悼节日,一个可以随意流眼泪和唱爱之歌的节日。所有村民都知道飞行员的故事,也知道那位老人来拜祭学生的故事。但是,他们再也不愿谈起

---

[1] [法]杜拉斯:《年轻的英国飞行员之死》,载《杜拉斯文集·写作》,曹德明译,沈阳:春风文艺出版社,2000年,第43页。

战争。对沃维尔的居民而言,"所谓战争,就是那个被杀害的二十岁的孩子"。

为了不让战争得逞,为了战胜死亡,作家在写作中获得权柄。他们介入历史,参与历史,也重新定义了历史。"他人"的苦难和死亡会在写作中不断延伸,朝向整个世界无限延伸,像杜拉斯所说的那样,"然后有一天,在整个地球上,人们会像理解爱那样理解一些东西"。她说,借助写作的力量,才有关于爱与死亡的伟大理解。她说,书意味着一切:

> 我写作是因为我有幸搀和到一切之中,介入到一切之中,有幸身处那个战场、那已空旷的战争舞台,有幸进入拓展的思考,进入缓慢扩展的战场和正在进行中的二十岁年轻人的那个死亡噩梦,进入年仅二十岁的英国孩子死去的身躯,它和诺曼底森林中的树木一起死于同样无限的死亡方法……没有书,就什么也没有。①

某天清晨,在"人人洁身信神,守法怕官"的湘西,一个老人死了,带着无人知晓的濒死的"心情"死了,没人了解他的人生。但有一点可以肯定,他生平最遗憾的一件事,是无从知晓沈从文描写他如何死去的那些文字,这些文字是为他而写,而他却对此一无所知。对于沈从文而言,我敢说,从那天起,突然间一切都不同了。

---

① [法]杜拉斯:《年轻的英国飞行员之死》,载《杜拉斯文集·写作》,曹德明译,沈阳:春风文艺出版社,2000年,第56—57页。

他说"这个地方的过去，正是中国三十年来的缩影"。① 他终于有权力这样说了，像个作家那样，承受苦难，也握有权柄。

沉潭

作家唯一的财产就是他的心，沈从文的心是水制的，上面写满了"水上人的言语"。他从不刻意渲染饥渴或饥饿，笔下的人物与故事往往与水有关，细细读来，有一种湿润的液体性，就是海纳百川的那种气氛。写饥饿的文字，总有那么一点小肚鸡肠。

他也并不总是写人生的进步，社会的进化，梦想的伟大。作品中卧薪尝胆的话说多了，人会飘，故事也会飘，反而成了精神鸦片。

在《巧秀和冬生》②的故事里，沈从文是个"过境问俗"的弄船客，一半在地面上生根，另一半在水面各处流转。从《船上岸上》的乡下妇人到《巧秀和冬生》《传奇不奇》的巧秀母女，都是好友满叔远亲族中人。③ 沈从文创作文本，是朋友有根有据的家乡旧事，逼真的现场感，像司汤达创作《意大利遗事》之前抄写的修道士"手卷"。

故事很独特，可以说是沈从文所有作品中最令人惊讶的一部。沈从文为我们讲述了一个关于"沉潭"的故事，哀乐与悲欢，都有独

---

① 沈从文:《湘西》,《沈从文文集第九卷·散文》,广州:花城出版社,1984 年, 第 388 页。
② 沈从文:《巧秀和冬生》,载刘一友等编《沈从文别集·雪晴集》,长沙:岳麓书社, 1992 年,第 34—61 页。
③ 吴世勇编著:《沈从文年谱(1902—1988)》,天津:天津人民出版社,2006 年, 第 276 页。

特的式样，主角是一对乡下母女。

所谓"沉潭"，就是把女子投入长潭中溺死，理由是有伤风化。

作为惩罚与规训仪式的沉潭制度是这样执行的：在夜晚，将丢了面子的女子剥去衣服，颈项上绑了磨石，带到荒僻的深水潭中心，投入水中。

祠堂，族长，规矩，面子是启动沉潭程序的表面原因，而隐秘的原因是利益，是欲望，是病态的集中爆发。沉潭，是不折不扣的非法"私刑"，更是"子曰"所代表的儒家文化的变态应用。对于沉潭的病态与变态，沈从文在一篇名为《人与地》①的文章中有详细的回忆：

又或亲族中有人，辈分大，势力强，性情又特别顽固专横，读完了几本"子曰"，自以为有维持风化道德的责任，这种道德感的增强，便必然成为好事者，且必然对于有关男女的事情特别兴奋。一遇见族中有女子丢脸事情发生，就想出种种理由，自己先呕一阵气，再在气头下集合族中人，把那女的一绳子捆来，执行一阵私刑，从女人受苦难情形中得到一点变态满足，把女的远远嫁去，讨回一笔财礼，作为"脸面钱"。若这个族中人病态深，道德感与虐待狂不可分开，女人且不免在一种戏剧性场面下成为牺牲者。照例将被这些男子，把全身衣服剥去，颈项上悬挂一面小磨石，带到长潭中去"沉潭"，表示与众弃之意思。

---

① 沈从文：《人与地》，载《沈从文文集第七卷·小说》，广州：花城出版社，1983年，第9—21页。

近水人家的女子多是健康淳良的农家妇,靠常识与信仰,或者经验与迷信,大多数女子过着正常的生活。她们敬神演戏,朝山拜佛,信天委命,平凡而单纯,沉潭的故事并不多见。

故事在一位18岁的青年眼中,会变出双翼,化为传奇,《巧秀和冬生》就是这样的一篇传奇。小说中的我是个喜欢孤独的客人,住在"药王宫偏院中小楼上",在单独的生活中已经得到一切,"沉潭"的故事让他18岁的心中永远地住下了一条"幽渺难解"的小船:

> 我一生中到过许多希奇古怪的去处。过了许多式样不同的桥,坐过许多式样不同的船,还睡过许多式样不同的床。可再没有比半月前在满家大庄院中那一晚,躺在那铺楠木雕花大床上,让远近山鸟声和房中壶水沸腾,把生命浮起的情形心境离奇。以及迁到这个小楼上来,躺在一铺硬板床上,让远近更多山鸟声填满心中空虚,所形成一种情绪更幽渺难解!

"我"独居的原因是心上人的逃亡。17岁的巧秀与吹唢呐的乡下男人逃走了,而据"我"的判断,巧秀最有可能的归宿是投水或上吊而死。

在湘西的常德、辰州一带,生活着许多和巧秀有着相似命运的乡下姑娘。这些女人的出处背景大致相同,无论你怎样的充满青春活力,都难免被一种叫作生活的东西腐蚀掉。这些悲剧往往发生在沅水流域的码头或船上,那些"恩怨交缚气量窄"的女子,会以"投河吊颈"的方式结束尘世的折磨。沈从文说,这样的事,"日有所闻"，他在小说中写道：

> 巧秀逃走已经半个月，还不曾有回头消息。试用想象追寻一下这个发辫黑、眼睛光、胸脯饱满乡下姑娘的去处，两人过日子的种种，以及明日必然的结局，自不免更加使人茫然若失。因为不仅偶然被带走的东西已找不回来，即这个女人本身，那双清明无邪眼睛所蕴蓄的热情，沉默里所具有的活跃生命力，都远了，被一种新的接续而来的生活所腐蚀，遗忘在时间后，从此消失了，不见了。常德府的大西关，辰州府的尤家巷，以及沅水流域大小水码头边许多小船上，经常有成千上万接纳客商的小婊子，脸宽宽的眉毛细弯弯的，坐在舱前和船尾晒太阳，一面唱《十想郎》小曲遣送白日，一面纳鞋底绣花荷包，企图用这些小物事连结水上来去弄船人的恩情。平凡相貌中无不有一颗青春的心永远在燃烧中。一面是如此燃烧，一面又终不免为生活缚住，挣扎不脱，终于转成一个悲剧的结束，恩怨交缚气量窄，投河吊颈之事日有所闻。追源这些女人的出处背景时，有大半和巧秀就差不多。

有胆量与"飘乡戏子"私逃的巧秀，也可能和其他那些"爱风情"的女孩子一样，交上更可怕的厄运，迎来更卑污的死亡。如果不是出自他的小说，这些陈年旧事和那些不幸的乡下女子恐怕早就被历史遗忘了。

读了下面的文字，我们会明白为沈从文习惯在书本上写下"人生可悯"四个字。在一封 1963 写给张兆和的信中，沈从文写道："只要另一时，把我放到一个陌生的地方去，如像沅陵或别的家乡大河边一个单独住处,去住三个月,由于寂寞,我会写得出好多好多这种动人东西!脑子奇怪处也就在此。我经常在什么书本上欢喜题上'人生可悯',也正是这个意思。"①

家乡大河边女子会有怎样的厄运呢?她们被贱卖给人贩子,之后沦为土娼;她们无路可走,吃草药打胎,之后吞生冷河水死掉;她们积忧成疾,忽一日梳妆打扮起来,投身到深潭里死掉。对于这些死亡的细节,还是来看沈从文在小说中的追忆:

若诱引了这些爱风情的女孩子,收藏不下,养活不了,便带同女子坐小船向下江一跑,也不大计算明天怎么办。到外埠住下来,把几个钱一花完,无事可作无路可奔时,末了一着棋,照例是把女子哄到人贩子手中去,抵押一百两百块钱,给下处作土娼,自己却一溜完事。

女人或因被诱出了丑,肚中带了个孩子,无处交代,欲走不能走,欲留不能留,就照土方子捡副草药,土狗、斑蝥、茯苓、朱砂,死的活的一股鲁吃下去,把血块子打下。

或者体力弱,受不住药力,心门子窄,胆量小,打算不开,积忧成疾,孩子一落地,就故意走到大河边去喝一阵生冷水,于是躺到床上去,过不久,肚子肠子绞痛起来,咬定被角不敢声张,隔了一天便死了。

于是家中人买一副白木板片装殓好,埋了。亲戚哭一阵,街坊邻里大家谈论一阵,骂一阵,怜恤一阵,事情就算完了。

---

① 沈从文:《由长沙致张兆和》,载张兆和主编《沈从文全集第21卷·书信集》,太原:北岳文艺出版社,2002年,第391页。

也有幻想多，青春抒情气分特别浓重，事情解决不了时，就选个日子，私下梳装打扮起来，穿上干净衣鞋，扣上心爱的花围腰，趁大清早人不知鬼不觉投身到深潭里去，把身子喂鱼吃了的，同样——完了。①

人生的不幸往往源于内心的不幸，而内心的不幸多半是因为童年的不幸。巧秀两岁时，她的母亲死于羞辱和"沉潭"，同时，一切与这件事相关的人都受了牵连。与其他作品中的情形相类似，沈从文让这件残忍至极的事发生在美丽沉静的黄昏：

美丽黄昏空气中，一切沉静，谁也不肯下手。老族祖貌作雄强，心中实混和了恐怖与庄严，走过女人身边，冷不防一下子把那小寡妇就掀下了水。轻重一失衡，自己忙向另外一边倾坐，把小船弄得摇摇晃晃。

人一下水，先是不免有一番小小挣扎，因为颈背上悬系那面石磨相当重，随即打着旋向下直沉。一阵子水泡向上翻，接着是水天平静。船随水势溜着，渐渐离开了原来位置。

船上的年青人眼都还直直的望着水面。因为死亡带走了她个人的耻辱和恩怨，却似乎留念给了每人一份看不见的礼物。虽说是要女儿长大后莫记仇，可是参加的人那能忘记自己作的蠢事。几个人于是俨然完成了一件庄严重大的工作，把船掉了头。

死的已因罪孽而死了，然而"死"的意义却转入生者担负上，还

---

① 沈从文：《人与地》，载《沈从文文集第七卷·小说》，广州：花城出版社，1983年，第9—21页。

得赶快回到祠堂里去叩头,放鞭炮挂红,驱逐邪气,且表示这种"勇敢"和"决断"行为,业已把族中受损失的"荣誉"收复。事实上,却是用这一切来袯除那点在平静中能生长,能传染,影响到人灵魂或良心的无形谴责。

即因这种恐怖,过四年后,那族祖便在祠堂里发狂自杀了。只因为最后那句嘱咐,巧秀被送到八十里远的满家庄院,活下来了。

日落时分,似乎宿命地要与生死的转投关联起来。小说的另一主角,冬生也在这个时候被掳去,生死未卜。

冬生是个15岁小伙子,因母亲的教养和自己的好命相而谋得一个"团防局"的差使。工作极简单,就是偶尔出出差,引导贩烟土或私盐的"特货客人"走小路过境。

同乡的年轻人都羡慕冬生的有出息,既有公职身份,还可抽丁免役,不受额外摊派。

在小说中,沈从文对"摊派"这个旧时的词做了一番解释:

凡是生长于同式乡村中的人,都知道上头的摊派法令,一年四季如何轮流来去,任何人都挡不住,任何人都不可免,惟有吃公事饭的人,却不大相同。

正如村中"一脚踢"凡事承当的大队长,派人筛锣传口信集合父老于药王宫开会时,虽明说公事公办,从大户摊起,自己的磨坊、油坊,以及在场上的槽坊,统算在内,一笔数目比别人照例出的多。且愁眉不展的感到周转不灵,事实上还得出子利举债。可是村子里人却只见到队长上城回来时,总带了些文明玩意儿,或换了顶呢毡毡帽,或揣了个洋水笔,遇有公证画押事情,多数公民照例按指纹或画十字,少数盖章,大队长却从中山装胸间口袋拔出那亮晃晃圆溜溜宝贝,写上自己的名字,已够使人惊奇。一问价钱数目才更吓人,原来比一只耕牛还贵!①

团防队长答应送他上学堂,回来也做队长,而且将来还要"娶两房地主保长家的女子"当媳妇。母亲也跟着享福,装烟倒茶都有人,吃喝不愁,脸上有光彩。

如果冬生活下来,他也会成为这么一位放债取利的摊派队长,在破落的乡村生活中,过体面日子,享受特别的权益,并且,学会用枪来保护这一切。

对于弥漫于农村的这种"不祥局面",沈从文有自己的一份理解:

但近二十年社会既长在变动中,二十年内战自残自黩的割据局面,分解了农村社会本来的一切。影响到这小地方,也自然明白易见。

乡村游侠情绪和某种社会现实知识一接触,使得这个不足三百户人家村子里,多有了三五十支杂色枪,和十来个退伍在役的连排长,以及二三更高级更复杂些的人物。这些人多近于崭新的一阶层,即求生存已脱离手足勤劳方式,而近于一个寄食者。有家有产的可能成为小土豪,无根无柢的又可能转为游民、土匪,而两者

---

① 沈从文:《巧秀和冬生》,载张兆和主编《沈从文全集第10卷·小说》,太原:北岳文艺出版社,2002年,第423页。

又必有个共同的趋势,即越来越与人民土地生产劳作隔绝,却学会
了世故和残忍。尤其是一些人学得了玩武器的技艺,干大事业又
无雄心和机会,回转家乡当然就只能作点不费本钱的买卖。且于
一种新的生活方式中,产生一套现实哲学。这体系虽不曾有人加
以分析叙述,事实上却为极多数会玩那个照环境所许可的人物所
采用。永远有个"不得已"作借口,于是绑票种烟都成为不得已。
会合了各种不得已而作成的堕落,便形成了后来不祥局面的扩大
继续。但是在当时那类乡村中,却激发了另外一方面的自卫本能,
即大户人家的对于保全财富进一步的技能。一面送子侄入军校,
一面即集款购枪,保家保乡土,事实上也即是保护个人的特别
权益。①

　　既然是割据的局面,枪便有了用武之地,它不仅是一种权力的
表达方式,更是一种资格,一笔财富,一项特权,是整个社会一切对
立、摩擦、矛盾的燃爆点。有枪阶级各行其是,各得所需,必定转入
悲剧,促成战争。幸运的是,巧秀和冬生居住的小村子,坐落在远
离燃爆点的边缘地带:

　　村子去县城已四十五里,离官路也在三里外。地方不当冲要,
不曾驻过兵。因为有两口好井泉,长年不绝的流,营卫了一坝好
田。田坝四周又全是一列小山围住,山坡上种满桐茶竹漆。村中
规约好,不乱砍伐破山,不偷水争水,地方由于长期安定,形成的一

---

① 沈从文:《巧秀和冬生》,载张兆和主编《沈从文全集第10卷·小说》,太原:北岳文
艺出版社,2002年,第425—426页。

种空气,也自然和普通破落农村不同,凡事有个规矩,虽由于这个长远习惯的规矩,在经济上有人占了些优势,于本村成为长期统治者,首事人。

　　……

　　这小村子所在地,既为比较偏远边僻的某省西部,地方对"特货"一面虽严厉禁止,一面也抽收税捐。在这么一个情形下,地方特权者的对立,乃常常因"利益平分"而消失。

　　地方不当官路,却宜于走私,烟土和盐巴的对流,支持了这个平衡的对立。对立既然是一种事实,各方面武器转而好像都收藏下来不见了。至少出门上路跑差事的人,求安全,徒手反而比带武器来得更安全。过关入寨,一个有衔名片反而比带一支枪更省事。①

　　冬生就是这样的一张名片,可惜碰上了兵,遇到了匪,人财两空。对此,冬生的师父似乎有所预见,这位年近五十的先生教冬生读书,写公文,是一般所谓的"老班人",也信人也信神,但更接近一个"宿命论者"的调子。

　　师父给冬生的告诫是一条"慢慢"的人生哲理:"凡事要慢慢的学,才会懂。我们这地方,草草木木都要慢慢的才认识,性质通通不同的!断肠草有毒,牛也不吃它。火麻草螫手,你一不小心就遭殃。"

　　师爷的这番话,想必冬生早就听过,没想到终于在自己身上领

---

① 沈从文:《巧秀和冬生》,载张兆和主编《沈从文全集第10卷·小说》,太原:北岳文艺出版社,2002年,第424—426页。

教了。

一部小说，一个故事，首先是个立体的空间，就像我们打开它时所处的房间一样。在小说的结尾处，"我"与师爷喝酒谈《聊斋》，一盏油灯，引出故事。

黄昏时分，巧秀的母亲被带到船上，脚上绑了磨盘。木制小桨溅起水花，船到了长潭中央，人入了水。片刻之间，沉到水底，之后"水天平静，什么都完事了"。一切就这么发生了，师爷源源本本地告诉"我"。

这段文字"骨肉灵魂俱全"，沈从文说，"这是一种天赋或官能上的敏感"，"一个优秀作者在某些方面和个精密机器差不多"，而最重要的部分，是"对生命充满了热爱"。① 从心理的层面上讲，这段文字也可以被当作沈从文的一份心灵成长史——"我"是分成两半的沈从文，一半生长在陆地上，有牢固的根须，总是虔诚地相信着什么；另一半在水面上漂泊，许多想法都被船桨"搅碎"了，见闻也多了起来。如师爷所说，"水上漂"的那部分要"大派"许多。那一半的沈从文活在水中，坐在船头，并且获得了一双女人的眼，明亮，温柔，懂得饶恕一切：

　　我那天晚上，却正和团防局师爷在一盏菜油灯下大谈《聊斋志异》，以为那一切都是古代传奇，不会在人间发生。师爷喝了一杯酒话多了点，明白我对青凤黄英的向往，也明白我另外一种弱点，便把巧秀母亲故事告给我。且为我出主张，不要再读书。并以为

---

① 沈从文：《由长沙致张兆和》，载张兆和主编《沈从文全集第 21 卷·书信集》，太原：北岳文艺出版社，2002 年，第 392 页。

住在任何高楼上,都不如坐在一只简单小船上,更容易有机会和那些使二十岁小伙子心跳的奇迹碰头! 他的本意只是要我各处走走,不必把生活长远固定到一个小地方,或一件小小问题得失上。不意竟招邀我回忆上了另外那一只他曾坐过的小船。

我仿佛看到那只向长潭中桨去的小船,仿佛即稳坐在那只小船一头,仿佛有人下了水,随后船已掉了头……水天平静,什么都完了。一切东西都不怎么坚牢,只有一样东西能真实的永远存在,即从那个小寡妇一双明亮,温柔,饶恕了一切带走了爱的眼睛中看出去,所看到的那一片温柔沉静的黄昏暮色,以及两个船桨搅碎水中的云影星光。①

年关

沈从文最后一篇以湘西为背景的小说写于 1947 年 10 月,发表于《文学杂志》第二卷第六期。这部名为《传奇不奇》的小说是续写《巧秀和冬生》的故事,主要场景从村落移入洞穴,人的心灵、性格也仿佛在一瞬间变得幽暗起来,"一切都若不得已"。

然而,黑夜也有它的单纯的一面,兵、民、匪在父母官和母亲的注视中,各自奉献了自己的一份纯良的霸蛮。

《传奇不奇》是一个讲述"激情"的故事。据沈从文回忆,《雪晴》《巧秀和冬生》《传奇不奇》的稿本,是巴金为其保存的,是他的

---

① 沈从文:《巧秀和冬生》,载张兆和主编《沈从文全集第 10 卷·小说》,太原:北岳文艺出版社,2002 年,第 431—432 页。

"劫余残稿",然而,也是他诸多作品中故事性最强的。①

　　沈从文在这个故事里既没有向旧的示威,也没有许诺新的希望,而是从一个亲历者的角度,一再强调故事的真实性。他说,这故事归属于独特的春节记忆,也就是所谓的"年关"气氛。在 1952年春节写给张兆和的信中,沈从文对三十年前的往事仍是觉得惊奇:

　　一次是在凤凰高枧满家作客,那地方全村子姓满。先住一地主家,后改住一中农亲戚家。村子也是在一个冲子里,两面住人,中夹小溪,雪后新晴,寒林丛树如图画,山石清奇,有千百八哥成群聒噪于大皂角树上。从竹林子穿过时,惊起斑鸠三五,积雪下卸,声音如有感情。

　　……

　　其时住的那个满家,地主兼作油坊主人,又作甲长,就正在二十里外老虎洞捕人,用硫磺闷毙了大几十个农民,一个壮丁到黄昏时挑了一大担手到团防局,我只觉得不可解。倒是从洞中走出的一个孩,和我在火盆边,谈了半天他被拘留在洞中半月幸而免的种种经过。一面是作客的孤寂情绪,一面是客观存在种种。现实一切存在,都如和生命理想太不一致,也和社会应有秩序不相符合,只觉得不可解。②

---

① 沈从文:《复谢方一》,载张兆和主编《沈从文全集第 26 卷·书信集》,太原:北岳文艺出版社,2002 年,第 369 页。

② 沈从文:《致张兆和》,载张兆和主编《沈从文全集第 19 卷·书信集》,太原:北岳文艺出版社,2002 年,第 309—310 页。

《传奇不奇》几乎可以说是一部历史作品。故事由洞穴中亲历事件的孩子口述，沈从文求证了细节后写成小说。作品的意义不在于故事的传奇性，而是事件的真实性。它不同于说书人不断叠加社会价值的话本小说，也区别于官修历史的教化口吻。《水浒》《三国》中的煮酒论英雄调子，可以在下面的诗句中调动听众的情绪：

> 九里山前作战场，
> 牧童拾得旧刀枪。
> 顺风吹动乌江水，
> 好似虞姬别霸王。

《传奇不奇》不在此列，这个故事区别于所有旧式的怀古伤时气氛。它就是一个讲述激情的故事，像司汤达的《意大利遗事》那样，展示激情、天性与社会秩序的冲突。

故事从中国人辞旧迎新的"年关"开始，老人像牵挂儿女那样操心着自己的产业。开篇写"满老太太"来到碾坊打扫灰尘，给中轴上油，用谷子试槽。

千百年来，平人的潇湘世界，就是在这样的眼前事中更替轮回，人们过着禁欲、勤勉的日子，像满老太太和她的碾坊：

> 满老太太从油坊到碾坊。溪水入冬枯落，碾槽停了工，水车不再转动，上面挂了些绿丝藻已泛白，石头上还有些白鸟粪。

一看即可知气候入冬,一切活动都近于停止状态,得有个较长休息。

不过一落了春雪,似乎即带来了点春天信息。连日融雪,汇集在坝上长潭的融雪水,已上涨到闸口,工人来报说水量已经可转动碾盘。

照习惯,过年时,每个人家作糍粑很要几挑糯小米和大米。新媳妇拜年走亲戚,也少不了糍粑和甜酒,都需要糯谷米。

老太太因此来看看,帮同守碾坊的工人,用长柄扫帚打扫清理一下墙角和碾盘上蛛网蟮钱,在横轴上钢圈上倒了点油,挂好了搁在墙角隅的长摇筛,一面便吩咐家中长工,挑一箩糯谷来试试槽,看看得不得用。①

满老太太是一位有产业的乡下人。这份产业并不是她一家独占,而是同族的人共同经营,"近村子田地山坡产业,有一部分属于这个人家。此外属于族中共有的,还有油坊、碾坊等等产业,三年一换,轮流管理。五里场外集上又开了个小小官盐杂货铺,生产不多,只作为家中人赶场落脚地方"②。

故事发生在"高枧",一个大约有二百户人家的山边小镇。除了杨家、段家,满姓算是大族,满老太太家,是这一族中的"门面户"。

老太太当家的男人四十岁左右就过世了,现在是由她接手管

---

① 沈从文:《传奇不奇》,载《沈从文文集第七卷·小说》,广州:花城出版社,1983年,第382页。
② 沈从文:《传奇不奇》,载《沈从文文集第七卷·小说》,广州:花城出版社,1983年,第383—384页。

业,年过六十还精神矍铄,通体是乡下妇人那种"与书本无关"的美德。当然,让沈从文记挂一生的满老太太,也是个乡下妇人:

> 老太太穷人出身,素朴而勤俭。
>
> 家产是承袭累代勤俭而来,所以门庭保留一点传统规矩。自己一身的穿着,照例是到处补丁上眼,却永远异常清洁。
>
> 内外衣通用米汤浆洗得硬挺挺的,穿上身整整齐齐,且略有点米浆酸味和干草香味。
>
> 头脚都拾掇得周周整整,不仅可见出老辈身分,还可见出一点旧式农村妇女性格。
>
> 一切行为都若与书本无关,然而却处处合乎古人所悬想,尤其是属于性情一方面。
>
> 明白财富聚散之理,平时赡亲恤邻,从不至于太吝啬。散去了财产一部分,就保持了更多部分。
>
> 一村子非亲即友,遇什么人家出了丧事喜事,月毛毛丢了生了,儿子害了长病,和这家女主人谈及时,照例要陪陪悲喜。事后还悄悄的派人送几升米或两斤片糖去,尽一尽心。一切作来都十分自然。①

> 满老太太生有二男二女,女的都已出嫁。
>
> 小儿子在县里读书,大儿子是地方团防局大队队长,只读过三年私学,不喜"子曰",只钟情于打猎:"按照一个乡下有产业子弟的

---

① 沈从文:《传奇不奇》,载《沈从文文集第七卷·小说》,广州:花城出版社,1983年,第384页。

兴趣和保家需要,不免欢喜玩枪弄棒。家中有长工,有猎狗,有枪支,而且来了客人,于是一个冬天,都用于鬻子所谓'捕虎逐麋'游猎工作上消磨了。"

队长不受学校管束,成了家也还保留着一份男子汉的野性。即便如此,在满老太太的操持下,这个乡下有产家庭还是过着凡事从俗的"本分"日子。房间里有天地君亲师的牌位,有敬神仪式,也有与亲邻相处往来的"人情",总之,一切人与事都是按部就班的样子:

　　一家人都并无一定宗教信仰,屋当中神位,供了个天地君亲师牌位,另外还供有太岁和土地神。

　　灶屋有灶神,猪圈、牛栏、仓房也各有鬼神所主。

　　每早晚必由老太太洗手亲自去作揖上香。

　　逢月初一十五,还得吃吃观音斋,感谢并祝愿一家人畜平安。

　　一年四季必按节令举行各种敬神仪式,或吃斋净心,或杀猪还愿,不问如何,一个凡事从俗。

　　十二月过年时,有门户处和猪圈牛栏都贴上金箔喜钱和吉祥对联庆贺丰节。并一面预备了些钱米分送亲邻。

　　有羞羞怯怯来告贷的,数目不多,照例必能如愿以偿。①

接下来是《巧秀和冬生》故事的延续,打破日常生活的事总是来得突然,又总是与年轻人有关。

① 沈从文:《传奇不奇》,载《沈从文文集第七卷·小说》,广州:花城出版社,1983年,第385页。

冬生的母亲杨大娘和一个长工,一个"面生"的人来到碾坊找满老太太,这时才引出了巧秀与冬生的下落。

杨大娘轻轻地咒了自己一句,"菩萨,我真背时!"为什么呢?那个面生的"新场人"是长工的"鸡冒老表",在山脚下开有饭铺,才见到了冬生和巧秀:"冬生和护送的那两挑烟土,原来在十里外红岩口,被寨子上田家兄弟和一小帮人马拦路抢劫了。"

拐走巧秀的吹唢呐中寨人是劫匪的同伙,这个二十一岁的好后生背着"盒子炮",威风凛凛的样子。

只半天时间,这件事就传遍了高枧。

满家人觉得丢了面子,在人的问题上,在钱的问题上都没什么好犹豫,只是尊严问题不能破例。

是否依照规矩行事,取决于脸面,尤其是脸面上的唾沫。

出事的红岩口一带,本来就在大队长治安管辖范围内,田家人这种坏规矩的行为,近于有意不认满家的账。

如果是私和,照规矩是满家派人出面去接洽,商量个数目,然后出笔钱把人与货赎回。

大家商量的结果是,这事情已经有点丢面子。

凡事破例不得,一让步示弱,就保不定有第二回故事发生。"并且一伙中还有个拐带巧秀逃走的中寨人,拐了人家黄花女,还敢露面欺人,更近于把唾沫向高枧人脸上吐。"①

于是,众人决定报官。

接下来,沈从文把我们领进了一处洞穴,有些人再没出来,出

---

① 沈从文:《传奇不奇》,载《沈从文文集第七卷·小说》,广州:花城出版社,1983年,第387页。

来的人也变了模样。

县长得到汇报后,坐着轿子出巡清乡。

田家兄弟听闻消息,带着三十来人躲进了老虎洞。

这处洞穴是个绝地,从田家兄弟放出的大话中可有个判断,那是一个官府管不到的地方,一个乡下人不必怕官的地方:

县长出巡清乡,到了高枧,消息一传出后,大队长派过红岩口八里田家寨的土侦探,回来禀报,一早上,田家兄弟带了四支枪和几挑货物,五六挑糍粑,三石米,一桶油,十多人还打了二十来件刀刀叉叉,一共三十来个人,一齐上了老虎洞。

冬生和巧秀和吹唢呐那个中寨人也在队伍里。

冬生萎萎悴悴,光赤着一只脚板。

田家兄弟还说笑话,壮村子里乡下人的胆,"县长就亲自来,也不用怕。我们守住上下洞,天兵天将都只好仰着个脖子看"。

"看累了,把附近村子里的肥母鸡吃光了,县太爷还是只有坐轿子回县里去,莫奈我田老六何。"①

"我"所了解的老虎洞在奇绝之外,还多出一份安定感,简直是"桃花源"的式样。不只是"不知有汉,无论魏晋",人们甚至在洞中生育孩子,成就事业,修娘娘庙,供奉文明的香火。那是一个在兵荒马乱的年头里,人们可以避难的地方在这个"绝俗离世"的洞穴中,人不是什么隶属于秦皇汉武的"编户齐民",人就是人:

---

① 沈从文:《传奇不奇》,载《沈从文文集第七卷·小说》,广州:花城出版社,1983年,第388页。

老虎洞位置在高枧偏东二十里,差二里许路即和县属第九保区接壤……老虎洞在高枧属算极荒瘠,地在乌巢河下游,入冬水源小,满河滩全是青石和杂草。

夹岸是青苍苍两列悬崖,有些生长黄杨树杂木,有些却壁立如削,草木不生。

老虎洞分上下二洞,都在距河滩百丈悬崖上,位置天生奇险,上不及天而下不及泉,却恰好有一道山缝罅可以上攀。

一洞干涸,里面铺满白沙。一洞有天生井泉,冬夏不竭,向外直流成一道细小悬瀑。

两洞面积大约可容上千人左右,平时只有十月后乡下人来熬洞硝,作土炮火药或烟火爆竹用,到兵荒马乱年头,乡下人被迫非逃难不可时,两属村子里妇孺,才带了粮食和炊具,一齐逃到洞中避难,待危险期过后再回村中。

后来有逃难人在洞中生育过孩子,孩子长大成了事业,因此在干洞中修了个娘娘庙,乡下求子的就爬上洞中来求子,把庙中泥塑木雕女菩萨穿上丝绸绣花袍子,打扮得粉都都的。

地方既常有香火供奉,也就不少人踪。只是究竟太险,地方虽美好实荒凉,站在洞口向下望,向远望,有时但见一片烟岚笼罩树木岩石,泉水淙淙,怪鸟一鸣,令人生绝俗离世感。①

抛开巧秀因激情出走不提,单说这次的绑架事件,起因是田家

---

① 沈从文:《传奇不奇》,载《沈从文文集第七卷·小说》,广州:花城出版社,1983年,第390—391页。

兄弟所在的九保对高枧人经济上富足的不平。

一方面是民国长年内战,社会堕落,高枧人参与的烟土生意令人眼红不平;另一方面是高枧土地富腴,占据官路,建立市集,九保因此失势。

双方僵持七日,几次攻防之后,仍无半点进展,县长于是带上队长贡献的土产回县城去了。

众人请来杨大娘来做"活招魂",意在用母性的柔弱与泪水瓦解对方意志:

> 杨大娘泪眼婆娑的半哭半嘶:"冬生,你还活着,你可把人活活急死!你老子前三世作了什么孽,报应到你头上来!你求求他们放你出来啊!"
>
> 一面悲不自胜一面招呼巧秀和田家兄弟,"田老大老二,我杨家和你又无冤无仇,杨家香火只有这一苗苗,为什么不积点德放他出来?巧秀,巧秀,你个害人精!你也做点好事,说句好话!满家养了你十六年,待你如亲生儿女一样,你还不长翅就想远走高飞!"①

事到如今,泪水已化解不了这恩怨,事情还是这样僵持着。之后,是改用火攻,木风驴把辣椒、硫磺的毒烟扇入洞中,三天后果然有十四人伏地断气。

同时被毒死的,还有几十只重约二十斤的白老鼠。

---

① 沈从文:《传奇不奇》,载《沈从文文集第七卷·小说》,广州:花城出版社,1983年,第395页。

他们的手腕被砍下,送到县里报功。

此时洞中只剩八人,六人分成两班轮流值守,巧秀和冬生无事,可各处走动。二人原本极熟,就在洞里聊起来,"从巧秀看来,真好像是整本《梁山泊》《天雨花》,却更比那些传奇唱本故事离奇动人"。

占了优势的队长从家里搬来留声机来唱戏,洞里也不甘心示弱,敲起锣鼓。

"我"含着泪观望着他们,这时他听到唢呐匠用祖传的乐器,"呜呜咽咽"地吹了一曲《山坡羊》,又吹了一曲《风雪满江山》。

两支哀怨的曲子将在一夜之后与唢呐匠临死前的"长嗥"发生共鸣。

他是被同伙用石头砸中,摔到洞壁的石缝中慢慢死去的。

吹唢呐的中寨人偷偷放出巧秀和冬生,临别之言仍是带着人的良心的温度,他对冬生说:

冬生,冬生,你赶快和你嫂子溜下崖去,带她出去,凭良心和队长说句好话,不要磨折她!这回事情是田家兄弟和我起的意,别人全不相干!

我们吃过了血酒,不能卖朋友,要死一齐死在这个洞里了。

巧秀还年青,肚子里有了毛毛,让她活下来,帮我留个种。

你应当帮她说句话,不要昧良心![1]

---

[1] 沈从文:《传奇不奇》,载《沈从文文集第七卷·小说》,广州:花城出版社,1983年,第400页。

中寨人做了"卖客",洞中就开始了火并。

黑暗中先是传来唢呐匠的长嗥,后来又是田家兄弟的毒咒:"姓满的,姓满的,你要记着,有一天要你认得我家田老九!"

第二天,洞中流出的泉水全是红色。

两个乡丁进洞侦查,眼前所见的,是凄惨怕人的死亡景象:

剩下几个人果然都在昨晚上一种疯狂痉挛中火并,相互用短兵刺得奄奄垂毙了。

田家老大似乎在受了重伤后方发觉在暗黑中和他搏斗的是他亲兄弟,自己一匕首扎进心窝子死了。

那弟弟受伤后还爬到近旁井泉边去喝水,也伏在泉边死了。

到处找寻巧秀的情人,那个吹唢呐的中寨人,许久才知道他是坠入洞壁左侧石缝中死去的。①

民间常说,死者为大。写到此处,已无可写。

为了给人心一个缓冲时间,也为了"得饶人处且饶人",满老太太预备做七天水陆道场,超度枉死之人。

一来为死者解冤气、戾气,二来让数十亡魂在佛前得了超度。

村中人给满家送来"安良除暴"的匾额,"上匾这一天,满老太太却借故吃斋,和巧秀守在碾坊里碾米"。

巧秀成了和满老太太一样的人,沈从文在结尾处用了一个极其简单的动词——"守",将传奇故事引向了"不奇"的结局。

---

① 沈从文:《传奇不奇》,载《沈从文文集第七卷·小说》,广州:花城出版社,1983年,第401页。

巧秀首先要守的,是她肚子里的孩子,这孩子象征着不幸,象征着女性恶劣处境的世代轮回:

巧秀的妈被人逼迫在颈脖上悬个磨石,沉潭只十六年,巧秀的腹中又有了小毛毛。

而拐了她同逃的那个吹唢呐的中寨人,才二十一岁,活跳跳的生命即已不再活在世界上,却用另外一种意义更深刻的活在十七岁巧秀的生命里,以及活在这一家此后的荣枯兴败关系中。①

触碰激情者,必将不幸。人往往是在看到幸福时,才变得不幸,沈从文的大部分作品里都表现了妇女的不幸处境。

巧秀的激情化为她腹中的新生命,那是另一个巧秀?

她好像又出生了一次,这次出生比第一次有着更强的同化力。

在她的遗传的性格里,既没有法律,也没有对权威的尊崇,人们的传统习惯或看法,是与非,她全不放在心上。而如今又如何呢?幸福童年与纯洁的少女时代一去不复返,扣进她灵魂深处的是一份永远无法挣脱的安静与凄凉。

在新年的欢庆气氛中,我们会看到两个寡妇在碾坊中碾米。这姿态与气氛必定象征着什么,是守寡女性的优雅与神秘,还是静默时空中母性力量的强韧?两个在磨盘阴影里静听远方爆竹声的女人,会是什么样的象征呢?

故事的开端和结尾相似,都是妇女在一声不响地劳作,她们以

---

① 沈从文:《传奇不奇》,载《沈从文文集第七卷·小说》,广州:花城出版社,1983年,第403页。

其重复性的行动说明"守"的重要性。

"我"在这时出现了，站在劳作的女性面前，以悲哀的独白凝固了整篇故事的真实性。

借助这个细微的旁观者视角，沈从文鞭打了那些歌功颂德的"历史"，同时，人心深处特别亮堂的东西在"炭火"的微弱光线中闪耀着。时间恰好是春节之前，在火的指引下，沈从文把读者带到被命运抛入旧时"年关"的女性面前。火盆的温热，干草干果的香味，茶壶的咝咝作响，还有巧秀发辫上的一小绺白绒绳，这些感官上的存在延缓了房中人的时间，同时，也加速了每个人的心理时间。他们被时间的监狱困住了，捆绑他们的，是记忆。沈从文在故事的结尾处写道：

快过年了，我从药王宫迁回满家去，又住在原来那个房间里。

依然是巧秀抱了有干草干果香味的新被絮，一声不响跟随老太太身后，进到房中。房中大铜火盆依然炭火熊熊爆着快乐火星，旁边有个小茶罐咝咝作响。

我依然有意如上一次那么站到火盆边烘手，游目四瞩，看她一声不响的为我整理床铺，想起一个月以前第一回来到这房中作客情景，因此故意照前一回那么说，"老太太，谢谢你！我一来就忙坏了你们，忙坏了这位大姐！……"不知为什么，喉头就为一种沉甸甸的悲哀所扼住，想说也说不下去了。

我起始发现了这房中的变迁，上一回正当老太太接儿媳妇婚事进行中，巧秀逃亡准备中，两人心中都浸透了对于当时的兴奋和明日的希望，四十天来的倏忽变化，却俨然把面前两人浸入一种无可形容的悲恻里，且无可挽回亦无可补救的直将带入坟墓。

虽然从外表看来，这房中前后的变迁，只不过是老太太头上那朵大红绒花已失去，巧秀大发辫上却多了一小绺白绒绳。①

这一场景会在人的记忆中留下不可磨灭的印痕，它是这篇故事平静的高潮时刻，足可与世界文学史上的那些伟大画面比美——列文在马施金高地割草时回头欣赏渐渐起雾的洼地，爱玛在彩虹色的阳伞下微笑，安娜在走向死神的路上观看商店里的装潢……

---

① 沈从文：《传奇不奇》，载《沈从文文集第七卷·小说》，广州：花城出版社，1983年，第402—403页。